大陸學者叢書 13
宋如珊·主編

# 文學之用——從啟蒙到革命

本書從文學功用觀的視角切入
通過考察從晚清到一九二〇年代末
中國文學觀念的現代轉型
來探討和總結中國文學觀念的現代性問題

黃開發　著

# 總　序

　　1992 年，兩岸開放探親後的第五年，我在埋首撰寫論文〈大陸的台灣文學研究概況〉過程中，驚覺對岸對於台灣文學研究的投入成果，並在種種因緣之下，開始關注對岸文學，一頭栽進大陸文學的研究與教學。

　　多年來，心中一直記掛著應該把台灣的大陸文學研究情況也整理出來。因為台灣和大陸是現代華文文學研究的兩大陣地，除了兩岸學界的本土文學研究之外，還須對照兩岸學界的彼岸文學研究，才能較完整地勾勒現代華文文學研究的樣貌。去年，我終於把這個想法，部分地呈現在〈台灣的「大陸當代文學研究」觀察〉一文中。但是，這個念頭的萌發到落實，竟已倏忽十年，而在這期間，仍有許多想做和該做的事，尚未完成，不禁令人感慨韶光的飛逝和個人力量的局限。

　　回顧過去半世紀以來的現代華文文學研究，兩岸都因政治環境和社會文化的變遷，日益開放多元；近年更因大量研究者的投入，產生豐盛的研究成果，帶起兩岸文學界更加密切的交流。兩岸的研究者，雖在不同的歷史背景下成長，但透過溝通理解、互動砥礪，時時激盪出許多令人讚嘆的火花。

　　「大陸學者叢書」的構想，便是在這樣的感慨和讚嘆中形成的。從文學研究的角度來看，成果的交流和智慧的傳遞，是兩岸文學界最有意義的雙贏；於是我想，應從立足台灣開始，將對岸學者的文

學研究引介來台，這是現階段能夠做也應該做的努力。但是理想與現實之間，常存在著難以克服的主客觀因素，台灣出版界的不景氣，更提高了出版學術著作的困難度。

　　感謝秀威資訊公司的總經理宋政坤先生，他以顛覆傳統的數位印製模式，導入數位出版作業系統，作為這套叢書背後的堅實後盾，支持我的想法和做法，使「大陸學者叢書」能以學術價值作為出版考量，不受庫存壓力的影響，讓台灣讀者有更多機會接觸到彼岸的優質學術論著。在兩岸的學術交流上，還有很多的事要做，也還有很長的路要走，我相信，這套叢書的出版，會是一個美好開端。

宋如珊

2004 年 9 月　於士林芝山岩

# 序 言

　　《文學之用——從啟蒙到革命》，這是黃開發先生的博士論文。2000 年 6 月博士論文答辯通過後，又經過了四年的修改和錘煉，成為今天這樣一部厚重的學術著作。我真為他高興。

　　作者認為，文學功用觀的問題，是應當深入研究和探討的，它關涉著 20 世紀中國文學進程中最主要的經驗和教訓。而對此，開發有深切的體會。他在高校教了八年中國當代文學，在教學過程中，常常會遇到主流文學觀念的成敗得失問題。因此，對於文學功用觀的遷衍，他進行了長期思考和研究。開發是一個很有主見的人，當他 1997 年回母校攻讀博士學位時，就很自信地選擇了這個並不輕鬆的論文命題：20 世紀中國文學的功用觀，是從啟蒙到革命的。

　　要公允評價這部著作，可不容易。於是就想起了當年博士論文答辯時，六位答辯委員對學位論文的評議書。記得李何林先生為我們教研室的第一個博士（也是「文革」後我國第一個文學博士）的論文寫序時，就是用答辯委員的「評語」連綴而成的。李先生金針度人，這辦法倒是可以學習和仿效的。為了節省篇幅和避免重複，我摘引評議書上的一些文字，作為對黃開發博士論文的評價，我認為是合適的。

　　按先外後內的順序，摘抄如下——

中國社會科學院研究生院張恩和教授說：

> 論文各章對論述對象，材料收集十分翔實，研究也相當深入，
> 論述得當，有說服力。作者以中外文論為武器，對所論對象
> 層層分析，不發空論，表現出相當的理論深度。

> 儘管論文涉及範圍主要是至 1928 年，但因對此以後的文學也
> 作了簡單的掃描，因而得出的結論，提出的啟示，總結的教
> 訓，對當前文學有相當的理論意義。

清華大學中文系藍棣之教授說：

> 文獻資料掌握比較充分，追本溯源，多方涉獵，所論皆有依據。
> 論文達到較高水準，學風嚴謹，知識比較淵博。

> 研究成果有助於正確總結 20 世紀文學發展的經驗教訓，和繁
> 榮當今文學創作。

中國社會科學院文學研究所王保生研究員說：

> 論文思路開闊，材料豐富，對梁啟超、胡適、陳獨秀、魯迅、
> 周作人，以及以茅盾為代表的文學研究會作家，以郭沫若為
> 代表的創造社作家，在文學功用問題上的主張，進行了具體
> 的考察，勾勒了自戊戌變法到 20 世紀 20 年代末文學功用觀
> 流變的主要線索，探討了文學功用觀的內在機制，以及它遞
> 嬗變化的原因。

> 論文結構宏闊，思考深入，論證也比較嚴密，能遵循比較嚴
> 格的學術規範。

北京師範大學中文系童慶炳教授說：

> 的確，在近百年的文學發展中，人們關注的不是文學本身是什麼，而是「文學有什麼用」，即文學功用觀。黃開發的論文在掌握大量第一手資料的基礎上，對百年來中國文學功用觀的產生、演變、利弊等作了清晰的、深刻有力的分析與概括，總結了經驗和教訓。……這些看法和觀點，是深入研究得出的結論，具有獨特的創見。

北京師範大學中文系王富仁教授說：

> 黃開發的博士學位論文，在中西美學理論發展史的大背景上，運用豐富的歷史資料，從實證和話語分析的角度，對中國現代文學的功用觀做了細緻、深入的闡述和分析，該論文抓住了中國文化和中國文學的核心問題，有很高的研究價值。……作者對它的歷史淵源、現代演變及其具體理論表現，都做了較前更深入細緻的解剖，其意義是重大的。該論文掌握了大量歷史資料，言之有據，寫作態度認真，表現了作者認真扎實的學風。

北京師範大學中文系劉勇教授說：

> 本論文圍繞中國現代文學觀念的核心問題即「文學之用」……深刻而系統地提示了以功利主義為顯著特徵的主流文學的理論基礎及其本質蘊涵。論文的視角是新穎獨特的，理論架構也是合理的、扎實的。

論文資料豐富翔實，多有作者獨到的見解，是一篇較為優秀的博士學位論文。

在我摘錄了六位答辯委員的「評議書」上的評語後，還應當全文抄下《博士學位論文答辯委員會決議》，這既能反映出答辯委員會的整體意見，也替開發保存下一份珍貴史料。它的全文是：

黃開發的論文《文學之用──從啟蒙到革命》，在掌握大量第一手材料的基礎上，用歷史與邏輯相結合的方法，從實證和話語分析的角度，對中國現代文學的功用觀，特別是對從晚清到 20 年代末的文學功用觀，作了細緻深入的闡述和分析，既有對歷史的梳理，又有對文論核心命題的研究。選題新穎，具有重要的學術價值。功利主義文學觀是中國文學的核心觀念，它們在中國現代文化和現代文學的發展中，仍有重大的影響。作者對它的歷史淵源、現代演變及其具體理論表現，都作了較前更深入細緻的解剖；並在此基礎上真實可信地總結了 20 世紀中國文學的經驗、教訓。研究成果的創新，集中表現在作者找出了支撐主流文學觀念理論結構的三個支點──真實性、傾向性和時代性，並在三者的關係中，深刻地論析了功利主義文學觀的內部運行機制。論文具有獨創性。論文文風樸實，語言流暢，條理清楚，表現了作者較高的科研水平和寫作能力。存在的缺點是，對主流文學觀念產生的歷史語境分析不夠，對文學觀與具體創作的聯繫注意不足。

黃開發對答辯委員所提問題作了較好的回答，答辯委員表示滿意。

> 這是一篇優秀的博士論文。出席論文答辯會評委六人，一致
> 通過論文答辯，建議授予作者文學博士學位。

答辯委員會的意見是公允的，也是中肯的。四年來，作者對論文進行了補充和修改，成為現在的樣子。公開出版，期待著廣大讀者批評指正！

序言的最後，講講我和開發的交往，算是全文的蛇足。

序是我國一種有古老傳統的文章體式。不少前輩作家和學人，都說序沒有固定的寫法，好像是說很容易寫。我卻認為很難寫，特別因為自己教過十年以上的寫作課，讀過不少序言的範本，所以從來不敢輕易答應替人寫序。這次開發拿來他修改好的博士論文，為正式出版叫我寫序，我卻一口答應了。儘管我知道，自己長期沉湎於新文學史料，理論研究非我所長，這篇序決然寫不好的，但我卻有不能推辭的理由。我想，開發不去請更合適的專家寫這篇序，而來找我，怕也是因為那同樣的理由吧！

黃開發是安徽霍邱人。20 年代魯迅先生組織的未名社，六人之中有四位出生在皖西的小鎮葉集，葉集因他們而有了文名。開發也生於葉集，未名社四君子是他的前輩鄉賢。魯迅評價未名社是「一個實地勞作，不尚叫囂的小團體」。也許這「未名」之風，也在潛移默化之中影響了開發吧。

我與開發相識相交算來已有十八年。那是 1986 年，他畢業於安徽師範大學中文系，同年考入北京師範大學中文系，在我們教研室攻讀碩士學位。那時他不足二十三歲，是我名下的四位研究生中，最年輕的一個。那時我五十歲，在中文系的碩士生導師中，也還算比較年輕；這雖然已是我第二屆碩士了，但依然不知該怎麼帶研究

生。三年一晃眼就過去了，如今留在記憶中的，好像有兩件事。一是我引導他把周作人作了論文題目，這影響了他十年研究周作人，出版了第一本專著，並成為他學術研究的第一個台階。二是畢業前遇到了那場大的政治風暴，甚至連畢業論文答辯，都不得不在一位教授家裏進行。

取得碩士學位後，黃開發在北京一所大學裏教中國當代文學，一教就是八年。我對研究生，有一條原則：在校我們是師生，畢業後我們就是朋友了。開發畢業後，我們的教學內容雖然有了距離，但我們的聯繫並不少，有事他也常來和我商量。好像是 1994 年吧，他說想換個學術氣氛濃的環境工作，要考研究生，攻讀博士學位。我當然是極力鼓勵他了。

1997 年，黃開發又考回了母校，是現當代專業的研究生，又在我名下攻讀博士學位。這次由他自己做主，研究主流文學觀念的問題，博士論文就是這《文學之用——從啟蒙到革命》。讀研究生三年，不僅順利完成了學位論文，還曾兩次獲獎，並被評為優秀博士畢業生。畢業後留在中文系任教，我們成了同行，可惜我已退休，我們沒有機會做同事了。相識十八年中，我有幸兩次做了他的導師，這恐怕就是他叫我寫博士論文序言的理由了；而有了這種淵源，我再不會寫序，也不能推卻這份責任了。

我怕寫序是真的。記得開發第一部學術著作《人在旅途——周作人的思想和文體》，收入「貓頭鷹學術文叢」，要在人民文學出版社印行前，他是請錢理群教授寫的序。當我知道時，就別提有多高興了。後來開發將發表序言的刊物給我看，錢先生是用飽含著激情的語言，撰寫了那麼好的長篇序言的。我那高興和感激，也許不亞於書的作者呢！開發畢業留校後，一直在錘煉他的博士論文。有時

見到他會說一句：「論文改好了嗎？」那意思是該設法出版了。同時私下也常想：這回開發要請哪位研究理論的專家寫序言呢？並暗暗祈禱：可千萬別叫我寫這篇序言呀！

如今開發不棄，叫我為他這部即將付梓的著作寫序。我想，他是知道我不懂什麼是「文學之用」的；但還是叫我寫序，就是為了紀念我們十八年的相知和六年的師生之誼吧？開始寫序，我照著手邊那些出版的學位論文，正正規規地在寫，其實是在抄。看看光這樣，是不能交卷的，又回憶我和開發十八年的交往。這樣能不能就算一篇序言了呢？評我，罪我，以待方家和廣大讀者。

黃開發好像很欣賞「人在旅途」這句話，希望他改變永遠漂泊的心情。祝賀他博士論文的出版，並預祝他下一部著作的早日完成！

朱金順

2004 年 7 月 4 日北京師範大學麗澤區之寓中

# 目　次

# 引　論

## 文學之用──從古代到現代

　　人類早期的文明史表明，遠在文明的晨曦初照之時，人類就開始了文藝活動。從早期文獻對原始社會的巫術活動和生產勞動的記載中，從保留至今的原始壁畫和考古發現的氏族社會時期的彩陶上，我們都能看到初民們留下的文藝活動的遺跡。這些現象表明，文藝植根於人性，植根於人的基本的生存需要。需要即是價值或者說功用，因此文藝的功用問題自然是文藝的基本問題。然而，借用文藝社會學的先驅泰納的概念來說，不同的種族，因為不同的環境和時代，對文學的功用的認識卻大相逕庭。

一

　　中國素來以文教之邦著稱，自然不能不高度重視「文」。傳說倉頡造字時，是天雨粟、鬼夜哭的，驚天地，泣鬼神，可見非同小可，這反映了我們的初民們對「文」的作用的神祕信仰。歷朝歷代，不僅文人學士重文，帝王們也往往下崇文的詔令，他們之中能詩會文的不在少數。然而，正如朱光潛在《文藝心理學》中所言：「中國民族向來偏重實用，他們不歡喜把文藝和實用分開，也猶如他們不歡

喜離開人事實用而去講求玄理。」[1]現代的哲學史家們認為重實用、重道德是中國哲學的最大特點，其實中國文學又何嘗不是如此？重實用可以說是中國文化的特點，所以李澤厚在他的《中國古代思想史論》一書中把「實用理性」視為中國民族文化心理的一個重要特徵。

話得從頭說起。孔子的文藝思想是儒家文論的源頭。他很看重詩文作為表達工具的功能。《論語・季氏》：「不學《詩》，無以言。」《左傳・襄公二十五年》記孔子的話云：「言之不文，行之不遠。」他的意思是說，學詩是為了講話有文采；話說得漂亮才能更有利於道理的傳播。不過孔子更重視文學對於修身的意義，這與他教書先生的身份有關。《陽貨》篇謂：「子曰：小子何莫夫學詩？詩可以興，可以觀，可以群，可以怨。邇之事父，遠之事君，多識於草木鳥獸之名。」「興」的意思是啟示、感發，「觀」意為通過詩來考察政治的得失和風俗的盛衰，「群」是溝通感情，增進團結，「怨」即批評時政，抒發怨情。這裏說的是學詩對於修身的好處；學詩既然有這麼多的好處，那也就是詩的功用了。儒家是要通過個人的修身來實現政治理想的。《禮記・經解》記孔子的話說：「入其國，其教可知也：其為人也，溫柔敦厚，詩教也；疏通知遠，書教也；廣博易良，樂教也；絜靜精微，易教也；恭儉莊敬，禮教也；屬辭比事，春秋教也。」「溫柔敦厚」指的是人的性情，這裏強調的是「詩教」對人格培養的效果。《論語・泰伯》云：「興於詩，立於禮，成於樂。」同樣說的是詩在培養人格方面的重要作用。現代主流文論強調世界觀的改造，從這裏可以找到一個遠祖。既然強調文學的政治教化作

---

[1]　《朱光潛全集》1卷，安徽教育出版社 1987 年 8 月版，294 頁。

用，那就需要規範文學中所表現的情感，所以要「思無邪」[2]。因為這樣才能有助於培養「溫柔敦厚」的人格。

漢代的《毛詩序》是當時儒家文論的集大成者，而荀子是從孔子到《毛詩序》作者之間的重要人物。相傳「毛詩」就是經過荀子及其學生而流傳下來的。他主張包括文學在內的所有言論都應該合乎「道」。從其《樂論》中，我們知道他看到文藝源於人性、人情，並以情感人，所以具有移風易俗，從而影響社會治亂的效用。他在《樂論》中還提出「以道制欲」：「樂者，樂也。君子樂得其道，小人樂得其欲。以道制欲，則樂而不亂；以欲忘道，則惑而不樂。」所謂「以道制欲」，就是要以儒家的禮儀對文藝進行規範。他正是從文藝與政治的關係出發，以合乎「道」的「中和」觀念來要求音樂，解釋《風》、《小雅》、《頌》的。[3]

儒家文論在漢代適合了建立大一統封建帝國的意識形態的需要，得到進一步發展。在揚雄那裏，「文」與「道」發生了進一步的關係，並且他明確聲稱他所信奉的「道」是堯、舜、文王、孔子之道。[4]他很看不起漢代流行的那些華而不實的辭賦，認為那不過是「雕蟲篆刻」，因而「壯夫不為」[5]。他並不是不要修飾，《寡見》篇說：「或曰美玉不雕，瑉璠不作器，言不文，典謨不作經。」

「詩言志」是中國古代文論的母題，它來自對《詩經》創作經驗的總結。「志」的意義是很寬泛的，據《經籍纂詁》記錄，「志」的含義有幾十種之多，常見的有：「志，意也」，「念也」；「志，在心

---

[2]　《論語・為政》。
[3]　見《樂論》、《勸學》、《儒效》諸篇。參閱張少康、劉三富：《中國文學理論批評發展史》（上卷），北京大學出版社 1995 年 6 月版，48-57 頁。
[4]　見《法言》的《問道》、《學行》篇。
[5]　《法言・吾子》。

之謂也」;「志,德也」,「君子以守道不回為志」;「志謂心知」等等。
正因為如此,不同的人因為對「志」的不同理解和闡釋,便有了不
同的命題,「詩緣情」、「文以載道」均如此。20 世紀 30 年代,周作
人在《中國新文學的源流》中以「言志」與「載道」的二元對立、
消長來構架中國文學史,朱自清則於 40 年代從文學史的角度提出異
議:「『言志』的本義原跟『載道』差不多,兩者並不衝突」[6]。由於
受儒家「詩教」的影響,「志」常常被解釋為符合儒家禮教的思想,
而對「情」進行規範,於是「情」與「禮」的關係就漸趨緊張了。

　　「詩言志」的命題經過《毛詩序》的闡釋,「志」的意義則偏向
了「禮義」的一邊。這種轉變是由《毛詩序》的詩歌功用觀所決定
的。這篇序言說:「故正得失,動天地,感鬼神,莫近於詩。先王以
是經夫婦,成孝敬,厚人倫,美教化,移風俗。」詩的作用很大,
可以糾正政治之失,可以祭祀天地鬼神,可以促進倫理道德,可以
維護社會安定,移風易俗。情感根於人的生理欲望,帶有不合規範
的東西。所以,《毛詩序》又提出「發乎情,止乎禮義」。從此,「發
乎情,止乎禮義」就成了捆綁中國文學的一條繩索。「禮義」就是儒
家的倫理道德,即「道」,要求人們遵守「君君、臣臣、父父、子子」
的等級關係。《毛詩序》還提出了諷諫說:「上以風化下,下以風刺
上」。這「諷諫說」後來被鄭玄發展為「美刺諷諫說」。正如有人所
指出的,漢代對文學功用的理解不出「美刺」──即 20 世紀 40 年
代以後所謂的歌頌與諷刺──兩端。

　　魏晉南北朝是一個王綱解紐的時代,漢代所形成的儒家思想大
一統的局面瓦解,人的個性得到了張揚。這是一個文學自覺的時代,

---

[6]　朱自清:《〈詩言志辨〉序》,《朱自清古典文學論文集》(上),上海古籍出版社
　　1981 年 7 月版。

文學擺脫了經學的束縛，文學的情感特徵和形式特徵受到了高度的重視，通過「文」、「筆」之辨和「筆」、「言」之辨，區分了純文學與雜文學以及雜文學與學術。魏文帝曹丕在《典論・論文》中說「文章」是「經國之大業，不朽之盛事」，把文學的功用抬得那麼高對文學來說未必幸事，但至少預告了魏晉南北朝時代對文學的理解開始突破儒家傳統的拘囿，文學開始走向自覺。在儒家所謂的「三不朽」中，「立言」本來是排在「立德」、「立功」之後的。文學的情感特徵受到高度的重視。西晉陸機在《文賦》中在談到詩、賦、碑、誄等文體的特點時指出：「詩緣情而綺靡」。意思是說詩源於情感，並應該具有美的形式。如果說《毛詩序》的作者從理性方面解釋「志」，那麼到了陸機則偏向了情感。他突出了詩的情感的本體特徵，而且不像《毛詩序》的作者那樣念念不忘用「禮義」來管教情感。鍾嶸在《詩品序》中也是主張「緣情說」的。

　　然而，魏晉南北朝時代並不是一個「為藝術而藝術」的時代。陸機在強調情感和形式的同時，並沒有忘記「文之為用」：「濟文武於將墜，宣風聲於不泯」。就是要挽救文武之道不至中斷，宣揚教化不至泯滅。鍾嶸又在《詩品序》中說：「詩可以群，可以怨」。就連至今享有盛譽、體大思精的名著《文心雕龍》對文學功用的見解也並不高明，未出宗經明道的藩籬。劉勰在書的最後一章《序志》裏交代了「明道」的意圖，如何「明道」呢？即「本乎道，師乎聖，體乎經，酌乎緯，變乎騷。」書的前三篇《原道》、《征聖》、《宗經》就分別講「本乎道」、「師乎聖」和「體乎經」。《原道》篇的結論是：「故知道沿聖以垂文，聖因文而明道，旁通而無滯，日用而不匱。《易》曰：『鼓天下之動者，存乎辭。』辭所以能鼓天下者，乃道之文也。」他要表達的是，「道」因為有了聖人才得以表現在文章裏，聖人也因

為有了文章才能闡明「道」。文辭之所以能夠鼓動天下，是因為它們是合乎「道」的文章。所以，他說：「唯文章之用，實經典枝條」[7]。我們可以看到，從荀子、楊雄到劉勰，中唐以後名聲大噪的「文以明道」說已略具雛形。劉勰雖然高度重視「道」，但並不因此輕「文」。《情采》謂：「夫水性虛而淪漪結，木體實而花萼振：文附質也。虎豹無文，則鞟同犬羊，犀兕有皮，而色資丹漆：質待文也。」關於詩的功用，他據鄭玄《詩譜序正義》、《詩緯含神霧》之說，指出：「詩者，持也，持人情性。」原來，詩的功用就是用以規範人的情感的。

把「文」與「道」進一步拴在一起是在中唐時期。中唐時期的統治者為了現實政治的需要復興儒學，這促成了韓、柳所倡導的古文運動，「文以明道」即是古文運動中所提出的口號。韓愈敘述道統的遞傳，以重建儒家道統者自居，明確說他信奉的「道」是孟子、揚雄所傳之道[8]。他在《答李秀才書》中說：「愈之所志於古者，不惟其辭之好，好其道焉耳。」又在《題哀辭後》中云：「愈之為古文，豈獨取其句讀不類於今者也？思古人而不得見，學古道則欲兼通其辭，通其辭者，本志乎道者也。」他的文學功用觀正好可用其門生李漢的話來說明：「文者，貫道之器也。」[9]蘇軾曾讚譽這位韓文公：「文起八代之衰，道濟天下之溺」[10]。柳宗元同樣是主張「文以明道」的，他的《答韋中立書》中有「文者以明道」之語。

韓、柳等人雖然在不同的程度上都有重道輕文的現象，但還不像宋代道學家那樣崇道鄙文。韓門諸人在談到「文」與「道」的關

---

7　《文心雕龍・序志》。
8　韓愈：《重答張籍書》。
9　李漢：《昌黎先生文集序》。
10　蘇軾：《潮州韓文公廟碑》。

係時，常常愛用劉勰用過的《論語‧顏淵》中虎豹之鞟與犬羊之鞟的比喻。韓愈甚至還寫過一篇為後世的道學家所詬病的詼諧百出的《毛穎傳》。在他們那裏，「文」、「道」之間是主從關係，然而到了宋代的道學家周敦頤、二程、朱熹那裏，情況就大不相同了，「文」、「道」之間則變成了主奴關係。周敦頤在《通書‧文辭》中提出了大名鼎鼎的「文以載道」說：「文所以載道也，輪轅飾而人弗庸，徒飾也。況虛車乎？文辭，藝也；道德，實也。篤其實而藝者書之；美則愛，愛則傳焉，賢者得以學而至之，是為教。故曰：『言之不文，行之不遠。』然不賢者，雖父兄臨之，師保勉之，不學也；強之，不從也。不知務道德而第以文辭為能者，藝焉而已。噫！弊也久矣。」原來，文章是用來裝運道德的，如果不是這樣，那就成了虛車，不能稱其為「文」，只是「藝」而已。蘇雪林曾區別「文以載道」與「文以明道」說：「周敦頤發為『載道』說，真可謂『一字之貶，嚴如斧鉞』，文與道才分別出尊卑上下之分。他以為文那裏能算文采？文與道不是文質的關係，實是主奴的關係，它不過是道的車兒，轎兒，或者說道的車夫轎夫」[11]。儘管如此，車如果不用來裝運「道」，就是虛車，然而反過來，「道」如果不借助於車也休想行遠。所以，車並不是可有可無的。更有甚者，二程提出「作文害道」說。有人問：「作文害道否？」他們回答：「害也。凡為文不專意則不工，若專意則志局於此，又安能與天地同其大也。《書》云：『玩物喪志』，為文亦玩物也。……古之學者，惟務養性情，其他則不學。今為文者，專務章句，悅人耳目；既務悅人，非俳優而何？」[12]針對李漢的「貫道」論，《朱子語類》卷一三九記有朱熹的駁斥：「不然。這文皆是

---

[11]　蘇雪林：《文以載道》，《蠹魚集》，商務印書館 1938 年 7 月版。
[12]　《二程語錄》卷十一。

從道中流出，豈有文反能貫道之理？文是文，道是道，文只如吃飯時下飯耳。若以文貫道，卻是把本為末。以末為本，可乎？其後作文者皆是如此。」在二程、朱熹那裏，「道」是唯我獨尊、完滿自足的，可以安步當車，昂首向前。

由於古文有「載道」的專長──這一點非詩所能比，於是從唐宋古文，到明前、後「七子」的古文，一直到清末桐城派的古文，它都位居中國文壇的主席。傳統文類的尊卑正是根據其是否能夠「載道」、有益於世道人心以及有益的程度來排定的，於是詩的地位下降了，詞成了「詩餘」，戲曲、小說更是壯夫不為的「小道」。從理論上說，「文以載道」和「詩言志」分工不同，可以並行不悖，可其實不然。這好比我們今天樹立英雄、模範：模範人物是某個行業內的標兵，是這個行業學習的榜樣；而英雄人物就不同了，規格要高得多，他超越了行業的限制，是全民學習的楷模了。白居易在《與元九書》中寫道：「僕志在兼濟，行在獨善，奉而始終之則為道，言而發明之則為詩。」這就有跟古文攀親的意思了。就連後來像《肉蒲團》、《九尾龜》這樣的色情、狎邪小說也都要以勸善懲惡來往臉上貼金。

明中葉以後，伴隨著思想解放思潮，李贄倡「童心說」。所謂「童心」，即「真心」、「真情」，他認為只有保持一顆「童心」，才能寫出天地間的至文。他反對用六經、《語》、《孟》來束縛人，因為那樣，「童心」既失，人就成了「假人」，言就成了「假言」，事就成了「假事」，文也就成了「假文」。[13]公安派提出「性靈說」，要求「獨抒性靈，不拘格套」[14]。他們都努力衝破道學「天理」的束縛，肯定「人

---

[13] 李贄：《童心說》。
[14] 袁宏道：《敘小修詩》。

欲」的合理性，表達了思想解放、個性解放的訴求。然而，李贄是
被封建正統視為異端的，公安「三袁」的影響在當時似乎也不及代
表復古主義的前、後「七子」。不過這條線索經過鍾譚、袁枚、龔魏、
黃遵憲、王國維等人，一直到「五四」倒也綿延不絕。如龔自珍、
魏源等人在賡續清學正統的「經世致用」觀念的同時，也繼承和發
展了明清思想解放思潮中的個性思想，高度肯定了文學中情感的特
殊重要地位，啄破了傳統儒學「理」的外殼。魏源著《詩古微》，在
論《詩》不為「美刺」而作時說：「美刺固《毛詩》一家之例，……
作詩者自道其情，情達而止，……豈有歡愉哀樂，專為無病代呻耶？」[15]
梁啟超稱讚說：「此深合『為藝術而藝術』之旨，直破二千年來文家
之束縛。」[16]到了王國維，他則進一步高擎真情的大纛，痛擊儒家文
學傳統中的功利主義。

　　清代最後一片儒家正統文學觀念的老店是桐城派。桐城派作文
是講求「義法」的，「義」即是文章中所載之「道」，也就是姚鼐所
謂「義理」。曾國藩是桐城派中興的大將，他同樣是主張「載道」的。
他在《致劉孟蓉書》中說：「捨文字無以窺聖人之道矣。周濂溪氏稱
文以載道，而以虛車譏俗儒。夫虛車誠不可，無車又可以行遠乎？」
依然要「載道」，不過並不輕文。曾氏把古文的範圍擴大了，於義理、
考據、詞章之外，再加一項「經濟」（經國濟民）進去。這一點可見
《示直隸學子文》：「苟通義理之學，而經濟該乎其中矣。」他畢竟
是一個生活在危機四伏的晚清的有責任感的政治家，所以沒有固守

---

[15]　《詩古微・齊魯韓毛異同論》。
[16]　《清代學術概論》之二十二。然而，魏氏的思想是矛盾的，梁啟超大概沒有注
　　意到他對文章的見解：「道之不存，不可以為文」（《古微堂外集》卷三《國朝古
　　文類鈔序》）。

儒家之道。戊戌變法之後，梁啓超的報章體風靡天下，桐城派日漸式微。晚期桐城派的大家嚴復、林紓的貢獻不在古文，而在於對西學的介紹。到了「五四」，他們則站到了新文化的反面。梁啓超在《清代學術概論》中評價說：「『桐城』開派諸人，本狷潔自好，當『漢學』全盛時而奮然與抗，亦可謂有勇。不能以其末流之墮落歸罪於作始。然此派者，以文而論，因襲矯揉，無所取材；以學而論，則獎空疏，閡創獲，無益於社會。」[17]桐城派壽終正寢了，其文所載之道過時了，但「文以載道」作為一種文學價值觀念和一種文學精神並沒有消亡，而是有了新的化身。

　　談論中國文學的功用觀也不能不談到道家的思想。老莊都是主張絕聖棄智、順應自然的，故對文藝都持否定的態度。他們對《詩》不屑一顧，視之為糟粕和道德淪喪的表現。而他們的思想恰恰又對後世的純文學的發展大有助益。老莊哲學宣揚的本來就是一種人對世界的審美態度，因此與文藝有頗多的契合之處。為了達到「大音稀聲，大象無形」的「道」的境界，老子提倡「虛靜」、「滌除玄覽」，就是要徹底擺脫一切主客觀因素的干擾，從而心如明鏡一般地察知宇宙萬物。莊子一般說來是反對「人為的藝術」的，但從他所舉的一系列關於技藝創造的寓言故事來看，他其實是要提倡一種「天然的藝術」。這些故事如「庖丁解牛」、「輪扁鑿輪」、「梓慶削木為鐻」、「津人操舟」、「呂梁丈夫蹈水」、「痀僂者承蜩」等。在莊子看來，這些技藝之所以可貴，首先在於創作主體與「道」合一的「虛靜」態度。他在《人間世》、《大宗師》中提出達到「虛靜」的方法──「心齋」和「坐忘」。莊子「虛靜」說對後世的文藝理論、批評、創

---

[17] 《清代學術概論》之十九。

作的影響主要就是通過這些論技巧的寓言故事來實現的，因為這些技藝創造與文藝創造相通。它們都要求創作主體擺脫功利思想的束縛。老莊哲學對後世的文論的影響是深刻而又多方面的，其中對非功利的強調對過分熱中道德、實用的儒家文學觀念無疑是一服清涼散。魏晉南北朝時期文學的自覺無疑有道家哲學的功勞，如《文賦》、《文心雕龍》中都有大量道家思想的成分在。這種影響一直波及到了近、現代。晚清，魯迅、王國維都持「不用之用」的文學功用觀，他們都直接或間接地受到了康德美學思想的影響，但「不用之用」的辭源是在老莊那裏。老子這樣論有（實）與無（虛）關係：「三十輻共一轂，當其無，有車之用。……故有之以為利，無之以為用。」[18]莊子對老子的觀點做了具體的引申和發揮，在《人間世》中說：「山木自寇也，膏火自煎也。桂可食，故伐之；漆可用，故割之。人皆知有用之用，而莫知無用之用也。」《莊子》中還有多處解說「用」與「無用」的辯證關係。老莊的思想與康德所說的「無目的的合目的性」是有相通之處的。20 年代，郭沫若抄引《莊子‧達生》中的「梓慶削木為鐻」的故事，稱讚道：「這一段文字，我以為可以道盡一切藝術的精神，而尤其重要的，便是其中的『不敢懷慶賞爵祿，不敢懷非譽巧拙，輒然忘吾四肢形體也』這幾句話。我們的藝術家，如果能夠做到這一步，就是能夠置功名、富貴、成敗、利害於不顧，以忘我的精神從事創作，他的作品自然會成為偉大的藝術，他的自身會成為一位天才。」[19]他自己後來就背叛了這種精神。不過，在中國文學史上，道家文論並沒有構成與儒家文論的衝突，而是與之補充、相容。像後世的皎然、司空圖、嚴羽等人的文論都是以道家思

---

[18]　《老子》十一章。

[19]　郭沫若：《生活的藝術化》，1925 年 5 月 12 日《時事新報‧藝術》98 期。

想為主體的（還有禪宗的影響），其中固然沒有談什麼「載道」之類的話，但他們也並沒有提出反對。

重實用、重道德的文學功用觀在很大的程度上決定了中國文學的基本面貌，帶來了它的成就與缺失。鄭振鐸批評道：「中國文學所以不能充分發達，便是吃了傳襲的文學觀念的虧。大部分的人，都中了儒學的毒，以『文』為載道之具，薄詞賦之類為『雕蟲小技』而不為。其他一部分的人，則自甘於做豔詞美句，以文學為一種憂時散悶、閑時消遣的東西。一直到現在，這兩種觀念還未完全消滅。」[20] 其實，傳統文學「載道」之病已經遺傳給了新文學，只是當時這一點還難以看得清楚而已。朱光潛評價說：「就大體說，全部中國文學後面都有中國人看重實用和道德的這個偏向做骨子。這是中國文學的短處所在，也是它的長處所在；短處所在，因為它箝制想像，阻礙純文學的儘量發展；長處所在，因為它把文學和現實人生的關係結得非常緊密，所以中國文學比西方文學較淺近、平易、親切。西方文藝和西方宗教一樣，想於現世以外求解救，要造另一世界來代替現世，所以特重想像虛構。中國文藝和中國倫理思想一樣，要在現世以內得解救，要把現世化成理想世界，所以特重情感真摯，實事求是。」[21] 朱氏所說與現實人生結合地非常緊密並不準確，只能說與現實的政治教化結合得非常緊密。很多人生內容被認為與政治教化沒有關係或有害於世道人心而遭忽略，特別是那些關於人的感性生命的部分。這一點從長處上來說表現出了儒家文化中關心國事民瘼的經世精神。這種精神為新文學所繼承。

---

[20] 鄭振鐸：《整理中國文學的提議》，1922 年 10 月《文學旬刊》51 期。

[21] 朱光潛：《文藝心理學》第七章，《朱光潛全集》1 卷，297 頁。

## 二

在古代的西方，對文學的道德要求也不讓於中國。

古希臘人把詩人看作與立法者一樣重要，以他們為人生的指導者。柏拉圖則對此深表懷疑。他從兩個方面來否定文藝：從認識論上，他認為文藝是現實世界的摹仿，而現實世界又是他所謂的理念的摹仿，因此與真理隔了兩層；他又從政治、倫理的角度指出，文藝放任情感，摧殘理性，褻瀆神明，傷風敗俗，不利於培養未來「理想國」的統治者，因此要把詩人從「理想國」中驅逐出去。不過，我們不能因此斷定柏拉圖否定文藝的社會功用，他只是從嚴格的政治功利標準出發，對當時包括荷馬和赫西俄德的史詩在內的希臘文藝作品不滿，這說明他心目中懸有更高的理想。他又說，只要詩「證明她在一個政治修明的國家裏有合法的地位，我們還是很樂意歡迎她回來，因為我們也很感覺到她的魔力。但是違背真理是在所不許的。」他並要求愛好詩的人們證明，「詩不僅能引起快感，而且對於國家和人生都有效用」，「詩不但是愉快的而且是有用的」。[22]

作為柏拉圖弟子的亞里斯多德則極力為文藝辯護，似乎有意跟老師過不去。這讓人想起他的名言：吾愛吾師，吾尤愛真理。關於文藝的真實性，他通過與歷史的比較指出：「詩人的職責不在於描述已發生的事，而在於描述可能發生的事，即按照可能律發生的事。……因此，寫詩這種活動比寫歷史更富於哲學意味，更被嚴肅的對待；因為詩所描述的事帶有普遍性，歷史則敘述個別的事。」[23]

---

[22] [古希臘]柏拉圖：《文藝對話集》，朱光潛譯，人民文學出版社 1963 年 9 月版，88 頁。
[23] [古希臘]亞里斯多德，[古羅馬]賀拉斯：《詩學 詩藝》，羅念生，楊周翰譯，人民文學出版社 1962 年 12 月版，28-29 頁。

這段著名的話告訴我們，文藝的真實不同於生活的真實和歷史的真實，藝術雖然寫個別的人物和事件，但其目的是要通過個別再現一般，像哲學一樣能夠追求真理。因此，它也就比編年紀事史更富於哲學意味，更有價值，地位更高。關於文藝的社會功用，柏拉圖認為文藝逢迎了人性中卑劣、無理性的情欲，而亞里斯多德則肯定了情感的正當性：情感是人應該有的，它受理性的支配，並且對人有益。他認為人要保持心理健康，就要適當地宣泄情感。藝術就有這樣淨化或陶冶的功能。如悲劇「借引起憐憫與恐懼使這種情感得到陶冶」[24]，這樣就陶冶了情操，促進了人的生理健康。他為文藝引起的快感辯護，並揭示了文藝的快感所產生的機制：首先，文藝是對現實的摹仿，而摹仿行為能使人產生快感，欣賞作品可以滿足求知欲；其次，情節的安排、文字、顏色與音樂的美等也能給我們快感。在柏拉圖那裏，政治的標準是第一的，而亞里斯多德卻說：「衡量詩與衡量政治正確與否，標準不一樣」[25]。然而，像他那樣不把道德的標準凌駕於文藝之上的人在古代畢竟屬於鳳毛麟角。

　　賀拉斯生活在古羅馬的奧古斯都時代，他提出的「寓教於樂」說對後世的影響頗大。他寫道：「詩人的願望應該是給人的益處和樂趣，寫的東西應該給人快感，同時對生活有幫助。……寓教於樂，既勸諭讀者，又使他喜愛，才能符合眾望。」[26]顯然，他首先強調的是教訓。他的長處是在柏拉圖和亞里斯多德之間作了調和，既重視了教訓，又沒有忽視文藝所給人的娛樂。他的簡明扼要的主張為法

---

24　《詩學　詩藝》，19 頁。
25　《詩學　詩藝》，92 頁。
26　《詩學　詩藝》，155 頁。

國古典主義所推崇，也為 18 世紀的法國啟蒙主義作家所重視，因為
「寓教於樂」正好適應了他們想借助文藝進行啟蒙的需要。

　　在從西元 5 世紀開始的漫長的中世紀中，禁欲主義的基督教文化
取得了至高無上的統治地位。基督教文化鼓吹來世主義和禁欲主
義，要求人們犧牲現世的快樂，禁欲苦行，以求上帝的保佑和來世
的幸福。而欣賞文藝就是塵世的快樂，所以是一種罪孽。但文藝畢
竟植根於人性，不可能消滅，所以教會對待文藝的態度後來也發生
了變化，利用文藝來作基督故事、聖徒傳、讚美詩、禱告文等。

　　從但丁時代開始，文藝復興的勢力嶄露頭角。文藝復興的內容
有多方面，最主要的是個性、精神的解放，人們要求從宗教的苦行
主義和來世主義回到古希臘的現世主義和享樂主義。文藝復興的人
生理想是全面發展的人，要多方面、盡可能地發展人的可能性。人
性中美的要求與善和真的要求是平等的，不能以善和真的名義來抹
殺人對美的要求。這種自由發展的精神產生了薄伽丘、喬叟、莎士
比亞和塞萬提斯這些文學大家。這種暴發的新精神威脅到了教會的
權威，於是一般教會中人如義大利的莎伏那羅拉（Savonarola）、法
國的波舒哀（Bossuet）、英國的高生（Gosson），都竭力攻擊詩和戲
劇，認為藝術使得人心不古，世道澆漓。在義大利有一些人出於宗
教的虔誠，把許多珍貴的圖畫和古希臘悲劇的寫本都扔進了火坑。
在英國有所謂「清教徒（Puritan）的反動」，看見文學的影響不利於
道德，主張把它一律廢去。[27]但不管怎麼樣，那些表達個性和自由精
神的文學同時表達了把文學從宗教和道德的束縛中解脫出來的訴
求，這正是西方文學現代性的起點。從此，日趨壯大的追求人的全

---

[27]　參閱《朱光潛全集》1 卷，299-300 頁。

面發展的人道主義思想逐漸成為西方近、現代文學的思想主調。文學現代性是「人學」現代性的一個重要組成部分。

　　到了 18 世紀，西方的知識生活發生了巨大的變化，對文藝與社會的關係的理解出現結構性的移動。德國當代哲學家尤根‧哈貝馬斯在馬克斯‧韋伯思想的基礎上談論現代性問題時，指出：「韋伯給文化的現代性賦予了實質理性的分離特徵。表現在宗教與形而上學之中的這種分離構成三個自律的範圍。它們是科學、道德與藝術。這三個方面最終被區分開來，因為宗教與形而上學結為一體的世界觀分道揚鑣了。自 18 世紀以來，從這些古老的世界觀中遺留下來的問題已經被人們安排分類以列入有效性的特殊方面：真理、規範的正義，真實性與美。那時它們被人當作知識問題、公正性與道德問題、以及趣味問題來處理。科學語言、道德理論、法理學以及藝術的生產與批評都依次被人們專門設立起來。……對文化傳統所作的這種職業化處理辦法先於文化這三個方面的每一個內在結構，那麼出現的認識──工具結構，道德──實踐結構，以及審美表現的合理性結構，每一結構都無一例外地處於專家們的控制掌握之中。」18 世紀為啟蒙思想家所系統闡述過的現代性構想，就是要按照各種知識形式自身的邏輯充分發展具有客觀性的科學、普遍的道德規則與法律以及自足自律的藝術，其中包含著一種對自由、正義和幸福的許諾。他們過分地奢想新的知識制度不僅可以促進對自然力量的控制，而且也會幫助人們更好地理解世界、自我、道德、進步、機構的公正性，以至人類幸福。[28]雖然各種知識形式的自律在實際的現代進程中並不可能真正地實現，這種構想本身也容易遮蔽它們之間千

---

[28]　[德]尤爾根‧哈貝馬斯：《論現代性》，《後現代主義文化與美學》，王岳川、尚水編，北京大學出版社 1992 年 2 月版。

絲萬縷的關係，但它無疑有助於把藝術從諸多的社會束縛中解脫出來。因此在 18 世紀的啟蒙思想家那裏，「寓教於樂」事實上有了與以前不同的內涵。

文藝寓道德教訓的觀念到 19 世紀產生了動搖。19 世紀的文學功用觀大致有三種主要傾向：一是浪漫主義思潮──「世紀末」思潮所代表的非功利主義傾向，二是以法國現實主義──自然主義作家所代表的科學主義傾向，三是以馬克思、恩格斯和俄國強調文學「為人生」的批評家和作家所代表的功利主義傾向。

浪漫主義思潮興起於 18 世紀末、19 世紀初。浪漫主義在文學本體論上把作品看作作家內心真實而自然的流露，那麼在文學功用觀上自然就會強調「非功利」，至少也會大大淡化功利性的要求。另外，浪漫主義作家對初期資本主義社會日漸抬頭的實用主義和市儈作風甚為不滿，於是更強調無目的性。

康德高揚「審美無利害性」旗幟的美學的問世，為浪漫主義提供了理論的依據。康德哲學所屬的德國古典哲學本身就是廣義的浪漫主義運動的一部分。可以說，康德的「審美無利害性」學說是文藝非功利性的立法者。他根據《純粹理性批判》中知性判斷的質、量、關係、方式（或譯情狀）這四項範疇來考察審美判斷力，對美進行分析。從質的範疇來看，審美判斷的快感不涉及利害。從量的範疇看，審美判斷不依賴概念而具有普遍性。從關係的範疇看，審美判斷具有無目的的合目的性。從方式的範疇看，它具有沒有概念的必然性。這四個命題之間是有內在的邏輯關係的，其中審美無利害性是一個基本的命題，在康德那裏具有前提的性質；後三個可以由第一個推衍出來。第一個命題強調了審美是不涉及利害關係的情感判斷，對象只以它的形式而不是以它的存在來產生美感。康德把

「審美的愉快」與「快適的愉快」、「善的愉快」作了重要的區分。審美判斷在量上是單稱判斷,它與一般的單稱判斷的不同在於它能夠顯示出普遍性。既然美的對象與自己無利害關係,那麼他就可以判定使自己獲得審美愉快的對象也能使別人感到同樣的愉快,即我覺得美的東西別人也應該覺得美。審美判斷既然不涉及概念,那麼就與任何特定的目的無關;但同時,作為想像力與知性趨向於某種未確定概念的自由協調,審美判斷又帶有合目的的性質。「無目的的合目的性」包含了前兩個命題的意思,在康德那裏具有更高的概括性。第四個命題與第一個命題也關係密切,因為審美不涉及利害而感到愉快,這種愉快是具有普遍性的,所以才能設想「共通感」的存在。由於「共通感」,審美判斷才有「不依賴概念的必然性」。

　　當然,我們不應該認為康德否定文藝在社會中的重要作用。為了分析的方便,他把把審美當作獨立的抽象的心理功能而與利害、概念、目的等內容、意義剝離開來,從而追尋純粹的美的本質。然而這樣以來,審美判斷也就遠離了現實中豐富多彩的具體的美。於是,康德在談到「美的理想」時,又提出了「自由美」與「依存美」的概念。「自由美」即是純粹的美,是不以對象的概念為前提的,而「依存美」,是指依存於一定的概念、有條件的美。因為「自由美」畢竟帶有假想的性質,很少的美能符合「自由美」的標準,故理想美只能是依存美。顯然,幾乎所有的藝術和絕大多數自然對象的美都屬於「依存美」。提出「美的理想」不在於「自由美」,而在於「依存美」,這與康德對美的本質的分析是矛盾的。這個矛盾康德沒有能解決,它來自其基本的思想方法。[29]

---

29　以上對康德美學思想的評述依據《判斷力批判》上卷(宗白華譯,商務印書館 1964 年 1 月版)第一部分第一章「美的分析」,同時參考了朱光潛《西方美學

　　審美無利害性的命題儘管不是由康德最初提出[30]，然而是他首先對其進行了嚴密的論證，嚴格地把它與人的認識、欲望等心理功能區別開，從而堅決地把美學範疇與哲學、道德、功利的範疇區別開，為使美學成為一門獨立的學科奠定了基礎。卡西爾指出：「康德在他的《判斷力批判》中第一次清晰而令人信服地證明了藝術的自主性。以往所有的體系一直都在理論知識或道德生活的範圍之內尋找一種藝術的原則。」[31]美國美學史家斯托爾尼茲評價道：「除非我們能理解『無利害性』這個概念，否則我們就無法理解現代美學。」[32]

　　黑格爾在批判藝術目的在道德教訓說的基礎上提出，「藝術有它自己的目的」，即在具體感性形象中顯現普遍性的真實，亦即理性與感性的矛盾統一。「至於其他目的，例如教訓、淨化、改善、謀利、名位追求之類，對於藝術作品之為藝術作品，是毫不相干的，是不能決定藝術作品的概念的。」[33]

　　在談到浪漫主義的文學功用觀時，勃蘭兌斯說過：「不管浪漫主義在各國的發展如何不同，有一點是大家都堅持的，那就是美就是它自身的目的，也就是德國人所謂的 Selbstzweck（自身目的）；這是從康德的《判斷力批判》中借用的一個觀念，論證美就是藝術的標

---

　　史》下卷（人民文學出版社 1979 年 11 月 2 版）第十二章。

[30]　傑羅姆‧斯托爾尼茲指出，第一個注意到「無利害性」這個概念的是 18 世紀最初十年間的英國哲學家洛德‧夏夫茲博里。見傑羅姆‧斯托爾尼茲：《「審美無利害性」的起源》，《美學譯文》（3），中國社會科學出版社 1984 年 7 月。其實，在他之前，德國哲學家卡西勒早已指出，「無私的快感」「這一學說恰恰是莎夫茨伯利（即夏夫茲博里——引者）對美學所作出的最重要的個人貢獻」，見 E. 卡西勒：《啟蒙哲學》，顧偉銘等譯，山東人民出版社 1988 年 1 月版，320-321 頁。

[31]　[德]恩斯特‧卡西爾：《人論》，甘陽譯，上海譯文出版社 1985 年 12 月版。

[32]　《「審美無利害性」的起源》。

[33]　[德]黑格爾：《美學》1 卷，朱光潛譯，商務印書館 1979 年 1 月 2 版，68-69 頁。

準和真正的目的。」[34]只能說就各國的總體情況而言是這樣的,其實在不同的國家和個人之間存在著差異,功利性也並沒有一概被從文學的國土中驅逐。浪漫主義的非功利的文學功用觀為「世紀末」思潮所繼承並推向極端,「世紀末」思潮的主要成員頹廢主義、象徵主義、唯美主義都把「為藝術而藝術」作為自己的綱領。關於浪漫主義和唯美主義的文學功用觀,我在第五章第二節裏還要更多地涉及,這裏暫不細表。

科學主義傾向是法國現實主義——自然主義文學功用觀的顯著特點。隨著科學的發展和實證主義哲學的流行,文藝越來越被現實主義——自然主義作家看作具有與科學一樣認識功能的認識方式,古老的摹仿範疇越來越明確地具有了追求精密科學那樣絕對客觀的內涵。在 19 世紀的現實主義大師那裏,摹仿和再現的概念被作了新的規定與陳述,諸如逼真、真實、可信、冷靜觀察、不動情、中立性、非個人化(非人格化)、精確性等等。[35]巴爾扎克說:「法國社會將寫它的歷史,我只能當它的書記。」[36]左拉更是以科學家自居:「我把對政治狀況的探討擱置一邊,也不會去討論在宗教上、政治上如何更好地治理人群的問題。我並不想建立或捍衛某種政治或宗教。我的研究只是對如此這般人世界所作的單純而局部的剖析。我純粹是在驗證。這是對被置於某種環境中的人的研究,毫無說教的成分。如果我的小說應該有一種結果,那結果就是,道出人類的真實,剖

---

[34] [丹麥]勃蘭兌斯:《十九世紀文學主流》第一分冊,張道真譯,人民文學出版社 1997 年 10 月版,147 頁。

[35] 參閱周憲:《二十世紀的現實主義:從哲學和心理學看》,《二十世紀現實主義》,柳鳴九主編,中國社會科學出版社 1992 年 2 月版。

[36] [法]巴爾扎克:《〈人間喜劇〉前言》,《西方文藝理論名著選編》中卷,伍蠡甫、胡經之主編,北京大學出版社 1986 年 8 月版。

析我們的機體,指出其中由遺傳所構成的隱祕的彈簧,使人看到環境的作用。立法者與道德家則可以自由地利用我的作品,從其中抽引出一些結論,考慮如何包紮我所指出的傷口」[37]。他乾脆把文學的功用問題擱置了起來。

馬克思、恩格斯根據無產階級革命鬥爭的需要,總結 19 世紀現實主義文學的創作經驗,提出了馬克思主義的現實主義理論。這個理論的突出特點是強調了傾向性,特別是強調了對歷史和現實的階級關係、階級鬥爭的正確描寫。在 19 世紀,由於種種原因,馬、恩的文論沒有引起重視,他們的一些論文學的文章也尚未公開於世。

俄國 19 世紀民主主義批評家別林斯基、車爾尼雪夫斯基、杜勃羅留波夫等人都是主張文學「為人生」的。托爾斯泰更是一個有名的藝術上的功利主義者,視藝術為人類交流感情的工具。他認為過去關於藝術的定義都不正確,因為它們「認為藝術的目的就是從藝術得來的快樂,而不是藝術在個人和人類生活中的效用」。他給藝術下的定義是:「在自己心裏喚起曾經一度體驗過的感情,在喚起這種感情之後,用動作、線條、色彩、聲音,以及言詞所表達的形象來傳達出這種感情,使別人也能體驗到這同樣的感情──這就是藝術活動。藝術是這樣的一項人類的活動:一個人用某種外在的標誌有意識地把自己體驗過的感情傳達給別人,而別人為這些感情所感染,也體驗到這些感情。」所以,藝術的價值在於它「是生活中以及向個人和全人類幸福邁進的進程中所必不可少的一種交際的手段,它把人們在同樣的感情中結成一體。」就內容而言,藝術的好壞是憑藉「宗教意識」來確定的。不同的時代具有不同的宗教意識,

---

[37] [法]左拉:《關於作品總體構思的箚記》,柳鳴九主編《自然主義》,中國社會科學出版社 1988 年 8 月版。

「現代的宗教意識，就其最普遍和最實際的應用而論，是這樣一種意識：我們的幸福──物質上的和精神上的、個人的和集體的、暫時的和永久的──是在於全人類的兄弟般的共同生活，在於我們相互之間的友愛的團結。」[38]他從宗教的立場出發，把傳達愛國之情的文學視為壞藝術的一類。以上幾個俄國人的文學功用觀在五四時期即對中國新文學產生了影響。這我在第四章裏還要談到。

　　20 世紀，隨著思想文化的多元化，文學功用觀也呈現出多元化的取向。下面略舉幾種有代表性的理論觀念，以見一斑。在蘇聯、中國等社會主義國家，由於政治的干預，19 世紀馬、恩文論中的功利傾向被進一步加強。很長一段時間裏，蘇聯和中國都奉行「社會主義現實主義」的理論，這一理論的凸出特點就是對政治功利的追求。西方馬克思主義法蘭克福學派中的馬爾庫塞、阿爾多諾則把文藝看作克服資本主義社會的異化，實現人的社會本質全面復歸的方式。存在主義哲學家、作家薩特在戰後積極倡導「傾向性文學」，要求文學介入政治和社會鬥爭，他在《為什麼寫作？》一文中指出：「散文藝術與民主制度休戚相關，只有在民主制度下散文才保有一個意義。當一方受到威脅的時候，另一方也不能倖免。用筆桿子來保衛它們還不夠，有朝一日筆桿子被迫擱置，那個時候作家就有必要拿起武器。因此，不管你是以什麼方式來到文學界的，不管你曾經宣揚過什麼觀點，文學把你投入戰鬥；寫作，這是某種要求自由的方式；一旦你開始寫作，不管你願意不願意，你已經介入了。」[39]克羅

---

[38] [俄]列夫・托爾斯泰：《藝術論》，豐陳寶譯，人民文學出版社 1958 年 5 月版，45 頁，47-48 頁，155 頁。

[39] [法]薩特：《為什麼寫作？》，《薩特研究》，柳鳴九編選，中國社會科學出版社 1981 年 10 月版。

齊的直覺表現主義和弗洛伊德的精神分析學說都排斥文學的道德作用。克羅齊認為，道德是實用的，起源於意志；而審美是直覺的，不涉及意志、欲念。他在《美學綱要》一書中說：「藝術並不是起於意志；善良的意志能造就一個誠實的人，卻不見得能造就一個藝術家。既然藝術家並不是意志活動的結果，所以藝術便避開了一切道德的區分」。[40] 弗洛伊德則認為，藝術是性本能的昇華，其價值就在於對人的精神的補償。俄國形式主義、新批評、符號學雄居 20 世紀文壇，都堅持形式本身的價值，把文本從現實世界中孤立出來。如新批評把文學研究區分為內部研究和外部研究，認為只有對文本的內部研究才是真正具有文學價值的。新批評的理論家維姆薩特和比爾茲利把注重作者意圖的批評和注重讀者反映的批評稱為「意圖謬見」和「感受謬見」[41]，這樣就從作者和讀者兩頭斬斷了文本與文本外的世界的聯繫。新批評的文學觀念與 19 世紀強調藝術自主性的文學思潮有著一脈相承的聯繫，只是該派把藝術自主性的觀念改造成嚴格的文學形式的概念。到了解構主義批評家那裏，文學變成了純粹的能指語言自身的邏輯運動，其中自然不會有功利性的插足之地。

　　面對西方 20 世紀色彩斑駁的文學功用觀，我想起了薩特《為什麼寫作？》開頭的一句話：「各有各的理由」。這多元並存、相互競爭的文學觀念促進了 20 世紀西方文學的空前繁榮。

---

[40] [意]克羅齊：《美學原理　美學綱要》，朱光潛譯，人民文學出版社 1983 年 11 月版，213 頁。

[41] 參閱威廉·K·維姆薩特、蒙羅·C·比爾茲利：《意圖謬見》、《感受謬見》，《「新批評」文集》，趙毅衡編選，中國社會科學出版社 1988 年 4 月版。

三

　　從戊戌變法到 20 世紀 20 年代末是中國文學由傳統向現代轉型和主流文學觀念形成的時期，中國現代性的文學開始形成，並又出現新的變數。在中西方，文學的現代性都是伴隨著啟蒙現代性而展開的。它的基本任務是要把文學從宗教的或政治教化的束縛中解放出來，肯定人的感性生命的合理性，使文學話語能夠自主、全面、充分地表達現代人的生存經驗，滿足人的全面發展的需要，促進社會的福祉。然而，由於自身特殊的歷史語境，中國文學的現代性問題又與西方迴異，包含著強烈的民族主義的訴求。

　　中國文學的現代性問題的提出並非中國社會、文化和文學內部發展的結果，而是由民族危難激發的，於是這個現代性的文學一開始就承擔著建立現代民族國家的沈重的道義責任。促使中國現代性文學生成和發展的基本因素有兩個，一是救亡圖存的外在動力，另一個是中國文學追求現代性的內驅力。後者我們從明清思想解放思潮中的文藝思想與小說、戲曲中都能夠看到，儘管它尚處於被壓抑的弱勢地位。但二者緣於自身的邏輯對文學的價值取向、創作、文本存在方式、接受等方面的要求則大異其趣。前者更關注文學的功用。20 世紀的中國文學的主流是功利主義的，其文學觀念自然也是如此。鄭清茂指出，對於中國現代作家來說，所要探究的基本問題不是「什麼是文學？」，而是「它有什麼用？」[42]。老舍在 30 年代初也曾對五四文學革命沒有認真思考過「文學是什麼」表示過不滿。[43]

---

[42] [美]鄭清茂：《日本文學思潮對中國現代作家的影響》,《中國現代文學的主潮》，賈植芳主編，復旦大學出版社 1990 年 2 月版。

[43] 舒舍予：《文學概論講義》，北京出版社 1984 年 6 月版，39 頁。

　　我相信文學功用觀問題關涉著20世紀中國文學現代進程中最主要的經驗和教訓，所以想從文學功用觀的視角切入，通過考察從晚清到20年代末中國文學觀念的現代轉型，來考察和總結中國文學觀念的現代性問題。具體標誌這個研究時期的代表性作家是戊戌變法失敗後的梁啟超和後期創造社的成員。之所以要選擇這個研究階段，是因為這個時期是中國現代文學的入口處，有很多問題比在以後能看得更清楚一些。到了20年代末革命文學論爭，現代主流的革命現實主義文學理論開始形成，其文學功用觀已基本定型，並且取得了文壇上的主導地位。梁啟超從改良主義的政治立場大力提倡文學，左翼作家又從階級鬥爭的立場來要求文學，文學從啟蒙的工具進一步變成了革命的工具，對文學的功利主義訴求始終壓倒對現代性的訴求。

　　在本論文中，我始終追蹤的是引領並決定現代中國文學潮流方向的浪頭部分。為此，以不同階段具有代表性的作家和社團為結構主線，關注各種關於文學功用的陳述類型。本書不僅要勾勒出本時期文學功用觀流變的主要線索，而且探討這些文學功用觀作為一種知識產生的內在機制、遞嬗的原因、理論結構，以及它們在特定歷史語境下的對話關係等。我主要選擇了以下具有代表性的研究對象：梁啟超，王國維，留日時期的周氏兄弟，五四文學革命中的胡適、陳獨秀、魯迅、周作人，以茅盾為代表的文學研究會作家，以郭沫若為代表的創造社作家等。同時通過聯繫、對比等方式，論及晚清國粹派、南社、學衡派、鴛鴦蝴蝶派、淺草社、沉鍾社、彌灑社、新月社、太陽社等社團、流派，以及康有為、嚴復、章太炎、林紓、章士釗、錢玄同、劉半農諸人。最後在附錄中，我選擇了支撐主流文學觀念理論結構的「真實性」、「傾向性─世界觀」、「時代

性—題材」等幾個關鍵字，評述 30 年代以後主流文學觀念的遷衍，力求站在建設面向新世紀的中國文學和中國文化的高度來總結其成就與不足。如果說在現代文學的入口處，可以對主流文學觀念的發生有更清楚的認識，那麼通過 30 年代以後主流文學觀念和主流文學的遷衍，可以更準確、全面地觀察、總結出功利主義的文學觀念的得失。

中國現代功利主義的文學觀回應了時代的要求，在中國人求民族解放、求社會解放、求現代化的歷史進程中發揮了巨大的歷史作用，並且是中國文學現代化的主要推動力，同時也是造成 20 世紀中國文學現代性不夠成熟狀態的重要原因。關於其歷史意義已有大量的研究成果予以充分的肯定，我的工作重點側重於對功利主義及其消極後果的審察。這樣做並不意味著我要倡導什麼審美主義，而是旨在以史為鑒，在堅持對文學功用的多元理解的前提下，試圖重建或強調一種文學聯繫現實人生的方式，進一步解放文學的生產力，促進中國文學在新世紀的繁榮。我知道這是一個複雜的系統工程，其意義也未必能為很多人所認識，但我想進行自己的努力。

在研究方法上，運用具體與宏觀、歷史與邏輯、實證與話語分析相結合的方法。其中主要是採用話語分析的方法，在論述一種理論話語的時候，以支撐這個理論的幾個關鍵字為中心。蘇珊·朗格指出：「要想對於一種理論以及這一理論有關的所有概念作出可靠的解釋，就必須先從解決一個中心問題著手，即先從確立一個關鍵概念的確切含義著手。」[44]我體會，任何一種理論話語必然包含著一個中心的訴求或者說意圖，這個訴求或意圖是通過幾個關鍵字來實現

---

[44] [美]蘇珊·朗格：《藝術問題》，滕守堯、朱疆源譯，中國社會科學出版社 1983 年 6 月版，3 頁。

的，它們構成了支撐起這一理論話語的幾根支柱。過去講階級鬥爭的年代流行一個成語叫「綱舉目張」，這些關鍵字就是能使所有網眼張開的「綱」。通過關鍵字以及它們相互間的關係，我們能發現貫徹中心訴求或意圖的內在機制；考察關鍵字的流變，又可以進一步尋見某一類型理論話語的歷史衍化。

# 第一章

# 新民之道

晚清國勢陵夷，內憂外患頻仍，中國文化做出應急性的反應，進行了一系列的結構調整和改革，求新、求變、求用成為時代的風氣。由於西學的輸入，一批有識之士接受了現代知識制度上的文學觀念的影響，獲得了對向來被鄙夷的詞章、小說、戲曲等文類的信任感和重視，並賦予它們以歷史的重任，於是這些文類由附庸而蔚為大國，中國文化和中國文學的格局產生了重大的改變。然而，當傳統文學無法真正地突出重圍，回應時代的需要，有效地承擔社會啟蒙和匡時救國的歷史重任時，五四文學革命應運而生，傳統文學終於落日難挽，受到了整體性的否定。近代以降中國文學的每一次重大轉折都是以理論倡導和觀念革新為其先導的。

儘管文學觀念的革新早在戊戌變法之前就已啟動，但在這以後的幾年中才掀起一場改變了中國文學生態的改良運動。其理論上的代表人物就是梁啟超，這時的梁氏逸出了滿清政治體制，把挽救時艱、建立現代民族國家的希望以及自己努力的重點放在了文學改良上。梁啟超位於 20 世紀中國文學的起點上，聯繫著過去，承接著未來。在 20 世紀初的文學轉型中，似乎沒有誰像梁啟超那樣深受傳統的濡染，而又與新時代保持著那麼直接、密切、重要的聯繫。從他那裏，我們可以鮮明生動地看到中國講求功用、關心國事民瘼的文

學精神是怎樣在現實的刺激下，接受西方現代文學觀念的影響，而
生成新的文學傳統的。

## 一、改良主義

　　梁啟超的文學觀是他以民族主義為基礎的改良主義思想的一部
分。民族主義思想的形成標誌著中國近代思想文化界的重大轉變。
它確立了民族國家至高無上的地位，這個觀念成為 20 世紀思想、文
化的基本的價值預設，從而決定了後者的走向。

　　以發表於 1902 年、1903 年間的《新民說》為標誌，梁啟超疏遠
了他在政治流亡之前所持的文化主義，形成了成熟的民族主義思
想。在他看來，16 世紀以降，歐洲之所以發達，世界之所以進步，
都是由民族主義衝擊而成的。「民族主義者何？各地同民族、同言
語、同宗教、同習俗之人，相視如同胞，務獨立自治，組織完備之
政府，以謀公益而禦他族是也。」[1] 顯然，梁的民族主義是以在帝國
主義列強侵略刺激下產生的國家意識與國家思想為基礎的，得到了
社會達爾文主義的競爭觀念的支援。他清楚地表明了民族主義與他
所倡導「新民」理想的關係。列強利用其國家的實力來從事侵略擴
張，這是民族帝國主義（National Imperialism）的表現。對中國來說，
「今日欲抵擋列強之民族帝國主義，以挽浩劫而拯生靈，惟有我行
我民族主義之一策，而欲實行民族主義於中國，捨新民末由。」[2] 他
並且強調：「在民族主義立國之今日，民弱者國弱，民強者國強，殆

---

[1]　梁啟超：《新民說》第二節，《飲冰室文集・專集》3 冊，中華書局 1936 年版。
[2]　《新民說》第二節。

如影之隨形，響之應聲，有絲毫不容假借者。」[3] 他在《新民叢報》第一號刊登的章程裏也曾開宗明義：「本報取《大學》新民之義，以為欲維新我國，當先維新吾民。」因此，他從建立一個強大的民族國家的角度提出了對國民的新要求，並要改造落後的國民性。他從日本引進國民性的概念，目的即為了發展其民族主義理論。[4]「新民說」是一種以「合群救國」為中心的新的人格理想，是建立在力本論基礎上的，強調民德，以對民族國家有用為價值取向的道德規範。在梁看來，這是民族主義的根柢。「新民說」是其戊戌變法前後開通民智、救國保種思想的發展與深化。

在戊戌變法之前，梁啟超就認識到國民素質與社會革新之間的密切關係。他曾經談到過變法的思路：「吾今為一言以蔽之曰：變法之本，在育人才；人才之興，在開學校；學校之立，在變科舉；而一切要其大成，在變官制。」[5] 在一個中央集權的官僚國家裏，現代學校制度的建立必須得到政府的支持，那麼政治的改革就勢在必行了。變法的失敗，使梁啟超等人認識到單靠一個皇帝和幾個開明官僚無法當此重任。同時，逸出政治體制的梁氏也只能把自己的重點放在思想啟蒙上。

梁啟超的文學觀屬於其以民族主義為基礎的改良主義的意識形態，他正是從一個改良主義宣傳家的立場來倡導文學的。他在晚清的「文界革命」、「小說界革命」、「詩界革命」和戲劇改良中都起到了舉足輕重的作用，但其文學觀主要表現於他對詩歌和小說的主張上。

---

3　《新民說》第四節。

4　參閱劉禾：《一個現代性神話的由來——國民性話語之一》，《文學史》，北京大學出版社 1993 年版。

5　《變法通議·論變法不知本原之害》，《飲冰室合集·文集》1 冊。

在發表於 1900 年的《夏威夷遊記》中，他就對「詩之境界」「被千餘年來鸚鵡名士占盡」不滿，提出：「今日不作詩則已，若作詩，必為世界之哥侖布、瑪賽郎然後可。……欲為詩界之哥侖布、瑪賽郎，不可不備三長：第一要新意境，第二要新語句，而又須以古人之風格入之，然後成其為詩。……今欲易之（指傳統詩歌的意境、語句——引者），不可不求之於歐洲。歐洲之意境、語句，甚繁富而瑋異，得之可以陵轢千古，涵蓋一切。今尚未有其人也。」他宣稱：「吾雖不能詩，惟將竭力輸入歐洲之精神思想，以供來者之詩料可乎？要之，支那非有詩界革命，則詩運殆將絕。」並認為「詩界革命」的時機已經成熟。[6]

《飲冰室詩話》是梁在《夏威夷遊記》中提出的「詩界革命」主張的繼續和具體化。這裏面滲透著強烈的為現實服務的精神。詩話所談、所錄絕大多數是維新派中人的作品，特別是他們的新詩（「新學之詩」），其中以黃遵憲、譚嗣同、康有為的詩作為最多。他最推重黃遵憲，對他的詩歌介紹最多，認為「近世詩人能鎔鑄新理想以入舊風格者，當推黃公度」[7]。他最欣賞黃遵憲的兩類詩歌，一類是像《錫蘭島臥佛》那樣的所謂「詩史」，另一類是具有宣傳、鼓動性質的歌詞如《軍歌二十四章》、《小學校學生相和歌十九章》等。他對「詩界革命」的最基本的要求就是「鎔鑄新理想以入舊風格」，這個標準在詩話中處處得到了體現，並且以不同的言語形式重複。從他的具體例證中，我們不難看出他的「新理想」指的就是新的思想境界（或者用他的話來說叫作「意境」），主要包括下面一些內容：

6　梁啟超：《夏威夷遊記》，《飲冰室合集·專集》2 冊。

7　梁啟超：《飲冰室詩話》四則，舒蕪校點，人民文學出版社 1959 年 4 月第一版，1998 年 5 月第一次印刷。

西方的哲學、政治、文化思想、愛國思想與國民的尚武精神，以及自然科學知識。這是對詩歌的思想內容上的要求。在形式上，他仍然強調「舊風格」（只是語言上可以也需要變化），沒有能超越舊體詩。一直到 1920 年，他還對白話詩的藝術性心存疑慮。[8] 他的詩論鮮明地體現出政治思想第一的文學批評標準。他說：「吾嘗推公度、穗卿、觀雲為近世詩人三傑，此言其理想之深邃閎遠也。若以詩人之詩論，則邱倉海（逢甲）其亦天下健者矣。」[9] 我們可清楚地看到梁氏論詩首先強調思想性的特點。黃遵憲作有《軍歌二十四章》，把每章最後的一個字連在一起，成「鼓勇同行，敢戰必勝，死戰向前，縱橫莫抗，旋師定約，張我國權」二十四個字。梁啟超對此詩擊節稱賞：「其精神之雄壯活潑沉渾深遠不必論，即文藻亦二千年所未有也，詩界革命之能事至斯而極矣。」[10] 正是由於本詩所具有的政治鼓動性，梁啟超才把它視為「詩界革命」的頂峰之作。

　　對晚清民初的文學觀念產生巨大衝擊和深遠影響的自然還是他的小說論，他的文學功用觀在這裏得到了最為鮮明、集中的體現。本世紀最初的幾年是梁啟超宣傳改良主義思想最為有力的幾年，他寫了大量聲名遠揚的時論。他的赫赫有名的《論小說與群治之關係》[11] 也同樣是一篇時論，而並非專業性的文學論文。梁氏習慣於以他那宣傳家的誇飾的文風，把他倡導的對象與國事、國運聯繫起來。[12] 本文也不例外，開篇即宣稱：「欲新一國之民，不可不先新一國之小

---

[8]　梁啟超：《〈晚清兩大家詩鈔〉題辭》，《飲冰室合集‧文集》15 冊。

[9]　《飲冰室詩話》三九則。

[10]　《飲冰室詩話》五四則。

[11]　原載 1902 年 11 月《新小說》第 1 號，收入《飲冰室合集‧文集》4 冊。

[12]　如《論報館有益於國事》（收入《飲冰室合集‧文集》1 冊）、《少年中國說》《呵旁觀者文》（以上兩文收入《飲冰室合集‧文集》2 冊）。

說。故欲新道德，必新小說；欲新宗教，必新小說；欲新政治，必新小說；欲新風俗，必新小說；欲新學藝，必新小說；乃至欲新人心，欲新人格，必新小說。何以故？小說有不可思議之力支配人道故。」

　　小說發揮社會作用的前提當然是人們喜愛它，在說明人們為什麼嗜讀小說時，他從認識論的角度提出了兩點解釋。其一，「凡人之性，常非能以現境界而自滿足者也，而此蠢蠢軀殼，其所能觸能受之境界，又頑狹短局而至有限也，故常欲於其直接以觸以受之外，而間接有所觸有所受，所謂身外之身，世界外之世界也。……小說者，常導人遊於他境界，而變換其常觸常受之空氣者也。」其二，「人之恒情，於其所懷抱之想像，所經閱之境界，往往有行之不知、習焉不察者」，有人能加以充分表現，自然會受到非常的讚賞。「由前之說，則理想派小說尚焉；由後之說，則寫實派小說尚焉。」這兩點在今天看來，仍不失為深刻，尤其是前者，涉及到文學與人的精神自由這個重要問題。此二者本為文學共有的特點，但「諸文之中能極其妙而神其技術，莫小說若，故曰，小說為文學之最上乘也。」於是，小說在梁啓超那裏登上了文類排行榜的首位。

　　他繼續從文藝心理的角度提出了小說的「四力說」：「一曰熏」，「熏也者，如入雲煙中而為其所烘，如近墨朱處而為其所染」，指讀者在不知不覺中受小說的熏染；「二曰浸」，「浸也者，入而與之俱化者也」，這是從受熏染的時間上來說的；「三曰刺」，「刺也者，刺激之義也」；「四曰提」，「前三者之力，自外而灌之使入，提之力自內而脫之使出，……凡讀小說者，必常若自化其身焉，入於書中，而為其書之主人翁。」「此四力者，可以盧牟一世，亭毒群倫，教主之所以能立教門，政治家所以能組織政黨，莫不賴是。文家能得其一，則為文豪；能兼其四，則為文聖。」他雖然努力表述得有理論色彩

一些，但所說的不過是小說的感染和昇華作用。然而，小說的這種
「不可思議之力」卻可以帶來兩種截然相反的結果：「有此四力而用
之於善，則可以福億兆人；有此四力而用之於惡，則可以毒千萬載。
而此四力最易寄者，惟小說。可愛哉小說！可畏哉小說！」在他看
來，小說的反面效果以中國傳統小說為代表。他認為，傳統小說為
「中國群治腐敗之總根原」。從國人的「狀元宰相之思想」，到國民
的「輕薄無行」，到義和團「淪陷京國，啟招外戎」，都是小說之過。
甚至說，由於小說形成了社會風氣，一個人沒有出胎就遺傳其影響。
在梁啟超所提倡的對象上普遍存在著價值超載的現象，晚清論文的
粗率、鄙陋的一面於此可見一斑。雖然沒有明說，顯然他是把西方
與日本的政治小說視為發揮正面作用的小說典範的，那是中國小說
的方向。那麼，結論自然是：「故今日欲改良群治，必自小說界革命
始！欲新民，必自新小說始！」不管他的觀點如何，其態度是真誠
的。正因為如此，他才會花費大量的精力於鼓吹小說之外，創刊《新
小說》，翻譯日本的政治小說，並寫作政治小說《新中國未來記》。

　　梁啟超的小說思想經歷了一個發展的過程。早在戊戌變法之
前，他就開始注意到了小說的社會作用。不過，他最初是從幼學教
育的角度提出問題的。在《變法通議》裏的《論幼學》（1896）中，
他提倡專用俚語寫作的作為幼學教育課本的說部書。他注意到小說
的通俗性的社會作用：「今人出話，皆用今語，而下筆必效古言，故
婦孺農氓，靡不以讀書為難事，而《水滸》、《三國》、《紅樓》之類，
讀者反多於六經。」文人學士由於輕視而不為說部書，「而小有才之
人，因而遊戲恣肆以出之，誨盜誨淫，不出二者，故天下之風氣，
魚爛於此間而莫或知，非細故也。」他於是提出：「今宜專用俚語，
廣著群書：上之可以借闡聖教，下之可以雜述史事，近之可以激發

國恥，遠之可以旁及彝情，乃至宦途醜態，試場惡趣，鴉片頑癖，纏足虐刑，皆可窮極異形，振厲末俗，其為補益豈有量哉！」[13]這說明他對說部書的提倡並沒有局限於幼學教育，而是擴大到了對整個國民的啓蒙。上面所說的「說部書」並不就是通常所謂的小說，更明確的提出以小說來對國民進行啓蒙的是他的《〈蒙學報〉〈演義報〉合敘》。他寫道：「西國教科之書最盛，而出以遊戲小說者尤夥。故日本之變法，賴俚歌與小說之力，蓋以悅童子，以導愚氓，未有善於是者也。他國且然，況我支那之民不識字者，十人而六，其僅識字而未解文法者，又四人而三乎？」[14]他明確地提到了向西方和日本學習。

在發表於 1898 年 12 月《清議報》第一冊的《譯印政治小說序》裏，他的以強烈的功利主義傾向為主要特徵的小說思想已基本成形。梁把他所提倡的小說具體化為政治小說，並且帶有明顯虛構地介紹了政治小說在西方和日本政治變革中的作用。他是這樣說的——

> 在昔歐洲各國變革之始，其魁儒碩學，仁人志士，往往以其身之經歷，及胸中所懷，政治之議論，一寄之於小說。於是彼中輟學之子，黌塾之暇，手之口之，下而兵丁、而市儈、而農氓、而工匠、而車夫馬卒、而婦女、而童孺，靡不手之口之。往往每一書出，而全國之議論為之一變。彼美、英、德、法、奧、意、日本各國政界之日進，則政治小說為功最高焉。英名士某君曰：「小說為國民之魂。」豈不然哉！豈不然哉！

---

13　梁啟超：《變法通議·論幼學》，《飲冰室合集·文集》1 冊。
14　梁啟超：《〈蒙學報〉〈演義報〉合敘》，《飲冰室合集·文集》2 冊。

文章最後點明譯印政治小說的目的：「今特採外國名儒所撰述，而有關切於今日中國時局者，次第譯之，附於報末，愛國之士，或庶覽焉。」這裏已具備了梁啟超小說理論的基本架構，然而他是從學習外國政治小說的角度提出其主張的。到了《論小說與群治之關係》，他根據啟蒙的需要，聯繫中國文學的實際，對小說的社會作用作了更高的理論概括。小說的社會作用被提高到了空前的高度，他除了以中國舊小說給國民思想帶來的流弊進行反證外，著重從人性和小說這種文類本身的特點來進行理論的闡釋。

研究者們或多或少的忽視了梁氏文學思想中的一個基本的文學命題：文學是國民精神的表現。在《譯印政治小說序》中，他借用「英名士某君」的話說：「小說為國民之魂。」其實在他看來，這個命題不僅適合於小說。他在詩話中說：「蓋欲改造國民之品質，則詩歌音樂為精神教育之一要件，此稍有識者所能知也。」[15] 又稱讚德、法兩國國歌，謂其「於兩國立國精神大有關係」。[16] 顯然，這裏的觀點是建立在文藝是國民精神的表現的命題之上的。一直到作於 1914 年的《〈麗韓十家文鈔〉序》，他仍然強調文學與國民性的關係：「國民性何物？一國之人，千數百年來受諸其祖若宗，而因以自覺其卓然別成一合同而化之團體，以示異於他國民者是已。國民性以何道而嗣續？以何道而傳播？以何道而發揚？則文學實傳其薪火而管其樞機。明乎此義，然後知古人所謂文章為經國大業、不朽盛事者，殊非誇也。」[17] 這是啟蒙主義文學的基本命題，因為只有明確文學與國民精神的密不可分的關係，才談得上通過文學來改革國民精神。

---

[15] 《飲冰室詩話》七七則。
[16] 《飲冰室詩話》五〇則。
[17] 梁啟超：《〈麗韓十家文鈔〉序》，《飲冰室合集·文集》12 冊。

## 二、支援意識

　　梁啟超以強烈的功利主義為主要特徵的文學思想的形成有著多重的歷史機緣和條件。下面首先要談到康有為的《日本書目志》與其中的幼學思想，因為梁氏的小說觀直接導源於此。梁啟超和陳千秋是康有為的兩個最為得意的弟子，梁並且是康思想的最為有力的宣傳者。

　　康有為在《日本書目志》[18]卷十的識語中認為，學校教育是中西強弱的關鍵，日本變法先變學校，譯西方的教育書籍。他抨擊了中國幼學教育的積弊：「負床之孫，各物未識而授之以治國平天下之道，鳶魚性命之微，卦爻象象之奧，宜乎？卻行而無所入也。」所以，「往往村塾鄉童讀書十年不解文義，因不得成其才者，皆是也。」編幼學教材是當務之急，那麼第一步自然是定教材的體例。他於是列舉了「幼學名物」、「幼歌」等十種教材的體例，其四即「幼學小說」。而「啟童蒙知識，引之以正道，俾其歡欣樂讀，莫小說若也。」

　　康氏已經把小說的作用從啟童蒙擴大到了對國民的啟蒙：「易逮於民治，善入於愚俗，可增七略而為八、四部為五，蔚為大國，直隸王風者，今日急務，其小說乎！僅識字之人，有不讀『經』，無有不讀小說者。故『六經』不能教，當以小說教之；正史不能入，當以小說入之；語錄不能喻，當以小說喻之；律例不能治，當以小說治之。天下通人少而愚人多，深於文學之人少，而粗識之無之人多。」因此，「經義史故，亟宜以小說而講通之。泰西尤隆小說學哉！」他的重視小說是建立在智愚之辨的基礎上的，有著居高臨下的態度。

---

[18]　上海大同書局刊，1897 年。

小說也完全被當作服務於經史等的工具。最後一句表明了他的小說觀與西學的關係。

上文引述的梁啟超《〈蒙學報〉〈演義報〉合敘》、《論幼學》中的話完全是康有為的觀點，可以說毫無創意。甚至在《譯印政治小說序》裏，他仍然大段引用康有為的原話，整個觀點的框架都是老師的。新意是在康的觀點的基礎上，把「泰西尤隆小說學」的「小說學」具體化為政治小說，並加上了政治小說在西方和日本政治變革中的作用的敘述。這時梁氏和他的老師一樣骨子裏是有點看不起小說的，在他們的眼中，中國傳統小說缺乏佳構，並且內容「不出誨盜誨淫兩端」。那為什麼還要垂顧小說呢？人情有厭莊喜諧之常，喜愛小說，因此可以因勢利導，藉以達到經書史傳等達不到的效果。到了《論小說與群治之關係》，他才排擠掉表面上受老師影響的明顯痕跡，對小說表示出高度的肯定。

梁啟超的小說觀與嚴復、夏曾佑的《本館附印說部緣起》[19]也有著直接的關係。此文的主旨也是要用小說來開通民智：「文章事實，萬有不同，不能預擬；而本原之地，宗旨所存，則在乎使民開化。」為此，作者力圖論證：「夫說部之興，其入人之深，行世之遠，幾幾出於經史上，而天下之人心風俗，遂不免為說部之所持。」他們驚歎於小說的影響力：小說中的人物為普通人所熟知，普通人的喜怒哀樂為小說所拘持。原因何在呢？文章提出人類有兩個「公性情」：「一曰英雄，一曰男女」。接著以主要篇幅從進化論和歷史的角度來

---

[19] 原載光緒二十三年（1897 年）十月十六日至十一月十八日《國聞報》，收入陳平原、夏曉虹編《二十世紀中國小說理論資料》1 卷，北京大學出版社 1997 年 2 月版。以下未注明出處的清末民初關於小說的資料均可見該書。嚴、夏在《本館附印說部緣起》中許諾附印小說，但並沒有兌現，始終未附一回。廣雅書局於光緒二十九年（1903）出版愛穎編輯的《《國聞報》彙編》也未收入此文。

論證這兩個「公性情」出現的必然之勢:「非有英雄之性,不能爭存;非有男女之性,不能傳種也。」文章在論證中舖敘了諸多自然和人文學科的知識,反映出晚清知識份子接受西學後形成的新的世界圖式,以及由此而產生的自得感。寰球古今,只有極少數人流傳後世,這是因為他們「有過人之行,偏勝獨長之處」,做出了「可駭可愕可泣可歌之事」,表現了人類的「公性情」。可是古往今來,英雄人物與纏綿悱惻的事何其多也,為什麼只有曹操、劉備、崔鶯鶯、張生之流獨傳,而且流傳得如此之廣呢?這就要歸結到稗史小說及其文體特點了。稗史小說與史書不同,「書之紀人事者,謂之史;書之紀人事而不必果有此事者,謂之稗史」。二者雖同為「紀事之書」,但流傳的難易不同。作者從語言、紀實與虛構、敘述與描寫諸方面加以總結,顯示出對小說文體較貼近的初步認識。

梁啟超幾年後回憶說,他當初讀這篇「雄文」時「狂愛之」,並表示基本贊同嚴、夏關於人類「公性情」的論點。[20] 梁氏沒有細表他「狂愛之」的原因,但不難想見,對於一直在尋求開通民智、救國保種之道的他來說,覺得證實了一條新的捷徑。他大大增強了對小說作為一條新民之道的信心,於是開始對小說作用的更深入的理論思考。只要把梁提倡小說的文章《譯印政治小說序》、《論小說與群治之關係》與《本館附印說部緣起》略加比較,即可見出二者在基本觀點和思路上的相同或相近:一、視小說為「使民開化」或「新民」的手段。二、都充分注意到小說對人心、風俗的影響力。這是他們作為改良主義者重視小說的邏輯前提。梁更強調舊小說對人的消極影響,甚至以小說為「中國群治腐敗之總根源」。三、都試圖解

---

[20] 飲冰(梁啟超)等:《小說叢話》(1903)。

釋小說產生巨大社會效果的原因。嚴、夏的文章著重從人性論的角度來說明，梁與之相通，在《譯印政治小說序》中採取康有為的觀點，認為人情有厭莊喜諧之常，所以喜愛小說，在《論小說與群治之關係》中又從心理的角度來加以說明。四、都看到小說在歐、美、日的社會變革中的助推作用。所不同的是，梁對這種作用加以肆意的誇大，並且把這種小說具體化為「政治小說」。儘管梁的文章是後來者，影響也要重大得多，但對小說的認識以及表述的得體上是不及嚴、夏的文章的。

　　小說向來被視為「雕蟲小技，壯夫莫為」的「小道」，現在何以能受到文壇主流的重視呢？明清之際已有過一些人重視過小說。如金聖歎，他可以說是第一個把小說、戲曲與史、詩並列的人。他叫他的兒子和門生讀六種必讀書：第一種是《莊子》，後面依次是《左傳》、《史記》、杜詩、《水滸傳》與《西廂記》。李贄、葉晝等人都曾高度評價過小說。但他們處於異端或文壇邊緣的位置，其小說觀並沒能進入主流文學觀念。重視文學的政治教化功能一直是中國文學的主要傳統，傳統文類的尊卑上下是其由社會認同的功能決定的。小說之所以被視為「小道」，是因為它被認為不能像詩文那樣言志、載道。梁啟超等人認為小說是最佳的「新民」之道，那麼它當然就名正言順地佔據文類排行榜之首了。問題是，梁啟超和晚清的文人們對小說的信任感是怎麼來的？外國文學的參照是其中關鍵的因素。魯迅曾經說過：「小說和戲曲，中國向來是看作邪宗的，但一經西洋的『文學概論』引為正宗，我們也就奉之為寶貝」。[21]

---

21　魯迅：《徐懋庸作〈打雜集〉序》，《魯迅全集》6卷，人民文學出版社1981年版。

　　西方傳教士傅蘭雅、林樂知的文學活動給梁啓超帶來了最初的外國文學的啟示。《萬國公報》是美國監理公會傳教士林樂知所辦，為當時的維新人士必讀的刊物，在華傳教士最早在這上面提倡以小說進行社會啟蒙。1895 年 6 月，英國傳教士傅蘭雅在上海的《萬國公報》上發表《求著時新小說啟》[22]，說「感動人心，變易風俗，莫如小說」。據袁進介紹，「除了沒有將小說與「改良群治」聯繫在一起之外，『小說界革命』提出的『改良社會』，『變易風俗』，提倡小說通俗易懂，取材於實社會等等要求都在這一啟示中早已出現。」[23] 1891 年 12 月至 1892 年 4 月，《萬國公報》連載了《回頭看紀略》，這是英國傳教士李提摩太節譯的美國作家畢拉宓（Edward Bellamy）的烏托邦小說《回顧》。1894 年，上海的廣學會又出版了節譯的單行本，易名為《百年一覺》。梁啓超在《西學書目表》中把它收在「西人議論之書」一類，並在該條下注曰：「亦西人說部書，言世界百年以後事。」《西學書目表》還收入了一部西方小說《昕夕閒談》，也在「西人議論之書」中，編者在該條下注曰：「一名英國小說，讀之亦可見西俗。」這部小說曾於 1873 年 1 月在《申報》館辦的中國近代第一個文學雜誌《瀛寰瑣記》上連載過，後由申報館出版。儘管梁還沒有把它們作為小說來重視，但它們畢竟給他留下了外國小說的最初的印象。《西學書目表》「學制」類中還收入林樂知的譯著《文學興國策》，此書由廣學會於光緒二十二年（1896）出版。《文學興國策》為日本著名外交家森有禮原編，此書是這位日本大使廣泛徵求美國文化部與其他各部官員、議會議員、各著名大學校長、文化界著名人士的意見的信函資料彙編。他所談的並非嚴格意義上的「文學」，而是「文

---

[22]　1895 年 6 月《萬國公報》77 冊。
[23]　袁進：《中國小說的近代變革》，中國社會科學出版社 1992 年 6 月版，67 頁。

化教育」，包括所有的文字著述，大致相當於章太炎所說的「文學」概念。其中的《潘林溪教師復函》認為：「有教化者國必興，無文學者國必敗，斯理昭然也。」值得一提的是，寫信人還把昔日大國西班牙的衰落歸結到「文學不修」上。[24] 這與中國注重教化的文學傳統十分一致。正因為如此，它很容易引起中國士人的共鳴。這裏談到的「國」與「文學」的關係，與《論小說與群治之關係》所談的「國」與「小說」的關係的思路完全一致。傳教士畢竟不是文人，他們對所譯之書的選擇、發言帶有明確的教化的目的，這是理所當然的事。他們的思路正好與中國改良主義者的啟蒙的思路相契合，所以前者的觀點很容易為後者所接受。[25]

　　外國文學對梁啟超影響最大的是日本的政治小說。政治小說源自英國，開創者是迪斯雷理（Benjamin Disraeli）。他與英國另一個通俗作家李頓（Lord Bulwer-Lytton）是對日本明治維新時期文壇影響最大的政治小說家，各有多部小說被譯成日文。日本的政治小說產生於自由民權運動中，盛行於 1880 至 1890 年間。其目的就是宣傳自由民權思想，教育國民，所以多是政論式的作品，藝術性較差。後來梁啟超提到對日本政治小說「固不得專以小說目之」[26]，指的當是這個特點。日本政治小說的名作有戶田欽堂的《（民權演義）情海波瀾》、矢野龍溪的《（齊武名士）經國美談》、柴四郎的《佳人奇遇》、

---

24　[日]森有禮編：《文學興國策》，林樂知、任廷旭譯，上海書店出版社 2002 年 1 月版，21 頁。
25　上文對傅蘭雅文學活動的介紹主要依據袁進的《中國小說的近代變革》，見該書 66-67 頁；對《文學興國策》的介紹參考了熊月之《西學東漸與晚清社會》（上海人民出版社 1994 年 8 月版），見該書 632-637 頁。
26　梁啟超：《傳播文明三利器》，《飲冰室合集·專集》2 冊。原發表時無題，作為《飲冰室自由書》之一則發表於 1899 年 9 月《清議報》26 冊，收入《合集》時改為現名。

末廣鐵腸的《二十三年未來記》、《(政事小說)花間鶯》等。被稱為現代日本小說理論締造者的坪內逍遙於 1895 年出版了《小說神髓》，在一定程度上抵制了流行的政治小說。他反對功利主義的文學觀點，指出小說的直接目的是美的愉悅，間接目的在於培養人的高尚品格。

梁啓超 1897 年從《日本書目志》裏就知道日本政治小說的存在了。該書共分生理、理學、宗教、國史、政治、法律、農業、工業、商業、教育、文學、文字語言、美術、小說、兵書凡十五門。小說門包括「少年書類」和「隨筆」，共列小說一千五十八種。其中書名前註明「政治小說」的有：井上勤譯的《妻之歡》，末廣鐵腸居士的《南海之激浪》、《雨前之櫻》，小說名稱中帶有「政治小說」的有大久保常太郎的《(政治小說)深山櫻》、末廣鐵腸的《(政治小說)雪中梅》，雖沒有註明但屬於政治小說的矢野文雄（矢野龍溪的原名）的《(齊民〔武〕名士)經國美談》，註明「社會小說」的有藤澤蟠松的《日本之未來》、東海散士（柴四郎）的《佳人之奇遇》與山田美妙齋的《葛之裏葉》，還有分別註明「時事小說」和「政治滑稽小說」的松江釣史的《室之早咲》與奔雷空人的《雲之下手人》等等。其中，《佳人奇遇》和《(齊武名士)經國美談》是日本政治小說中最為著名的作品。從梁啓超早期的小說思想來自《日本書目志》這個事實來看，該書中所涉及的政治小說肯定給梁啓超留下了較為深刻的印象。

戊戌變法後流亡日本的經歷給梁啓超帶來了接觸、熟悉日本政治小說的機會。雖然還不能判定在國內時的梁啓超是否實際閱讀過上述政治小說，那麼至少可以說他依據間接材料對其有了一定的瞭解，並心嚮往之。1898 年 8 月，梁脫險乘軍艦赴日本途中，艦長拿

出《佳人奇遇》供他解悶。他邊讀邊譯，這是他的翻譯之始。[27] 稍後他就在《譯印政治小說序》中首次鼓吹政治小說。《傳播文明三利器》介紹了日本政治小說：「於日本維新之運大有功者，小說亦其一端也。……著書之人皆一時之大政治家，寄託書中之人物，以寫自己之政見，固不得專以小說目之。而其浸潤國民腦質，最有效力者，則《經國美談》、《佳人奇遇》兩書為最云。」1901 年底他又稱讚道：「有政治小說《佳人奇遇》、《經國美談》等，以稗官之異才，寫政界之大勢，美人芳草，別有會心，鐵血舌壇，幾多健者，一讀擊節，每移我情，千金國門，誰無同好。」[28] 與此同時，他利用自己發明的「和文漢讀法」，更多地閱讀了日本的政治小說。除《佳人奇遇》外，又翻譯《經國美談》。他自己動手創作了「專欲發表區區政見」[29] 的《新中國未來記》。日本政治小說的盛行一時以及它在日本維新中所起的作用堅定了梁啟超對利用小說來進行啟蒙的信心，在這樣的背景下，《論小說與群治之關係》中對小說功用的極端強調也就變得容易理解了。對於梁啟超與日本政治小說的關係，鄭清茂說得好：梁啟超對《小說神髓》以後日本文學新的發展全然不知，「他畢生對於日本文學的興趣永遠沒有跨越過政治小說。這並不難於理解，因為他對小說的概念，主要是它的功利性這一點；更重要的是他不能閱讀用口語體寫的日文，而當時它已經成為流行的文學表達方式了。大多數政治小說是用所謂漢文直譯體寫的。」[30]

---

[27] 趙豐田、丁文江：《梁啟超年譜長編》，上海人民出版社 1983 年 8 月版，158 頁。

[28] 梁啟超：《〈清議報〉一百冊祝辭並論報館之責任及本館之經歷》，《飲冰室合集·文集》3 冊。

[29] 梁啟超：《新中國未來記·緒言》，收入阿英編《晚清文學叢鈔·小說一卷》上冊，中華書局 1960 年 5 月版。

[30] [美]鄭清茂：《日本文學思潮對中國現代作家的影響》，《中國現代文學的主潮》，

　　外國文學的影響並不是發生在一張白紙上，而是要通過中國文化的內應來起作用的。對梁啟超等晚清文人的文學觀起制約作用的是儒家的經世精神。可能因為清代儒家的經世精神主要體現在以經學為代表的學術思想中，研究者沒有給予經世精神對梁氏文學觀的影響應有的注意。

　　經世精神來源於儒家的入世傳統，近代文人對現實、政治的強烈關注與之相關。他們處於從傳統士大夫向現代知識份子的轉型過程中，必然會帶有傳統的鮮明的印記。孔子說：「學而優則仕。」[31]孟子說：「士之失位也，猶諸侯之失國家也。」「士之仕也，猶農夫之耕也。」[32]《漢書·食貨志上》：「士、農、工、商，四民有業；學以居位曰士。」這些話都說明了「士」與政治的密切關係。歷代士人主要通過從事政治來實現自己的社會、道德理想，在他們的身上體現出儒家的經世精神和以天下為己任的現實關懷。有清一代二百七十年，儒家的經世精神因為現實的刺激有兩次勃興：一次是在清初，一次在晚清。

　　清初王夫之、黃宗羲、顧炎武、顏元等人處非常之變，志存匡復，所以張揚儒家的經世精神，從不同的角度批評理學，以堅韌不拔的毅力重建學術，寄希望於後來者。黃宗羲認為無論程、朱、陸、王，共同的缺點都是脫離實際，強調研究學問必須著眼於社會現實。正是從這種求實的立場出發，他要把王守仁的「致良知」的「致」解釋為「行」。[33]顧炎武認為理學是空疏無用的學問，是它導致了家、

---

　　賈植芳主編，復旦大學出版社 1990 年 2 月版。

[31]　《論語·子張》。

[32]　《孟子·滕文公下》。

[33]　《明儒學案·姚江學案》。

國的覆亡。他尖銳地批判儒學:「不習六藝之文,不考百王之典,不綜當代之務,舉夫子論學論政之大端一切不問,而曰一貫,曰無言,以明心見性之空言,代修己治人之實學,股肱惰而萬事荒,爪牙亡而四國亂。神州蕩覆,宗社丘墟!」[34]正如梁啟超所說:「清初之儒,皆講『致用』,所謂『經世之務』是也。」[35]

雖然強調經世致用,但他們的經世之學並不能為世所用,這樣就不免流於空論。同時由於文字獄的頻繁興起,學者們也要避觸時忌,所以不敢互相講習。於是,與世無爭、埋頭學問、注重考證的乾嘉學派崛起,清學達到了巔峰。

道、咸以後,清學分裂。嘉、道以還,積威日弛,而文恬武嬉至極,天下人還在沉酣太平,但有識之士卻敏感地意識到了大亂的將至。追根溯源,人們往往把時勢的衰頹歸咎於學非所用,樸學自然首當其衝。鴉片戰爭以後,仁人志士更引以為奇恥大辱,思以振拔,經世致用的觀念進一步復活。同時海禁既開,西學逐漸輸入,與西方資本主義國家相比,更顯出中國的黑暗。他們認為要想打破黑暗,不得不改革舊政治,這樣他們就以極其幼稚的西學知識,與清初的所謂「經世之學」相結合,向居於正統地位的乾嘉學派提出挑戰。清學終於分裂。[36]

清學分裂的導火線是經學的今古文之爭。在以乾嘉學派所代表的樸學全盛時期,江蘇武進的莊存與始治《春秋公羊傳》,成為今文經學的啟蒙大師。同縣的劉逢祿傳其學,後來的龔自珍、魏源又都師從劉氏。龔、魏是今文經學的開拓者。他們都攻擊乾嘉學派,以

---

[34] 《日知錄》卷七「夫子之言性與天道」。
[35] 《清代學術概論》之六,《飲冰室合集·專集》9冊。
[36] 參閱《清代學術概論》之二十。

《公羊》的經義發表政見，宣傳變革思想。龔氏研究西北輿地學，重視邊疆事務，魏氏編著《海國圖志》，這些都是這種經世精神的延伸。光緒年間，廖平論析漢代今古文學的歧異，指古文學係僞造，今文學是孔子自創的新制。康有為在廖平的基礎上，著作《新學僞經考》、《孔子改制考》，託古改制，直接為維新變法製造理論根據，成為今文經學的巨石重鎮。而梁啓超則是康有為所代表的今文經學的最為猛烈的宣傳家。清學就這樣在現實功利因素的介入下，分裂出今文經學；而今文經學又一步步地成為宣傳維新變法思想的工具，最後也因此走向了末路。梁啓超自報過家門：「有為、啓超皆抱啓蒙期『致用』的觀念，借經術以文飾其政論，頗失『為經學而經學』之本意，故其業不昌，而轉成為歐西思想輸入之導引。」[37]這裏談到了他們與顧炎武等人的清學的關係。在《清代學術概論》之二十二裏，他還交代了他們與龔自珍、魏源的關係：「光緒間所謂新學家者，大率人人皆經過崇拜龔氏之一時期。初讀《定盦文集》，若受電然，稍進則厭其淺薄。然今文學派之開拓，實自龔氏。」又說：「今文學之健者，必推龔、魏。……自珍、源皆好作經濟談，……故後之治今文學者，喜以經術作政論，則龔、魏之遺風也。」1894年以後，梁啓超屢遊京師，結交了很多的士人，其中講學最相契合的朋友是夏曾佑、譚嗣同。梁氏回憶道：「曾佑方治龔、劉今文學，每發一義，輒相視莫逆。」[38]他繼承了經世致用的學術精神，在依據康有為的《長興學記》而向別人傳授的《萬木草堂學記》中明確地指出：「為學而不以治天下為事，其學焉果何為矣！」[39]

---

[37] 《清代學術概論》之二。
[38] 《清代學術概論》之二十五。
[39] 梁啓超：《萬木草堂學記》，《飲冰室合集·文集》2冊。

　　經世致用作為一種文化價值觀念勢必會決定文學的價值取向。我們可以從顧炎武和龔自珍的文學觀中看得清楚。顧炎武的文論具有強烈的功利主義傾向：「凡文之不關於六經之旨、當世之務者，一切不為」。[40] 在他看來，詩文就要與經學一樣能「明道」、「救世」，否則就沒有意義。[41] 龔自珍的政論多依託於考史、論經的形式，強調詩應具有史的作用。龔自珍認為，不僅選詩和作史的目的，都在於「網取其人而臚之，而高下之」[42]，而且詩人作詩也必然和史官作史的目的一樣，都是為了對社會、歷史進行批評：「貴人相訊勞相護，莫作人間清議看」[43]，「安得上言依漢制，詩成侍史佐評論」[44]。因為功利主義的制約，清儒大都有重道輕文的傾向。梁啟超早年即如此，他在《萬木草堂小學學記》中說：「詞章不能謂之學也。雖然，言之無文，行之不遠。說理論事，務求透達，亦當厝意。若夫駢儷之章，歌曲之作，以娛魂性，偶一為之，毋令溺志。」顧、龔都沒有凸出文學，其中一個重要原因是他們對文學的社會功用心存疑慮，文學的作用畢竟不能像他們所希望的那樣立竿見影。顧炎武有一句著名的輕視文人的話：「士當以器識為先，一命文人，便無足觀矣」[45]。晚清士人的知識結構和世界觀因為西學的傳入得到迅速的改變，文學的地位也因此發生了大的變化。西學的傳入是先工藝後政制再後文化的，西方的文學作品和文學觀念也隨之東漸。康、梁等認為，通過歐、美、日的文學可以證實文學巨大的社會功用，於是也就順

40　《與人書三》，《亭林文集》卷四。
41　《與人書二十五》，《亭林文集》卷四。
42　《張南山國朝詩征序》，《龔自珍全集》，上海人民出版社 1975 年 2 月版，第三輯。
43　《夜直》，《龔自珍全集》，第九輯。
44　《雜詩，己卯自春徂夏，在京師作，得十有四首》，《龔自珍全集》，第九輯。
45　《與人書十八》，《亭林文集》卷四。

理成章地高度重視文學，要求其匯入社會變革的洪流中去，儘管他
們對這種作用缺乏具體的感受。

理解梁啓超的文學功用觀就離不開聯繫中國文化的傳統，用英
國科學哲學家波拉尼（Michael Polanyi）知識論中的術語來說，儒家
的經世精神構成了梁氏接受外國文學影響的「支援意識」（subsidiary
awareness）。波拉尼把人的意識區分為明顯自知的「集中意識」（focal
awareness），和無法明說的、在其文化和教育背景中潛移默化而獲得
的「未可言明的知識」（tacit knowledge）──即「支援意識」。當一
個人在「集中意識」（focal awareness）中想要解決問題的時候，這
些「支援意識」中的規則便發揮了它們的重要作用。[46] 作為「支援意
識」的儒家的經世精神決定了梁啓超看見什麼，強調什麼，選擇什
麼。梁啓超的文學觀與今文經學乃至清學的關係尚未引起學術界的
注意，而我認為這種關係至關重要，因為明乎此，我們就可以清楚
地看到中國文學現代化的動力恰恰來自於傳統主流的儒家文化和文
學的內部。

## 三、影響與挑戰

梁啓超的文學觀是晚清民初文壇的綱領性的意見，特別是他的
小說觀對當時的小說觀念產生了強烈的衝擊，並且這種衝擊大大超
出了小說的領域，對以後的文學觀念和思維方式產生了深遠的影響。

---

[46] 參閱林毓生《中國文化的重建》、《什麼是理性》、《論自由與權威的關係》、《一
個培養博士的獨特機構：「芝加哥大學社會思想委員會」》等文，均收入《中國
傳統的創造性轉化》（三聯書店 1988 年 12 月版）。

　　他的《譯印政治小說序》、《論小說與群治之關係》發表以後，得到了廣泛的回應。吳趼人說：「吾感夫飲冰子《小說與群治之關係》之說出，提倡改良小說，不數年而吾國之新著新譯之小說，幾於汗萬牛充萬棟，猶復日出不已而未有窮期也。」[47]這說明梁啟超的倡導對晚清小說的強勁的助推作用。當時很多的小說論都與梁氏一樣從功用的角度提倡小說，要求改良小說。他的具體的觀點、言述方式不斷被重複，明顯帶有梁啟超影響痕跡的小說論至少有：衡南劫火仙（蔡奮）的《小說之勢力》、魯迅的《〈月界旅行〉辨言》、商務印書館主人的《本館編印〈繡像小說〉緣起》、楚卿的《論文學上小說之位置》、松岑（金天羽）的《論寫情小說於新社會之關係》、陶佑曾的《論小說之勢力及其影響》、天僇生（王鍾麒）的《論小說與改良社會之關係》；辛亥革命後，管達如的《論小說》、成之（呂思勉）的《小說叢話》雖然是對近代小說理論帶有總結性的長篇大論，包括的內容甚廣，但在對小說社會功用的認識上，其觀點和口氣都與梁氏十分接近。小說論的言述模式是相同的：小說社會影響力巨大（論據：中國舊小說的影響，歐、美、日的小說在社會變革中的作用），所以要用小說來開通民智、改良社會；中國舊小說思想荒謬，作用消極，所以要改良小說。並不簡單否定傳統小說的也大有人在，甚至有人對包括《金瓶梅》在內的作品予以讚美；然而，這並不是說他們對小說的歷史和現狀就很滿意。為了使小說更好地擔負起啟蒙與救亡圖存的重任，他們一樣認為改良小說十分必要。

　　攻擊梁啟超小說論，輕視小說的，也不乏其人。舊派文人葉德輝批判梁氏在《變法通議》中從幼學教育的角度對說部的肯定：「梁

---

[47]　吳趼人：《《月月小說》序》。

氏持論動謂泰西人識字明理，由於說部書之益。彼其意殆欲擯去中國初學所誦之《孝經》、《論語》，一以說部書為課程。然則九百虞初果，能與十三經、二十四史同立學官，垂之久遠耶？」[48]劉師培、章太炎則輕視小說，但也不無猶豫。劉氏在《論說部與文學之關係》中說說部書都是想要借著書出名而又好逸惡勞的士大夫所為，[49]可在《論文雜記》中又從語言文字進化的角度肯定小說的興起。[50]章太炎說：「唐人始造意為巫蠱媒嬻之言，晚世宗之，亦自以小說名，故非其實。」並苛評林紓的文章：「辭無涓選，精采雜汙，而更浸潤唐人小說之遺風」。[51]然而，在為黃世仲著《洪秀全演義》所作的序中，他又從種族革命的角度肯定歷史演義的社會作用。

　　梁啟超對小說地位的肯定只是對文類內部排名順序的變動，其基本的文學思維方式依舊是傳統的，因為強調文學的政治教化作用一直是中國文學的主要傳統。在晚清，以梁啟超為代表的以強調文學社會功用為首要特徵的文學觀也受到了質疑和挑戰，中國文學觀念出現更深刻的革新的萌動。這些革新者以下面幾個人為代表：王國維，後來成為南社成員的《小說林》作者黃人、徐念慈，留日時期的魯迅、周作人兄弟。他們共同的特點是：更系統地接受了西方近代美學思想，更全面地瞭解了西方文學史，對文學的談論也由印象走向學理。

---

[48]　葉德輝：《非〈幼學通議〉》，《翼教叢編》卷四。《翼教叢編》為蘇輿在戊戌變法失敗後所編，收入當時攻擊康黨最力的文章。

[49]　《中國近代文學大系‧文學理論集二》，上海書店 1995 年 4 月版。

[50]　可見：《中國中古文學史　論文雜記》，舒蕪校點，人民文學出版社 1959 年 11月版，1984 年 5 月第三次印刷。

[51]　章太炎：《與人論文書》，《中國近代文學大系‧文學理論集一》，上海書店 1994年 1 月版。

　　王國維、周氏兄弟對文學觀念的革新更帶有徹底性，我在後面有專章論述。摩西（黃人）在《〈小說林〉發刊詞》（1907）中批評「昔之視小說也太輕，而今之視小說又太重」的現象，提出：「小說者，文學之傾向於美的方面之一種也。」還指出小說與哲學、科學、法律、經訓等不同。他說：「名相推崇，而實取厭薄，是吾國文明，僅於小說界稍有影響，而中道為之安障也。」「名相推崇，而實取厭薄」一語道出晚清以功用為出發點和歸宿的小說觀的弊端，這一點我在後面還要談到。覺我（徐念慈）的《〈小說林〉緣起》（1907）以黑格爾的美學命題為中心論點：「藝術之圓滿者，其第一義，為醇化於自然。」對此，作者解釋道：「簡言之，即滿足吾人美的欲望，而使無遺憾也。」在具體論述中，涉及到「具象理想」、「形象性」、「理想化」等西方近代美學的關鍵概念。他在《余之小說觀》（1908）中指出：「小說者，文學中之以娛樂的，促社會之發展，深性情之刺戟者也。昔冬烘頭腦，恒以鴆毒莓菌視小說，而不許讀書子弟，一嘗其鼎，是不免失之過嚴；近今譯籍稗販，所謂風俗改良，國民教化，又不免譽之失當。余為平心論之，則小說固不足生社會，而惟有社會始成小說者也。」儘管黃人、徐念慈注重小說的藝術價值，反對把文學簡單地視為政治的工具，「可由於載道思想根深蒂固，這些引進的文學觀念連論述者也無法長久堅持。在黃著《中國文學史》和《小說小話》中，徐著《余之小說觀》和為《第一百十三案》、《電冠》寫的《覺我贅語》中隨處可見的仍然是關於小說與社會、小說與政治的論述，而極少談及小說的美感因素或者藝術特徵。」[52]

---

[52]　陳平原：《二十世紀中國小說史》1卷，北京大學出版社1989年12月版，144頁。

　　肯定小說、戲劇在文學家族中與詩歌、散文平等的位置是中國文學現代性的要求。單就小說來說，它篇幅長短的自由，表現對象的豐富，表現手法的靈活多樣，使其有可能最大限度地貼近紛紜複雜的現代生活。而它需要融匯各種文學體裁的所長，需要憑藉印刷技術的革新而廣泛地流傳，這些又決定了它是一個成熟較遲的晚輩。當梁啓超從進化論的角度肯定小說作為俗語文學的興起時，已經包含了追求文學現代性的意思，儘管還談不上他有多麼自覺。他說：「文學之進化有一大關鍵，即由古語之文學，變為俗語之文學是也。……宋以後，實為祖國文學之大進化。何以故？俗語文學大發達故。宋後俗語文學有兩大派，其一則儒家、禪家之語錄，其二則小說也。」[53]後來呂思勉更明確地從現代性的角度肯定小說的價值：「小說者，文學之一種，以其具備近世文學之特質，故在中國社會中，最為廣行者也。」「何謂近世文學？近世文學者，近世人之美術思想，而又以近世之語言達之者也。」「近世文學」具有「切近」、「詳悉」、「皆事實而非空言」三個特質。[54]然而，文學體裁的現代性的要求不僅是對它的地位的肯定，而且應有包括創作方法、藝術手段、語言等在內的現代的文學形態。由於過分地專注小說的社會功用，近代文人始終沒有能真正說明小說是什麼，更談不上建立符合現代性要求的小說理論了。

　　由於忽視了小說本體的理論建設，那麼空下的位置自然會被傳統的小說觀念所替代。小說家們特別喜歡以有助於政治教化和實錄自我標榜，這兩方面都與傳統的文學觀念有著直接的關係，很符合

---

[53]　飲冰等：《小說叢話》。
[54]　成之（呂思勉）：《小說叢話》。

《四庫全書總目》所言的「寓勸戒、廣見聞、資考證」[55]的小說功用觀。

小說家們以能起政治教化作用自重。吳趼人說他的《兩晉演義》，「以《通鑒》為線索，以《晉書》《十六國春秋》為材料，一歸於正，而沃以意味，使從此而得一良小說焉。謂為小學歷史教科之臂助焉可，謂為失學者補習歷史之南針焉亦無不可。」[56]他一方面強調實錄，一方面又以教科書自詡。李伯元在《官場現形記》六十回裏說：「編幾部教科書，來教導那班官吏們，二十年之後還愁不太平嗎？」就連被稱作「嫖界的指南」的狎邪小說《九尾龜》的作者張春帆也要妝點門面，宣稱該書「處處都隱寓著勸懲的意思」（三三回），聲明這是「近來一個富貴達官的小影」（第一回），還來幾句「現在的嫖界，就是今日的官場」（十六回）之類的議論。

中國古代的小說觀念深受把典籍分為「經、史、子、集」的傳統目錄學的影響，在它的觀念中，娛情的虛構的敘事作品是沒有資格進入這雅正的四部的。「小說」要進入史部或子部，不免要削足適履，首要的標準就是實錄。無論在子部還是在史部，它都是一個最不受重視的文類。「小說」被看作史乘的一個分支，一種附庸於史傳的文體。元、明、清時小說的繁榮，帶來了小說主體意識在一定程度上的覺醒，但與主流的受目錄學影響的「小說」概念難以抗衡。[57]晚清經常用的「說部」概念就來自目錄學，指的是子部小說類書籍。劉鶚把小說等同於野史，而「野史者，補正史之闕也。」他自己也

---

[55]　《四庫全書總目》卷一四〇子部小說家類一。
[56]　我佛山人（吳趼人）：《〈兩晉演義〉序》。
[57]　參閱石昌渝：《「小說」界說》，《93 中國古代小說國際研討會論文集》，開明出版社 1996 年 7 月版。

因為在《老殘遊記》裏真實地記錄了毓賢在山西的劣跡，將來可供正史採用而自得。[58] 當時「社會小說」的作者總愛強調自己所寫的都是真人真事，並無虛構。吳趼人在《劫餘灰》第五回裏說：「在下這部小說，卻是句句實話，件件實事，並不鋪張揚厲，所以還是照著實事說話。」李伯元在《庚子國變彈詞》中交代：「是書取材中西報紙者，十之四五；得諸朋輩傳述者，十之三四；其為作書人思想所得，取資敷佐者，不過十之一二耳。小說體裁，自應爾爾，閱者勿以杜撰目之。」李涵秋也認為「應將所見所聞，搜集攏來。」[59] 可是他們並不能做到「實錄」，比如在被魯迅稱為「譴責小說」的「社會小說」中，誇大、溢惡之處比比皆是。魯迅批評這些小說「辭氣浮露，筆無藏鋒，甚且過甚其辭」，《二十年目睹之怪現狀》「描寫失之張皇，時或傷於溢惡，言違真實」，《官場現形記》「臆說頗多，難云實錄」。況且所收羅的僅僅是供閒散者談資的「話柄」，結果不免成了類書。[60] 作家要對所表現的題材進行體驗、理解和評價，使之轉化為文本中帶有作家創作個性的生氣貫通的審美現實。而近代的許多作家限於「實錄」，只是對素材進行了粗加工，結果近於古代的類書。

　　注重政治教化與「實錄」給小說藝術帶來的失衡，這可以從《孽海花》中可見一斑。首先，小說拘泥於真人真事，束縛了作家的想像力，使其難以進入更高的創造的境界。劉文昭根據以前幾種人物

---

58　劉鄂：《〈老殘遊記〉自評》，《劉鄂及〈老殘遊記〉資料》，劉德隆等編，四川人民出版社 1985 年 7 月版。

59　李涵秋：《廣陵潮》一百回。

60　魯迅：《中國小說史略》，《魯迅全集》9 卷，人民文學出版社 1981 年版，282 頁，287 頁，283-284 頁。

索引表增訂而成的《〈孽海花〉人名索引表》[61]，竟一一列出書中二百七十三個人物的真實姓名和身份，實在令人咋舌！其次，有損於全書結構的統一。作者在 1927 年改本《孽海花》的序裏自報家門：「想借用主人公做全書的線索，盡量容納近三十來年的歷史」。他試圖以這種構思來超越《桃花扇》、《滄桑豔》與《海上花列傳》。在書中，俄國虛無黨的活動、甲午中日戰爭、帝黨與后黨之爭、維新變法的發動、臺灣人民的抗擊侵略、革命黨人的起事等等，這些都是書中的重要情節。作者以金洊和傅彩雲的故事貫穿全局，但他們與政治運動、外交鬥爭的關係並不密切，全書的結構實在是難堪重負。所以胡適批評《孽海花》與《官場現形記》、《文明小史》、《二十年目睹之怪現狀》一樣，「合之可至無窮之長，分之可成無數短篇寫生小說」，《孽海花》「佈局太牽強，材料太多」。[62] 曾樸自我辯解時，自比為珠花式的結構。[63] 因為串子難堪重負，大概他編織的珠花只適宜平放在那裏，很難把它掛起來讓人賞心悅目。

　　儘管作家們動輒說小說多麼多麼重要，有益於世道人心，但他們的內心裏並不真正看重小說。他們的創作態度隨便。包天笑曾向吳趼人請教小說的作法，問《二十年目睹之怪現狀》那麼多的資料是怎麼收集的。吳給他看一本手鈔冊子，「裏面鈔寫的，都是每次聽得友人們所談的怪怪奇奇的故事。也有的從筆記上鈔下來的，也有的從報紙上剪下來的，雜亂無章的成了一巨冊。」然後「用一個貫穿之法」，整理成小說。吳氏還說：「大概寫社會小說的，都是如此

---

[61]　中華書局 1959 年 11 月版《孽海花》（增訂本）。

[62]　胡適：《再寄陳獨秀答錢玄同》，《胡適文存二集》，亞東圖書館 1924 年 11 月版。

[63]　曾樸：《修改後要說的幾句話》，《孽海花》（修改本），真善美書店 1928 年版。

吧？」[64] 包天笑學得了這個訣竅，並加以發揮，為了創作《碧血幕》，居然登出廣告，徵集素材。[65] 這種方法還得到了別人的效法。胡適後來評價說：「做小說竟須登告白徵求材料，便是宣告文學家破產的鐵證。」[66] 更有匪夷所思的，竟有人以從事小說為人生憾事。吳趼人在一篇小傳裏替李伯元抱不平：「君之才，何必以小說傳哉，而竟以小說傳，君之不幸，小說界之大幸也。」[67] 這裏惺惺惜惺惺，是寄託著他自己的人生感慨的。小說家胡寄塵紀念吳趼人時，又為吳哀傷：「……趼人之為人，固不僅以小說重也，而世人以小說家稱之，嗚呼！」[68] 這些話給人的感覺好像淪落風塵的女子，哪怕成了一代名妓，總覺得於名節有虧。

　　梁啟超等希望小說承擔的社會功用顯然也受到讀者接受心理的強大挑戰，讀者接受心理在一定的程度上決定了晚清民初小說的走向。文學的社會作用要通過讀者的閱讀活動來實現，而晚清民初的作者最注重的卻是文學的消遣、娛樂作用，偵探小說在晚清特別受歡迎即是明證。徐念慈在《余之小說觀》裏對這種狀況表示過失望：「默觀年來，更有痛心者，則小說銷數類別是也。他肆我不知，即『小說林』之書計之，記偵探者最佳，約十之七八；記豔情者次之，約十之五六；記社會態度，記滑稽事實者又次之，約十之三四；而專寫軍事、冒險、科學、立志諸書為最下，十僅得一二也。」阿英介紹說：「當時譯家，與偵探小說不發生關係的，到後來簡直可以說

---

64　釧影（包天笑）：《釧影樓筆記》（七），1942 年 4 月《小說月報》19 期。
65　包天笑：《天笑啟事》，1907 年《小說林》7 期。
66　胡適：《建設的革命文學論》，《胡適文存》，亞東圖書館 1925 年 11 月 8 版。
67　吳趼人：《李伯元傳》，《我佛山人文集》8 卷，花城出版社 1989 年 5 月版。
68　胡寄塵：《我佛山人遺事》，《黛痕劍影錄》，1914 年 3 月上海廣益書局版。

是沒有。如果說當時翻譯小說有千種，翻譯偵探要占五百部上。」[69]
同樣是翻譯小說，但嚴肅認真，譯品最高，寄託著譯者「轉移性情，
改造社會」希望的《域外小說集》卻門可羅雀。《域外小說集》兩冊
在 1909 年 3 月、7 月先後在日本東京出版，寄售的地方是上海和東
京。半年後，譯者先在東京寄售處結帳，第一冊賣了二十一本，第
二冊二十本。至於上海方面，據說也不過賣了二十本上下。[70]啟蒙主
義文學的提倡者對讀者的期待與讀者對小說的期待嚴重錯位。

　　晚清民初小說的發展受制於當時讀者的狀況。當時的讀者主要
是士人和一部分較富裕的市民，他們的成分複雜，大都深受舊思想
和舊審美趣味的熏染，看重的是小說的消遣、娛樂功能。他們作為
市場的力量起著舉足輕重的作用，在近代的商業社會裏，不管怎樣，
讀者都是小說家的衣食父母。他們與「五四」以後新文學的讀者不
同。後者大都是青年學生，這是一個朝氣蓬勃、思想活躍、很少傳
統的束縛的接受群體。同時，印刷技術的提高降低了書刊的價格，
使他們可以花不多的錢買到自己喜愛的平裝讀物。

　　在讀者注重消遣、娛樂的審美心理的參與下，代表民初小說的
主流的鴛鴦蝴蝶派小說創作有兩大凸出的現象：一是以譴責時政、
懲創人心為職志的「社會小說」的末路與偵探小說匯流，墮入「黑
幕小說」的邪道，二是言情小說盛行。一開始就被寄予厚望的「新
小說」儘管在外國文學的影響下出現了不少新的因素，然而，既沒
有掙扎出舊文學的泥潭，完成邁向新文學的振破，在藝術水準上又
不能與傳統小說比肩。這種文學滑坡的現象引起了關心中國文化、
中國文學走向的人士的廣泛關注。

---

[69]　阿英：《晚清小說史》，東方出版社 1996 年 3 月版，217 頁。
[70]　魯迅：《〈域外小說集〉序》，《魯迅全集》10 卷，人民文學出版社 1981 年版。

　　最失望的恐怕還是梁任公。1915 年他在《告小說家》一文中說：
「故今日小說之勢力，視十年前增加倍蓰什百，此事實無能為諱也。
然則今後社會之命脈，操於小說家之手者泰半，抑章章明甚也。而
還觀今之所謂小說文學者何如？嗚呼！吾安忍言！吾安忍言！其十
九則誨盜與誨淫而已……近十年來，社會風習，一落千丈，何一非
所謂新小說者階之屬？循此橫流，更閱數年，中國殆不陸沉焉不止
也。」[71] 梁氏經歷了從小說救國論到小說亡國論的變化。文章最後以
因果報應來告誡小說家，其中不無幾分詛咒，可謂恨鐵不成鋼。20
年代初，他發表《國學入門書要目及其讀法》，在「韻文書類」列了
幾十部詩詞文集與曲本，他解釋道：「本門所列書，專資學者課餘諷
誦，陶寫性情之用。既非為文學專說家法，尤非治文學史者說法」。
其中未列小說，他輕描淡寫地交代一句：「吾以為苟非欲作文學專
家，則無專讀小說之必要。」[72] 當初在《自由書》中的《文明普及之
法》裏，他以不能與施耐庵日夕促膝對坐、縱論天下大事為憾，現
在則把他忘到了九霄雲外。[73] 這時他在學術思想上告別了功利主義：

[71]　梁啟超：《告小說家》，《飲冰室合集·文集》12 冊。

[72]　梁啟超：《國學入門書要目及其讀法》，《飲冰室合集·專集》15 冊。

[73]　第一次世界大戰後，梁的世界觀和人生觀發生了重大的轉變。他說，西方由於
　　迷信科學萬能，忽視人的內心生活的獨立性和自由意志，帶來了道德的危機，
　　第一次世界大戰即是一個報應。（《歐遊心影錄節錄·科學萬能之夢》）於是他加
　　強了對中國固有文化的信心，認為中國文明可以去補助西洋文明，從而化合成
　　一種新文明。（《歐遊心影錄節錄·中國人對於世界文明之大責任》）在這樣的思
　　想背景下，他在世界觀和人生觀上信奉情感主義和趣味主義。（參閱以下諸文：
　　《〈晚清兩大家詩鈔〉題辭》、《中國韻文裏頭所表現的情感》、《情聖杜甫》、《學
　　問之趣味》、《美術與生活》、《趣味教育與教育趣味》等）《中國韻文裏頭所表現
　　的情感》：「天下最神聖的莫過於情感」，它「是人類一切動作的原動力」。《〈晚
　　清兩大家詩鈔〉題辭》：「文學的本質和作用，最主要的就是『趣味』。趣味這件
　　東西，是由內發的情感和外受的環境交媾發生出來。」就與情感的關係來說，
　　小說難與詩歌相頡頏。這時，發言者的身份也發生了變化。1917 年底，梁正式

「凡真學者之態度，皆當為學問而治學問。……就純粹的學者之見地論之，只當問成為學不成為學，不必問有用與無用，非如此則學問不能獨立，不能發達。」[74] 他沒有從學理上加以論證，但這無疑包含著對今文經學和他自己學術道路的真誠的反思。雖然在功用觀上他說文藝是「情感教育的最大利器」[75]，但已經消退了以前的強烈的功利主義傾向。20 年代初的梁啟超已被激揚飛濺的時代浪潮掀到了岸邊，沒有多少人再來傾聽他的聲音。

五四新文學是在民初文壇的背景上崛起的，新文學的倡導者都在不同的程度上汲取了晚清民初文學的營養，但他們又以這一階段的文學為對立面，甚至是反面教材。周作人在《人的文學》、《論「黑幕」》、《再論「黑幕」》裏，攻擊了「不但單喜講下流話，並且喜談人家的壞話」，反映了「一種墮落的國民性」的「黑幕小說」[76]。在《日本近三十年小說之發達》（1918）裏，他把從《官場現形記》、《二十年目睹之怪現狀》、《老殘遊記》到《廣陵潮》、《留東外史》的作品都歸在舊小說項下，「因為他總是舊思想、舊形式」。他敏銳地感到建設新文學的急需：「總而言之，中國要新小說發達，須得從頭做起，目下所缺第一切要的書，就是一部講小說是什麼東西的《小說神髓》。」[77] 他當然還不可能預見，以後的新文學始終沒有給予文學是什麼的問題以足夠的注意。茅盾在 20 年代初提倡現實主義的創作方法時，就把民初以後以鴛鴦蝴蝶派和「黑幕小說」為代表的「舊

---

脫離政界，潛心於學術。

[74] 《清代學術概論》之十三。

[75] 梁啟超：《中國韻文裏的情感》，《飲冰室合集·文集》13 冊。

[76] 仲密（周作人）：《論「黑幕」》，1919 年 1 月《每周評論》4 號。

[77] 周作人：《日本近三十年小說之發達》，《藝術與生活》，上海群益書店 1931 年 2 月版。

派小說」當作反面教材，指出這些小說在藝術上的最大毛病是「不能客觀的描寫」，思想上的最大錯誤是「遊戲的消遣的金錢主義的文學觀念」。[78] 新文學的倡導者們不僅對小說不滿，而且否定了整個民初文學。胡適在 1916 年 10 月給陳獨秀的信中下斷語：「今日文學之腐敗極矣」[79]。陳獨秀在《文學革命論》中攻擊道：「今日吾國文學，悉承前代之弊」[80]。

　　五四新文學與晚清民初的啓蒙主義文學之間的斷裂顯而易見，他們之間的繼承關係也無庸置疑。以梁啟超為代表的晚清民初文壇借文學和文化來革新國民精神、解決社會問題的思路，開了五四新文化運動的先河。梁的文學是國民精神的表現的命題不斷被重複，這是晚清啟蒙主義文學思潮和五四啓蒙主義文學思潮的基本的文學命題。道理很簡單，要想發揮文學的啓蒙作用，必須首先確認文學與國民精神的關係。

---

[78]　茅盾：《自然主義與中國現代小說》，1922 年 7 月《小說月報》13 卷 7 號。
[79]　胡適：《寄陳獨秀》，《胡適文存》，亞東圖書館 1925 年 11 月 8 版。
[80]　陳獨秀：《文學革命論》，1917 年 2 月《新青年》2 卷 6 號。

# 第二章

# 現代性的確立

　　回眸 20 世紀中國文學觀念的現代化進程，已有很多人把現代性確立的標誌劃到了王國維那裏。關於他的文藝活動的研究成果也超過了晚清民初梁啟超等名重一時的時代驕子。對王氏的價值重估，是帶著對本世紀中國文學的反思和重建的自覺的。王國維到底帶來了什麼樣的堪與傳統劃清界限的新質，以至於可以把他算作中國文學觀念現代性確立的標誌？我認為最重要的是他對中國幾千年功利主義文學觀的撻伐和與之密切相關的對文學獨立價值的強調。如果說梁啟超只是掀開了現代性文學觀念帷幕的一角，那麼到了王國維，這個帷幕便開始在徐徐地拉開了。梁啟超提倡「文界革命」、「小說界革命」、「詩界革命」和戲劇改良，雖然涉及到了漢語現代性和文類的現代性問題，但還限於局部，並帶有新舊雜陳的特點。而王國維強調審美的非功利性和文學的獨立價值，則找到了中國文學現代轉型的關鍵。

## 一、非功利

　　王國維略成體系的美學思想大致有以下基本構件：無用說（美的性質論）、慰藉說（文藝價值論）、天才說（創作主體論）、古雅說（審美範疇論）、意境說（文藝理想論）。「非功利」是王國維美學思想的核心，並且是他整個美學思想的基礎。他對文學獨立性的強調是其「非功利」美學思想的自然的邏輯延伸。

　　王氏沒有對「非功利」問題進行專門、集中的論述，但從其不同的文章裏可以看到他對此的論證和理解。其有關的思想基本上沒有什麼創見，主要來自三個德國古典美學家：康德、席勒、叔本華。王對叔本華是下過苦功的。根據王氏《靜安文集自序》、《自序》、《自序二》等幾篇文章的介紹，我們知道，1898 年 3 月他入羅振玉等私立的東文學社學習。在社中教師田岡佐代治的文集裏，他見到對康德和叔本華的引述，十分喜好。從 1903 年開始，他讀了兩本西方的哲學概論和哲學史。1904 年，他開始讀康德的《純粹理性批判》，但幾乎全不可解。於是讀叔本華的《作為意志和表象的世界》，讀了兩遍，然後又讀了他的其他著作。王氏說他「體素羸弱，性復憂鬱」，是帶著難以解答的「人生之問題」走向德國古典哲學的，叔本華的悲觀主義的人生哲學使他感到深深的共鳴。他讀叔本華還有一個重要的收穫，即覺得找到了一條通往康德哲學的蹊徑。眾所周知，康德是叔本華哲學的重要來源。於讀康德《純粹理性批判》之外，兼及他的倫理學和美學。到了 1907 年，他對康德進行了第四次研究，障礙更少。王氏寫了不少篇文章介紹叔本華、康德的文章，撰寫過他們及席勒的傳記，還作有《康德像贊》、《叔本華像贊》，由此可見對這幾個大師的心儀和較為全面的瞭解。自然，叔本華對他的影響

最大。叔本華與席勒一樣，其哲學、美學思想的來源是康德，而王氏對他們的著作又都有研讀，所以他們對王的影響往往互相滲透。雖然王國維並沒有把得自他們的不同的思想成分整合為一個嚴絲合縫的系統，對他們的理解也存在著簡單、片面之處，但還是略成體系的。瞭解上述情況，對我們理解王國維的美學思想是有裨益的。

在《古雅之在美學上之位置》一文裏，王國維說：「美之性質，一言以蔽之曰：可愛玩而不可利用者是已。雖物之美者，有時亦足供吾人之利用，但人之視為美時，決不計其可利用之點。其性質如是，故其價值亦存於美之自身，而不存乎其外。」[1]

他首先用康德的「美在形式」的觀點加以論證。康德在《判斷力批判》「美的分析」一章裏認為，美只涉及表象形式，不涉及對象的存在，與概念、利害、欲念無關。這種形式之所以能引起美的快感，是因為它適合於人的認識功能——想像力和知解力，使這些功能可以自由活動並和諧合作。王國維說，西方把美分為優美與壯美兩種，不同的哲學系統對二者的解釋不同；但要而言之，優美「由一對象之形式不關於吾人之利害，遂使吾人忘利害之念，而以精神之全力沈浸於此對象之形式中」，壯美則「由一對象之形式，越乎吾人知力所能馭之範圍，或其形式大不利於吾人，而又覺其非人力所能抗，於是吾人保存自己之本能，遂超越乎利害之觀念外，而達觀其對象之形式」。至於壯美的對象，康德雖然說它無形式，然而這種無形式的形式能喚起壯美之情，所以可以視之為形式的一種。那麼，怎麼解釋藝術作品的內容性的因素呢？王國維解釋道：「就美術種類言之，則建築雕刻音樂之美之存於形式固不俟論，即圖畫詩歌之美

---

[1]　王國維：《古雅之在美學上之位置》，《王國維文學美學論著集》，周錫山編校，北嶽文藝出版社 1987 年 4 月版。以下所引王氏文章未注明出處的均見該書。

之兼存於材質之意義者，亦以此等材質適於喚起美情故，故亦得視為一種之形式焉。」他把小說、戲劇中的人物都看作「材質」。王氏對形式與材質關係的辨析與席勒的觀點很相近：「美只是一種形式的形式。我們稱它的素材的東西，只能是賦予了形式的素材。」[2]所以王氏的解釋也可能受到了席勒的啟示。他們的觀點雖然在邏輯上能夠說通，但不免牽強。康德提出過「純粹美」和「依存美」的分別，前者是有符合目的性而無目的的純然形式的美，後者即依存於概念、利害計較和目的之類內容意義。康德的「美在形式」主要是就純粹美而言的，而他在「美的分析」裏根本沒有提到的詩和一般文學則不能不涉及內容意義，這樣就要歸到依存美。[3]顯然，王國維和席勒要把「美在形式」的邏輯貫徹到所有的藝術作品中去。

他又從審美作為一種認識方式的特性的角度來闡明美的非功利性。他這方面的思想主要來自叔本華。叔本華在自己的哲學體系裏展開了這個被康德系統論證過的美學命題，使之成為其認識論的重要內容。叔本華的哲學是非理性主義的，重直觀而貶理性，認為只有從直觀出發，才能認識到作為世界本體的意志的本質。王國維介紹說：「至叔氏哲學全體之特質，亦有可言者。其最重要者，叔氏之出發點在直觀（即知覺），而不在概念是也。……彼之美學、倫理學中，亦重直觀的知識，而謂於此二學中，概念的知識無效也。」[4]在叔本華看來，審美作為一種認識方式所具有的最基本的規定性是對理念的純粹直觀。他說，審美「突然把我們從欲求的無盡之流中托

---

[2]　[德]席勒：《論美書簡》，《美育書簡》，徐恒醇譯，中國文聯出版公司 1984 年 9 月。
[3]　參閱朱光潛：《西方美學史》，人民文學出版社 1979 年 11 月 2 版，下卷，365-368 頁。
[4]　王國維：《叔本華之哲學及其教育學說》。

出來，在認識甩掉了為意志服務的枷鎖時，在注意力不再集中於欲求的動機，而是離開事物對意志的關係而把握事物時，所以也即是不關利害，沒有主觀性，純粹客觀地觀察事物」[5]。在《紅樓夢評論》中，王氏具體運用了叔本華的審美直觀理論。他用「欲者不觀，觀者不欲」來概括審美直觀的主觀條件。美中的優美、壯美都能使人「離生活之欲，而入於純粹之知識」，不過它們的產生有著不同的心理方式。「苟一物焉，與吾人無利害之關係，而吾人之觀之也，不觀其關係，而但觀其物；或吾人之心中，無絲毫生活之欲存，而其觀物也，不視為與我有關係之物，而但視為外物，則今之所觀者，非昔之所觀者也，此時吾心寧靜之狀態，名之曰優美之情，而謂此物曰優美。若此物大不利於吾人，而吾人生活之意志為之破裂，因之意志遁去，而知力得為獨立之作用，以深觀其物，吾人謂此物曰壯美，而謂其感情曰壯美之情。」面對優美的對象，直覺是自然地發生的，而壯美的對象之於人，情況就複雜得多了。王氏的解說遠非清晰，不過把這裏的話與《紅樓夢評論》裏對壯美的解說聯繫起來，可以大致理解他的意思：壯美的對象對人們的「生活之意志」構成了威脅，但「意志」又無法克服這種威脅，於是「意志為之破裂」；人出於自我保護的本能，喚來了理性的幫助，認識到壯美的對象對自己的威脅並不真實，這樣經過一番鬥爭，終於能「達觀其對象之形式」。與優美、壯美相反對的是眩惑，王舉了例子：「如粔籹蜜餌，《招魂》、《七發》之所陳；玉體橫陳，周昉、仇英之所繪；《西廂記》之《酬柬》、《牡丹亭》之《驚夢》；伶元之傳飛燕，楊慎之贋《秘辛》」。「眩惑」使人執著於「生活之欲」，直接妨礙了審美直觀。

---

5　[德]叔本華：《作為意志和表象的世界》，石沖白譯，商務印書館 1982 年 11 月版，274 頁。

　　然而不是隨便什麼人都能勝任審美直觀的，這往往是天才的專利。作為審美創造物的藝術則是天才的遊戲的事業。王國維說：「『美術者天才之製作也』，此自汗德（康德——引者）以來百餘年間學者之定論也。」[6]「文學者，遊戲的事業也。人之勢力用於生存競爭而有餘，於是發而為遊戲。」[7]他在別處說過的幾句話可以看作「遊戲的事業」的解釋：「詩人視一切外物，皆遊戲之材料也。然其遊戲，則以熱心為之。故詼諧與嚴重二性質，亦不可缺一也。」[8]康德認為藝術是天才的創造物，而與遊戲相通的自由是藝術的特徵。不過，王氏的命題更多的是叔本華的天才論和席勒的「遊戲衝動」說的結合。叔本華說藝術是為天才所掌握的認識方式：「天才的性能就是立於純粹直觀地位的本領，在直觀中遺忘自己，而使原來服務於意志的認識現在擺脫這種勞役，即是說完全不在自己的興趣，意欲和目的上著眼，從而一時完全撤銷了自己的人格，以便「在撤銷人格後」剩了為認識著的純粹主體，明亮的世界眼。」[9]所以正如王氏所轉述的：「美者，實可謂天才之特殊物也。」[10]至於王的命題與席勒的關係，他自己說得明白：「若夫最高尚之嗜好，如文學、美術，亦不外勢力之欲之發表。希爾列爾（席勒——引者）既謂兒童之遊戲存於用剩餘之勢力矣，文學美術亦不過成人之精神的遊戲。故其淵源之存於剩餘之勢力，無可疑也。且吾人內界之思想感情，平時不能語諸人或不能以莊語表之者，於文學中以無人與我一定之關係故，故

---

6　《古雅之在美學上之位置》。
7　王國維：《文學小言》。
8　王國維：《人間詞話刪稿》，徐調孚注，《蕙風詞話　人間詞話》，人民文學出版社 1960 年 4 月版。
9　《作為意志和表象的世界》，259-260 頁。
10　《叔本華之哲學及其教育學說》。

得傾倒而出之。易言以明之，吾人之勢力所不能於實際表出者，得以遊戲表出之是也。」[11]

審美直觀和藝術的目的是「非功用」的。王國維的《論哲學家與美術家之天職》一文專門論證哲學、藝術的獨立性，首先提出它們的價值所在：「天下最神聖、最尊貴而無與於當世之用者，哲學與美術是已。……夫哲學與美術之所志者，真理也。真理者，天下萬世之真理，而非一時之真理也。其有發明此真理（哲學家），或以記號表之（美術）者，天下萬世之功績，而非一時之功績也。」王氏在《叔本華與尼采》中引述叔本華的話：「夫美術者，實以靜觀中所得之實念，寓諸一物焉而再現之。由其所寓之物之區別，而或謂之雕刻，或謂之繪畫，或謂之詩歌、音樂，然其惟一之淵源，則存於實念之知識，而又以傳播此知識為其惟一之目的也。」「實念」即是「理念」，這是叔本華唯意志論哲學的基本範疇之一。在他的哲學裏，意志是世界的本質，理念是其直接的客體化，意志是通過理念才間接地客體化為作為世界存在方式的各種表象的。也就是說，理念是意志和表象的仲介。意志就像康德的物自體一樣作為終極的存在，是無法認識的，只有作為其客體化的理念才能被認識。而「藝術的唯一源泉就是對理念的認識，它唯一的目標就是傳達這一認識。」[12] 這正是藝術天才的任務。王國維除了早期的個別文章外，沒有再襲用「理念」一詞，表明了他努力啄破叔本華的形而上學的外殼，建構自己的理論話語的自覺。文學以表現真理為旨歸，所以追求利的「餔餟的文學」與追求名的「文繡的文學」一樣決非真正的文學。[13]

---

[11]　王國維：《人間嗜好之研究》。
[12]　《作為意志和表象的世界》，258 頁。
[13]　《文學小言》。

　　總而言之，審美作為一種認識方式是對真理的純粹直觀，而審美直觀是為藝術天才所能勝任的工作，藝術是天才的遊戲的事業。那麼，審美直觀與「美在形式」的關係是怎樣的呢？王國維有一段話涉及到這個問題：「美之對象，非特別之物，而此物之種類之形式，又觀之之我，非特別之我，而純粹無欲之我也。夫空間時間，既為吾人直觀之形式；物之現於空間皆並立，現於時間皆相續，故現於空間時間者，皆特別之物也。既視為特別之物矣，則此物與我利害之關係，欲其不生於心，不可得也。若不視此物為與我有利害之關係，而但觀其物，則此物已非特別之物，而代表其物之全種。叔氏謂之曰『實念』。故美之知識，實念之知識也。」[14] 這裏面的關鍵字是「種類之形式」、「物之全種」、「特別之物」，前兩者與後者存在著二元對立式的現象與本質的關係。審美的對象非現於時間、空間中的具體之物（特別之物），不會使人產生利害之心，執著於具體的物，所觀照的形式是「代表其物之全種」的普遍的有意味的形式（種類之形式），也即是實念或者說真理的所在。叔本華的哲學沒有談到審美對象的內容與形式的區分，王國維顯然是想把康德的美在形式說與叔本華的審美直觀說結合起來，只是尚欠融會貫通。

## 二、功利主義批判

　　功利主義一直是中國文學的主要傳統。對文藝的功用，孔子有「興觀群怨」與「事父」、「事君」之說 [15]，即強調詩歌的政治教化

---

[14] 《叔本華之哲學及其教育學說》。
[15] 《論語・陽貨》。

作用。漢代在先秦儒家「詩教」的基礎上，形成了封建正統的文藝觀。《毛詩序》要求詩歌起到「經夫婦，成孝敬，厚人倫，美教化，移風俗」的作用，提出詩歌的「美刺」作用：「美盛德之形容」，「上以風化下，下以風刺上」，但又必須遵從「發乎情，止乎禮義」的原則。唐宋文人、道學家又主張「文以明道」、「文以載道」，明確把文章視為宣道的工具。餘波一直延續到晚清民初的桐城派等文學流派，可謂經久不衰。注重政治教化作用成為延續兩千多年的主流文學觀念，對歷代作家和文類都有廣泛而深刻的影響。在晚清，由於救亡圖存的時代需要，在傳統注重政治教化作用的文學精神的制約下，文學又被要求成為開通民智的工具。

王國維的「非功利」的文學功用觀具有強烈的批判性，直接針對的是中國傳統中以儒家為代表的功利主義的文學價值觀及晚清文壇以文學為新民之道的主流文學觀念。《論哲學家與美術家之天職》以主要的篇幅批判了中國「哲學家美術家自忘其神聖之位置與獨立之價值」，以哲學、藝術為「道德政治之手段」——

> 披我中國之哲學史，凡哲學家無不欲兼為政治家者，斯可異己！……豈獨哲學家而已，詩人亦然。「自謂頗騰達，立登要路津。致君堯舜上，再使風俗醇。」非杜子美之抱負乎？「胡不上書自薦達，坐令四海如虞唐。」非韓退之之忠告乎？「寂寞已甘千古笑，馳驅猶望兩河平。」非陸務觀之悲憤乎？如此者，世謂之大詩人矣！至詩人無此抱負者，與夫小說、戲曲、圖畫、音樂諸家，皆以侏儒娼優自處，世亦以侏儒娼優蓄之。所謂「詩外尚有事在」，「一命為文人，便無足觀」，我國人之金科玉律也。嗚呼！美術之無獨立價值也久矣。此無

> 怪歷代詩人，多托於忠君愛國勸善懲惡之意，以自解免，而
> 純粹美術上之著述，往往受世之迫害而無人為之昭雪也。此
> 亦我國哲學美術不發達之一原因也。

> 夫然，故我國無純粹之哲學，其最完備者，唯道德哲學，與
> 政治哲學耳。……更轉而觀詩歌之方面，則詠史、懷古、感
> 事、贈人之題目彌滿充塞於詩界，而抒情敘事之作什佰不能
> 得一。其有美術上之價值者，僅其寫自然之美之一方面耳。
> 甚至戲曲小說這純文學亦往往以懲勸為旨，其有純粹美術上
> 之目的者，世非惟不知貴，且加貶焉。

他把是否以文學為工具看作文學盛衰的原因，在另一篇文章中他
說：「詩至唐中葉以後，殆為羔雁之具矣。故五季北宋之詩，（除一
二大家外）無可觀者，而詞則獨為其全盛時代。……以其寫之於詩
者，不若寫之於詞者之真也。至南宋以後，詞亦為羔雁之具，而詞
亦替矣。（除稼軒一人外）觀此足以知文學盛衰之故矣。」[16]他在《論
近年之學術界》攻擊晚清文化中普遍存在的工具論傾向，並指斥把
文學視為政治、教育的手段：「觀近數年之文學，亦不重文學自己之
價值，而唯視為政治教育之手段，與哲學無異。」王國維堅決反對
功利主義，在中國率先旗幟鮮明地倡導建立現代知識制度上的與科
學、道德等分治的「純文學」觀念。

　　他相信一個基本的文學命題：文學是人生的表現。在《紅樓夢
評論》中他就說：「美術中以詩歌、戲曲、小說為其頂點，以其目的
在描寫人生故。」在《屈子文學之精神》中又說：「詩歌者，描寫人

---

[16] 《文學小言》。

生者也。」他聲明這是「用德國大詩人希爾列爾之定義」。其實王氏私淑的叔本華也說過:「我們要求的,不論是詩是畫,都是生活的、人類的、世界的忠實反映。」[17]反對文學上形形色色的功利主義,正是為表現人生開闢廣闊的道路。

　　那麼,怎樣才能表現好人生呢?這就要做到「真」與「自然」。「真」與「自然」是貫穿王國維文論的基本概念,其中心要求是真切地表現真切的人生經驗。這種文學主張今天看來似乎稀鬆平常,但在晚清的歷史語境中相對於種種為功利主義所障蔽的文學觀念,還是具有革命性的意義的。「真」是目的,「自然」是實現「真」的方式方法。在王早期的論文中,「自然」往往指的是自然界,與它作為文論的概念不同。在表達「真」的訴求時,他常常與功利主義的東西相對照。因為在後文的論述中,將有大量的材料能夠說明王氏對「真」的訴求。我們先來看看他的「自然」的涵義。「自然」包括作家的創作心態和藝術表達兩方面的意思。他在談元曲時說:「元曲之佳何在?一言以蔽之,曰:自然而已矣。古今之大文學,無不以自然勝,而莫著於元曲。蓋元劇之作者,其人均非有名位學問也;其作劇也,非有藏之名山傳之其人之意也。彼以意興之所至為之,以自娛娛人。關目之拙劣,所不問也;思想之卑陋,所不諱也;人物之矛盾,所不顧也;彼但摹寫其胸中之感想,與時代之情狀,而真摯之理,與秀傑之氣,時流露於其間。故謂元曲為中國最自然之文學,無不可也。」[18]這裏所說的「自然」是指解除了種種主觀的障蔽,從而反映生活的真實,抒發真情實感,即實現「真」。元曲「以

---

[17]　《作為意志和表象的世界》,349 頁。
[18]　王國維:《宋元戲曲史》十二,《王國維遺書》15 冊,上海古籍書店 1983 年 9 月版。

其自然故，故能寫當時政治及社會之情狀，足以供史家論世之資者不少。」[19]可見他並不反對寫政治等內容，關鍵在於不能以功利的「政治家之眼」，而應以解除了主觀障蔽的「詩人之眼」來寫。[20]他又說：「納蘭容若以自然之眼觀物，以自然之舌言情。此由初入中原，未染漢人風習，故能真切如此。」[21]前一個「自然」指解除了主觀障蔽，「自然之眼」即「詩人之眼」，後一個是就表達而言的，指的是表達上的真切。用王國維譯的叔本華的話來說，「自然」就是要「解自然囁嚅之言而代言之」[22]。那麼，前一個「自然」是「解自然囁嚅之言」，後一個是「代言之」。納蘭容若之所以能做到「自然」，是因為他沒有受到漢族功名利祿的思想觀念的束縛。王國維在《人間詞話》五七則中寫道：「人能於詩詞中不為美刺投贈之篇，不使隸事之句，不用粉飾之字，則於此道已過半矣。」其中的要求顯然包括了作家心態和藝術表達兩個方面。他在詞話中多處表示反對「隸事」，要求「不隔」。[23]

對於詩詞來說，真切的人生經驗即真情。他在《文學小言》中評價《詩經》裏的一些詩句道：「詩人體物之妙，侔於造化，然皆出於離人孽子征夫之口，故知感情真者，其觀物亦真。」在同一篇文章中他把「感自己之感，言自己之言」看作屈原、陶淵明、杜甫、蘇軾這些文學天才人格和文章的獨特標誌。在《人間詞話》裏，這樣的例子比比皆是：「詞人者，不失其赤子之心者也。故生於深宮之

---

19　同上。
20　《人間詞話刪稿》三七則。
21　《人間詞話》五二則。
22　見王國維：《紅樓夢評論》。
23　《人間詞話》三十六則、三十九則、四十則、四十一則。

中，長於婦人之手，是後主為人君所短處，亦即為詞人所長處。」[24]
又如：「客觀之詩人，不可不多閱世。……主觀之詩人，不必多閱世。
閱世愈淺，則性情愈真，李後主是也。」[25]王氏強調真情，與晚清龔
自珍、魏源、黃遵憲等人不同，在他那裏，真情具有本體的意義，
而龔自珍等人提倡真情只是具有一定的個性解放和文學革新的意
義，因為他們畢竟是以經世致用為鵠的的。黃遵憲在《人境廬詩草·
自序》裏說過：「詩之外有事」。

　　其意境說的基本精神就是要求真切地表達真切的人生經驗。所
以王國維說：「故能寫真景物、真感情者謂之有境界，否則謂之無境
界也。」[26]或許他在《宋元戲曲史》裏對意境的解說更清楚一些：「元
劇……文章之妙，亦一言以蔽之，曰：有意境而已矣。何以謂之有
意境，曰：寫情則沁人心脾，寫景則在人耳目，述事則如其口出是
也。古詩詞之佳者，無不如是也。元曲亦然。」[27]這是對文學作品的
本質性規定，儘管對詩詞這樣的抒情性文類還需有具體的規定性。
正因為如此，王國維才說他所拈出的「境界」或者說「意境」比嚴
羽的「興趣」、王士禛的「神韻」為更探本之說。[28]所以，在對「意
境」眾說紛紜的解釋中，我同意葉嘉瑩的觀點：「《人間詞話》中所
標舉的『境界』，其涵義應該乃是說凡作者能把自己所感知之『境界』
在作品中作鮮明真切的表現，使讀者也可得到同樣鮮明真切之感受
者，如此才是『有境界』的作品。」[29]

---

[24]　《人間詞話》一六則。
[25]　《人間詞話》一七則。
[26]　《人間詞話》六則。
[27]　《宋元戲曲史》十二。
[28]　《人間詞話》九則。
[29]　葉嘉瑩：《王國維及其文學批評》，河北教育出版社1997年7月版，193頁。

　　王國維不遺餘力地反對功利主義，大力倡導「真」與「自然」，但我們不應誤認為他不承認文藝的功用。即便在康德那裏，我們也不應該認為他否定文藝的社會作用。為了分析的方便，康德把審美當作獨立的抽象的心理功能，而與利害、概念、目的等內容意義剝離開來，從而追尋純粹的美的本質。然而這樣以來，審美判斷也就遠離了現實中豐富多彩的具體的美，於是康德在談到「美的理想」時又表明，純粹美畢竟帶有假想性質，很少的美能符合它的標準，因此理想美只能是依存美。提出「美的理想」不在於自由美，而在於依存美，這與康德對美的本質的分析是矛盾的。這個矛盾康德無法解決，它來自其基本的思想方法。王國維是一個文學家和美學家，對文藝的功用比康德有更具體而充分的認識。王並非否定文藝之用，他和功利論者的區別在於文藝之用的內涵及實現方式上。他的文藝功用觀用他自己用過的一個詞來概括就是「無用之用」[30]，這個來自老莊的詞語本身即巧妙地寓示著「用」與「不用」的辨證關係。他所說的「無用」之「用」在晚清的歷史語境中指的是現實政治層面上的「當世之用」或者說經世致用。

　　王氏認為，藝術的主要價值在於慰藉人生的痛苦，這是藝術的認識論的價值在倫理學上的體現。這種藝術價值觀直接來自叔本華的哲學，在《紅樓夢評論》中有集中的表述。生活的本質就是欲望，這是人的生活意志的表現。有欲望則求滿足，而欲望無厭，總難得到滿足，所以人得不到最終的慰藉。即使欲望得到了完全的滿足，厭倦之情又會乘之而起。「故人生者，如鐘錶之擺，實往復於痛苦與倦厭之間者也，夫倦厭固可視為苦痛之一種。」「然物之能使吾人超

---

[30]　王國維：《奏定經學科大學文學科大學章程書後》，《國學叢刊序》。

然於利害之外者，必其物之於吾人無利害關係而後可，易言以明之，必其物非實物而後可。」只有藝術能當此重任，作為天才的藝術家「以其所觀於自然人生者復現之於美術中，而使中智以下之人，亦因其物之與己無關係，而超然於利害之外。」在這樣的思想前提下，王認為：「《紅樓夢》一書，實示此生活此苦痛之由於自造，又示其解脫之道，不可不由自己求之者也。」叔本華說：「人之意志，於男女之欲，其發現也為最著。」《紅樓夢》中的青年男女多為男女之欲所苦，而主人公賈寶玉能迷途知返，拒絕意志，削髮為僧，真正實現了自我解脫。所以，「美術之務，在描寫人生之苦痛與其解脫之道，而使吾儕馮生之徒，於此桎梏之世界中，離此生活之欲之爭鬥，而得其暫時之平和，此一切美術之目的也。」他又說：「世人喜言功用，吾姑以其功用言之。夫人之所以異於禽獸者，豈不以其有純粹之知識與微妙之感情哉。至於生活之欲，人與禽獸無以或異。後者政治家之所供給，前者之慰藉滿足非求諸哲學及美術不可。」[31] 在他看來，政治家給予國民的是物質上的利益，文學家貢獻出的是精神上的利益，而物質上的利益是一時的，精神上的利益是永久的，所以他才會得出「生百政治家，不如生一大文學家」的結論。[32]

在慰藉說的基礎上，王國維又借鑑席勒的美育理論，提出了自己的美育構想。慰藉說和古雅說是他的美育理論的兩個理論支點。從他的《人類嗜好之研究》、《去毒篇》中，我們可以看到他從慰藉說走向美育的思想路徑。人因為有空虛的苦痛，所以需要慰藉，於是就有了各種嗜好。嗜好有高尚、卑劣之分，這就需要通過教育來培養高尚的嗜好和趣味。而能慰藉國民感情的是宗教和文藝，前者

---

[31] 《論哲學家與美術家之天職》。
[32] 王國維：《文學與教育》（《教育雜感》四則之四）。

適合於「下流社會」，後者適合於「上流社會」，可以說藝術是「上流社會」的宗教。在藝術的慰藉中，文學的最大，因為文學作品普遍、便利，非其他藝術門類可及。十幾年後，蔡元培提出著名的「以美育代宗教說」，可以視之為王國維思路的發揚光大；所不同的是，蔡氏的命題包含著明確的思想啟蒙、改良社會的意圖。

問題是，既然藝術是天才的作品，遠離芸芸眾生，那麼美育如何成為可能呢？王的古雅說是架設在慰藉說和其美育思想之間的橋梁。真正的藝術作品固然是天才的創作，但世間又有雖非真正的藝術品，但決非實用品的可以稱之為「古雅」的作品。相對於優美、壯美這兩種「形式」，古雅可謂「第二之形式」。通俗地說，古雅是能通過修養獲得的藝術技巧方面的因素。古雅具有美育的價值：「至論其實踐之方面，則以古雅之能力，能由修養得之，故可為美育普及之津梁。雖中智以下之人，不能創造優美及宏壯之物者，亦得由修養而有古雅之創造力；又雖不能喻優美及宏壯之價值者，亦得於優美宏壯中之古雅之原質，或於古雅之製作物中得其直接之慰藉。故古雅之價值，自美學上觀之誠不能及優美及宏壯，然自其教育眾庶之效言之，則雖謂其範圍較大成效較著可也。」[33] 所以，古雅又是架在天才和大眾之間的橋梁，為兩者所共喻，使美育成為可能。

早在 1904 年，他就在《孔子之美育主義》一文中在中國最早提倡美育，並以較大篇幅介紹了席勒的美育思想。《教育之家希爾列爾》又對席勒的美育思想進行專門的介紹。王氏認為，教育的宗旨在於使人成為「完全之人物」。所謂「完全之人物」指的是人身體的能力與精神的能力全面和諧的發展。「要之，美育者使人之感情發達，以

---

[33]　王國維：《古雅之在美學上之位置》。

達完美之域；一面又為德育與智育之手段，此又教育者所不可不留意也。」[34] 這個觀點直接來自席勒，王氏在《孔子之美育主義》中就曾介紹過：「德意志大詩人希爾列爾……謂日與美相接，則其感情日益高，而暴慢鄙倍之心自益遠。故美術者科學與道德之產生地也。又謂審美之境界乃不關利害之境界，故氣質之欲滅，而道德之欲得由之以生。故審美之境界乃物質之境界與道德之境界之津梁也。」[35] 兩人的觀點如出一轍。

　　席勒提出的美育來自他對資本主義文化危機的診斷。在他看來，資本主義的社會分工給人格發展造成了危害，人變成社會這個精巧鐘錶裏「一個孤零零的小碎片」，「享受與勞動，手段與目的，努力與報酬都彼此脫節」。[36] 他的目的在於通過美育來恢復人的完整性，即感性與理性的統一，從而恢復社會的和諧。這個德國美學家的美育思想帶有鮮明的社會指向性，它是對資本主義社會的診斷，而王國維的美育思想則是對人生的診斷，帶有叔本華悲觀主義人生觀的底色。王是由叔本華那裏走向席勒的。不過，席勒處處以人為最高目的的人本主義思想給王的美育思想帶來了明顯的亮色，後者對美育的理解和提倡突破了其舊有的思想框架，其中蘊涵的文藝功用觀亦復如是。

　　王國維的美育思想只能是一種審美烏托邦，因為即便是在感情的慰藉上審美也不可能替代理性、倫理的作用。其現代性的意義不在於指示了一條真實的人的解放的大道，而在於它從以人本主義為

---

王國維：《論教育之宗旨》，《王國維哲學美學論文輯佚》，佛雛校輯，華東師範大學出版社 1993 年 12 月版。

王國維：《孔子之美育主義》，《王國維哲學美學論文輯佚》。

[德]席勒：《審美教育書簡》，馮至、范大燦譯，北京大學出版社 1985 年 12 月版，第六封信。

基礎的人學立場出發，一方面批判了傳統文化對人的感性生命和人的主體性的壓制，另一方面又對科學、政治等層面上的現代性方案本身可能存在的對人自身的忽視具有一定的糾偏作用。


## 三、塵封的價值

王國維以「非功利」為旗幟的具有潛在體系的美學思想標誌著現代美學、現代性文學觀念的確立。因為中國有著二元論的思想傳統，感性生命與道德理性始終處於緊張的對立之中（中國向來有情禮、理欲之辨），掙脫了傳統政治教化的羈絆，強調審美獨立性的美學和文學觀念，就必然會要求文藝話語更充分地表達個體的感性訴求，從而證明感性生命的合理性，為文藝表現人生開拓廣闊的空間。我認為，這是王氏文學觀念的現代性的根本所在。

遺憾的是，我們認識到王國維美學思想和文學觀念的現代性用了將近一個世紀的時間，在中國文學走了許多彎路之後。

辛亥革命之後，王氏告別了文學研究，在文學上就聲名沉寂了。他的遠見卓識也不為文壇所重視。胡適的《五十年來中國之文學》中有章太炎、梁啟超、章士釗、林紓的位置，卻始終未提及王國維，多少讓人感到匪夷所思。陳獨秀在《國學》中也只是籠統地提一句「王靜安所長是文學」[37]。王氏死後，國內外各種雜誌，有的刊登紀念的文字，有的還出了追悼的專號，但大都只是敘述他對甲骨文的研究及經學、史學上的貢獻。即使有談到他在文學上的貢獻的，論

---

[37] 陳獨秀：《國學》，1923 年 7 月《前鋒》創刊號。

述所及也不出《人間詞話》、《宋元戲曲史》等。[38] 他被忽視的原因顯然與其政治選擇有關。在學問上王氏頗有自知之明，知道自己的長處何在；可在政治上，他既糊塗又偏執，違背了其美學和文學探索時期的思想信念，竟然要以一介書生瘦弱的身軀參與支撐一座已經傾倒的大廈。於是，他的諸多的貢獻都因為一頂「遺老」的帽子而見棄於新時代。不過還有更深層的原因：他的文學觀回應不了急迫的救亡圖存的要求，因此與主流文學觀念相齟齬。

　　也許從李長之的長文《王國維文藝批評著作批判》[39] 中我們可以窺見王氏被忽視的一斑。作者雖然承認王氏是「文學革命的先驅」，但是有保留的。他傾向於把王氏看作處在新舊之間的人物，「說是一個成功的文藝批評家也還不見得」，看重他是因為他是現代中國批評家這個矬子堆裏的將軍。文章討論的重點是《紅樓夢評論》、《人間詞話》、《宋元戲曲史》，其餘提到的只有《教育偶感》和《文學小言》。王氏「非功利」的文學觀只是十分簡單地提了一下，而且缺乏理解。文末的參考書裏王氏的著作有《靜安文集》，顯然其他重要文章沒有進入他的視野。那個時代流行的文學觀念在一定的程度上遮蔽了他的視線，造成了不應有的忽略。對王「非功利」的文學觀缺乏重視，使李未能像他所希望的那樣對王在文學批評史上的地位進行恰如其分的蓋棺論定，也使《人間詞話》等的文學觀點成了無源之水。李長之是那個時代比較超然的青年批評家，又是康德哲學的崇拜者 [40]，

---

38　參閱吳文祺的兩篇文章：《文學革命的先驅者——王靜安先生》，1927 年 6 月《小說月報》17 卷號外「中國文學研究」專號；《再談王靜安先生的文學見解》，1934 年 1 月《文學季刊》1 卷 1 期。

39　1934 年 1 月《文學季刊》1 卷 1 期。

40　見李書：《〈李長之批評文集〉序》，《李長之批評文集》，珠海出版社 1998 年 10 月版。

而且總的來說是推崇王國維的；他尚且如此，更遑論那些強調現實功利的批評家了。其實，像李氏這樣關注王氏的批評家都是鳳毛麟角。

在這樣的歷史語境中，吳文祺的《文學革命的先驅者——王靜安先生》多少令人有空谷足音的感覺。作者站在新文學的立場上，高度評價了王國維對文學獨立價值、小說與戲曲地位、文體自由的肯定，指出在他對文學的特識中有許多與新文學家不謀而合，如認為白話文的詞類較文言精密，相信文學是人生的表現，反對文以載道等等，都可以在王國維那裏找到先聲。作者說他作此文的目的之一是針對文以載道的：「文以載道說的錯誤，略有文學常識的人，誰也知道的。然而實際上這一說的勢力，仍舊盤踞在人們的心坎裏。明目張膽的文以載道的主張（如《時事新報》時論欄所載莊某的大文），或許是極端的例子，我不去論他也罷。不幸一般站在新文學旗幟底下的人，在理論上雖然常常發出反對文以載道的主張的呼聲，而在實際上有時不免走到他們自己所反對的主張的牛角尖裏去：讀一件作品，不欣賞其藝術上的美，反而斤斤地計較其思想的得失，這和舊文人之討論《詩經》的微言大義有什麼兩樣？在這種情勢之下，王氏的反對勸懲為旨的文學觀，尤有介紹的必要與價值了。」特別難能可貴的是，他還注意到了王氏強調文學獨立性與其他文學觀點的內在聯繫。吳文祺敏銳地道出了王氏的文學價值觀與現代主流文學觀念的深刻對立。

在 1949 年後的「十七年」，王國維文學觀念更是命運多舛。他的政治立場和叔本華悲觀主義的哲學的影響構成了他文學思想的雙重「原罪」。人們往往在資產階級／封建階級、唯物主義／唯心主義、現實主義／非現實主義的二元對立中去裁剪王國維，結果只剩下了階級身份不夠顯明的意境說和戲曲考證。王國維的文學觀念顯然和

當時的政權意識形態和主流文學觀念存在著尖銳的對立關係。有人依據王氏的政治立場來批判他的文學觀及其階級實質，因而認為王國維的「非功利」的文學觀雖然與傳統的封建文學觀存在著矛盾，但在反對文學為資產階級革命服務、否定資產階級革命派文學這一點上，對封建統治階級卻是十分有利的；由於它打著「新學」的旗號，也就更容易迷惑人們，具有嚴重的危害作用。[41] 與建國前一樣，王氏文學思想中事實上被重視的只有他的更多地被看成是傳統文論總結的意境說；所不同的是，此時那些珍視《人間詞話》的人不得不努力從中找出唯物主義和現實主義的因素，從而為之辯護。

對王國維美學思想和文學批評的價值重估得益於 80 年代中期的知識狀況。在文學研究上，繼 1985 年的「方法年」之後又有 1986 年的觀念年，伴隨著對主流文學觀念的反思，人們開始強調文學的獨立性。人們似乎發現了王國維。有關的研究論著大幅度增加。王氏在中國美學史和文學批評史上的貢獻得到高度的評價，一些文學批評史教材把王國維放在了現代性的起點上 [42]，「非功利」文學觀念的合理性受到重視。然而有些論著雖然盡力擺脫政治話語的影響，但觀念、知識結構、言述模式仍深受主流文學觀念的掣肘。這突出地表現在它們從一些僵化的主流觀念和價值標準出發來理解和肯定王的貢獻上。然而，王國維的美學和文學思想終於開始完整地走進研究者的視野。

---

[41] 李力：《論王國維的純藝術觀》，1964 年 6 月 7 日《光明日報》。

[42] 如溫儒敏著《中國現代文學批評史》（北京大學出版社 1993 年 10 月版）第一章即「王國維文學批評的現代性」。

在 80 年代以來出版的王國維研究專著中，我特別看重三種。一是海外學者葉嘉瑩的《王國維及其文學批評》[43]。該書對王氏文學批評的成長與演變的過程做了整體性的研究。作者是研究中國古典詩詞的名家，對古代文論也頗為熟悉，因此在論述王的文論與傳統文論的關係時遊刃有餘；並且，她又能不時地拿西方文論來參照。但她對王國維在 20 世紀中國文學批評史上的開創意義認識不足。她認為，王氏在文學批評方面值得重視的成就，「在於他能夠把西方新觀念融入中國舊傳統，為中國舊文學開拓了一條前無古人的新的批評途徑。」[44] 對《人間詞話》可以這麼說，而對其早期的論文來說似乎更應該稱其為「除舊布新」了。在具體的論述中，她似乎更看重王氏早期論文在批評文體上的貢獻，而對其中文學觀念本身的現代意義缺乏應有的注意與闡述。二是佛雛的《王國維詩學研究》[45]。作者把王氏詩學中的重要概念和命題一一提出討論，時時與古代文論相聯繫，與叔本華、康德美學相比較。該書材料豐富、翔實，看得出來作者是作過艱苦的資料工作的。只是作者由於所持反映論的認識論的美學觀念，與王國維的文學觀念之間還存在著隔閡。夏中義的《世紀初的苦魂》[46] 力求把由佛雛開始的文獻學比較推進到發生學的層次，從而深化了王氏美學的研究。他不僅回答了王氏接受過叔本華的哪些影響，還闡釋了這些影響發生的原因，探究了王接受影響的過程以及表現出的再創性。夏中義是 80 年代以後崛起的新一代學者，知識結構新，觀念富有現代意識，對王美學思想的辨析富有說服力。

---

[43]　1979 年香港中華書局出版，1982 年該書局又將原書膠片讓與廣東人民出版社再版。另有河北教育出版社 1997 年 7 月的版本。

[44]　葉嘉瑩：《王國維及其文學批評》，河北教育出版社 1997 年 7 月版，111-112 頁。

[45]　北京大學出版社 1987 年 6 月 1 版，1999 年 1 月 2 版。

[46]　上海文藝出版社 1995 年 6 月版。

「憂生」是他透視王氏與叔本華聯繫與區別的基本視點。[47]他這樣評價王國維在中國文學批評史和美學史上的貢獻：「王氏對中國文學批評暨中國美學之功績，既在他引進西學思辨方式，更在他身體力行，貢獻了一個前無古人的，頗具潛在體系規模，包括批評論在內的整個人本—藝術美學（可稱之為『準體系』），從而為中國近代美學從無體系的思想形態走向現代意義上的獨立學科形態，鋪了一級堅實台階。」[48]夏氏注意到了王氏「非功利」的觀念與其整個美學體系的內在聯繫，還沒有更充分地估價它的價值；當然，也就談不上進一步追問其現代性意義了。

王國維是一個掄開山斧的人物，他從文學功用觀的角度，對中國幾千年的功利主義文學觀大加撻伐，從而提出自己的文學觀，可謂找準了中國文學現代轉型的關鍵，因為不論是在中國還是在西方，率先倡導建立現代知識制度上的「純文學」觀念，把文學建設成為一個以自主性為首要特徵的社會活動領域都是文學現代性的中心任務。在 20 世紀的絕大多數時間裏，中國文學的現代性都處於一個未成熟的狀態，把中國文學的現代歷程與他的文學觀聯繫起來加以審視，可以發現許多值得我們警醒的東西。王國維邁開了一步，提示了一種可能。

不過，在晚清的歷史語境中，王國維的文學觀也帶有明顯的局限。自從封閉已久的中華帝國的大門被西方列強打開以後，建立一個現代的獨立的民族國家一直是中國人夢寐以求、壓倒一切的中心

---

[47] 夏中義顯然想把王氏的整個美學思想納入到自己的闡釋框架中。可當他說「『境界說』（其實是整個王氏美學）的精髓是在『憂生』二字」（190 頁）時，就難免有削足適履之嫌了。

[48] 《世紀初的苦魂》，166 頁。

任務，文學當然不應也不可能自處於民族求生存、求發展的活動之外。王國維過於強調審美的非功利性和文學的獨立價值，沒有解決好「用」與「不用」的關係問題，其文學主張回應不了急切的救亡圖存的時代要求，並與主流文學觀念相齟齬。

# 第三章

# 精神立國

　　留日時期的周氏兄弟與王國維一樣處於晚清文壇的邊緣，他們的文學觀在當時都沒有產生什麼影響，但卻是從晚清到「五四」文學觀念的邏輯發展中不可或缺的重要環節。與王國維不一樣，周氏兄弟後來帶著留日時期的知識積累和對文學的體認參與掀起了波瀾壯闊的五四文學革命的浪潮；而且，他們最初對文藝的見解來自梁啟超，與後者之間存在著明確的繼承關係。因此，留日時期的周氏兄弟承前啟後，從他們那裏可以更清晰地看到從以梁啟超為代表的晚清文學改良觀念向五四新文學觀念轉變的思路和軌跡。

## 一、改造國民精神

　　周氏兄弟留日時期的思想是民族主義的，文學思想是其民族主義的一部分，從根本上來說表達的是民族主義的訴求，所以要理解他們對文學功用的認識就離不開他們民族主義的思想語境。周作人曾經講得明白：「豫才那時的思想我想差不多可以民族主義包括之，

如所介紹的文學亦以被壓迫的民族為主，俄則取其反抗壓制也。」[1]
魯迅自己還參加過實際的民族革命的活動，周作人也自稱：「我那時
又是民族革命的一信徒」[2]。周作人於 1925 年還說過：「我當初和錢
玄同先生一樣，最早是尊王攘夷的思想……後來讀了《新民叢報》、
《民報》、《革命軍》、《新廣東》之類，一變而為排滿（以及復古），
堅持民族主義者計有十年之久，到了民國元年這才軟化。」[3]

　　世界範圍內，現代是一個以民族國家為政治形式的競爭時代，
而民族主義正是建立現代民族國家的歷史動力。周氏兄弟的民族主
義是在晚清政治、社會和文化的重重危機中產生的，他們以對晚清
社會和文化改革的挑戰者和批判者的姿態出現，指出建立一個現代
國家的根本出路所在。無論魯迅還是周作人，他們都把人的精神個
性看作中國落後的癥結。在戊戌變法之前，康有為、梁啟超就明確
意識到了人才的重要性，只是他們認為培養人才是一個漫長的過
程，於是想走一條捷徑，從政治變革入手。戊戌變法失敗後，梁啟
超開始關注人的精神層面，率先提出改造國民性的問題。梁啟超的
思路啟發了周氏兄弟。

　　在周氏兄弟的民族主義思想中，物質與精神的二元對立是其邏輯起
點，他們據此批判晚清的各種改革方案和措施，並提出自己的主張。

　　魯迅在《科學史教篇》中敘述西方科學簡史，落腳點在於補救
時弊。當時的革新派人士眩於西方國家的強大，提倡「興業振兵之
說」，但並沒有得到西方富強的真諦。他最後還特別強調了人文的重
要性，認為科學與人文兩不偏廢才能促進人性的全面發展，造成社

---

[1]　周作人：《關於魯迅之二》，《瓜豆集》，上海宇宙風社 1937 年 7 月版。
[2]　周作人：《知堂回想錄》，河北教育出版社 2002 年 1 月版，210 頁。
[3]　周作人：《元旦試筆》，《雨天的書》，1925 年 12 月北京北新書局版。

會的文明。[4]《文化偏至論》則把這種批判上升到理論的高度。晚清的革新派人士「競言武事」，或主張「製造商估立憲國會」，魯迅指責他們不知中國國情，不察歐美的實際，不作「根本之圖」。他們的迷誤主要有兩個方面：一是惑於歐美的富強，而不知其富強的根本在於人；一是不知是「物質」和「眾數」是 19 世紀西方文明的通病，並且不瞭解 19 世紀末批判這種弊端的新思潮。「物質」就是追求外在的物質世界、忽視人的主觀精神的「物質主義」，「眾數」則指壓制少數人的多數人的民主。它們共同造成的結果是流於平庸、失去個性。他評述了唯意志論哲學家斯蒂納、叔本華、克爾凱郭爾、尼采以及戲劇家易卜生等的特立獨行的個人主義思想，汲取他們身上的反抗、破壞的精神，主張「掊物質而張靈明，任個人而排眾數」。他得出了帶有進化論色彩的結論：「是故將生存兩間，角逐列國是務，其首在立人，人立而後凡事舉；若其道術，乃必尊個性而張精神。」[5] 所謂「立人」，就是要喚醒國人的自覺，張揚其個性，從而「立國」。

周作人從自己的角度提出改造國民精神的問題。他在《論文章之意義暨其使命因及中國近時論文之失》中開宗明義，談了自己對「民族」以及「民族」與文化的理解：「今夫聚一族之民，立國大地之上，化成發達，特秉殊采，偉美莊嚴，歷劫靡變，有別異於昏凡，得自成美大之國民（nation，意義與臣民有別）者，有二要素焉：一曰質體，一曰精神。質體云者，謂人、地、時三事。同胤之民，一

---

4　魯迅：《科學史教篇》，《魯迅全集》1 卷，人民文學出版社 1981 年版。原載 1908 年 6 月《河南》5 期。
5　魯迅：《文化偏至論》，《魯迅全集》1 卷，人民文學出版社 1981 年版。原載 1908 年 8 月《河南》7 期。

言文，合禮俗，居有土地，曠世守之，素白既具，乃生文華。之數者，為形成國民所有事，亦凡有國者所同具也。若夫精神之存，斯猶眾生之有魂氣。……蓋凡種人之合，語其原始，雖群至龐大，又甚雜糅而不純，自其外表觀之，探其意氣之微，宜儳然無所統一。然究以同氣之故，則思想感情之發現，自於眾異之中，不期而然趨於同致，自然而至莫或主之，所謂種人之特色，而立國之精神者是已。國人有此，乃足自集其群，使不即於渙散，且又自為表異，以無歸於他宗，然後視其種力，益發揮而光大之，漸以成文化。」在文章中，他用了「國民」、「國民精神」、「國魂」、「種人」（種族）等民族主義語彙。他從質體與精神的關係出發，批評革新派人士「競言維新」，認為這不過是傳統功利主義的表現。在他看來，如果精神委頓，即便是貿易、工業興盛，那麼「質體」的存在也不過形同槁木罷了。所以，「為今之計，竊欲以虛靈之物為上古之方舟焉。」[6]

魯迅、周作人把改革中國的焦點集中於精神，除了吸取了晚清一系列救亡圖存運動失敗的教訓外，肯定還溶入了大量的、直接的甚至是令他們痛心疾首的對國人精神面貌的觀感。典型的如在《〈吶喊〉自序》中所述導致作者棄醫從文的幻燈片事件中，國人面對同胞被殺害表現出了驚人的麻木。魯迅早在 1902 年在東京弘文學院學習期間就從日譯本讀了美國傳教士史密斯的著作《中國人氣質》[7]（1894），該書通過作者在中國傳教二十二年的觀察和見聞，揭露了

---

[6]　周作人：《論文章之意義暨其使命因及中國近時論文之失》，《周作人文類編·本色》，鍾叔河編，湖南文藝出版社 1998 年 9 月版。原載於 1908 年 5、6 月《河南》4、5 期。

[7]　參閱《中國人氣質》（張夢陽、王麗娟譯，敦煌文藝出版社 1995 年 9 月版）一書的《譯後評析》，該文對魯迅改造國民性思想與《中國人氣質》的聯繫進行了詳細的介紹。

大量的中國人的精神病症。它給魯迅所思考的中國民族性的缺點問題提供了具體的例證，他後來很多改造國民性的思想觀點——如認為中國人缺乏誠與愛、中國改革難等，都可以在史密斯的書裏找到原型。還有魯迅與許壽裳在弘文學院學習期間對中國國民性的基本判斷[8]，也正是建立在大量感性材料基礎上的。

　　發現病根，自然就要對症下藥，尋求醫治的藥方。那麼究竟應該怎樣喚醒國人的覺悟，改造國民的精神呢？他們都強調了「心聲」或「精神」的重要性。真正的個性來源於「心聲」和「內曜」，這是《破惡聲論》的主題。為什麼「心聲」可以喚醒覺悟，產生個性呢？作者說得明白：「蓋惟聲發自心，朕歸於我，而人始自有己，而群之大覺近矣。」那些維新人士倡言改革，擾攘不已，但他們是為了一己的私利，從其言行中看不出「離偽詐」的「心聲」與「破黮暗」的「內曜」，所以中國仍是一個「淒如荒原」的「寂漠」之境。當時維新人士的主張大抵可分為民族主義和世界主義兩種傾向的話語，前者宣稱「不如是則亡中國」，後者則揚言「不如是則畔文明」，但都是借集體來泯滅人的個性，使人不敢獨異。他指出：「故今之所貴所望，在有不和眾囂，獨具我見之士，洞矚幽隱，評騭文明，弗與妄惑者同其是非，惟向所信是詣，舉世譽之而不加勸，舉世毀之而不加沮，有從者則任其來，假其投以笑傌，使之孤立於世，亦無懾也。則庶幾燭幽暗以天光，發國人之內曜，人各有己，不隨風波，而中國亦以立。」[9]

---

8　許壽裳：《回憶魯迅》，《魯迅回憶錄（專著）》（上冊），北京出版社 1999 年 1 月版。
9　魯迅：《破惡聲論》，《魯迅全集》8 卷，人民文學出版社 1981 年版。原載 1908 年 12 月《河南》8 期。

　　著眼點相同的「心聲」或「國民精神」是他們當時各自最重要的文學論文《摩羅詩力說》、《論文章之意義暨其使命因及中國近時論文之失》的邏輯線索。中國古代文人在論述某事對國家的重要性時往往要展開一番歷史敘述，周氏兄弟也是這樣。魯迅說，文化流傳後世的，莫過於表達「心聲」的文事了。古人運用他們的想像力（神思），與自然的奧祕相溝通，和萬物相默契，心領神會，說出他們所要說的話，這樣就有了詩歌。它的聲音經過漫長的時間而深入人心，不因人們的沉默而斷絕；並且日益在一個民族間流傳。等到詩歌這樣的文事衰落了，那麼這個民族的命運也就完結了。他舉了印度、以色列、伊朗、埃及等幾個文明古國的例子，說明上述文事與民族命運的休戚相關。他引用了卡萊爾關於「心聲」的觀點。有感於中國現實「心聲」的寂寞，為了改造國民精神，他要「別求新聲於異邦」，評介那些「摩羅」詩人。[10]

　　同樣，「國民精神」是周作人文章的邏輯線索。一個民族的特色在於其「立國之精神」，在他看來，精神為體，質體為用，質體滅亡而精神能再造，或者質體滅亡而精神不死，沒有精神萎死而質體獨存的。像魯迅一樣，他先講史。埃及雖然亡國，但表現在古代文獻中的思想、精神則流澤深長，這是質體滅亡而精神不死的例子。又如古希臘文化美妙而又偉大，雖然受到基督教長期的壓迫，但依然走向復興。希臘也因為其源遠流長的國民精神而得以重建，並產生了新的文學。這是質體滅亡而精神能夠再造的例子。在新進的斯拉夫民族中，由於能發揚固有的國民精神，也出現了新的氣象。而在中國，上古文學雖然也有曲折、深微的「美感至情」，但遭到了儒家

---

10　魯迅：《摩羅詩力說》，《魯迅全集》1卷，人民文學出版社 1981 年版。原載 1908 年 2、3 月《河南》2、3 期。

思想的壓制，並受到「趨時崇實」的功利主義的束縛，所以造成了思想的「拘囚蜷曲」，「莫得自展」。而近代國內之士「競言維新」其實也是傳統功利主義的表現。像魯迅一樣，他想借助文學來改革國民精神；所不同的是魯迅通過介紹「摩羅」詩人來表明所要提倡的文學，周作人則對這種新文學加以理論上的闡明。

在《哀弦篇》中，周作人又呼喚「心聲」。他有感於「華土特色之黯淡」，「華土之寂漠」，如過「落日廢墟，或無神的寒廟」。原因何在？在於沒有「覺悟」。為什麼沒有「覺悟」？是因為沒有「悲哀」。「悲哀者人生之真誼」，「蓋在人事，恒樂少而悲多，樂暫而悲久也。是故天下心聲，多作愁歎之節，而激刺人情，感應尤疾。」「中國文章，自昔本少歡娛之音。」「洎夫近世，國人浸昧此誼，民向實利而馳心玄旨者寡，靈明汨喪，氣節消亡，心聲寂矣。」而遠在萬里的海外，則有蒼涼哀怨的哀音，絕望之中有激揚發越。他引用泰納的藝術「三要素」說，來說明「國民文章」反映了國民的心聲和特色，並以此「介異邦新聲，賓諸吾土」。他介紹的是波蘭、烏克蘭、波希米亞等斯拉夫小國以及猶太諸國文人具有「哀聲逸響」的文學。這些國家「雖亦有黯淡之色，而尚無灰死之象」。這裏表明了民族主義的動機和視野。他最後引用了尼采《查拉圖斯特拉如是說》序言中的話：「唯有墳墓處，始有復活。」[11]中國傳統向來視哀怨之音為「亂世之音」，周作人對此卻有了完全不同的理解和評價，反映了其接受西方文化影響以後的新的胸襟。周作人在對文學的理解、思維方式、話語方式甚至取材上都與其兄十分地一致。

---

11　周作人：《哀弦篇》，《周作人文類編‧希臘之餘光》，湖南文藝出版社 1998 年 9 月版。原載 1908 年 12 月《河南》9 期。

　　《摩羅詩力說》、《哀弦篇》的選材都表現出明確的民族主義意圖。日本學者北岡正子通過大量實證的材料，說明「《摩羅詩力說》是在魯迅的某種意圖支配下，根據當時找得到的材料來源寫成的。」[12]在《摩羅詩力說》中，作者根據民族主義意圖構製了一個受拜倫影響的「摩羅」派詩人的系譜。魯迅在 1925 年追憶道，他當時讀了拜倫的詩而「心神俱旺」，特別是看到他那花布裹頭，去助希臘獨立時候的肖像。「其實，那時 Byron 之所以比較的為中國人所知，還有別一原因，就是他的助希臘獨立。時當清的末年，在一部分中國青年的心中，革命思潮正盛，凡在叫喊復仇和反抗的，便容易惹起感應。那時我所記得的人，還有波蘭的復仇詩人 Adam Mickiewicz；匈牙利愛國詩人 Petöfi Sándor；飛獵濱的文人而為西班牙所殺的厘沙路」[13]。勃蘭兌斯《十九世紀文學主潮》第四分冊中有這樣一段文字：「在俄國和波蘭、西班牙和義大利、法蘭西和德國這些國家的精神生活中，他（指拜倫——引者）如此慷慨地到處播下的種子都開花結果了——從種下龍的牙齒的地方躍出了披盔戴甲的武士。斯拉夫國家的民眾，由於他們一直在暴政的統治下呻吟，天性就趨向於多愁善感，同時他們的歷史又使他們養成了反抗的本能，因此他們如饑似渴地抓住拜倫的詩不放：普希金的《葉夫蓋尼·奧涅金》、萊蒙托夫的《當代英雄》、馬爾采夫斯基的《瑪麗婭》、密茨凱威茨的《康拉德》和《瓦倫羅德》、斯洛瓦吉的《蘭勃羅》和《本尼奧夫斯基》等等作品，都證明了拜倫給這些詩的作者留下的強烈印象。」[14]北岡正子指出：

---

[12] [日]北岡正子：《摩羅詩力說材源考》，何乃英譯，北京師範大學出版社 1983 年 5 月版，《前言》。

[13] 魯迅：《雜憶》，《魯迅全集》1 卷，人民文學出版社 1981 年版。

[14] [丹麥]勃蘭兌斯：《十九世紀文學主流》第四分冊，徐式谷等譯，人民文學出版社 1997 年 10 月版，453 頁。

「可以想見，魯迅在斯拉夫民族之中尋找拜倫系譜是從這段話得到某些啟示的。」[15] 在斯拉夫民族中尋找拜倫系譜最重要的意義，在於顯示或證明以拜倫為代表的自由意志和反抗精神對於被壓迫民族的解放和獨立的根本意義。關於《哀弦篇》選材的民族主義意圖，我在上面已經談過。

在周氏兄弟的民族主義思想中，建立現代民族國家的目標與進步、個性解放、自由意志等西方啟蒙主義的基本價值觀是高度一致的，因此我們可以把他們的民族主義稱為啟蒙主義的民族主義。當然，西方的啟蒙主義有個性和理性兩個基本的支柱，但在二者的關係中，個性解放具有前提的性質。在西方，個性解放和人的覺醒是文藝復興的產物，理性則是在 18 世紀啟蒙主義運動中確立起來的社會生活原則，用以調節個性解放帶來的諸如道德淪喪等方面的問題。顯然，周氏兄弟所處的時期是一個前現代時期，擺在他們面前的中國現代化的首要任務首先是喚起國民建立在個性解放基礎上的覺醒。他們的文藝思想屬於浪漫主義的，而按照卡林內斯庫的說法，西方語境中的浪漫主義文藝思潮帶有美學現代性反抗資本主義的世俗現代性的傾向？[16]；魯迅還受到了以尼采為代表的唯意志論哲學家的影響，唯意志論哲學又明顯地表現出對啟蒙現代性的批判；但這些並沒有在周氏兄弟思想中構成與啟蒙主義價值觀中理性原則的衝突，只是強化了對個性的強調。魯迅並沒有完整地接受唯意志論哲學家的思想。

---

[15] 《摩羅詩力說材源考》，42 頁。

[16] 參閱[美]馬泰·卡林內斯庫：《現代性的五副面孔》，顧愛彬、李瑞華譯，商務印書館 2002 年 5 月版，47-53 頁。

　　《域外小說集》是周氏兄弟從啓蒙主義的民族主義立場出發的一次文學活動。魯迅在《域外小說集‧序言》中說：「異域文術新宗，自此始入華土。使有士卓特，不為常俗所囿，必將犁然有當於心，按邦國時期，籀讀其心聲，以相度神思之所在。」[17]他後來講得更清楚明瞭：「我們在日本留學的時候，有一種茫漠的希望：以為文藝是可以轉移性情，改造社會的。因為這意見，便自然而然的想到介紹外國新文學這一件事。」[18]正是由於關注的焦點不同，周氏兄弟翻譯外國小說的旨趣和選材也就與梁啓超翻譯外國政治小說迥乎有別。他們啓蒙主義的民族主義以人類的普遍價值為最高標準，除了表現被壓迫民族的愛國情懷和俄國反抗專制的精神，《域外小說集》中還流貫著鮮明的人道主義特色。兩個譯者都非常愛好俄國文學中深厚的人道主義精神。

## 二、不用之用

　　顯然，魯迅和周作人都接受了與科學、道德分治的現代知識制度上的文學觀念，他們所說的「文章」不同於傳統，指的就是純文學。《摩羅詩力說》與《論文章之意義暨其使命因及中國近時論文之失》的側重點不同，前者主要通過評述範例表明一種對文學的態度，較少對文學的理論的闡述，後者則有對文學本體和功用的完整的論述。

　　許壽裳回憶說，在東京聽章太炎講學時，魯迅表示不贊同老師的雜文學觀念：「先生詮釋文學，範圍過於寬泛，把有句讀的和無句

---

[17] 魯迅：《域外小說集‧序言》，《魯迅全集》10 卷，人民文學出版社 1981 年版。
[18] 魯迅：《〈域外小說集〉序》，《魯迅全集》10 卷。

讀的悉數歸入文學。其實文字與文學固當有分別的,《江賦》、《海賦》之類,辭雖奧博,而其文學價值就很難說。」[19]周作人明確地擯棄傳統的「雜文學」觀念:「夫言文章者,其論旨所宗,固未能盡歸唯美,特泛指學業,則膚泛而不切情實,亦非所取。惟其義主折中而說近似者,則如近時美人宏德(Hunt)之說,庶得中庸矣,宏氏《文章論》曰:文章者,人生思想之形現,出自意象、感情、風味(Taste),筆為文書,脫離學術,遍及都凡,皆得領解(Intelligible),又生興趣(Interesting)者也。」還說:「文章一科,後當別為孤宗,不為他物所統。」美國不大著名的社會歷史學派文論家漢特(Theodore W. Hunt)的《文學的原理與問題》( Literature: Its Principles and Problems)是周作人文學理論的啟蒙書,他的文章中關於文學的定義的觀點和材料均來自《文學的原理及其問題》的第一編第二章中「文學的一個定義」。[20]周氏兄弟對文學的理解也離不開當時已接受了西方純文學觀念的日本明治文壇。晚清直接用「文學」來指稱西方近代意義上的 literature 也是來自於日本的影響。

---

[19]　許壽裳:《亡友魯迅印象記》,人民文學出版社 1953 年 6 月版,25 頁。

[20]　可見[美]Theodore W. Hunt:《文學概論》( 即《文學的原理與問題》),商務印書館 1935 年 12 月版,傅東華譯。文中的文學定義見該書 30 頁。漢特對後來的茅盾和鄭振鐸的文學觀念都有影響,參閱第五章第一、第三節。鄭振鐸曾經對《文學的原理與問題》予以介紹:「韓德此書,也是入手研究文學的人所必要讀的。共分兩個部分。第一部分泛論文學的定義,文學的研究法,文學的範圍,文學與科學,哲學,政治,文學,人生,倫理,藝術等等的關係,及文學的使命。第二部分則討論讀文學書與研究文學的目的,文學形式的種類與發展,文學上的各種疑問,及文學上的希伯來主義與希臘主義,文學在文字教育的地位等,對於詩歌,史詩,詩學及散文,小說等,都有很詳細的研究。出版的時間是一九〇六年,出版的地方是紐約的 Funk and Wagnalls Company。」( 西諦:《關於文學原理的重要書籍介紹》,1923 年 1 月《小說月報》14 卷 1 號。)

　　他們都相信文學是國民精神的表現，這是他們最重要的文學論文中的前提性文學命題。我在第一章中已經指出，這是中國啟蒙主義文學最重要的基礎性命題，因為要確認文學具有改造國民精神的作用，必須首先確認文學與國民精神的關係。魯迅認為文學最有力地表達了民族的「心聲」，文事與民族命運休戚相關，所以為了發揚「國民精神」，就要「求新聲於異邦」。周作人在《論文章之意義暨其使命因及中國近時論文之失》中寫道：「蓋精神為物，不可自見，必有所附麗而後見。凡諸文化，無不然矣，而在文章為特著。何也？……特文章為物，獨隔外塵，托質至微，與心靈直接，故其用亦至神。所以英國人珂爾埵普（Courthope）說：「文章之中可見國民之心意，猶史冊之記民生也。」他在文章中表達的中心思想是：「夫文章者，國民精神之所寄也。精神而盛，文章固即以發皇，精神而衰，文章亦足以補救，故文章雖非實用，而有遠功者也。」所以，「文章改革一言，不識者雖以為迂，而實則中國切要之圖者」。「文章或革，思想得舒，國民精神進於美大，此未來之冀也。」在《哀弦篇》中，他還引用泰納的藝術「三要素」說，來說明「國民文章」反映了國民的「心聲」和特色。

　　文學是國民精神的表現的命題確認了文學與國民精神的關係，那麼文學到底能起到哪些作用，發生作用的方式是什麼樣的呢？周氏兄弟的文學功用觀集中反映在「不用之用」這一康德式的命題中。

　　魯迅在《摩羅詩力說》中明確提出「不用之用」的文學功用觀。關於「不用」，他說：「由純文學上言之，則以一切美術之本質，皆在使觀聽之人，為之興感怡悅。文章為美術之一，質當亦然，與個人暨邦國之存，無所系屬，實利離盡，究理弗存。」所謂「用」，他說：「涵養人之神思，即文章之職與用也。」這種功用的發生，好比

在大海裏游泳，面對一片汪洋，起伏在波濤之上，上岸以後，精神和肉體都發生了變化。然而那大海實際上只是波起濤飛，毫無情愫，並沒有給人們傳授什麼教訓或格言，但游泳者的元氣和體力都突然增加了。他並強調文學活動是人的全面發展所不可或缺的。

此外，文學還有一個「特殊之用」：「蓋世界大文，無不能啟人生之閟機，而直語其事實法則，為科學所不能言者。所謂閟機，即人生之誠理是已。此為誠理，微妙幽玄，不能假口於學子。」而文學作品則可以通過形象的方式把人生的真理傳達給人。他舉例說，對熱帶地區的人抽象地以物理學、生理學去解釋，他還是不明了水可以凝固，冰是寒冷的；當你直接拿冰給他看，讓他接觸到冰以後，雖然不講那些科學的道理，但是他卻能直觀地明白冰是什麼東西。文學的妙用就在這裏，他寫道：「惟文章亦然，雖屢判條分，理密不如學術，而人生誠理，直籠其辭句中，使聞其聲者，靈府郎然，與人生即會。如熱帶人既見冰後，曩之竭研究思索而弗能喻者，今宛在矣。」

魯迅還從普遍人性的角度索解讀者之所以能理解文學作品的原因：「蓋詩人者，攖人心者也。凡人之心，無不有詩，如詩人作詩，詩不為詩人獨有，凡一讀其詩，心即會解者，即無不自有詩人之詩。」文學之所以能夠「涵養人之神思」即由此來。

《摩羅詩力說》第六節是對雪萊的評述，儘管沒有直接引用雪萊的詩學觀點，但我們可以發現兩人對詩的功用的理解十分地一致。在著名的《為詩辯護》一文中，雪萊認為詩是想像力的表現，並作用人的想像力，從而鼓舞人的鬥志，並提升人精神。文學在人類的存在活動中不可或缺。雪萊一方面強調詩所具有的「改進人類道德」的作用，另一方面又強調詩人不應該「抱有一種道德目的」。

詩的功用的發生與倫理學不同,「詩的作用都是經由另外一種更為神聖的途徑。詩喚醒人心並且擴大人心的領域,使它成為能容納許多未被理解的思想結構的淵藪。」「詩增強了人類德性的機能,正如鍛煉能增強我們的肢體。」我們還記得魯迅在說明「不用之用」的發生時所舉的在海水裏游泳的例子。雪萊也認定了詩人對民族振興的重要性:「在一個偉大民族覺醒起來為實現思想上或制度上有益改革而奮鬥當中,詩人就是一個最可貴的先驅、夥伴和追隨者。」[21]

連接強烈的民族主義動機和文學關係的即是「不用之用」的文學功用觀,民族主義的動機與文學「不用」的動機之間難免有某種不適感,於是也就顯露出一定程度上的矛盾。魯迅一方面說文學與「個人暨邦國之存」沒有直接的關係,但他又舉了普法戰爭中德意志民族詩人的例子。1806 年 8 月,拿破崙大破普魯士軍,翌年 7 月,普魯士求和,成了法國的附屬國。但德意志民族的精神並沒有被征服。詩人阿恩特(E. M. Arndt)作《時代之精神》,宣傳自由的精神,使國人大振。1813 年,普魯士國王下令國民當兵,為自由、正義、祖國而戰。於是,青年學生、詩人、藝術家爭相入伍。特沃多·柯爾納(Theodor Korner)辭去維也納國立劇場詩人的職務,投筆從戎,作詩集《豎琴長劍》,抒發愛國熱情。於是,「開納(即柯爾納──引者)之聲,即令全德人之聲,開納之血,亦即全德人之血耳。」所以可以推想,打敗拿破崙的不是國家、皇帝和刀劍,而是受到詩人感召的國民。「國民皆詩,亦皆詩人之具,而德卒以不亡。」這個例子大概是要說明詩歌與國民精神和國事的關係,然而如果魯迅的敘述屬實的話,我們可以從裏面得出兩點與魯迅的「不用之用」有

---

21　[英]雪萊:《為詩辯護》,《西方文藝理論名著選編》(中卷),伍蠡甫、胡經之主編,北京大學出版社 1986 年 8 月版。

偏差的結果：阿恩特和柯爾納顯然是抱著明確的功利目的的；詩歌與民族國家的存亡有直接的關係。這種矛盾可以看作他從事文學的功利目的與他接受的「非功利」的審美觀念之間的矛盾，也可以說是學理與民族主義動機之間的矛盾。

在談到文學功用觀問題時，魯迅的側重點是對「不用之用」進行辨析，而周作人則引進漢特的觀點，對文學的使命加以闡發：「一、文章使命在裁鑄高義鴻思，匯合闡發之也。淺言之，所謂言中有物。」「二、文章使命在闡釋時代精神，的然無誤也。」他在《哀弦篇》中高度評價文學與時代的關係：「蓋文章之起，根於人心，故與當世思想，所關甚大。」「三、文章使命在闡釋人情，以示世也。」「四、文章使命在發揚神思，趣人生以進於高尚也。」[22]第四項仿佛與第一項有矛盾，他解釋說：「宏德所謂處今日商工之世，百物皆備，所希者獨冀文章有超凡之觀，神思發現，以別異於功利有行之物事耳。雖然，此意有不可與第一義所言溷者。蓋文章之職，固當闡發義旨，而今之所重乃在神思，且二者不可或離。高義鴻思之作，自非思入神明，脫絕凡軌，不能有造。凡云義旨而不自此出，則區區教令之屬，寧得入文章以留後世也。」他在《哀弦篇》中談到勃洛靖斯基、密茨凱維支、斯洛伐斯基和克拉辛斯基等波蘭詩人時，這樣肯定他們與國民的關係：「波蘭詩人之所言，莫非民心之所蘊。是故民以詩人為導師，詩人亦視民如一體，群己之間，不存阻閡，性解者，即愛國者也。其所為詩，即所以達民情，振民氣，用盡其先覺之任而已。」

他從自己接受的純文學概念和文學功用觀出發，對當時流行的觀念進行批判，認為他們不瞭解文學的真義。這顯然與傳統的文學

---

[22]　上述觀點均直接來自漢特的《文學概論》，參閱該書中譯本 241-250 頁。

觀有關：「古者以文章為經世之業，上宗典經，非足以弼教輔治者莫
與於此。歷世因陳，流乃益大。」像《文心雕龍》本是中國最傑出
的文學理論的著作，但還是拘於成見，強調「原道」、「徵聖」、「宗
經」。他在序言中說，他過了三十歲，曾經夢見自己拿著朱紅漆的祭
器跟著孔子向南走。並且說：「惟文章之用，實經典枝條，五禮資之
以成，六典因之致用，君臣所以炳煥，軍國所以昭明」。

　　近時文論，他不點名地以陶曾佑的《中國文學之概觀》、京師大
學堂教員林傳甲的《中國文學史》和梁啟超的《論小說與群治之關
係》為靶子。它們的錯誤有二：強調治化而導致文學評價標準的失
衡，如《中國文學史》言必宗聖，強調文學不能離治化而獨存，指
譯小說為誨淫誨盜。就是那些提倡新小說的人也中了實用之說的
毒：「今言小說者，莫不多立名色，強比附於正大之名，謂足以益世
道人心，為治化之助。說始於《論小說與群治之關係》一篇。」另
一錯誤是持傳統的雜文學觀，或不能正確認識現今的文類，或貶低
小說、詞曲等文體。他們不理解：「夫文章一語，雖總括文、詩，而
其間實分兩部。一為純文章，或名之曰詩，而又分之為二：曰吟式
詩，中含詩賦、詞曲、傳奇，韻文也；曰讀式詩，為說部之類，散
文也。其他書記論狀諸屬，自為一別，皆文章耳。」

　　在辛亥革命時期，周氏兄弟仍然堅持自己留日時期的文藝功用
觀。魯迅說：「言美術之目的者，為說至繁，而要以與人享樂為臬極，
惟於利用有無，有所牴午。主美者以為美術目的，即在美術，其於
他事，更無關係。誠言目的，此其正解。然主用者則以為美術必有
利於世，儻其不爾，即不足存。顧實則美術誠諦，固在發揚真美，
以娛人情，比其見利致用，乃不期之成果。沾沾於用，甚嫌執持，

惟以頗合於今日國人之公意故從而略述之如次」:「一美術可以表見文化」,乃「國魂之現象」,二是「美術可以輔翼道德美術之目的,雖與道德不盡符,然其力足以淵邃人之性情,崇高人之好尚,亦可輔道德以為制。」三是「美術可以救援經濟」,他指的是美術品本身具有商業價值。[23] 周作人說:「蓋欲改革人心,指教以道德,不若陶熔其性情。文學之益,即在於此。」[24] 他也這樣看童話,在作於1912年10月的論文《童話研究》中,他寫道:「蓋凡欲以童話為教育者,當勿忘童話為物亦藝術之一,其作用之範圍,當比論他藝術而斷之,其與教本,區以別矣。故童話者,其能在表見,所希在享受,攖激心靈,令起追求以上遂也。是餘效益,皆屬副支,本末失正,斯昧其義。」[25]

以1906年從仙台回到東京決定從事文學為界,留日時期魯迅的文學功用觀明顯可以分為前後兩個時期。前期對文學功用的理解基本上停留在梁啟超的層次。魯迅像康有為、梁啟超等人一樣,注意到了小說的巨大社會作用。兒童和普通人可能不知道《山海經》、《三國志》,但他們能記住那些人長得奇形怪狀的海外諸國,談論周瑜、諸葛亮的名字,這得益於《鏡花緣》和《三國演義》的影響。「故撮取學理,去莊而諧,使讀者觸目會心,不勞思索,則比能於不知不覺間,獲一斑之智識,破遺傳之迷信,改良思想,補助文明,勢力之偉,有如此者!」「故苟欲彌今日譯界之缺點,導中國人群以進行,

---

23　魯迅:《擬播布美術意見書》,《魯迅全集》8卷,人民文學出版社1981年版。

24　周作人:《小說與社會》,原載1914年2月《紹興縣教育會月刊》5號,收入鍾叔河編《周作人文類編‧本色》,湖南文藝出版社1998年9月版。

25　周作人:《童話研究》,《兒童文學小論》,上海兒童書局1932年3月版。

必自科學小說始。」[26]不僅觀點與梁啟超相同，連說話的口氣都差不多。魯迅留日原本是想學醫，顯然抱著晚清民初流行的科學救國的信念。正是在這一信念支配下，他才翻譯《月界旅行》、《地底旅行》，編寫《中國地質略論》、《中國礦產志》，撰述《說鉬》《人之歷史》的。

## 三、別立新宗

　　最後我想探討一下周氏兄弟改造國民精神的思路和文學觀念所受的外來影響，並把他們的觀念放在晚清的歷史語境中，通過與晚清國粹派和梁啟超、王國維的對比，確認其獨特性和歷史價值。

　　周氏兄弟的選擇和思想觀點離不開日本明治 20、30 年代文壇的參照；如果沒有這種參照，這對年輕的兄弟很可能會茫然不知所從。魯迅後來在《我怎樣做起小說來》中回憶他「當時最愛看的作者」時，提到了四個人的名字，其中就有夏目漱石和森歐外。[27]周作人說魯迅：「對於日本文學不感興趣，只佩服一個夏目漱石，把他的小說《我是貓》、《漾虛集》、《鶉籠》、《永日小品》，以至乾燥的《文學論》都買了來，又為讀他的新作《虞美人草》定閱《朝日新聞》」。上田敏、長谷川、二葉亭諸人，差不多只看重其批評或譯文。[28]周作人還說他讀日文書可以說是從夏目漱石入手的，其《文學論》出版時就買了一本。[29]1918 年，周作人在北京大學作講演《日本三十年小說

---

26　魯迅：《〈月界旅行〉辨言》，《魯迅全集》10 卷，人民文學出版社 1981 年版。

27　魯迅：《我怎麼做起小說來》，《魯迅全集》4 卷，人民文學出版社 1981 年版。

28　周作人：《魯迅的故家》，《魯迅回憶錄》(專著)(中)，北京出版社 1999 年 1 月版，1052 頁。

29　周作人：《〈文學論〉中譯本〈序〉》。

之發達》，指出中國文學界的當務之急是缺少一部說明小說是什麼的《小說神髓》。他很可能在留學時期就讀過該書。《〈摩羅詩力說〉材源考》的作者北岡正子通過她細緻的考證工作，讓我們看到了《摩羅詩力說》中所引用的材料與日本評介論著的關係。

明治 20、30 年代日本文壇與中國現代文壇很相像，西方文藝復興以後的各種文藝思潮往往共時存在。明治 21 年，深受浪漫主義影響森歐外從德國回國。為了進一步啟發國民的個性意識，他與上田敏等人掀起了一場浪漫主義運動，並大量翻譯歐洲浪漫主義文學。流風所向，浪漫主義的傳記也大量出現。有的即成為《摩羅詩力說》的材料來源。[30] 與此同時，崇尚人的精神世界、探究個體價值的德國唯心論哲學成為思想、理論界的熱點，尼采、叔本華都流行一時。「明治 30 年代流行於日本的浪漫思潮，無論在哲學上，還是在文學方面，其著眼點都集中在人的精神活力上，宗旨是倡導和培育一種『真摯之人』、『赤誠之人』和『至誠之人』。而德國的尼采，英國的拜倫、雪萊和匈牙利的裴多菲等，便都是這種楷模。」[31] 由此可見，魯迅幾篇早期論文從觀點到材料都受到了明治 20、30 年代的浪漫主義思潮影響，並且他和周作人的改造國民精神的思路也明顯地帶著這個思潮的印痕。

在周氏兄弟的文學功用觀上，我們也可以找到類似的聯繫。梁啟超的文學觀曾深受盛行於 1880 年到 1890 年間的日本政治小說的影響。而在其後，日本的青年一代開始引進西方的文學觀念和藝術，

---

30　參閱何德功：《中日啟蒙文學論》（東方出版社 1995 年 1 月版）第四章「晚清第二次文學運動與日本文學的影響」。

31　程麻：《溝通與更新——魯迅與日本文學關係發微》，中國社會科學出版社 1990 年版，61 頁。

如浪漫主義、新浪漫主義、自然主義以及象徵主義等。被稱為日本現代小說的理論締造者的坪內逍遙於 1895 年推出了有影響的《小說神髓》，指出小說的直接目的是美的愉悅，間接目的是培養人的高尚品格，在某種程度上抵制了流行的政治小說。正像鄭清茂所說：「梁啓超對日本文學當時這些新的發展全然無知。正確地說來，他畢生對於日本文學的興趣永遠沒有跨越過政治小說。這並不難於理解，因為他對小說的概念，主要是它的功利性這一點；更重要的是他不能閱讀用口語體寫的日文，而當時它已經成為流行的文學表達方式了。大多數政治小說是用所謂漢文直譯體寫的。」[32] 周氏兄弟與日本文壇的關係就截然不同了，他們置身於日本文學的新的發展階段，並且有著嶄新的知識視野和世界觀。

以《小說神髓》為標誌，坪內逍遙把康德的非功利的美學觀引入日本，促動了文學的非功利化傾向。在他的理論指導下的寫實主義以及在 20 世紀初支配日本文壇的自然主義都受到了這種非功利化文學觀念的影響。夏目漱石也接受了康德的美學觀，他在《文學論》一書中把情緒作為文學的中心內容，除了主張寫實主義有選擇的「真」而外，還著重提倡「美」。另外，他在為高浜虛子的短篇小說集《雞頭》所作的序言中，主張趣味的「有餘裕的文學」。[33] 周氏兄弟認為文學的意義在於「發揚真美」[34]，首先在使觀聽之人「為之興感怡悅」[35] 的主張正與坪內逍遙、夏目漱石等人相通。[36]

---

[32] [美]鄭清茂：《日本文學思潮對中國現代作家的影響》，《中國現代文學的主潮》（賈植芳主編），復旦大學出版社 1990 年 2 月版。

[33] 周作人：《日本近三十年小說之發達》，《藝術與生活》，上海群益書社 1931 年 2 月版。

[34] 魯迅：《儗播傳美術意見書》。

[35] 魯迅：《摩羅詩力說》。

[36] 參閱何德功《中日啟蒙文學論》第四章。

　　然而，明治20、30年代的文壇對周氏兄弟只是起到了仲介和參照的作用，他們在留學時期的幾篇論文也從未提到日本的影響。在對他們當時的文學選擇和文學觀產生重要影響的外國人中，我們至少可以舉出以下名字：勃蘭兌斯、克魯泡特金、卡萊爾、史密斯和漢特。

　　對周氏兄弟當時文學觀念影響最大的要數丹麥文學批評家勃蘭兌斯。周作人後來回憶說：「替《河南》雜誌寫《摩羅詩力說》的時候，裏邊講到波蘭詩人，尤其是密克威支與斯洛伐支奇所謂『復仇』詩人的事，都是根據《波蘭印象記》所說，是由我口譯轉述的。」[37]1940年，周作人自報家門，說在文學批評方面受勃蘭兌斯的影響最大。[38]在此前三年的另一篇文章《關於自己》中，他還告訴我們他所見到的勃蘭兌斯著作的英譯本，除了《十九世紀文學主潮》外，還有《莎士比亞》、《易卜生》、《拉薩勒》（即《斐迪南·拉薩爾》——引者）、《尼采》、《耶穌》、《十九世紀的名人》、《希臘》、《俄國印象記》、《波蘭印象記》等。」他還特別談到最後兩本書：「兩種《印象記》留下的印象確是很深，比較起來波蘭的一部分或者更深刻一點，因為他更是陰暗。……波蘭小說家中我最喜顯克微支，這也是《印象記》的影響。」[39]他譯過顯克微支的名篇《炭畫》、《天使》、《燈檯守》、《樂人揚珂》、《酋長》等。很難確切地一一指出周作人究竟在什麼時候讀過上述著作，然而可以肯定地說他在留日時期就讀過《十九世紀文學主潮》、《俄國印象記》和《波蘭印象記》，並通過他的介紹

[37]　周作人：《知堂回想錄》，246頁。

[38]　周作人：《讀書的經驗》，《藥堂雜文》，新民印書館1944年1月版。

[39]　周作人：《關於自己》，《周作人集外文》，海南國際新聞出版中心1995年9月版。

魯迅也接受了其影響。北岡正子也在《摩羅詩力說材源考》中舉出過《摩羅詩力說》所受勃蘭兌斯這三部著作影響的材料。[40]

　　也許把勃蘭兌斯放在西方文學批評史上來看，他缺少獨創性，韋勒克就稱他為「一個既無獨到之處又無實質內容的中人」[41]。他之所以會對周氏兄弟產生影響，我想可能主要有以下幾個原因：其一是思想政治立場的相近。勃蘭兌斯站在自由主義的政治立場上，在《十九世紀文學主潮》中，以歐洲資產階級民主革命為線索，評述了 19 世紀前半葉英、法、德三國的文學運動。其中心的思想線索是對法國大革命的反動以及對反動的克服。其中，法國大革命是「正題」，法國封建王朝是「反題」，自由主義文學運動的興起與發展是「合題」。他採用的是黑格爾哲學的方式，把一個發展過程視為包括正、反、合三個階段的過程。他又以自由主義的立場評介了俄國和波蘭的文學，對波蘭爭取民族解放的文學充滿了同情和理解。其二是文學觀念上的啟迪。周作人在《關於自己》中談到克魯泡特金的《俄國文學中的理想和現實》時指出：「《俄國文學》所給我的影響大略與勃蘭兌斯的《俄國印象記》相同，因為二者講文學都看重社會，教我們看文章與思想並重，這種先入之見一直到後來很占勢力。」關於「看文章與思想並重」，周作人舉了克魯泡特金和勃蘭兌斯評價普希金的例子。前者說：「到了晚年他就不能再與那些讀者們接近，他們以為在尼古拉一世的軍隊壓服波蘭以後去頌揚俄國的武力不是詩人所應做的。」後者說：「普式庚少年時的對於自由的信仰，到了中年時代，卻投降於獸性的愛國主義了。」魯迅在《摩羅詩力說》

---

40　參閱《摩羅詩力說材源考》42、83、114 頁。
41　[美]韋勒克：《近代文學批評史》4 卷，楊自伍譯，上海譯文出版社 1997 年 7 月版，415 頁。

中就引用了勃蘭兌斯對普希金的這個批評。周作人還交代：「克魯泡金是舊公爵而信無政府共產主義者，勃蘭兌思是猶太系統的自由思想者，但是我們所接受到的影響還多是文藝批評方面的。」這裏周作人用的是「我們」，顯然是包括魯迅在內的。《俄國文學中的理想和現實》也是《摩羅詩力說》的材料來源之一。[42]

此外，勃蘭兌斯試圖通過一場文學革命來喚醒自己的同胞，自己的祖國，1871 年 11 月在哥本哈根大學作了「十九世紀文學主流」的連續講演，在丹麥吹響了「精神上的革命」的號角。他認為：「文學史，就其最深刻的意義來說，是一種心理學，研究人的靈魂，是靈魂的歷史。」[43] 強調的就是文學與人的精神之間的深刻的關係。這與周氏兄弟想通過文學來進行思想啟蒙的基本思路是一致的。

魯迅改造國民精神的思路還受到過美國傳教士史密斯的啟示。《中國人氣質》除了給魯迅所思考的國民性問題提供了具體的例證，還提示了關於中國改革的大思路。史密斯是個傳教士，他的目的是要在中國傳佈基督教。他肯定科學和物質文明對中國的重要性和迫切性，但針對張之洞呈遞主張修建鐵路的奏摺，他問道：「物質文明的積累能夠消除道德弊病嗎？鐵路能夠保證其雇員和老闆都誠實嗎？」進而指出：「在中國，物質文明不會創造出西方那樣的環境，除非創造西方環境的因素，能夠在中國產生同樣的結果。那些因素不是物質的，而是道德的。」所以，他主張：「為了革新中國，必須追溯性格的動因，使人格昇華，良心必須得到實際的推崇，再不能

---

[42]　參閱《摩羅詩力說材源考》，83 頁。

[43]　[丹麥]勃蘭兌斯：《十九世紀文學主流》第一分冊「流亡文學」，張道真譯，人民文學出版社 1997 年 10 月版，2 頁。

像日本天皇家族那樣囚禁在自己的宮中。」[44]許壽裳告訴我們他和魯迅在東京弘文學院學習日語時，見面每每討論中國民族性的缺點，並說：「他後來所以學醫以及毅然棄醫而學文學，都是由此出發的。」[45]魯迅和史密斯都是由中國國民性的缺點問題出發，來思考中國改革的出路，兩個人的大思路如出一轍。

　　周氏兄弟懷抱著以文學拯救中國的浪漫主義式的英雄夢，其楷模就是魯迅筆下的「摩羅」詩人。這些「摩羅」詩人有著強烈的使命感，敢於獨異，勇於挑戰，周氏兄弟在文章中表現出的精神氣質是與「摩羅」詩人們相通的。他們的文學英雄夢還受到《英雄和英雄崇拜──卡萊爾講演集》的鼓勵──至少魯迅是這樣。

　　卡萊爾在他的講演集中宣揚了他的英雄主義史觀：「世界的歷史，人類在這個世界上已完成的歷史，歸根結底是世界上耕耘過的偉人們的歷史。」[46]他論述了六種主要的英雄形式：神靈英雄、先知英雄、詩人英雄、教士英雄、文人英雄和君主英雄。關於詩人英雄，他舉了但丁和莎士比亞。詩人是一種屬於一切時代的英雄人物，而文人英雄──如約翰遜、盧梭、彭斯──則是新時代的產物。他解釋道：「我說，文人英雄是新的，他在這個世界上才持續了一個世紀。」[47]他們是靠印刷的書籍來表達自己，並獲得生存條件的。他把這些報紙、小冊子、詩歌、書籍的作者們的作用描述為「一個現代國家的有現實作用的有效的教會」[48]。

---

[44]　《中國人氣質》246-248 頁。
[45]　許壽裳：《回憶魯迅》，《魯迅回憶錄（專著）》（上冊），北京出版社 1999 年 1 月。
[46]　[英]卡萊爾：《英雄和英雄崇拜──卡萊爾講演集》，張峰、呂霞譯，上海三聯書店 1988 年 3 月版，1 頁。
[47]　《英雄和英雄崇拜──卡萊爾講演集》，253 頁。
[48]　《英雄和英雄崇拜──卡萊爾講演集》，266 頁。

　　卡萊爾的文學功用觀可以說是「不用之用」，他這樣談論但丁的「用處」：「這個但丁的用處是什麼？我們不想過多地談論他的『用處』。一個曾一度深入歌曲的原初意境，並且適當地唱出某種東西的人類靈魂，已經在我們生存的深底起了作用，通過漫長的時代培育著一切優秀人物的生命之根，這是『功利』所不能成功地算出來的！我們並不因為太陽具有使我們節省煤油燈的性質而敬重它；但丁是不可估價的，或是無價的。」[49] 他這樣設問：英國人是願意放棄印度帝國還是莎士比亞？他回答：「有無印度帝國我們不管，但我們不能沒有莎士比亞！」[50] 他以殖民主義的情懷設想將有一個覆蓋地球很大面積的大英帝國，那麼如何把這些地區都結合成一個民族，讓人們兄弟般地和諧相處、互相幫助呢？「這裏只有一個國王，任何時代或機會，任何國會或議會聯合體都不能推翻他的王位！這就是國王莎士比亞。」[51] 在《摩羅詩力說》中，魯迅提到莎士比亞時說他「即加勒爾（卡萊爾──引者）所讚揚崇拜者也」，表明他熟悉卡萊爾對莎士比亞的意義的稱讚。卡萊爾高度肯定詩人對民族的意義：「千真萬確，對一個民族來說，獲得了一個清晰表達的聲音，產生了一個悅耳地說出它的心裏話的人，這是一件大事！例如，義大利，可憐的義大利四分五裂，支離破碎，在任何議定書或條約上沒有作為一個統一體出現；然而，高貴的義大利實際上是一個統一體；因為義大利產生了它的但丁；義大利能說話；全俄羅斯的沙皇，因有如此之多的刺刀、哥薩克士兵和加農炮而強有力，一個偉大的功績把這樣一塊廣袤的土地在政治上保持統一；但他還不能說話。他身上有

---

49　《英雄和英雄崇拜──卡萊爾講演集》，165-166 頁。
50　《英雄和英雄崇拜──卡萊爾講演集》，187 頁。
51　《英雄和英雄崇拜──卡萊爾講演集》，188 頁。

某種偉大的東西，但這是啞巴的偉大。他沒有所有人和所有時代都能聽到的天才的聲音。……有了一個但丁的民族必定統一，而啞巴的俄國卻不能。」[52]《摩羅詩力說》引用了這段話，說明卡萊爾的觀點引起了年輕的魯迅的共鳴。

　　儘管周氏兄弟以晚清文化思潮的挑戰者的姿態出現，但他們借文學來改造國民精神和解決社會問題的啟蒙主義思路來自梁啟超，並且和晚清國粹派有著直接和重要的關係。而後者迄今基本上還在學術界的視野之外，儘管人們在一定的程度上注意到了周氏兄弟與章太炎的關係。

　　國粹派是形成於 1902 年到 1905 年間的文化保守思潮。其意圖「是用國粹激動種姓，增進愛國的熱腸」[53]。或者用許守微的話來說「以學救國救天下」[54]。這種「文化救國論」廣泛存在於晚清民初激進或保守的各派思潮中，其思路至少可以追溯到以王夫之、黃宗羲、顧炎武、顏元等人為代表的清初之學。據一個研究者總結，國粹派代表人物所用「國粹」一詞包括以下三個方面的含義：廣義上的中國歷史、文化，中國文化的精華，中國文化的民族精神與特性。[55]這幾個含義之間有著明顯的遞進關係，並以第三個方面的含義為旨歸。他們不是要真正地復古，而是試圖通過文化復興來重建中國文化。

----

[52]　《英雄和英雄崇拜──卡萊爾講演集》189 頁。

[53]　章太炎：《東京留學生歡迎會演說詞》，《章太炎政論選集》上冊，中華書局 1977 年 11 月版，276 頁。

[54]　許守微：《論國粹無阻於歐化》，原載乙巳（1905）《國粹學報》第一年第七期，收入張枬、王忍之編《辛亥革命前十年間時論選集》2 卷上冊，生活・讀書・新知三聯書店 1963 年 1 月版。

[55]　鄭師渠：《晚清國粹派──文化思想研究》，北京師範大學出版社 1997 年 11 月版，111-113 頁。

　　章太炎和劉師培是國粹派的代表人物，是「談學術而兼涉革命」[56]
的《國粹學報》的主要撰稿人。周氏兄弟曾於 1908 年夏到 1909 年
間在東京民報社聽章氏講學，彼此有師生之誼。他們喜歡讀《民報》，
周作人還在該刊和劉師培所辦的《天義報》上發表詩文和譯作。他
們學習《民報》古奧的文風，在文體上進行「復古」的試驗。[57]國粹
派的「復古」也在周氏兄弟的思想中留下了印痕。

　　如果把周作人的《論文章之意義暨其使命因及中國近時論文之
失》與國粹派成員的言論略作比較，我們就有理由相信他們之間存
在著直接的影響關係。許守微相信：「國有學，則雖亡而復興；國無
學，則一亡而永亡。何者？蓋國有學則國亡而學不亡，學不亡則國
猶可再造。國無學則國亡而學亡，學亡而國之亡遂終古矣。」他舉
了印度、埃及的例子來說明，而中國雖屢亡於外族，但數次光復，
這就是「國粹」的功勞了。[58]黃節也說：「立乎地圜而名一國，則必
有其立國之精神焉，雖震撼擾雜，而不可以滅之也；滅亡則必滅其
種族而後可，滅其種族，則必滅其國學而後可」，「學亡則亡國」。[59]
因為在他們看來，「國粹」中包含著「立國之精神」：「國粹者，一國
精神之所寄也。其為學，本之歷史，因乎政俗，齊乎人心之所同，
而實為立國之根本源泉也。」[60]這一層鄧實說得更清楚：土地、人種
構成一國的「質幹」，「其學術則其神經也。」[61]「夫一國之立，必有

<hr>

56　魯迅：《「一是之學說」》，《魯迅全集》1 卷，人民文學出版社 1981 年版。
57　魯迅：《墳‧題記》，《魯迅全集》1 卷；周作人：《我的復古的經驗》，《雨天的書》，
　　北京北新書局 1925 年 12 月版。
58　許守微：《論國粹無阻於歐化》。
59　黃節：《國粹學報敘》，乙巳（1905）《國粹學報》第一年第一冊。
60　許守微：《論國粹無阻於歐化》。
61　鄧實：《雞鳴風雨樓獨立書‧學術獨立》，1903 年《政藝通報》24 號。

其所以自立之精神焉，以為一國之粹，精神不滅，則國亦不滅。」[62]
章太炎也認為，「國於天地，必有與立」，這就是緣於種族、語言、
歷史的「國性」。在上述關於「國粹」與民族國家關係的論述中，包
含了身體與精神的隱喻。[63]質體與精神的關係正是周作人文章的基本
思路，他也用了「立國之精神」[64]的詞。魯迅「棄醫從文」的故事也
隱含著身體與精神的比喻，不好說魯迅改革中國社會的思路就來自
國粹派，但至少說明他們之間有相通之處，也可能受到了國粹派某
種程度的影響。周作人所言「文章者，國民精神之所寄也」，看起來
像是把「國粹者，一國精神之所寄也」的「國粹」替換成了「文章」
而已。

　　周作人後來回憶：「我那時又是民族革命一信徒，凡民族主義必
含有復古思想在裏邊，我們反對清朝，覺得清朝以前或元朝以前的
差不多都是好的」[65]他們在留日時期的文章中偶爾追慕民族輝煌的過
去，魯迅在《文化偏至論》中表示要「取今復古，別立新宗」。這些
都是他們受到國粹派影響的結果。然而，他們所說的「古」只是虛
席，其思路與章太炎等國粹派成員相比有根本的不同。周氏兄弟還
明顯地受到了章氏那種傲睨古今、獨立思考的革命精神的感召，這
種精神後來對包括周氏兄弟、錢玄同在內的五四新文化運動的幾個
主要倡導者也有或多或少的啟發。

---

[62]　鄧實：《雞鳴風雨樓獨立書‧語言文字獨立》，1903 年《政藝通報》第 24 號。

[63]　章太炎：《重刻〈古韻標準〉序》，《章太炎全集》（四），上海人民出版社 1985
年 9 月版。

[64]　這個用語早在《飲冰室詩話》中就出現過。據周作人日記，他於 1902 年 8 月 6
日、7 日（七月初三、初四）閱讀、抄寫《飲冰室詩話》。見《周作人日記》（上），
大象出版社 1996 年 12 月版，344 頁。

[65]　周作人：《知堂回想錄》，河北教育出版社 2002 年 1 月版，210 頁。

　　梁啟超率先提出的文學是國民精神的表現的命題被周氏兄弟再次重複。這是他們民族主義思想的共同特色。中國的民族主義者強調改造民族心性、意識的文化革命。在戊戌變法之前，康有為、梁啟超就主要到了進行啟蒙、培養人才的重要性；之後梁啟超從建立一個強大的民族國家的角度提出了對國民的新要求，並要改造落後的國民性。他們對國民應該具有什麼樣的新的心性和意識認識並不明確，更沒有把建立在個性解放基礎上的人的覺醒視為根本。梁啟超的民族主義不是以個人為本位的，他說得明白：「自由云者，團體之自由，非個人之自由也。」[66]周氏兄弟則進一步找到了作為西方近代思想的精髓——個性與自由意志，這在當時是具有革命性的。魯迅在《文化偏至論》中說：「個人一語，入中國未三四年，號稱識時之士，多引以為大詬，苟被其謚，與民賊同。」個性解放、自由意志正是啟蒙主義與民族主義聯姻的基礎。啟蒙主義的民族主義的出現具有重大的理論和實踐的意義，它有效地解除了緣於民族主義的對西方思想的戒備和抵觸心理，意味著中國人在思想觀念上開始真正走向了符合世界潮流的現代。

　　「二周」與梁啟超之間在文學功用觀上也是有繼承關係的。我已經在前一節中談到了魯迅留日前期的文學觀念與梁啟超的關係。周作人後來把話說得更明白：「《清議報》與《新民叢報》的確都讀過也很受影響，但是《新小說》的影響總是只有更大不會更小。梁任公的《論小說與群治之關係》當初讀了的確很有影響，雖然對於小說的性質與種類後來意思稍稍改變，大抵由科學或政治的小說漸轉到更純粹的文藝作品上去了。不過這只是不側重文學之直接的教

---

[66]　梁啟超：《新民說·論自由》，《飲冰室文集·專集》3 冊，中華書局 1936 年版。

訓作用，本意還沒有什麼變更，即仍主張以文學來感化社會，振興民族精神，用後來的熟語來說，可以說是屬於為人生的藝術這一派的。」[67]周氏兄弟用非功利的文學觀念修正了梁啟超的觀念，表現出了更徹底、更全面的現代性，儘管他們也在很大的程度上誇大了文學的作用。

周作人曾經談到王國維：「王君是國學家，但他也研究過西洋學問，知道文學哲學的意義，並不是專做古人的徒弟的，所以在二十年前我們對於他是很有尊敬與希望。」[68]「二十年前」正是周氏兄弟留日時期，「研究過西洋學問，知道文學哲學的意義」，應指王氏那些當時堪稱空谷足音的哲學、美學論文。周作人在《論文章之意義暨其使命因及中國近時論文之失》中談中國傳統的功利主義文學觀念：「文章之士，非以是為致君堯舜之方，即以為弋譽求榮之道，孜孜者唯實利之是圖，至不惜折其天賦之性靈以自就樊鞅。」「吾國論文，久相沿附，非以文章為猥瑣之藝，則或比之經緯區宇、彌綸憲彝，天下至文必歸名教，說之不衷，姑不具論。」我們很容易由此想到王國維在《論哲學家與美術家之天職》、《文學小言》中對傳統功利主義的抨擊。

從表面上看，「二周」的「不用之用」與王國維的「無用之用」差不多，但二者的側重點不同：王國維強調的是「無用」，而「二周」更強調「用」。儘管二者都深受現代知識制度上的純文學觀念和非功利美學思想的影響，對文學的理解有相通之處，但我認為相比較而

---

67　周作人：《關於魯迅之二》，《瓜豆集》，上海宇宙風社 1937 年 3 月版。關於周氏兄弟與梁啟超的關係還可參閱周作人的另一篇文章《魯迅與清末文壇》，見《魯迅的青年時代》（中國青年出版社 1957 年 3 月版）。

68　周作人：《偶感四則》，《談虎集》（上卷），北新書局 1936 年 6 月 5 版。

言，周氏兄弟更多的是梁啟超文學觀念的繼承者。他們與王國維對
文學有著根本不同的訴求，這種不同來自於他們迥然有別的人生觀
和民族國家觀。可以說，周氏兄弟的文學功用觀是對梁啟超和王國
維的雙重超越，對梁啟超的超越使他們的文學觀念擺脫了中國傳統
功利主義的思維方式和價值觀念的掣肘，對文學作用的理解更貼近
了文學自身，為文學深刻地表現現代社會生活開闢了廣闊的空間；
對王國維的超越是他們重視文學的社會價值，回應了文學與救亡圖
存和建立現代民族國家的時代要求，把文學現代性與啟蒙現代性結
合起來。沒有這兩點，中國現代性的文學觀念都無法真正確立。在
周氏兄弟那裏，我們清晰地聽到了五四新文化運動的先聲。

# 第四章

# 思想革命的視野

　　新文化運動是一場空前的思想啟蒙運動。新文化的倡導者們看到晚清以來一系列救亡圖存運動並沒有帶來一個真正的現代意義上的民族國家，意識到更有必要通過思想啟蒙來改造社會意識和民族心性，建設全新的意識形態，從而完成建立獨立、統一、富強、文明的現代民族國家的歷史使命。五四新文化運動的內驅力仍然是民族主義思想。[1]而文學被認為是進行思想啟蒙的最好的工具，蔡元培在《中國新文學大系》的《總序》中說，初期新文化運動的路徑是由思想革命而進於文學革命的，「為怎麼改革思想，一定要牽涉到文學上？這因為文學是傳導思想的工具。」[2]由文學而對國民進行思想啟蒙，這是對梁啟超倡導文學改良的啟蒙思路的繼承和發揚，但「五四」知識份子對思想啟蒙和文學的理解和主張與梁氏相比，都有了質的跨越。他們基於對文壇現狀的觀感和否定性評價，避開晚清以

---

[1]　然而，「五四」知識份子對西方文化的接受是全方位的，他們認為西方啟蒙主義所追求的個性解放、自由意志、理性和進步具有普適性，與建立真正現代意義上的民族國家的目標高度一致，因而放棄了民族主義思想的框架。他們的啟蒙主義比留日時期的周氏兄弟更為徹底。另外，西方文化並非產生於某個單一的民族國家，而是產生於一個歷時性的文化共同體，不可能把西方文化都置於民族主義的思想框架，這也使得他們能採取更加超越的態度。

[2]　蔡元培：《中國的新文學運動》，《中國新文學大系導論集》，上海良友圖書印刷公司 1940 年 10 月版。

來從傳統文學內部突圍的企圖，採取了全盤棄舊圖新的革命性策
略。於是，一場聲勢浩大、影響深遠的文學革命就開展起來了。

　　本章論述的是文學革命初期──主要是 1920 年以前──的文學
觀。第三節「新與舊」所談「學衡派」諸人和章士釗等的文學觀念
雖然發表在此後，但他們針對的是文學革命初期所提出的問題，所
以就把他們放在這裏討論。


## 一、新的工具論

　　關於晚清以來政治運動與新文化運動以及文學革命的關係，我
們可以從一些當事人的文章中看得清楚。

　　晚清民初政論大家黃遠庸在 1915 年致章士釗的兩封信中表示了
自己的懺悔和覺悟。從 1905 年到 1915 年是政論文發達的時期，但
並沒有取得什麼效果。黃說:「愚見以為居今論政，實不知從何說起。
《洪範》九疇亦只能明夷待訪。……至根本救濟，遠意當從提倡新
文學入手，綜之，當使吾輩思潮如何能與現代思潮相接觸，而促其
猛省。而其要義，須與一般之人，生出交涉。法須以淺近文藝，普
遍四周。史家以文藝復興為中世改革之根本，足下當能語其消息盈虛
之理也。」[3]胡適說這封信「可算是中國文學革命的預言」。[4]黃遠庸
是帶著對辛亥革命的失望說這話的。他的思路已與文學革命的提倡
者們完全一致。

---

[3]　黃遠庸:《釋言》，1915 年 10 月《甲寅》1 卷 10 號。
[4]　胡適:《五十年來中國之文學》，《胡適文存二集》，亞東圖書館 1924 年 11 月版。

1917 年 7 月，錢玄同回顧說：他自 1916 年春夏以來，目睹了袁世凱稱帝及敗亡，於是大受刺激，得到一種極明確的教訓。知道事物總是不斷前進的，絕無倒退之理。自從有了這種心理之後，一年來，看見社會上沉滯不前的狀態，與兩年前的狀態無異，甚至與七八年前、十七八年前、二十年前無異。換句話說，當時的社會仍是戊戌以前的狀態。「故比來憂心如焚，不敢不本我良知昌言道德文章之當改革。」[5]1919 年文學革命已初見成效之時，作為文學革命幹將之一的傅斯年寫道：「我現在有一種怪感想：我以為未來的真正的中華民國，還須借著文學革命的力量造成。現在所謂中華民國者，真是滑稽的組織；到了今日，政治上已成『水窮山盡』的地步了。其所以『水窮山盡』的緣故，全由於思想不變，政體變了，以舊思想運用新政體，自然弄得不成一件事。回想當年鼓吹革命的人，對於民主政體的真相，實在很少真知灼見，所以能把滿洲推倒，一半由於種族上的惡感，一半由於野心家的投機。」「到了現在，大家應該有一種根本的覺悟了：形式的革新——就是政治的革新——是不中用的了，須得有精神上的革新——就是運用政治的思想的革新——去支配一切。物質的革命失敗了，政治的革命的失敗了，現在有思想革命的萌芽了。現在的時代恰和光緒末年的時代有幾分近似；彼時是政治革命的萌芽期，現在是思想革命的萌芽期。想把這思想革命運用成功，必須以新思想夾在新文學裏，刺激大家，感動大家」。於是他得出結論：「真正的中華民國必須建築在新思想的上面。新思想必須放在新文學的裏面；若是彼此離開，思想不免丟掉他的靈驗，麻木起來了。所以未來的中華民國的長成，很靠著文學革命的培養。」[6]

---

[5]　《通信》，《新青年》3 卷 5 號。

[6]　傅斯年：《白話文學與心理的改革》，《中國新文學大系・建設理論集》。

羅家倫對辛亥革命以後的政治狀況說得更為具體。在談到新文化運動的背景時，他指出，第三個原因是「由於國內政治的失望。在前清的時候，大家總以為滿清政府在上，所以什麼事都辦不好；現在滿清政府倒了，國家的事又辦得怎麼樣了呢？民國成立八九年了，辛亥革命以後，而有二次革命之戰，而有袁世凱稱帝之戰，而有張勳復辟之戰，而有段祺瑞定國之戰，此就關於全局者而言。至於關於局部的則四川有川黔之戰，有川滇之戰；廣東有陸龍之戰，粵桂之戰；湖南有譚傅之戰，譚張之戰；陝西有陳于之戰；福建有陳李之戰……諸如此類，不勝枚舉。所以這幾年來，人民的殘敝極了！舊國會如此，新國會如此，此派上臺如此，彼派上臺亦如此，所以人民的失望也極了！到了山窮水盡的時候，大家於是覺得以政治去改造政治，是沒有用的；於是想到以社會的力量，去改革政治。……熱心社會事業的人一方面感受自己的思想不夠用，一方面覺得社會上普遍的思想不改革，社會是不會改革的；於是從改造社會的問題，進而為思想革命的問題。」那麼，為什麼又從思想革命進到了文學革命呢？他又寫道：「我們覺悟到以政治的勢力改革政治是沒有用的，必須從改革社會著手；改革社會必須從改革思想著手；但是改革思想必須有表現正確思想的工具。況且，我們現在覺悟到人生的價值了，尤不能不有一種表現『人生正確思想的工具』。所以我們大致都是主張『文學為人生的表現和批評，從最好的思想裏寫下來的』」。[7]從以上諸人的言論中，我們可以清晰地看到文學革命倡導者們的共同的思路：文學革命──思想革命──社會改革。

---

[7]　羅家倫：《近代中國文學思想的變遷》，1920 年 9 月《新潮》1 卷 5 號。

　　陳萬雄通過爬梳史料和分析認為，辛亥革命前後，隨著革命運動和革命思想的產生，出現了一種反傳統文化的言論，受攻擊最烈的是孔學儒教。這是一種激進的文化革新思潮，是革命思想的組成部分。其中的一些代表人物，如陳獨秀、吳虞、蔡元培、魯迅等，日後都成為了五四新文化運動的骨幹。因此也可以說，五四新文化運動在思想淵源與人物譜系上都與辛亥前後的革命派有直接繼承關係。[8]不過，這些人並不代表當時革命派的主流，因為以孫中山、章太炎等為代表的革命派都對儒學和傳統文化懷有相當的敬意。他們的言論還只是支流。不管怎麼樣，我們都可以說，陳獨秀等人是帶著對政治革命的切身經驗來從事文化革新工作的。這種工作在五四新文化運動中得到了發揚光大。

　　文學革命的對立面是舊文學，之所以要反對舊文學，除了它的形式作為表達工具的不利而外，主要是因為它與國民阻礙社會進步和政治變革的落後的思想意識有著千絲萬縷的關係。陳獨秀在《本志罪案之答辯書》中陳言：「本志同人本來無罪，只因為擁護那德莫克拉西（Democracy）和賽因斯（Science）兩位先生，才犯了這幾條大罪。要擁護那德先生，便不得不反對那孔教，禮法，貞節，舊倫理，舊政治；要擁護那賽先生，便不得不反對那國粹和舊文學。」[9]他在《文學革命論》中又斷言：「此種文學（以「貴族文學」、「古典文學」、「山林文學」為代表的舊文學——引者），蓋與吾阿諛誇張虛偽迂闊之國民性，互為因果。今欲革新政治，勢不得不革新盤踞於運用此政治者精神界之文學」。[10]錢玄同 1918 年 3 月《致陳獨秀書》

---

8　陳萬雄：《五四新文化的源流》，三聯書店 1997 年 1 月版，117-130 頁。

9　陳獨秀：《本志罪案之答辯書》，1919 年 1 月《新青年》6 卷 1 號。

10　陳獨秀：《文學革命論》，1917 年 2 月《新青年》2 卷 6 號。

有云：「舊文章的內容，就是上文所說的『不到半頁，必有發昏做夢的話』；青年子弟，讀了這種舊文章，覺其句調鏗鏘，娓娓可誦，不知不覺，便將為文中之荒謬道理所征服」[11]。他的《寄胡適之》更是鋒芒畢露：「玄同年來深慨於吾國文言之不合一，致令青年學子不能以三五年之歲月通順其文理以適於應用，而彼選學妖孽與桐城謬種方欲以不通之典故與肉麻之句戕賊吾青年，因之時興改革之思；以未獲同志，無從質證。」[12]周作人發表《人的文學》、《思想革命》等文，明確把文學革命與思想革命的要求結合起來，並作出了高度的理論概括，產生了重大而深刻的影響。在後一篇文章裏，他解釋了反對古文的原因：「我們反對古文，大半原為他晦澀難解，養成國民籠統的心思，使得表現力與理解力都不發達，但別一方面，實又因為他內中的思想荒謬，於人有害的緣故。」[13]錢玄同、陳獨秀等甚至要廢除漢字，這是上述思想邏輯的進一步推衍。錢玄同提出：「欲使中國不亡，欲使中國民族為 20 世紀文明之民族，必以廢孔學，滅道教為根本之解決，而廢記載孔門學說及道教妖言之漢文，尤為根本解決之根本解決。」[14]陳獨秀在此文後的附答中表示贊同：「中國文字，既難傳載新事新理，且為腐毒思想之巢窟，廢之誠不足惜。」連漢字本身都要拋棄，足見他們對中國的歷史和現實的憂憤之深廣。

　　他們運用新的思想標準重新審視和評價中國文學作品。胡適文學革命「八事」之「須言之有物」包括「情感」和「思想」兩項要求，錢玄同表示贊同，以「高尚思想」和「真摯情感」為尺子，來

---

[11]　錢玄同：《中國今後之文字問題》，《中國新文學大系・建設理論集》。
[12]　錢玄同：《寄胡適之》，《中國新文學大系・建設理論集》。
[13]　仲密（周作人）：《思想革命》，1919 年 3 月 2 日《每周評論》11 期。
[14]　錢玄同：《中國今後之文字問題》。

衡量舊小說。他認為舊小說中有價值的不過《水滸》、《紅樓夢》、《儒林外史》、《官場現形記》、《二十年目睹之怪現狀》、《孽海花》六部。他對蘇曼殊的小說評價甚高：「曼殊上人思想高潔，所為小說，足為新文學之始基乎。」胡適在《文學改良芻議》中曾把劉鶚與吳趼人、李伯元並列，加以稱讚，錢玄同不同意，原因即在於他認為劉的《老殘遊記》思想見解不高明，「大抵皆老新黨頭腦不甚清晰之見解」。[15] 胡適認為錢氏評《老殘遊記》很中肯，後悔把劉鶚與吳趼人、李伯元並列。[16] 不過，對蘇曼殊的小說不以為然。[17] 錢玄同在《寄胡適之》中說：「《金瓶梅》一書，斷不可與一切專談淫猥之書同日而語。此書為一種驕奢淫泆不知禮儀廉恥之腐敗社會寫照。」這是肯定其歷史價值。胡適在《答錢玄同》中表示不同見解：「我以為今日中國人所謂男女情愛，尚全是獸性的肉欲。今日一面正宜力排《金瓶梅》一類之書，一面積極譯著高尚的言情之作，五十年後，或稍有轉移風氣之希望。」周作人則按照人道主義的思想標準，在《人的文學》一文中認為，從儒教、道教出來的文章幾乎全不合格，並列舉十類非人的純文學作品。其中包括了《西遊記》、《聊齋志異》、《水滸》等著名小說。傅斯年攻擊中國舊戲不能模仿人生真動作，帶有玩把戲的意味，並且助長社會落後心理。[18] 不管是肯定也好，否定也好，他們都主要從思想內容和社會影響上著眼的，只是具體的角度有所不同。

15　錢玄同：《寄陳獨秀》，《中國新文學大系‧建設理論集》。

16　胡適：《再寄陳獨秀答錢玄同》，《中國新文學大系‧建設理論集》。

17　胡適：《答錢玄同》，《中國新文學大系‧建設理論集》。

18　傅斯年：《戲劇改良各面觀》，《中國新文學大系‧建設理論集》。

在文學革命的發難時期，我們難以看到就文學談文學的文章，主要就是從思想革命的視角來發言的。這決定了他們對文學體用的認識。羅家倫對文學的界說是：「文學是人生的表現和批評，從最好的思想裏寫下來的，有想像，有感情，有體性，有合於藝術的組織；集此眾長，能使人類普遍心理，都覺得他是極明瞭，極有趣的東西。」文學的功用就是：「藝術是為人生而有的，人生不是為藝術而有的。俄國的文學何以推作現代最大最好的文學呢？就是因為俄國近代的大文學家如 Turgenev，Tolstoi，Dauket，Gorki 都是這個主張。法國以前的文學稍微偏於藝術，但是現代大文學家 Roman Rolland 出來以後，也就把思想轉移過來了。」[19] 他又說：「思想革命是文學革命的精神，文學革命是思想革命的工具：二者都是去滿足『人的生活』的。」[20] 藝術「為人生」不過是「文學革命是思想革命的工具」的另一種更貼近文藝本身的表述而已。它顯然來自俄國文學的啟示。李大釗表示：「我們願園中花木長得美茂，必須有深厚的土壤培植他們。宏深的思想、學理、堅信的主義，優美的文藝，博愛的精神，就是新文學新運動的土壤、根基。」[21] 早在 1916 年他就希望有新文藝來催生新文明：「由來新文明之誕生，必有新文藝為之先聲，而新文藝之勃興，尤必賴有一二哲人，犯當世之不韙，發揮其理想，振其自我之權威，為自我覺醒之絕叫，而後當時有眾之沉夢，賴以驚破。」[22] 志希說：「小說第一個責任，就是要改良社會，而且寫出『人類的天性』Human Nature 來！」[23] 傅斯年說：「美術派的主張，

---

[19]　羅家倫：《駁胡先驌君的中國文學改良論》，1919 年 5 月《新潮》1 卷 5 號。

[20]　羅家倫：《近代中國文學思想的變遷》。

[21]　守常（李大釗）：《什麼是新文學》，1919 年 12 月 8 日《星期日》社會問題號。

[22]　守常：《〈晨鐘〉之使命》，1916 年 8 月 15 日《晨鐘報》創刊號。

[23]　志希：《今日中國之小說界》，1919 年 1 月《新潮》1 卷 1 號。

早經失敗了，現代文學上的正宗是為人生的緣故的文學。」他要求：「文學原是發達人生的唯一手段。既這樣說，我們所取的不特不及與人生無涉的文學，並且不及僅僅表現人生的文學，只取抬高人生的文學。」[24]用茅盾稍後的話來說，就是要「表現人生，指導人生」[25]。歐陽予倩發表這樣的戲劇體用觀：「蓋戲劇者，社會之雛形，而思想之影像也。劇本者，即此雛形之模型，而此影像之玻璃版也。劇本有其作法，有其統系。一劇本之作用，必能代表一種社會，或發揮一種理想，以解決人生之難問題，轉移誤謬之思潮。」[26]

文學革命初期的文學觀念表現出了強烈的功利主義傾向，似乎只是以梁啟超為代表的維新派文學觀念的發展，實際上兩者之間有了質的區別。首先，在思想基礎上，梁啟超倡導文學改良的目的是「新一國之民」，沒有把建立在個性解放基礎上的人的覺醒視為根本；相對而言，五四文學革命的文學觀念是以人為本，其思想基礎是周作人所說的以個人主義為本位的人道主義。

其次，五四文學革命的倡導者們受到了建立在知、情、意三分的現代知識制度上的純文學觀念的影響，注意到了文學的獨立性的問題。陳獨秀在《文學革命論》中把古文、駢文、詩歌等「文學之文」與碑、銘、墓誌、啟事等「應用之文」對舉。「文學之文」與「應用之文」的名稱並不合理，但表現出把純文學與雜文學區別開的企圖。劉半農的《我之文學改良觀》是文學革命中第一篇論述純文學與雜文學不同的專門論文。他區別了「文字」與「文學」——

---

24　傅斯年：《白話文學與心理的改革》。

25　冰（茅盾）：《新舊文學平議之評議》，1920 年 1 月《小說月報》11 卷 1 期。

26　歐陽予倩：《予之戲劇改良觀》，《中國新文學大系·建設理論集》。

> 余……主張無論何種科學皆當歸入文字範圍，而不當羼入文
> 學範圍也。至於新聞紙之通信，（如普通紀事可用文字，描寫
> 風情民俗當用文學。）政教實業之評論，（如發表意見用文字，
> 推測其安危禍福用文學。）官署之文牘告令，什九宜用文字
> 而不宜用文學。……私人之日記信箚，（此二種均宜用文字。
> 然如遊歷時之日記，即不得不於有關係之處，涉及文學。……）
> 雖不能明定其屬於文字範圍，或文學範圍，要惟得已則已。
> 不濫用文學，以侵害文字，斯為近理耳。其必須列入文學範
> 圍者，惟詩歌戲曲、小說雜文、歷史傳記，三種而已。（以歷
> 史傳記列入文學，僅就吾國及各國之慣例而言，其實此二種
> 均為具體的科學，仍以列入文字為是。）酬世之文，（如頌辭、
> 壽序、祭文、挽聯、墓誌之屬。）一時雖不能盡廢，將來崇
> 實主義發達後，此種文學廢物，必在自然淘汰之列。故進一
> 步言之，凡可視為文學上有永久存在之資格與價值者，只詩
> 歌戲曲、小說雜文二種也。[27]

把純文學與雜文學區別開來，同時也是把文學從雜文學擔負的各種
職能中解脫出來，這本身就是對文學獨立性的強調。

　　由於「文以載道」妨礙了文學的獨立性，貶低、壓抑了作家的
自我，是中國文學觀念現代化的最大阻力，故在文學革命中受到廣
泛的批判。陳獨秀在《文學革命論》中批評韓愈「誤於『文以載道』
之謬見。文學本非為載道而設，而自昌黎以訖曾國藩所謂載道之文，
不過鈔襲孔孟以來極膚淺極空泛之門面語而已。余嘗謂唐宋八家之
文之所謂『文以載道』，直與八股家之所謂『代聖賢立言』，同一鼻

---

[27]　劉半農：《我之文學改良觀》，1917 年 5 月《新青年》3 卷 3 號。

孔出氣。」劉半農在《我之文學改良觀》中指出，「文以載道」之說，「不知道是道，文是文。二者萬難並作一談。若必如八股家之奉《四書》、《五經》為文學寶庫，而生吞活剝孔孟之言，盡舉一切『先王後世禹湯文武』種種可厭之名詞，而堆砌之於紙上，始可稱之為文。則『文』之一字，何妨付諸消滅。」儘管如此，從思想革命的要求出發，不可避免地使新文學的觀念帶上了過強的工具論色彩，並給新文學創作帶來了一些弊病。這招致了周作人等人的不滿，我將在第四節中對此加以評述。「文以載道」這一命題包括兩個方面的內涵，一是要求載封建之道，二是把文學看作一種工具。由此我們可以看到，新文學倡導者們反對的主要是載封建之道，並沒有真正反對這一觀念中的把文學當作解決思想文化問題工具的文學精神，雖然他們由於受現代西方文學觀念的影響也不無幾分猶豫。甚至可以說，他們把文學視為思想啟蒙工具的本身仍體現著傳統觀念的深刻影響。不過，他們與「文以載道」有一個本質的不同，就是其要求傳載的新思想不像「文以載道」的「道」那樣是超驗的，而是一定要經過個人的體認。這個不同來自他們普遍接受的個人主義觀念。劉半農說得明白：「嘗謂吾輩做事，當處處不忘有一個我，作文亦然。如不顧自己只是學著古人，便是古人的子孫。如學今人，便是今人的奴隸。」[28]強調個體自由意志的個人主義與強調集體最大利益的功利主義是存在著矛盾的，它們之間互相制約，前者大大沖淡了後者的色彩。

　　五四新文學與舊文學的區分標誌可以主要歸結為三個方面：白話文、「人學」思想以及現代知識制度上的純文學觀念。在五四文學

---

[28]　《我之文學改良觀》。

觀念中，前兩個方面強調得很充分、徹底，第三個方面則處於不受重視的地位。他們意識到與「文以載道」的對立，這種對立主要是建立在「人學」現代性基礎上的，對文學的獨立性和審美特徵則關注不夠。啟蒙現代性與文學現代性在這裏存在著矛盾。這造成了五四文學觀念現代化的不徹底性，並給後來的新文學帶來了消極的後果。


## 二、同和異

下面我分別研究幾個個案，系統地展示文學革命初期幾個主將的文學功用觀，力圖顯現其內在的思想邏輯。他們是胡適、陳獨秀、魯迅。周作人我將在第四節中論及。關於魯迅，為了對他的文學觀念有一個較全面的認識，我把時間範圍延伸到 30 年代。後面對待周作人，我也將採取這個辦法。

胡適在《〈中國新文學大系・建設理論集〉導言》中寫道：「文學革命的目的是要用活的語言來創造中國的新文學──來創造活的文學，人的文學。」又說：「我們的中心理論只有兩個：一個是我們要建立一種『活的文學』，一個是我們要建立一種『人的文學』。前一個理論是文字工具的革新。中國新文學運動的一切理論都可以包括在這兩個中心思想的裏面。」[29]「活的文學」體現著語言的自覺，「人的文學」體現著內容的自覺。胡適把「用白話正統代替了古文正統」的文學進化觀念稱為哥白尼式的革命。儘管從晚清開始就進行了一系列的文學改良，並隨著現代印刷技術的產生出現了大量的

---

[29]　《〈中國新文學大系・建設理論集〉導言》，《中國新文學大系・建設理論集》。

白話小說，但以桐城派為代表的古文仍舊佔據著統治的地位，古文家力求用古文來譯學術書、譯小說，用古文來說理論證。儘管從晚清開始就有有識之士為了開通民智，提倡白話文和以白話為基礎的音標文字，但那些士大夫們只是意在借此來教育老百姓，並不想改變古文惟我獨尊的地位，相反，在他們眼裏，古文與白話文之間有著上下尊卑之別。文學革命正是要徹底顛覆白話與古文的地位，把白話文建設成為徹上徹下的、全民族的書寫工具。經過討論和論爭，胡適又在《建設的的文學革命論》中把他在《文學改良芻議》中所提出的「白話文學」的口號更名為「國語的文學」，使之更具包容性和號召力。

　　胡適的文學革命主張是他在美國留學期間形成的。他在作於1923 年 12 月《逼上梁山──文學革命的開始》中敘述了文學革命的緣起。1915 年、1916 年胡適在美國與梅光迪、任叔永等留學生討論以白話代替文言的文學革命問題。他相信文言是半死的文字。胡適覺悟到：「我也知道光有白話算不得新文學，我也知道新文學必須有新思想和新精神。但是我認定了：無論如何，死文字決不能產生活文學。若要造一種活的文學，必須有活的工具。」[30]他曾在《談新詩》中指出：「形式上的束縛，使精神不能自由發展，使良好的內容不能充分表現。若想有一種新內容和新精神，不能不先打破那些束縛精神的枷鎖鐐銬。」[31]提倡白話文並不止具有形式的意義，這一點從章士釗《評新文學運動》中反駁胡適的言論中可見一斑：「吾之國性群德，悉存文言，國苟不亡，理不可棄。」[32]

---

[30]　胡適：《逼上梁山──文學革命的開始》，《中國新文學大系·建設理論集》。
[31]　胡適：《談新詩》，《胡適文存》，亞東圖書館 1925 年 11 月 8 版。
[32]　孤桐（章士釗）：《評新文學運動》，1925 年 10 月《甲寅》1 卷 14 期。

他的文學主張裏貫穿著鮮明的思想啓蒙的功利性要求。早在 1916 年 7 月 2 日日記裏，他就記下了自己在這一點上與梅光迪的不同：「吾又以為文學不當與人事全無關係，凡世界有永久價值之文學，皆嘗有大影響於世道人心者也。觀莊大攻此說，以為 Utilitarian（功利主義）」。[33]《文學改良芻議》中「八事」的第一條「須言之有物」的「物」有「二事」：情感與思想。「情感者，文學之靈魂。文學而無情感，如人之無魂，木偶而已，行屍走肉而已。」「思想不必皆賴文學而傳，而文學以有思想而益貴；思想亦有文學的價值而益貴也」。「文學無此二物，便如無靈魂無腦筋之美人，雖有穠麗富厚之外觀，抑亦末也。」在談到第二條「不摹仿古人」時說，「惟實寫今日社會之情狀，故能成真正文學。」他強調文學與社會人生之間的關係：「我們以為文學是社會的生活的表示，故那些『與社會無甚關係』的人，絕對沒有造作文學的資格。」[34]他也因此攻擊古文學：「古文學的公同缺點就是不能與一般的人生出交涉。」[35]他批判中國人的「團圓的迷信」，指出「中國文學最缺乏的是悲劇的觀念」，推崇西洋文學以古希臘悲劇作家為代表的悲劇觀念：「有這種悲劇的觀念，故能發生各種思力深沈，意味深長，感人最烈，發人猛醒的文學。」[36]

正是從這種功利主義的目的出發，他要求在題材上反映種種社會問題。《建設的文學革命論》在談到文學家收集材料的方法時，他提出要「推廣材料的區域」，認為像晚清民初小說那樣只寫官場、妓院與齷齪社會，決不夠用。「即如今日的貧民社會，如工廠之男女工

---

[33] 引自胡適：《逼上梁山──文學革命的開始》。
[34] 胡適：《答黃覺僧君折衷的文學革新論》，1918 年 9 月《新青年》5 卷 3 號。
[35] 《五十年來中國之文學》。
[36] 胡適：《文學進化觀念與戲劇改良》，1918 年 10 月《新青年》5 卷 4 期。

人，人力車夫，內地農家，各處大負販及小店鋪，一切痛苦情形，都不曾在文學上占一位置。並且今日新舊文明相接觸，一切家庭慘變，婚姻苦痛，女子之位置，教育之不適宜……種種問題，都可供文學的材料。」[37]為了使文學能夠訴諸民眾，充分發揮其社會作用，他要求形式的通俗、平易。他說：「文學有三個要件：第一要明白清楚，第二要有力能動人，第三要美。」「孤立的美，是沒有的。美就是『懂得性』（明白）與『逼人性』（有力）二者加起來自然發生的結果。」[38]

胡適是從思想啟蒙的立場來倡導文學的，這從他作於 1922 年5、6 月的《我的歧路》中可以得到更充分的證明。他自白：「我是一個注意政治的人。」上大學時，政治、經濟的功課占了他三分之一的時間，1912 年至 1916 年，他一面為中國的民主辯護，一面注意世界的政治。他那時是世界學生會的會員、國際政策會的會員、聯校非兵會的幹事。1915 年，為了討論中日交涉的問題，他幾乎成了眾矢之的。1916 年，他的國際非攻論文曾獲得最高獎金。但那時他已經選擇中國哲學史作為自己終身的事業，同時又被一班討論文學的朋友逼上了文學革命的道路。他敘述了他在文學革命最初兩三年時間裏集中精力提倡思想、文藝的原因：「一九一七年七月我回國時，船到橫濱，便聽見張勳復辟的消息；到了上海，看了出版界的孤陋，教育界的沉寂，我才知道張勳的復辟乃是極自然的現象，我方才打定二十年不談政治的決心，要想在思想文藝上替中國政治建築一個革新的基礎。」[39]1919 年 7 月，他有感於國內一些新潮的知識份子高談

---

[37]　《建設的文學革命論》，1918 年 4 月《新青年》4 卷 4 號。

[38]　胡適：《什麼是文學》（答錢玄同），《胡適文存》。

[39]　《我的歧路》，《胡適文存二集》。

無政府主義與馬克思主義，而不談面臨的具體的政治問題，便忍不住開始發表談政治的論文《多研究些問題，少談些「主義」》。他仍然堅持啟蒙主義的文學主張──

> 我們至今認定思想文藝的重要。現在國中最大的病根，並不是軍閥與惡官僚，乃是懶惰的心理，淺薄的思想，靠天吃飯的迷信，隔岸觀火的態度。這些東西是我們的真仇敵！他們是政治的祖宗父母。我們現在因為他們的小孫子──惡政治──太壞了，忍不住先打擊他。但我們決不可忘記這二千年思想文藝造成的惡果。

> 打倒今日之惡政治，固然要大家努力；然而打倒惡政治的祖宗父母──二千年思想文藝裏的「群鬼」更要大家努力！[40]

啟蒙文學的任務是要喚起國民個性的自覺。因為：「社會是個人組成的，多救出一個人便是多備一個再造社會的分子。孟軻說『窮則獨善其身』，這便是易卜生所說『救出自己』的意思。這種『為我主義』，其實是最有價值的利人主義。」發展個人的個性，需要兩個條件：「第一，須使個人有自由意志。第二，須使個人擔乾係，負責任。」這樣方能造出獨立的人格。獨立的人格與社會國家的關係是這樣的：「社會國家沒有自己的人格，如同酒裏少了酒麴，麵包裏少了酵，人身上少了腦筋：那種社會國家決沒有改良進步的希望。」[41]

正是由於專注於文學之用，他在《五十年來中國之文學》中很讚賞章太炎一些論文的話。他對章氏懷有相當的敬意，稱他為五十

---

40　《我的歧路》。
41　胡適：《易卜生主義》，《胡適文存》。

年來的第一作家，是中國古文學的謝幕人物。他說：「章氏論文，很多精到的話。他的《文學總略》（《國故論衡》中）推翻古來一切狹陋的『文』論，說『文者，包絡一切著於竹帛者而為言』。他承認文是起於應用的，是一種代言的工具；一切無句讀的表譜簿錄，和一切有句讀的文辭，並無根本的區別。至於『有韻為文，無韻為筆』，和『學說以啟人思，文辭以增人感』的區別，更不能成立了。這種見解，初看去似不重要，其實很有關係。有許多人只為打不破這種種因襲的區別，故有『應用文』與『美文』的分別；有些人竟說『美文』可以不注重內容；有的人竟說『美文』自成一種高尚不可捉摸，不必求人解的東西，不受常識與論理的裁制！」他引用了《國故論衡》中《文學總略》的一段話：「文字本以代言，其用則有獨至。凡無句讀文，皆文字所專屬者也，以是為主。故論文學者不得以興會神旨為上。……知文辭始於表譜簿錄，則修辭立其誠其首也」。章太炎對「文學」的定義和主張是針對當時桐城派的空疏和文選派的綺靡而言的。胡適又表示了遺憾：「但他畢竟是一個復古的文家。他的復古主義雖能『言之成理』，究竟是一種反背時勢的運動。他論文辭，知道文辭始於表譜簿錄，是應用的；但他的文章應用的成績比較最少。」簡言之，章氏的長處在於承認文重在用，是一種代言的工具；其弊端是，復古主義又恰恰使他的文章短於應用。只看到章太炎的「復古」，沒有注意到他在「復古」旗號下的革新的一面，這是胡適武斷的地方。章氏論詩，既重視吟詠情性，又強調反映社會現實，所以他在《辨詩》中稱讚魏晉王粲、曹植、阮籍、左思、劉琨、郭璞等「上念國政，下悲小己」的詩人，突出魏晉文學的「建安風骨」。

　　胡適似乎對現代強調文學獨立性的觀念缺乏足夠的理解。他的文學觀與章太炎頗有相通之處，如他的「八事」之「須言之有物」、

「不作無病之呻吟」，強調的即是「文」的應用和代言功能。並不是說胡適與章太炎之間存在著直接的繼承關係，而是說他們的文學觀都體現了中國傳統中主流的儒家觀念的影響。他的文學觀是可以從傳統中開出來的。「言之有物」與傳統的關係密切，桐城派的始祖方苞在論古文義法時就指出：「《春秋》之制義法，自太史公發之，而後之深於文者亦具焉。義即《易》之所謂『言有物也』，法即《易》之所謂『言有序也』。義以為經，而法緯之，然後為成體之文。」[42] 他的文學革命「八事」是不足於把自己與傳統的文學觀念完全區別開來的。在《五十年來中國之文學》中，他把嚴復、林紓的翻譯文章，譚嗣同、梁啟超的議論文章，章太炎的述學文章，章士釗一派的政論文章均視作革新的「古文學」，這表明他採用的「文學」是傳統的「雜文學」的概念。

陳獨秀更是從政治革命的立場來倡導文學革命的。面對晚清以來幾次大的政治變革的失敗，陳獨秀認為：「吾國年來政象，惟有黨派運動，而無國民運動也。……凡一黨一派人之所主張，而不出於多數國民之運動，其事每不易成就，即成就矣，而亦無與於國民根本之進步。」[43] 他當時嚮往資產階級民主政治，然而，「所謂立憲政體，所謂國民政治，果能實現與否，純然以多數國民能否對於政治，自覺其居於主人的主動的地位為唯一根本之條件。」「共和立憲而不出於多數國民之自覺與自動，皆偽共和也，偽立憲也，政治之裝飾品也，與歐、美各國之共和立憲絕非一物。」倫理思想深刻地影響於政治，如儒家的三綱之說，為中國封建倫理、政治的基礎，而自

---

[42] 方苞：《又書貨殖傳後》，《方苞集》，劉季高校點，上海古籍出版社 1983 年 5 月版，58 頁。

[43] 陳獨秀：《一九一六年》，《青年雜誌》1 卷 5 號。

由、平等、獨立的學說為西方倫理、政治的基礎；因此他斷言：「倫理的覺悟，為吾人最後覺悟之最後覺悟。」[44]他正是著眼於精神的革新，來從事新文化運動，倡導文學革命的。他在《文學革命論》中說得十分明白——

> 吾苟偷庸懦之國民，畏革命如蛇蠍，故政治界雖經三次革命，而黑暗未嘗稍減。其原因之小部分，則為三次革命，皆虎頭蛇尾，未能充分以鮮血洗淨舊汙。其大部分，則為盤踞吾人精神界根深柢固之倫理道德文學藝術諸端，莫不黑幕層張，垢汙深積，並此虎頭蛇尾之革命而未有焉。此單獨政治革命所以於吾之社會，不生若何變化，不收若何效果也。

進行文學革命就是要改造國民性，啟發國民的自覺，為政治革命準備基礎。他高舉「三大主義」的文學革命的大旗。為什麼要推倒「貴族文學」、「古典文學」、「山林文學」呢？

> 貴族文學，藻飾依他，失獨立自尊之氣象也。古典文學，鋪張堆砌，失抒情寫實之旨也。山林文學，深晦艱澀，自以為名山著述，於其群之大多數無所裨益也。其形體則陳陳相因，有肉無骨，有形無神，乃裝飾品而非實用品。其內容則目光不越帝王權貴，神仙鬼怪，及其個人之窮通利達。所謂宇宙，所謂人生，所謂社會，舉非其構思所及。此三種文學公同之缺點也。此種文學，蓋與吾阿諛誇張虛偽迂闊之國民性，互為因果。今欲革新政治，勢不得不革新盤踞於運用此政治者精神界之文學……

---

44　陳獨秀：《吾人最後之覺悟》，1916 年 2 月《青年雜誌》1 卷 6 號。

他在別處多次談到文學與思想革命的關係。他在書信《答易宗夔》中說：「舊文學，舊政治，舊倫理，本是一家眷屬，固不得去此而取彼；欲謀改革，乃畏阻力而牽就之，此東方人之思想，此改革數十年而毫無進步之最大原因也。」[45] 在另一封書信中，他說：「舊文學與舊道德，有相依為命之勢。」[46]《本志罪案之答辯書》：「要擁護德先生，又要擁護賽先生，便不得不反對國粹與舊文學。」[47] 他又宣稱：「我們因為要創造新時代新社會生活所需要的文學道德，便不得不拋棄因襲的文學道德中不適用的部分。」[48] 早在發表於 1915 年的《現代歐洲文藝史譚》中，他就表現出重視文學的思想性的傾向：「西洋所謂大文豪，所謂代表作家，非獨以其文章卓越時流，乃以其思想左右一世也。三大文豪之左喇，自然主義之魁傑也。易卜生之劇，刻畫個人自由意志者也。托爾斯泰者，尊人道、惡強權，批評近世文明，其宗教道德之高尚，風動全球，益非可以一時代之文章家目之也。西洋大文豪，類為大哲人，非獨現代如斯，自古爾也。若英之沙士皮亞（Shakespeare），若德之桂特（Goethe），皆以蓋代文豪而為大思想家著稱於世者也。」[49] 至少就他在文章中所舉的大文豪來說，並不都是思想家，如福樓拜，如王爾德；他之所以這樣說，反映了他對文學的思想革命的訴求。他相信一個啟蒙主義的文學命題：「文學者，國民最高精神之表現也。」[50] 這是他借文學革命來進行思想革命的基礎命題。

---

[45] 陳獨秀：《答易宗夔》，1918 年 10 月《新青年》5 卷 4 號。

[46] 獨秀：《復張護蘭》，1917 年 5 月《新青年》3 卷 3 號。

[47] 陳獨秀：《本志罪案之答辯書》，1919 年 1 月《新青年》6 卷 1 號。

[48] 陳獨秀：《本志宣言》，1919 年 12 月《新青年》7 卷 1 號。

[49] 陳獨秀：《現代歐洲文藝史譚》，1915 年 11 月、12 月《青年雜誌》1 卷 3 號、4 號。

[50] 謝無量《寄會稽山人八十四韻》「記者識」，1915 年 11 月《青年雜誌》1 卷 3 號。

從梁啟超、留日時期的周氏兄弟到陳獨秀和胡適等人的由文學革命而革新社會的思路，體現了儒家思想傳統的深刻影響。《漢書·董仲舒傳》記董仲舒著名的「天人三策」第一策云：「故漢得天下以來，常欲善治而至今不可善治者，失之於當更化而不更化也。古人有言曰：『臨淵羨魚，不如退而結網。』今臨政而願治七十餘歲矣，不如退而更化；更化則可善治，善治則災害日去，福祿日來。」余英時指出：董仲舒的對策「是漢代統一以後從政治建設轉向文化建設的一個重大關鍵。董子所說『更化』後來便成了中國史上最著名的『崇儒更化』，儒家思想從此在中國取得了正統的地位。無論我們今天對於儒家的看法如何，這一歷史事實至少告訴我們：在中國的傳統觀念中，政治是要建立在文化的基礎之上的，這就是所謂『更化則可善治』。」[51]梁、「二周」、陳、胡諸人在「集中意識」（focal awareness）中要解決社會問題時，後面的一個重要根據則是他們過去在成長的過程中經過潛移默化而得到的「支援意識」——政治要建立在文化或者說意識形態基礎上的儒家思想傳統。[52]

陳雖然重功利，但他又堅決反對傳統的「文以載道」。他承認韓愈是變八代之法的「文界豪傑之士」，但批評他「誤於『文以載道』之謬見」。在 1917 年 4 月《新青年》三卷二號發表的通信《復曾毅》中，他指出：「惟古人所謂文以載道之『道』，實謂天經地義神聖不可非議之孔道，故文章家必依附六經以自矜重，此『道』字之狹義的解釋，其流弊去八股家之所謂代聖賢立言也不遠矣。」他反對「文以載道」完全順理成章，「五四」強調個性解放，即使是新思想也要

---

[51] 余英時：《試論中國文化的重建問題》，《中國思想傳統的現代詮釋》，江蘇人民出版社 1989 年 6 月版。

[52] 參閱本書第一章第二節「支援意識」。

經過個人的體認，而「文以載道」的「道」則是超驗的，凌駕於個人之上的，不符合啟蒙主義的理念。

　　他的文學主張裏雖然包含著顯著的功利主義的傾向[53]，但他又在不少地方反對工具論，強調文學自身的獨立價值。1916 年 10 月《新青年》二卷二號發表了胡適和陳獨秀的通信。胡適談到了他的「八事」的主張，但還沒有具體的解釋，其中第八條是「須言之有物」。陳獨秀在復信中批評道：「若專求『言之有物』，其流弊將毋同於『文以載道』之說？以文學為手段為器械，必附他物以生存。竊以為文學之作品，與應用文字作用不同。其美感與伎倆，所謂文學美術自身獨立之價值，是否可以輕輕抹殺，豈無研究之餘地？」稍後胡適在《文學改良芻議》中闡明了他所說的「言之有物」的「物」指的是思想和情感，而陳在《復曾毅》中仍然堅持己見：「『言之有物』一語，其流弊雖視『文以載道』之說為輕，然不善解之，學者亦易於執指遺月，失文學之本義也。」那麼，什麼是文學的本義呢？他說，「竊以為文以代語而已。達意狀物，為其本義。文學之文，特其描寫美妙動人者耳。其本義原非為載道有物而設，更無所謂限制作用，及正當條件也。狀物達意之外，倘加以他種作用，價值，不已破壞無餘乎？故不獨代聖賢立言為八股之陋習，即載道與否，有物與否，亦非文學根本作用存在與否之理由。」從《復曾毅》和發表於 1917 年 2 月的《復陳丹崖》[54]中，我們大約可以知道，他反對的「言之有物」的「物」不是指一般的思想內容，而是外物，某種附

---

[53]　這正是其功利主義哲學的體現，他在《敬告青年》（1915 年 9 月《青年雜誌》1卷 1 號）一文中說：「物之不切於實用者，雖金玉圭璋，不如布粟糞土；若事之無利於個人或社會現實生活者，皆虛文也，誑人之事也。誑人之事，雖祖宗之所遺留，聖賢之所垂教，政府之所提倡，社會之所崇尚，皆一文不值也。」

[54]　《新青年》2 卷 6 號。

加的外在條件，文學因為它有可能失其狀物達意的本義。顯然，他懷有對「文以載道」的影響的警惕。同時，他也或多或少地受到了西方「非功利」文學思潮和科學主義文學思潮的影響。在《現代歐洲文藝史譚》一文中，他就說，有人把易卜生、屠爾格涅甫（屠格涅夫）、王爾德、梅特爾林克（梅特林克）稱為近代四大代表作家。發表該文的一卷三號的《青年雜誌》的封面上還印有王爾德的照片。《文學革命論》列舉了他熱愛的外國作家，他把王爾德與虞哥（雨果）、左喇（左拉）、桂特（歌德）、郝卜特曼（霍普特曼）、狄鏗士（狄更斯）並列。這說明他對唯美主義有一定的瞭解。至於說他受到了科學主義文學思潮的影響，我們可以從他的通信《復陳丹崖》找到根據：「實寫社會，即近代文學家之大理想大本領。實寫以外，別無所謂有物也。」對文學自身獨立價值的肯定與他文學主張中的功利主義傾向是矛盾的。

在新文學的第一個十年裏，魯迅無意成為一個批評家，發表的關於文學批評方面的文章寥寥無幾。1928 年以後，他才更多地鑽研文藝理論，成為一個傑出的左翼批評家。我們之所以要關注魯迅，是因為他是一個啟蒙主義作家，從他那裏我們可以看到一個作家的選擇，同時他又是 20 世紀中國功利主義文學的重鎮和典範，他的存在必須受到重視。

我們都熟悉魯迅棄醫從文的經歷，改革國民的精神是他走向啟蒙主義文學的始因。五四新文化運動為他提供了時代氛圍和現實機會。1918 年，他在《渡河與引路》一文中說：「我的意見，以為灌輸正當的學術文藝，改良思想，是第一事。」[55] 他要求美術家成為「進

---

[55]　《渡河與引路》，《魯迅全集》7 卷，人民文學出版社 1981 年版。

步的美術家」:「美術家固然須有精熟的技工,但尤須有進步的思想與高尚的人格。」因為「我們所要求的美術家,是能引路的先覺⋯⋯我們所要求的美術品,是表記中國民族知能最高點的標本,不是水平線以下的思想的平均分數。」[56]他深感到中國缺乏從事於「文明批評」和「社會批評」的批評者,創辦《莽原》半月刊,希望能培養作者,去撕舊社會的假面。[57]

　　1925 年至 1927 年是中國新舊勢力激烈對抗的年代,魯迅看到了文藝的社會作用的局限,感到「改革最快的還是火與劍」。[58]1927 年4 月他於黃埔軍官學校發表演講《革命時代的文學》,指出:「好的文藝作品,向來多是不受別人的命令,不顧利害,自然而然地從心中流露的東西;如果先掛起一個題目,做起文章來,那又何異於八股,在文學中並無價值,更說不到能否感動人了。」另一方面,「中國現在的社會情狀,止有實地的革命戰爭,一首詩嚇不走孫傳芳,一炮就把孫傳芳轟走了。自然也有人以為文學於革命是有偉力的,但我個人總覺得懷疑,文學總是一種餘裕的產物,可以表示一民族的文化,倒是真的。」[59]他不認為文學與革命有直接的、密切的關係:「我以為革命並不能和文學連在一塊兒,雖然文學中也有文學革命。但做文學的人總得閑定一點,正在革命中,那有功夫做文學。」[60]

　　我們不應認為這時的魯迅否定或輕視文學的社會作用,他強調的是文學活動與革命遵守著不同規則,指出文學作用的性質。在 1927年以前,魯迅都認為文學是國民精神的表現。在發表於 1925 年 7 月

---

[56]　《隨感錄四十三》,《魯迅全集》1 卷,人民文學出版社 1981 年版。
[57]　《兩地書・一七》,《魯迅全集》11 卷,人民文學出版社 1981 年版。
[58]　《兩地書・一〇》,《魯迅全集》11 卷。
[59]　《革命時代的文學》,《魯迅全集》3 卷,人民文學出版社 1981 年版。
[60]　《文藝與政治的歧途》,《魯迅全集》7 卷。

的《論睜了眼看》中，他講得十分清楚：「文藝是國民精神所發的火光，同時也是引導國民精神的前途的燈火。這是互為因果的，正如麻油從芝麻中榨出，但以浸芝麻，就使它更油。」[61] 所以他說，中國人向來因為不敢正視人生，只好瞞和騙，於是產生了瞞和騙的文藝來，由這文藝，又令中國人更深地陷入瞞和騙的大澤中。前面，我不止一次地指出這是一個啟蒙主義的文學命題。在 1927 年以前，魯迅建立了文學和啟蒙的聯繫，但還沒有建立起文學與革命的聯繫。所以，他才否認文學可以對革命產生的積極作用。

　　他把他的啟蒙主義的文學主張鮮明地貫徹到了自己的創作中。據周作人回憶，在五四文學革命的初期，魯迅對白話文的倡導無甚興趣，但對於思想革命卻看得極重，這是從辦《新生》的時候起就有的願望，此時經錢玄同的舊事重提，好像是埋著的火藥線上點了火，便立即爆發起來了。[62] 魯迅在《〈吶喊〉自序》中自陳：「有時候仍不免吶喊幾聲，聊以慰藉那在寂寞裏奔馳的猛士，使他不憚於前驅。」既然是吶喊，那就自然要「聽將令」了，故而常常不惜用曲筆為作品增添一些亮色。同時，注意不將自己悲觀的思想情緒傳染給懷著美好理想的青年們。[63] 30 年代初，在談到他為什麼做起小說來的時候，他交代：「說到『為什麼』做小說罷，我仍抱著十多年前的『啟蒙主義』，以為必須是『為人生』，而且要改良這人生。我深惡先前的稱小說為『閒書』，而且將『為藝術的藝術』，看作不過是『消閒』的新式的別號。所以我的取材，多採自病態社會的不幸的人們中，意思是在揭出病苦，引起療救的注意。所以我力避行文的

[61]　《論睜了眼看》，《魯迅全集》1 卷。
[62]　周遐壽（周作人）：《魯迅的故家》，人民文學出版社 1957 年版，219-220 頁。
[63]　《〈吶喊〉自序》，《魯迅全集》1 卷。

嘮叨，只要覺得夠將意思傳給別人，就寧可什麼陪襯拖帶也沒有。」[64]
作者談到了啟蒙主義的功利目的對他的取材、藝術表達的影響。另
外，這一價值標準還凸出地體現在他創作上對文類的偏好、文學批
評、文學翻譯、創辦雜誌等一系列文學活動中。

　　魯迅文學功用觀的情況較為複雜，我覺得可以分為幾個不同層
面。他在《〈藝術論〉譯本序》中評述普列漢諾夫的審美功用觀時說：
「功用由理性而被認識，但美則憑直感的能力而被認識。享樂著美
的時候，雖然幾乎並不想到功用，但可由科學的分析而被發見。所
以美底享樂的特殊性，即在那直接性，然而美底愉樂的根柢裏，倘
不伏著功用，那事物也就不見得美了。」[65]魯迅是帶著讚賞的口吻評
述普列漢諾夫的觀點的，我想他是同意的。如果說這裏的觀點仍是
功利主義的，那麼至少可以說這種功利主義很溫和，與他同期發表
的其他文章中的觀點差距較大。他說話時，沒有裹夾在政治鬥爭中，
心態較為平和，這大概能代表他在學理層面上的意見。我們還記得
他在《革命時代的文學》中的話：「自然也有人以為文學於革命是有
偉力的，但我個人總覺得懷疑，文學總是一種餘裕的產物，可以代
表一民族的文化，倒是真的。」如果再把他早期的文學思想聯繫起
來看，可以說，「不用之用」在他一生的文學功用觀中具有一定的連
續性。只是在《對於左翼作家聯盟的意見》中以及與梁實秋、「自由
人」、「第三種人」論爭的時候，他的調子才高昂起來，把文藝看作
階級鬥爭的工具。這是他在政治鬥爭層面上所表現出來的文學功用
觀。他在創作層面上的表現則帶有更多的複雜性。他作過這樣的表
白：「我所說的話，常與所想的不同，……我為自己和為別人的設想，

64　《我怎麼做起小說來》，《魯迅全集》4 卷，人民文學出版社 1981 年版。
65　《〈藝術論〉譯本序》，《魯迅全集》4 卷。

是兩樣的。所以者何？就因為我的思想太黑暗，但究竟是否真確，又不得而知，所以只能在自身試驗，不敢邀請別人」。[66] 在《野草》中就有不少「為自己」（自我表現）的篇什，魯迅發表了一些自己的極端黑暗、冷酷的內心體驗，吐露一部分自我真實的靈魂。《彷徨》中也不乏這樣的篇目。胡風曾問過魯迅《孤獨者》裏面的魏連殳是不是有范愛農的影子，「他不假思索地說：『其實，那是寫我自己的』」，胡在回憶錄中這樣寫道。[67] 如果魯迅是一個一以貫之的工具論者，他取得那麼高的文學成就是難以想像的。

　　現實主義最能適合陳、胡、魯等人的啟蒙主義的需要。胡適的審美趣味即是現實主義的：「大概由於我受『寫實主義』的影響太深了，所以每讀這種詩詞（指艷詩艷詞──引者），但覺其不實在，但覺其套語的形式……而不覺其所代表的情味。」[68] 他沒有著文公開、正面地提倡現實主義，但他傾向於現實主義是無疑的。他稱讚過易卜生的現實主義：「易卜生早年和晚年的著作雖不能全說是寫實主義。但我們看他極盛時期的著作，盡可以說，易卜生的文學，易卜生的人生觀，只是一個寫實主義。」「人生的大病根在於不肯睜開眼睛來看世間的真實現狀。明明是男盜女娼的社會，我們偏說是聖賢禮義之邦；明明是贓官汙吏的政治，我們偏要歌功頌德；明明是不可救藥的大病，我們偏說一點病都沒有！卻不知道：若要病好，須先認有病；若要政治好，須先認現今的政治實在不好；若要改良社會，須先知道現今的社會實在是男盜女娼的社會！易卜生的長處，只在他肯說老實話，只在他能把社會種種腐敗齷齪的實在情形寫出

---

66　《兩地書・二四》，《魯迅全集》11 卷。
67　胡風：《魯迅先生》，《新文學史料》1993 年 1 期。
68　胡適：《讀沈尹默的舊詩詞》，《胡適文存》。

來叫大家仔細看。他並不是愛說社會的壞處，他只是不得不說。」
顯然，他是把易卜生式的現實主義看作是醫治中國社會病根的對症
藥，著眼於用現實主義文學來解決中國的社會問題。後來當茅盾提
倡新浪漫主義時，胡適對他提出過警告。這我們在下一章裏還要談
到。陳獨秀同樣青睞現實主義的文學。《現代歐洲文藝史譚》指出，
歐洲文藝思想之變遷由古典主義、理想主義（Romanticism）而變為
寫實主義，進而為自然主義。他對左拉及自然主義十分推崇，說「現
代歐洲文藝，無論何派，悉受自然主義之感化。」通信《復張永言》
在談到古典主義、浪漫主義、寫實主義、自然主義時，稱讚道：「寫
實主義自然主義乃與自然科學實證哲學同時進步。此乃人類思想由
虛入實之一貫精神也。」[69]他的《今日之教育方針》一文說「尊現實」
的「現實主義」是歐洲近代的時代精神，且把它作為國民教育的第
一方針。這種精神，「見之倫理道德者，為樂利主義；見之政治者，
為最大多數幸福主義；見之哲學者，曰經驗論，曰唯物論；見之宗
教者，曰無神論；見之文學美術者，曰寫實主義，曰自然主義。一
切思想行為，莫不植基於現實生活之上。」[70]因此，他在另外一封信
中明確地指出：「吾國文藝猶在古典主義理想主義時代，今後當趨向
寫實主義。文章以紀事為重，繪畫以寫生為重，庶足挽今日浮華頹
敗之惡風。……各過教育趨重實用，與文學趨重寫實，同一理由」[71]
魯迅身體力行地創作現實主義的小說，確立了中國「為人生」的現
實主義的風範。我們還記得魯迅的話：「我的取材，多採自病態社會
的不幸的人們中，意思是在揭出病苦，引起療救的注意。」這是關

---

[69]　記者（陳獨秀）：《復張永言》，1916年2月《青年雜誌》1卷6號。
[70]　《今日之教育方針》，1915年10月《青年雜誌》1卷2號。
[71]　記者（陳獨秀）：《通信》，1915年12月《青年雜誌》1卷4號。

於他的現實主義的最好注腳。胡適在《白話文學史》中評述白居易、元稹的文學思想時說：「文學既是要『救濟人病，裨補時闕』，故文學當側重寫實」。[72]

## 三、新與舊

強調對立，是所有革命的特點，五四文學革命自然也不例外。新／舊與現代／傳統處於一種二元對立的緊張關係中。這背後有著以進化論為基礎的關於進步的意識形態的支撐。這裏不能不提到嚴復編譯、出版於 1898 年的《天演論》。嚴復是帶著一個晚清知識份子的體驗來編譯此書的，正如研究者們所注意到的那樣，《天演論》是一個包括了赫胥黎的聲音、斯賓塞的聲音（社會達爾文主義）和嚴復自己聲音的多聲部的文本，其中斯賓塞的聲音是對前者的修正和向後者的過渡。在譯文中，被嚴復在意譯中凸出並對 20 世紀中國產生最大影響的內容有兩個方面：一是對生存競爭（鬥爭）的強調，一是對社會進步的信仰。[73]鬥爭與進步是 20 世紀中國知識份子對待

---

[72] 《白話文學史》，東方出版社 1996 年 3 月版，320 頁。

[73] 嚴復與赫胥黎最大的不同是，他相信社會直線式的日趨完善的發展。赫胥黎在《進化論與倫理學》一書的《序言》中自報家門：「我現在要竭力去做到的，就是清除掉那種看來對許多人已證明是障礙的東西，這就是指那種表面上的反論：倫理本性雖然是宇宙本性的產物，但它必然是與產生它的宇宙本性相對抗的。」（見科學出版社 1971 年 7 月該書中文版）嚴復更注重天演的普遍性，以至於把物競天擇視為宇宙過程（cosmic process）的唯一方式。他還有意略去原書所言進化過程中退化和從複雜到簡單的演變的內容；相應的在對倫理問題的認識上，他批評赫胥黎認為惡與善同樣進化的論點，並在按語中以斯賓塞的觀點對此進行了修正：「夫斯賓塞所謂民群任天演之自然，則必日進善不日趨惡，而郅治必有時而臻者，其豎義至堅，殆難破也。」（商務印書館 1981 年 10 月版

歷史與現實的基本的思維方式。在民族主義動機的規約下，生存競爭和社會進步的觀念結合而產生了要求變革的意識形態。從《中國新文學大系‧建設理論集》和《中國新文學大系‧文學論爭集》所收的文章裏可見，進化論觀念在其中的現代性敘述中無所不在，並且是支配性的力量。

文學革命的任務就是要建立現代性的新文學，把舊文學和舊文學所體現的文學觀念置於自己的對立面。新文學的提倡者們新張旗幟，從「一時代有一時代之文學」的進化論的文學觀念出發，攻擊了舊文學及其文學觀念。胡適在《文學改良芻議》中就批判了「文則下規姚、曾，上師韓、歐」的「今之『文學大家』」，以陳三立為代表的「今日『第一流詩人』」，還指出「駢文律詩乃小道耳」，實際上批判了當時統治文壇的三大舊文學流派──桐城派、江西派和「選學」。到了陳獨秀的《文學革命論》則明確地點出這三大流派的名字，分別把它們視為「貴族文學」、「山林文學」和「古典文學」的代表加以否定。[74] 錢玄同有著名的「選學妖孽」、「桐城謬種」之語。劉半農的《復王敬軒書》則對用古文譯小說、被人們當作桐城派中人的林紓加以嘲笑和否定。「唐宋八大家」以來的古文家受到的攻擊最烈。像陳獨秀在《文學革命論》中，就把矛頭主要指向桐城派，指明代的前後七子、桐城派尊崇的歸有光及桐城派三祖方苞、劉大櫆、姚鼐為「十八妖魔」。原因在於古文向來被認為是文壇正宗，能用以「載道」。桐城派是新文學觀念的主要對立面「文以載道」的代表。「文以載道」代表了一種「我注六經」的文學價值觀和思維方式，

---

《天演論》，89 頁）

[74] 參閱舒蕪：《「桐城謬種」問題之回顧》，《讀書》1989 年 11、12 期。

壓抑作家的自我，排斥新思潮、新學說，使文學不能貼近現實生活，發揮社會啟蒙的作用。

舊文學的勢力強大，可以列出一長列新文化運動和文學革命的反對者的名字，其中包括像章太炎、嚴復、黃侃這些文壇和學界的名流。真正站出來與新文學對壘的主要是林紓、學衡派諸人、章士釗。在很長的一段時間裏，他們被一概視為封建復古派而遭到簡單的否定，其意見沒有受到應有的尊重。90 年代以來，伴隨著對文化保守主義的重新評價，他們的歷史地位似乎被抬升了，甚至有人以他們的言論作為攻擊五四文化激進主義的口實。他們是怎樣理解文學的？他們指出了中國文化和中國文學現代化的出路了嗎？

梁啟超在《清代學術概論》中想對林紓蓋棺論定：「紓治桐城派古文，每譯一書，輒『因文見道』，於新思想無與焉。」[75] 說林氏「於新思想無與」，並不公正、客觀。在晚清，林紓的思想是帶有一定的啟蒙色彩的，他通過譯書也實實在在地推動了中國文學的現代化進程。1897 年梁啟超發表《論幼學》後，林紓取白居易諷喻新樂府之體，用淺白近俚的語言，寫成《閩中新樂府》三十二首，在 1897 年底付梓印行，作為童蒙教材。

林紓譯書，無疑是滿懷著救國保種的一腔熱忱的。這從其《譯林序》、《〈黑奴籲天錄〉跋》、《〈霧中人〉序》、《愛國二童子傳》中的《達旨》、《〈不如歸〉序》等文章中可以顯見。他在 1900 年撰寫的《譯林序》中說：「吾謂欲開民智，必立學堂；學堂功緩，不如立會演說；演說又不易舉，終之唯有譯書。……大澗垂枯，而泉眼未涸，吾不敢不導之；燎原垂滅，而星火猶燏，吾不能不燃之。」《〈黑

[75] 《清代學術概論》之二十九，《飲冰室合集．專集》9 冊，中華書局 1936 年版。

奴籲天錄〉跋》：「今當變政之始，而吾書適成，人人既斕棄故紙，勤求新學，則吾書雖俚淺，亦足為振作士氣，愛國保種之一助」。[76]他總是習慣於在所譯之書的序跋中，聯繫中國的實際，發表議論，宣傳維新思想。他並且在《滑稽外史》中的《短評》、《〈塊肉餘生述〉序》、《〈賊史〉序》中表述了針砭時弊、改造社會的小說觀念。

然而，他終未達到啟蒙主義的層次。按照康德的定義，啟蒙就是要有勇氣在不經別人的引導的情況下運用自己的理智。[77]而林紓是要尊經衛道的。當他所回應的改良危及他所信奉的道統時，他就不幹了。

他自己肯定古文家的「因文見道」：「古人因文以見道；匪能文即謂之知道。蓋古文之境地高，言論約；不本於經述，為言弗腴；不出於閱歷，其事無驗。唐之作者林立，而韓、柳傳。宋之作者亦林立，而歐、曾傳。正以此四家者，意境、義法皆足資導後生而進於古；而所言又必衷之道；此其所以傳也。」[78]他在別處表揚古文有益於政治教化的作用：「名曰古文，蓋文藝中之一，似無關於政治，然有時國家之險夷，繫彼一言，如陸宣公之制誥是也。無涉於倫紀，然有時足以動人忠孝之思，如李密之陳情，武侯之出師表是也。」[79]在這些表述中，他露出了一個古文家的底色。翻譯多少有些投人所好的意思，他看重的是其現實功用。他譯書態度是很審慎的，同樣

[76] 《黑奴籲天錄〉跋》，《林紓研究資料》，薛綏之、張俊才編，福建人民出版社1983年6月版。

[77] [德]康德：《答覆這個問題：「什麼是啟蒙運動？」》，《歷史批判文集》，何兆武譯，商務印書館1990年11月版。

[78] 林紓：《與姚叔節書》，《林琴南文集》，北京市中國書店1985年3月版。

[79] 林紓：《論古文白話之消長》，《中國新文學大系・文學論爭集》，鄭振鐸編，上海良友圖書印刷公司1935年10月版。

以有益於政治教化為指歸。1915 年他自我總結道:「計自辛丑入都,至今十五年,所譯稿已逾百種。然非正大光明之行,及彰善癉惡之言,余未嘗著筆也。」[80] 由於「明道」心切,他常常替外國人改思想,而且加入「某也無良」,「某也無孝」,「某事契合中國先王之道」之類的評語。他在《致蔡鶴卿書》中以「清室舉人」自居,攻擊新文化運動要點有二:一是「覆孔孟,鏟倫常」,二是「盡廢古書,行用土語為文學」。[81] 他要明的「道」就是孔孟之道。

章士釗也是信奉「文以載道」的。他說:「文以載道,先哲名言。」[82] 他指責提倡白話文者,「以鄙倍妄為之筆,竊高文美藝之名;以就下走壞之狂,斁載道行遠之業。」[83] 自然,他是要求文學「載道行遠」的。

學衡派有感於傳統價值體系崩潰後的迷亂,提出了自己的文化思想。其主要成員在美國受過系統的西方文化的薰陶,並且力圖使其意見建築在學理的基礎上。不像林紓那樣維護古文的地位,卻說什麼「吾識其理,乃不能道其所以然」[84]。學衡派中人是一群道德救國論者。他們繼承白璧德新人文主義的「二元人性」論,強調以理制欲。吳宓認為,「欲救今世之弊,惟當尊崇理智,保持心性」。[85] 又說:「真正之革命,惟在道德之養成。真正之進步,惟在全國人民

---

80　林紓:《〈鷹梯小豪傑〉序》,《林紓研究資料》。

81　《致蔡鶴卿書》,《文學運動史料選》,上海教育出版社 1979 年 5 月版。

82　梁漱冥《東西文化及其哲學》(通信)後所附孤桐(章士釗)答信,1925 年 8 月 1 日《甲寅周刊》1 卷 3 號。

83　章士釗:《評新文化運動》,《中國新文學大系·文學論爭集》,鄭振鐸編,上海良友圖書印刷公司 1935 年 10 月版。

84　林紓:《論古文之不當廢》,1917 年 2 月 8 日《民國日報》(上海)。

85　吳宓:《〈韋拉里論理智之危機〉譯者識》,1928 年 3 月《學衡》62 期。

之德智體力之增高。真正之救國救世方法，惟在我自己確能發揮我之人性（即真能信仰人本主義）而實行道德」。[86]

除了吳宓外，學衡派梅光迪、胡先驌、郭斌龢等人的志趣都不在文學，他們對文學的意見多是零碎的，並不成系統。他們堅持對文學的道德主義理解。從胡先驌的長文《文學之標準》中，我們可以看到他們從哲學、倫理學到文學觀念的進路。他寫道：「文學之本體，可分為形質二部。形，所以求其字法、句法、章法，以及全書之結構者也。質，其所涵之內容也。二者相需為用而不可偏廢。」然而，「文之質，關係文學者猶大。總括之不啻一般之人生觀。」這篇文章高揚新人文主義「中和」的思想標準，大談「人類善惡二元之天性」，「以理制欲」。這個思想標準是以浪漫主義的政治理想、道德觀念等為對立面而提出的。在他看來，自盧梭創《民約論》以來，以人性和本能為至善，作惡者是社會禮法束縛而致，要求返歸自然，於是造成任情縱欲的流行。浪漫主義就是這種道德淪喪、世風日下的表徵。他要求文學具有「修養精神、增進人格之能力，而能為人類上進之助」。[87]吳芳吉這樣說明文學與道德之關係：「文學作品，譬如園中之花，道德譬如花下之土。彼遊園者固意在賞花而非以賞土，然使無膏土，則不足以滋養名花。土雖供賞，而所托根，在於土也。道德雖於文學不必昭示於外，而作品所寄，仍道德也。故自此狹義言之，文以載道之說，仍較言之有物為甚圓滿有理。」[88]吳宓定義文學批評道：「蓋今之文學批評，實即古人所謂義理之學也。其職務，在分析各種思想觀念，而確定其意義。更以古今東西各國各時代之

---

[86] 吳宓：《浪漫的與古典的》，1927 年 9 月 17-19 日天津《大公報》。
[87] 胡先驌：《文學之標準》，1924 年 7 月《學衡》31 期。
[88] 吳芳吉：《再論吾人眼中之新舊文學觀》，1923 年 9 月《學衡》21 期。

文章著作為材料，而研究彼等思想觀念如何支配人生，影響事實。終乃造成一種普遍的、理想的、絕對的、客觀的真善美之標準，不特為文學藝術賞鑒選擇之準衡，抑且為人生道德行事立身之正軌。……是故文學批評乃以哲學之態度及方法研究人生。」[89]他們並不輕視文學的審美特徵，但在美善之間他們是有偏重的。郭斌龢說：「美之大者為善。美而不善，則雖美勿取」。[90]文學表現的是道德，又以有益於道德為旨歸。他們很自然對「文以載道」表示好感。吳芳吉在反駁胡適文學革命「八事」之「須言之有物」時說：「須言之有物，以為物乃包括思想情感而言，非古人文以載道之謂也。夫文以載道一語，籠統其詞，誠不能無語病，固非吾人所甚贊成；然即言之有物，詎非籠統之至者耶？物可解為情感思想，安見道之不可解為情感思想也耶？……道之廣大，無所不包，又豈沾沾於情感思想者所可望耶？而或者以文以載道為道德之簡稱，文學自有獨立之價值，不必以道德為本，此亦似是而非之言也。文以載道之意，原不限於道德，然即道德言之，又何可少？情感思想並非神聖不易之物，不以道德維繫其間，則其所表現於文學中者，皆無意識。」[91]這裏話說得不夠直截了當，他們依舊要求文學「載道」，只是這「道」超越了狹義的孔孟之道而已。

從其理性原則和道德主義出發，學衡派成員像他們的老師白璧德一樣，攻擊對浪漫主義和現實主義文學。而在他們看來，新文學直接師承西方的浪漫主義和現實主義文學，自然也就在反對之列。上文談到胡先驌認定浪漫主義是道德淪喪、世風日下的表徵，雖然

---

[89]　《浪漫的與古典的》。
[90]　郭斌龢：《新文學之痼疾》，1926 年 7 月《學衡》55 期。
[91]　《再論吾人眼中之新舊文學觀》。

寫實主義、自然主義不以人性本善，甚至相反，但它們與浪漫主義
一樣，「否認人文之要素，而以隨順內心之衝動為宗旨」，故也不過
是浪漫主義的變相。[92]吳宓於 1922 年 10 月發表《論寫實小說之流
弊》，批評「吾國之新文學家，其持論乃常以寫實小說為小說中之上
乘、之極軌，而不分別，並言利弊」。他以為寫實小說根本缺陷有二：
一是「有悖於文學之原理」，因為小說重虛構，追求的是情真、理真，
而不求時真、地真。二是「以不健全之人生觀示人」。因為寫實小說
雖然追求客觀，但結果仍不免是作家主觀的表現。寫實小說缺乏對
社會和人性的正確認識，常常暴露社會和人性的陰暗面，這就會造
成人欲橫流、使人悲觀的結果。[93]1922 年正是茅盾在《小說月報》
上大力提倡自然主義之時。郭斌龢直接指責新文學的「縱情恣欲」
的傾向，甚至有謾罵之聲，足見其道德義憤。[94]

　　儘管 1990 年代以來，有人從他們各自的政治和文化立場出發，
推崇作為一種文化保守主義思潮的「學衡派」，以期糾正「五四」激
進主義之偏，但我傾向於在總體上認為「學衡派」仍是中國文化和中
國文學現代化的阻力。這主要表現在：他們反對白話文，通過維護文
言來捍衛傳統的價值；對「五四」新文化和新文學缺乏起碼的瞭解；
在文學觀念和文學批評上，堅持對文學的道德主義理解，不能與「文
以載道」區別開來。他們對中國文化和中國文學現實出路的認真而誠
實的思考和主張並不能指出一條現實的出路，不能回應時代的需要，
而且缺乏較為系統的理論建樹。「學衡派」的意義甚至不能與白璧德
的新人文主義相埒，因為後者面對的是西方啟蒙後的社會文化危機，

---

92　胡先驌：《文學之標準》。
93　《論寫實小說之流弊》，1924 年 7 月《學衡》31 期。
94　郭斌龢：《新文學之痼疾》。

他們在中國提倡新人文主義便存在著語境上的錯位。當然，我並不反對「學衡派」的意見和思路對我們認識「五四」的價值。

在五四文學革命時期新與舊的交鋒中，似乎難已尋見南社的身影。南社成立於革命高潮之初的 1909 年 11 月，是以反清排滿和政體革命為職志的。一時在它的旗幟下聚集了一大批一心報國的慷慨悲歌之士。

高旭在《南社啟》中申明：「今之學為文章、為詩詞者，舉喪其國魂者也。荒蕪榛莽，萬方一轍，其將長此終古耶？其即呂氏所謂『其壞在人心風俗』者耶？倘無人也以支柱之，則乾坤或幾乎息矣。此乃不特文學衰亡之患，且將為國家沉淪之憂矣。」他號召用詩文來保存「國魂」，「挽既倒之狂瀾，起墜緒於灰燼。」[95] 周實要求詩歌喚醒國人，鼓舞鬥志，使人們「皆知乎人心慘怛，世變紛紜，岌岌焉不可以終日，或因以感發而奮興。」[96] 他們都信奉文學救國論。文人想有功於當世，總不免誇大一己長技。他們基本上是採用中國傳統的詩學命題而加以新的闡釋。高旭重新解釋「發乎情，止乎禮儀」：「『發乎情』者，非如昔時之個人私情而已，所謂『止乎禮儀』，亦指其大者、遠者而言，如鼓吹人權，排斥專制，喚起人民獨立思想，增進人民種族觀念，皆所謂『止乎禮儀』，而未嘗過也。」[97] 寧調元強調「言志」，「詩者，志之所之也。」「人各有志，志之卑抗殊，而詩之升降，亦於以判。」[98] 顯然是要以內容來評騭詩的高下。周實主

---

[95] 高旭：《南社啟》，原載 1909 年 10 月 17 日《民籲報》，轉引自楊天石、王學莊編著《南社史長編》，中國人民大學出版社 1995 年 9 月版，130 頁。

[96] 周實：《無盡庵詩話敘》，《南社》第三集。

[97] 高旭：《願無盡齋詩話》，《南社》第一集。

[98] 寧調元：《南社集序》，《近代文論選》（下），舒蕪等編選，人民文學出版社 1959 年 9 月版。

張詩歌因時而變：「當今之世，非復雍容揄揚、承平雅頌時矣，士君子傷時念亂，亦遂不能不為變風變雅之音。」[99] 他認為「變風變雅」才是時代的「正聲」，因此詩歌應該揭露、抨擊時政。[100] 他們要求變革的只是詩文的內容，其形式論帶有國粹主義的氣味：「新意境、新理想、新感情的詩詞，終不若守國粹的、用陳舊語句為愈有味也」。[101] 南社成員與梁啓超等人相比，在政治上有所謂革命派與改良派之別，但前者的詩歌主張並未脫出後者的「鎔鑄新理想以入舊風格」的窠臼。南社在詩學上鮮有建樹，在這一點上甚至不及被其視為對立面的「同光體」詩人（在南社成員中還找不出一本像陳衍《石遺室詩話》那樣內容豐富而又時有真知灼見的詩學著作）。

南社是要推翻「同光體」的領導地位，而重整文壇的。柳亞子云：「余與同人倡南社，思振唐音，以斥傖楚，而尤重布衣之詩，以為不事王侯，高尚其志，非肉食者所敢望。」[102] 此處的「傖楚」指的即是宗尚宋詩的「同光體」詩人，這篇文章主要是從政治身份和立場的角度對「同光體」進行聲討。同時，南社主張寫真性情，所以標舉「唐音」。「同光體」詩人陳寶琛、鄭孝胥、陳三立等都曾在

---

99 周實：《無盡庵詩話敘》。
100 南社成員的政治功利主義的文學主張也表現在他們對戲劇和小說的觀點上。他們強調小說、戲劇感化社會的作用，要求革新其內容，宣傳民族和民主革命的內容。參閱：亞盧（柳亞子）：《二十世紀大舞臺發刊詞》，1904 年 10 月《二十世紀大舞臺》1 期；佩忍（陳去病）：《論戲劇之有益》；松岑（金天羽）：《論寫情小說於新社會之關係》，1905 年《新小說》17 號；天僇生（王鐘麒）：《論小說與改良社會之關係》，1907 年《月月小說》第 1 年第 9 號。另外，黃人、徐念慈的小說論有獨到之處，對晚清流行的小說論起到一定的糾偏作用，見本書第一章第三節有關論述。此處所提文章均發表於南社成立以前。
101 高旭：《願無盡齋詩話》。南社與晚清國粹派有人事上的關係，它們同出於 1902 年成立於上海的中國教育會，章太炎、劉師培、柳亞子、陳去病、馬君武等均為中國教育會成員。先有國粹派，而後南社從國粹派中分離出來。
102 柳亞子：《胡寄塵詩序》，《南社》第五集。

滿清供職，柳要以「布衣之詩」與之對抗。南社成員要求詩歌的現實性，反對「同光體」詩人的擬古主義、形式主義和遠離現實。然而，南社並未成功地實踐他們的詩歌主張，從而轉移風氣，沒有在中國傳統詩學和文體形式的內部尋找出一條讓詩歌貼近現時代的有效途徑。[103]

　　民國成立以後，南社成員的政治熱情大大受挫，不少人由激進轉入頹唐，表現出放浪山水、逃避現實的傾向；有的成為文學革命對象鴛鴦蝴蝶派的主要作家，如包天笑、陳蝶仙、徐枕亞、周瘦鵑、范煙橋、許指嚴、貢少芹、朱鴛雛、姚鵷雛、劉鐵冷、趙苕狂、聞野鶴諸人；有的站到了文學革命的對立面，如學衡派的梅光迪、胡先驌。胡適曾譏評南社：「嘗謂今日文學之腐敗極矣：其下焉者，能押韻而已矣。稍進，如南社諸人，誇而不實，濫而不精，浮誇淫瑣，幾無足稱者。」[104] 現有研究者通過實證的材料得出結論，胡適所言文學革命「八事」是針對南社的創作傾向提出來的主張，並且論證這些主張的材料十之八九也出自《南社叢刻》。[105] 胡適在 1920 年代末概括南社成員的思想傾向：「他們大都是抱著種族革命的志願的，同時又都是國粹保存者。他們極力表彰宋末明末的遺民，借此鼓吹種族革命；他們也做過一番整理國故的工作，但他們不是為學問而做學問，只是借學術來鼓吹種族革命並引起民族的愛國心。他們的運動是一種民族主義的運動」。「凡是狹義的民族主義的運動，總含有一點保守性，往往傾向到頌揚固有文化，抵抗外來文化勢力的一

---

[103] 參閱鄭鵬：《淺探南社——近代文學社團流派的現代意義》，《河南大學學報》2000年 6 期。

[104] 胡適：《寄陳獨秀》，《胡適文存》，亞東圖書館 1925 年 11 月 8 版。

[105] 沈永寶：《「文學革命八事」係因南社而立言》，《復旦學報》1996 年 2 期。

條路上去。」[106] 南社的困境和末路正給五四文學革命提供了一個此路不通的路標，在一定的意義上昭示了五四文學革命的歷史合理性和必然性。

## 四、分道揚鑣

1918 年 12 月，周作人發表論文《人的文學》，揭櫫「人的文學」大旗。什麼是「人的文學」呢？「用這人道主義為本，對於人生諸問題，加以記錄研究的文字，便謂之人的文學。」因此，「人的文學」又被他稱作「人道主義的文學」。周氏明確指出他所說的人道主義並非「世間『悲天憫人』或『博施濟眾』的慈善主義，乃是一種個人主義的人間本位主義」。他是從受進化論影響的自然主義人性論的角度理解人的，提出「從動物進化的人類」的命題。其中有兩個要點：（一）『從動物』進化的，（二）從動物『進化』的。換言之，人的靈肉一致，人性是動物性和神性的有機結合。他強調人的動物性，相信人的一切生活本能都是善的，應該得到完全的滿足；同時又應該看到人有他的內面生活，有健全的理性，有改造生活的力量，能夠促進人類日臻完善。這樣，阻礙人性向前發展的「獸性的餘留」和「古代的禮法」都應該受到排斥，得到糾正。[107] 接著，他又提醒道：「我想文學這事物本合文字與思想兩者而成，表現思想的文字不良，固然足以阻礙文學的發達，若思想本質不良，徒有文字，也有什麼用處呢？」所以他說，「文學革命上，文字改革是第一步，思想

---

[106] 胡適：《新文化運動與國民黨》，1929 年 9 月《新月》2 卷 6、7 期合刊。
[107] 作人：《人的文學》，1918 年 12 月《新青年》5 卷 6 號。

改革是第二步，卻比第一步更為重要。我們不可對於文字一方面過於樂觀了，閑卻了這一方面的重大問題。」他又站在啟蒙的立場，從內容方面著眼，提倡「普遍」、「真摯」的「平民文學」。[108] 在這些文章中，周作人明確地把思想革命的要求與文學革命的要求結合了起來，對文學革命的思想基礎進行了更高、更具理論涵蓋力的理論概括，把文學現代性與「人學」現代性緊密地結合起來，使新文學明確了與舊文學在基本的思想原則上的歧異。

　　周作人同樣是從思想革命的角度提出對文學革命的要求的，也很容易導致忽視文學自身的獨立性和特點。然而，在文學革命的主要倡導者中，他是唯一的一個始終注意維護文學自身獨立性的批評家。在與《人的文學》同作於 1918 年的《平民的文學》一文中，他把自己稱為「人生藝術派」，「以真為主，美即在其中，這便是人生的藝術派的主張，與以美為主的純藝術派，所以有別。」其目的，「是在研究全體的人的生活，如何能夠改進，到正當的方向」。「人生藝術派」與「人的文學」相比，便明顯地多了「藝術」的標識，表明他注意到了「人的文學」這一概念存在的局限。在稍早發表於 1918年 5 月的《日本近三十年小說之發達》中，他稱二葉亭四迷為「人生的藝術派」，硯友社為「藝術的藝術派」。[109] 由此可見，他提出「人生藝術派」的主張受到了日本文學的啟示。

　　1920 年 1 月，周作人在北平少年學會發表題為《新文學的要求》的演講，正式對「人生派」的功利主義傾向提出警告，並作出了自己的選擇——

---

[108]　仲密（周作人）：《平民的文學》，1919 年 1 月 19 日《每周評論》5 期。
[109]　周作人：《日本近三十年小說之發達》，《藝術與生活》，上海群益書社 1931 年 2月版。

> 從來對於藝術的主張，大概可以分作兩派：一是藝術派，一
> 是人生派。藝術派的主張，是說藝術有獨立的價值，不必與
> 實用有關，可以超越一切功利而存在。藝術家的全心只在製
> 作純粹的藝術品上，不必顧及人世的種種問題：譬如做景泰
> 藍或雕玉的工人，能夠做出最美麗精巧的美術品，他的職務
> 便已盡了，於別人有什麼用處，他可以不問了。這「為什麼
> 而什麼」的態度，固然是許多學問進步的大原因；但在文藝
> 上，重技工而輕情思，妨礙自己表現的目的，甚至於以人生
> 為藝術而存在，所以覺得不甚妥當。人生派說藝術要與人生
> 相關，不承認有與人生脫離關係的藝術。這派的流弊，是容
> 易講到功利裏邊去，以文藝為倫理的工具，變成一種壇上的
> 說教。正當的解說，是仍以文藝為究極的目的；但這文藝應
> 當通過了著者的情思，與人生有接觸。換一句話說，便是著
> 者應當用藝術的方法，表現他對於人生的情思，使讀者能得
> 藝術的享樂與人生的解釋。這樣說來，我們所要求的當然是
> 人生的藝術派的文學。[110]

表面上看起來，他對「人生派」和「藝術派」各有批評，其實他的
話主要是針對「人生派」的。因為「人生派」是當時新文學的主流，
他說這樣的話是出於對「人生派」功利主義傾向的警覺的。在文學
革命的最初幾年中，由於過分強調「為人生」，初期的新文學創作──
如「問題小說」──中，已經出現了忽視情思和藝術表現的傾向。
以《新文學的要求》為標誌，周作人開始與新文學主流的功利主義
傾向分道揚鑣。

---

[110] 周作人：《新文學的要求》，《藝術與生活》。

　　周作人開始由「人的文學」走向「個性的文學」。「個性的文學」
是我借用他的一篇同名的隨筆的名字,指稱其從 1920 年代到 1930
年代的文學觀。《個性的文學》發表於 1921 年 1 月,他認定文學首
先應該表現作家自己的個性,他的結論是:(1)創作不宜完全抹煞
自己去模仿別人,(2)個性的表現是自然的,(3)個性是個人唯一
的所有,而又與人類有根本上的共通點。(4)個性就是在可以保存
範圍內的國粹,有個性的新文學便是這國民所有的真的國粹的文
學。[111] 從本體論上來說,「個性的文學」是一種自我表現的文學觀。

　　周作人走向「個性的文學」除了對新文學中的功利主義傾向不
滿外,還有自己主觀上的原因。伴隨著「五四」的落潮,他和很多
現代知識份子一樣感到了夢醒了無路可走的悲哀。他選擇了一條適
合自我生存的審美的態度來對待人生。他決心經營自己的園地,寫
作小品散文。而小品散文總是長於表現作家的個性。[112] 1923 年他說:
「我因寂寞,在文學上尋求慰安。」[113] 他後來還自我解嘲道:「手拿
不動竹竿的文人只好避難到藝術世界裏去。」[114] 這些話都反映了周
作人當時真實的心境,也是他的文學觀從「人的文學」走向「個性
的文學」的重要原因。

　　1920 年代周氏的文藝思想主要反映在《自己的園地》和《談龍
集》兩個集子裏,他在《文藝上的寬容》(1922 年)一文中正式提出:
「文藝以自我表現為主體,以感染他人為作用,是個人的而亦為人
類的,所以文藝的條件是自己的表現,其餘思想與技術上的派別都

---

[111]　仲密:《個性的文學》,1921 年 1 月《新青年》8 卷 5 號。
[112]　關於周作人在「五四」退潮後的思想變化和人生選擇,參閱我的《人在旅途——周
　　　作人的思想和文體》(人民文學出版社 1999 年 7 月版)一書,21-31 頁。
[113]　《〈自己的園地〉序》,《自己的園地》,晨報社 1923 年 9 月版。
[114]　周作人:《〈燕知草〉跋》,《永日集》,上海北新書局 1929 年 5 月版。

在其次。」[115] 他繼續對新文學中日見抬頭的功利主義傾向表示不滿，在《〈自己的園地〉序》中他說：「我們太要求不朽，想於社會有益，就太抹殺了自己；其實不朽決不是著作的目的，有益社會也非著者的義務，只因他是這樣想，要這樣說，這才是一切文藝存在的根據。我們的思想無論如何淺陋，文章如何平凡，但自己覺得要說時便可以大膽的說出來，因為文藝只是自己的表現，所以凡庸的文章正是凡庸的人的真表現，比講高雅而虛偽的話要誠實的多了。」他的文藝觀的理論原型，是藹理斯（Havelock Ellis）自我表現的文藝本體論與托爾斯泰「情緒感染說」的文藝功用觀的聯合[116]，不過它們都在一定程度上淡化了各自在主導傾向上的意義。這樣既實現了「自己表現」，又給文藝的社會功用留下了一定的位置。他強調，「我們自己的園地是文藝」，在「自己的園地」裏，「依了自己的心的傾向，去種薔薇地丁，這是尊重個性的正當辦法，即使如別人所說各人果真應報社會的恩，我也相信已經報答了，因為社會不但需要果蔬藥材，卻也一樣迫切的需要薔薇與地丁」。[117] 他否定「為人生的文藝思想」：「『為藝術的藝術』將藝術與人生分離，並且將人生附屬於藝術，至於王爾德的提倡人生之藝術化，固然不很妥當；『為人生的藝術』以藝術附屬於人生，將藝術當作改造生活的工具而非終極，也何嘗不把藝術與人生分離呢？」認為文藝以「個人為主義，表現情思而成為藝術」，而讀者「接觸這藝術，得到一種共鳴與感興，使其精神生活充實而豐富，又即以為實生活的基本；這是人生的藝術的要點，

---

[115]　周作人：《文藝上的寬容》，《自己的園地》。
[116]　參閱羅鋼：《歷史匯流中的抉擇──中國現代文藝思想家與西方文學理論》，中國社會科學出版社 1993 年 6 月版，29-31 頁。
[117]　《自己的園地》。

有獨立的藝術美與無形的功利」。[118] 他把自我表現作為建設文藝「理想國」的準則。正是因為個性各異，他要求「文藝上的寬容」，說「因為文藝的生命是自由不是平等，是分離不是合併，所以寬容是文藝發達的必要條件」。反對主張自己的判斷而忽視他人的「自我」的不寬容態度。由此，他進一步主張文藝批評是「主觀的欣賞」、「抒情的論文」，要「寫出著者對於某一作品的印象與鑒賞，決不是偏於理智的論斷」。[119] 在他看來，人們憑著共同的情感，可以理解一切作品，但是後天養成的趣味千差萬別，無可奈何。故他說文藝作品的「絕對的真價我們是不能估定的」。[120]

　　社會形勢的急劇發展，左右兩派日趨激烈的矛盾衝突及其在思想文化界的分化，使作為自由主義者的周作人處在一個難堪的夾縫中。連魯迅在革命文學論爭中都被譏為「無聊賴地跟他弟弟說幾句人道主義的美麗的說話」[121] 的落伍者，那麼作為弟弟本人的周作人更是落伍的活標本了。棲身於藝術之塔，寫一些以趣味為主的小品文，更是玩物喪志的證明。進入 1930 年代以後，他還受到了幾次來自左翼文壇的直接攻擊。周作人則通過建立系統化、有序化的文藝思想來為自己辯護，同時以直接或間接的方式給左翼的革命文學以回擊。

　　《中國新文學的源流》（1932 年）是周作人表明自己文學觀和文學史觀的最有系統的一部著作，是他自我表現的文學觀從理論到實踐的重鎮。在遭到攻擊後，他沒有無動於衷，甚至有些意氣用事。

---

[118]　《自己的園地》。
[119]　《文藝上的寬容》。
[120]　周作人：《文藝批評雜話》，《談龍集》，上海開明出版社 1927 年 12 月版。
[121]　馮乃超：《藝術與社會生活》，1928 年 1 月《文化批判》創刊號。

他宣稱：「文學是無用的東西。因為我們所說的文學，只是以達出作者的思想感情為滿足的，此外再無目的之可言。裏面，沒有多大的鼓動力量，也沒有教訓，只能令人聊以快意。」[122] 任何一種文學觀都要接受文學史的檢驗。那麼，如何解釋文學史上那些具有鼓動作用的文學作品呢？他解釋道：「欲使文學有用也可以，但那樣已是變相的文學了。椅子原是為寫字用的，然而，以前的議員們豈不是曾在打架時作為武器用過麼？在打架的時候，椅子墨盒可以打人，然而打人卻終非椅子和墨盒的真正用處。文學亦然。」[123] 他區分了文學上的「言志」派和「載道」派的對立[124]，並以此來評判新文學。那麼，自我表現的文學自然是「言志」派的文學，是文學的正宗。他把左翼革命文學看作是八股文和試帖詩之類在現代翻版。他努力溝通古代文學和新文學之間的聯繫，把新文學的發達歸功於對公安派、竟陵派「言志」傳統的繼承，把公安派的文學主張「獨抒性靈，不拘格套」、「信腕信口，皆成律度」視為自我表現文學的標誌。他在《〈中國新文學大系·散文一集〉導言》中抄錄了他一系列文章的要義，諷刺了那些現代「載道的老少同志」。他引用《草木蟲魚·小引》中的話：「我覺得文學好像是一個香爐，他的兩邊還有一對蠟燭，

---

[122] 周作人：《中國新文學的源流》第一講，北京人文書店 1932 年 9 月版。

[123] 《中國新文學的源流》第一講。

[124] 朱自清於 40 年代從文學史的角度對這種區分提出異議：「『言志』的本義原跟『載道』差不多，兩者並不衝突」。（朱自清：《〈詩言志辨〉序》，《朱自清古典文學論文集》（上），上海古籍出版社 1981 年 7 月版）傳統文論中「言志」的「志」本義很寬泛，也包含了「道」的意思。參閱本書的《引論》。然而，周作人把「言志」與「載道」用作自己的術語是可以的，他也並沒有說自己是在傳統的意義上使用它們，並且在《〈中國新文學大系·散文一集〉導言》中也曾坦言：他所謂「詩言志與文載道的話」，「仿佛詩文混雜，又志與道也有欠明瞭之處，容易引起纏夾」。

左派和右派。……文學無用，而這左右兩位是有用有能力的。」[125]
他用「接著吻的嘴不再要唱歌」的格言，說明文學是不革命的，能
革命的就不必需要文藝或宗教。[126] 他旁敲側擊地把左翼文藝界對自
由主義文學的批判，譏之為古已有之的「文字獄」、「官罵文章」之
新的發展。[127]

　　周作人並不是要排斥功利，他曾修正其對「言志」與「載道」
的分別：「言他人之志即是載道，載自己的道亦是言志。」[128]「載自
己的道」的重要意義在於超越了「功利」與「非功利」的簡單對立，
把「功利」與「功利主義」區別開來。從留日時期以來，他一直堅
持「不用之用」的文學功用觀。儘管 1928 年以後更多地退回了書齋，
但他依然堅持啟蒙主義的創作道路。

　　由於固守「五四」啟蒙主義的價值觀，周作人的思想顯得缺少
現實意識的內涵，與民族危機、階級矛盾以及人們的現實生活感受
睽離，其社會意義就大大縮減。他的「個性的文學」作為一種表現
論的文學觀，過於注重作家的自我，把功利主義的再現派文藝擯於
真正的藝術之外，同樣不能回應時代的需要。然而，「個性的文學」
充分地注意到了創作過程中作家個性的表現和情感的抒發，強調經
過作家感情和心智的澆灌創造出獨特的藝術風格。這也是對中國現
代文學發展過程中忽視個性，片面強調文藝社會作用的一種反撥。
周作人的文學觀為我們省思中國現代功利主義文學觀念提供了一個
十分重要的參照系。

---

[125] 《草木蟲魚・小引》，《看雲集》，上海開明書店 1932 年 10 月版。
[126] 《〈燕知草〉跋》，《永日集》，上海北新書局 1925 年 9 月版。
[127] 周作人：《論罵人文章》，1936 年 12 月《論語》第 102 期，另可參閱他的《罵人
論》（收入《看雲集》）、《論伊川說詩》（收入《夜讀抄》）。
[128] 《〈中國新文學大系・散文一集〉導言》。

# 第五章

# 為人生

　　如果以 1920 年為界把五四文學革命分為前後兩個階段的話，那麼在前一個階段，以《新青年》的傾向為代表，文學革命的倡導者們則從思想革命的角度提出對文學的主張，要求文學成為宣傳新思潮的工具。他們自然傾向於人生的、社會的文學觀。那麼，這種文學到底應該具有什麼樣的形態呢？當時一個普遍的、常識性的、進化論的觀點是，西方文學自文藝復興以來經歷了古典主義、浪漫主義、現實主義和新浪漫主義（現代主義）幾個不同的發展時期，而中國文學大致停留在古典主義時期。中國文學到底應該從那裏開始追趕上去呢？陳獨秀、胡適從社會現實的需要和中國文學的狀況出發，把目光盯在了現實主義上。然而，這並沒有形成廣泛的共識，他們也沒有在理論上進行闡明。明確主張「為人生」的文學觀，把它與現實主義結合起來並構造一種現實主義理論，從而掀起一場聲勢浩大的「為人生」的現實主義文學思潮，為現實主義成為中國現代主流文學觀念奠定基礎的，是以茅盾為理論代表的文學研究會。文學研究會是《新青年》文學傾向的直接繼承者。

## 一、眾聲喧嘩中的「為人生」

　　文學研究會是一個注重文學社會功利性的文學社團。作為其骨幹和主要批評家的鄭振鐸、茅盾，於 30 年代曾分別指出過文學研究會的主要傾向。鄭振鐸在《〈中國新文學大系・文學論爭集〉導言》中以確定無疑的口氣告訴我們：文研會的刊物《小說月報》和附刊在上海《時事新報》的《文學旬刊》，「都是鼓吹著為人生的藝術，標示著寫實主義的文學的；他們反抗著無病呻吟的舊文學；反抗以文學為遊戲的『海派』文人們。他們是比《新青年》派更進一步揭起了寫實主義的文學革命的旗幟的。」「他們提倡血與淚的文學，主張文人們必須和時代的呼號相應答，必須敏感著苦難的社會而為之寫作。」因此他又說：「『文學是時代的反映』，這是他們的共同的見解。」[1]茅盾在《〈中國新文學大系・小說一集〉導言》中卻說，文學研究會只是「著作同業公會」的性質，從來不曾有過對於某種文學理論的集體的行動，沒有提出集體的主張，會員個人發表過許多不同的文學意見；只是《文學研究會宣言》[2]裏有一句話：「將文藝當作高興時的遊戲或失意時的消遣的時候，現在已經過去了。」「這一句話，不妨說是文學研究會集團名下有關係的人們的共通的基本態度。這一態度，在當時是被理解作『文學應該反映社會的現象，表現並且討論一些有關人生一般的問題。』」又說：「當時文學研究會被稱為文藝上的『人生派』。文學研究會這集團並未有過這樣的主張。但文學研究會名下的許多作家——在當時文壇上頗有力的作家，大都

---

[1] 鄭振鐸：《〈中國新文學大系・文學論爭集〉導言》，《中國新文學大系・文學論爭集》，上海良友圖書公司 1935 年 10 月版。

[2] 1921 年 1 月《小說月報》12 卷 1 號。

有這傾向，卻也是事實。」[3]他在《關於「文學研究會」》[4]一文中表達過類似的觀點。他們的說法並不一致，且與實際情況有一定的距離，這我們暫且不去管它；但他們都肯定了文學研究會成員有著共同的「為人生」的文學觀念。我們還可以從其他會員的言論中列舉出大量有關的證明來。

「將文藝當作高興時的遊戲或失意時的消遣」有具體所指，矛頭指向的是民國初年興起的通俗文學流派——鴛鴦蝴蝶派。就在《文學研究會宣言》發表的 1921 年 1 月，文學研究會鳩佔鵲巢，佔領了鴛鴦蝴蝶派經營長達十一年有餘的《小說月報》。鴛鴦蝴蝶派既屬於通俗文學，那麼其文學功用觀就不免是消遣、娛樂的，如傳統的視小說為閒書。《〈禮拜六〉出版贅言》說得明白：「買笑耗金錢，覓醉礙衛生，顧曲苦喧囂，不若談小說之省儉而安樂也。且買笑覓醉顧曲，其為樂轉瞬即逝，不能繼續以至明日也。讀小說則以小銀圓一枚，換得新奇小說數十篇，遊倦歸齋，挑燈展卷，或與良友抵掌評論，或伴愛妻並肩互讀，意興稍闌，則以其餘留於明日讀之。晴曦照齋，花香入坐，一編在手，萬慮都忘，勞瘁一周，安閒此日，不亦快哉！故人有不愛買笑、不愛覓醉、不愛顧曲，而未有不愛讀小說者。況小說之輕便有趣如《禮拜六》者乎？」[5]不過，該派中不少人在注重小說消閒、娛樂的同時，還是想有益於世道人心的。只是

---

3　茅盾：《〈中國新文學大系・小說一集〉導言》《中國新文學大系・小說一集》，上海良友圖書公司 1935 年 5 月版。
4　1933 年 5 月《現代》3 卷 1 期。
5　鈍根：《〈禮拜六〉出版贅言》，1914 年 6 月 6 日《禮拜六》1 期。除此之外，公開聲明該派遊戲、消閒宗旨的話還可以見諸：《遊戲雜誌・序言・小言》，1913 年 11 月《遊戲雜誌》創刊號；徐枕亞的《小說叢報・發刊詞》，1914 年 5 月《小說叢報》1 期；范君博的《遊戲新報・發刊詞》，1920 年 12 月《遊戲新報》1 期。

他們的思想觀念、道德觀念與其小說觀念、小說藝術一樣，帶著深刻的傳統的烙印，表現出新舊雜陳的特點。在民國初年，梁啓超等人倡導的正經文學並沒有如其所願，鴛鴦蝴蝶派小說的興盛倒顯得格外惹眼。1915 年前後，該派創作在品質上開始下滑，出現了兩種不良的創作傾向：專寫勾欄妓院生活的狹邪小說，偵探小說與社會小說、武俠小說合流產生的黑幕小說。

　　這種狀況曾讓梁啓超痛心疾首[6]，稍後更成為五四新文化運動的靶子。[7]鄭振鐸在《文學旬刊》上發表一系列雜感，抨擊鴛鴦蝴蝶派。他說：「《禮拜六》的諸位作者的思想本來是純粹中國舊式的。卻也時時冒充新式，做幾首遊戲的新詩；在陳陳相因的小說中，砌上幾個『解放』，『家庭問題』的現成名辭。同時卻又大提倡『節』，『孝』。」[8]他指《禮拜六》作者「根本就不知道什麼是文學」，認為新舊之間無調和的餘地。[9]還罵這些作者為「文丐」、「文娼」。[10]葉聖陶針對《禮拜六》周刊上一則「寧可不娶小老媽，不可不看《禮拜六》」的廣告，指責道：「這實在是一種侮辱，普遍的侮辱，他們侮辱自己，侮辱文學，更侮辱他人！我從不肯詛咒他們，但我不得不詛咒他們的舉動──這一個舉動。無論什麼遊戲的事總不至卑鄙到這樣，遊戲也要高尚和真誠的啊！」他表明：「我們有這麼一個信念：人們最高精神的連

---

[6]　參閱本書第一章第二節「影響與挑戰」。

[7]　在文學研究會之前，新文化運動倡導者們主要從思想革命的角度對鴛鴦蝴蝶派的思想傾向進行批判，參閱守常（李大釗）：《〈晨鐘〉之使命》，1916 年 8 月 15 日《晨鐘報》創刊號；錢玄同：《「黑幕」書》，1919 年 1 月《新青年》6 卷 1 號；仲密（周作人）：《論「黑幕」》，《再論「黑幕」》，分別載 1919 年 1 月 12 日《每周評論》4 號、1919 年 2 月《新青年》6 卷 2 號。

[8]　西諦（鄭振鐸）：《思想的反流》，1921 年 6 月 10 日《時事新報・文學旬刊》4 號。

[9]　西諦：《新舊文學的調和》，1921 年 6 月 10 日《時事新報・文學旬刊》4 號。

[10]　西諦：《消閒？》，1921 年 7 月 30 日《時事新報・文學旬刊》9 號；《「文娼」》，1922 年 9 月 11 日《時事新報・文學旬刊》49 號。

鎖，從無量數的弱小的心團結而為大心，是文學所獨具的能力。他能揭破黑暗，迎接光明，使人們棄去其卑鄙和淺薄，趨向於高尚和精深。」[11]茅盾認為作為「舊派小說」的鴛鴦蝴蝶派小說，其思想上的最大錯誤是「遊戲的消遣的金錢主義的文學觀念」。[12]在討伐鴛鴦蝴蝶派的問題上，新文學作家的態度是一致的。就連與文學研究會成員關係緊張、文學觀迥異的創造社作家也進行了配合。郭沫若對鄭振鐸的攻擊表示聲援[13]，成仿吾也厲聲斥罵《禮拜六》作家是引人墮落的「卑鄙的文妖」。[14]

晚清以降的啟蒙主義文學追求崇高的社會目標，相形之下，「遊戲的消遣的金錢主義的文學觀念」似乎罪孽深重。然而，如果我們承認鴛鴦蝴蝶派是通俗文學流派，那麼「遊戲的消遣的金錢主義的文學觀念」正是從讀者和作者兩個方面揭示出了它的基本特點，沒有什麼好指責的。不是說不應該進行批評，而是說沒有看清對象，並且過了度，帽子的尺寸與腦袋的大小不相符。把鴛鴦蝴蝶派定性為「舊派小說」也並不合適，該派作品雖然表現出濃厚的傳統風格，但不管是從其產生的社會基礎、讀者對象、作者，還是從小說藝術諸方面來看，它都是中國社會和中國文學現代化過程的產物，表現出了諸多現代性的成分，只是沿著一條與作為純文學的新文學不同的途徑而已。

「為人生」以及把「為人生」與現實主義的文學緊密地聯繫起來與其說來自文學研究會成員的理論思考，不如說來自對俄國文學

---

11 聖陶：《侮辱人們的人》，1921 年 6 月 10 日《時事新報・文學旬刊》5 號。
12 沈雁冰：《自然主義與中國現代小說》，1922 年 7 月《小說月報》13 卷 7 號。
13 郭沫若致西諦信，1921 年 6 月 30 日《時事新報・文學旬刊》6 號。
14 仿吾：《歧路》，1922 年 10 月《創造》季刊 3 期。

的觀感和立足於中國社會現實需要對俄國文學的借鑒。魯迅說過：
「俄國文學，從尼古拉二世時候以來，就是『為人生』的，無論它
的主義是在探究，或在解決，或者墮入神秘，淪於頹唐，而其主流
還是一個：為人生。」「這一種思想，在大約二十年前即與中國一部
分的文藝紹介者合流，陀思妥夫斯基，都介涅夫，契訶夫，托爾斯
泰之名，漸漸出現於文字上，並且陸續翻譯了他們的一些作品，那
時組織的介紹『被壓迫民族文學』的是上海的文學研究會，也將他
們算作為被壓迫者而呼號的作家的。」[15]引文中的「二十年」當係「十
二年」之誤。魯迅的文章作於 1932 年。他所說的文藝介紹者即是文
學研究會的成員們。葉聖陶在 1947 年的一篇紀念著名的俄國文學翻
譯家、文學研究會成員耿濟之的文章中寫道：「就我國的新文學說，
特別與俄國文學有緣。俄國文學的精神是一貫的『為人生』，大略區
分起來，一方面反抗罪惡，一方面追求光明。我國新文學運動開頭
的時候，正與政治運動社會運動相配合，在聲氣應求的情形之下，
特別親近俄國文學。二十幾年以來，就作者說，就作品說，固然並
非純然一致，可是隱隱有一條巨大的主流在那裏，就是『為人
生』。……大概是我國的現實情況與當時的俄國相類，故而表現在文
學方面，與俄國文學同其趨向。」[16]在文學革命時期，有很多人都強
調中俄社會現實情況相近，從而提出向俄國文學學習。周作人在《文
學上的俄國和中國》中指出，俄國文學的特色是「社會的、人生的」，
「俄國近代文學，可以稱作理想的寫實派的文學」。「中國的特別國
情與西歐稍異，與俄國卻多相同的地方，所以我們相信中國將來的

---

15　魯迅：《〈豎琴〉前記》，《魯迅全集》4 卷，人民文學出版社 1981 年版。
16　葉聖陶：《零星的說些》，1947 年 5 月《文藝復興》3 卷 3 期。

新興文學當然的又自然的也是社會的、人生的文學。」[17]他清楚地指明要學習的俄國近代文學是現實主義的文學。鄭振鐸在為耿濟之譯托爾斯泰《藝術論》[18]的序中說:「我總覺得中國現在正同以前的俄國一樣,正在改革的湍急的潮流中,似乎不應該閑坐在那裏高談什麼唯美派……,而應該把藝術當做一種要求解放,征服暴力,創造愛的世界的工具。」在這樣的觀念指引下,俄國文學在中國新文學的第一個十年裏盛極一時。這種俄國文學熱可以從兩個簡單的統計數字中得到充分的說明。據鄭振鐸在他編的《俄國文學史略》[19]所附《中譯的俄國名著》介紹,20 年代最初的兩三年中譯的俄國文學名著就有二十八種,除了耿濟之譯的《獵人日記》當時尚未譯完外,其餘均為單行本。其中有商務印書館版的「俄國文學叢書」十七種。另據阿英編《中國新文學大系‧史料索引》的統計,第一個十年外國文學譯本計有二百二十五種,除「總集」外,單行本共一百八十七種,俄國文學就占了六十五種,其中又有十二種是托爾斯泰的作品。被介紹的主體是俄國 19 世紀的現實主義的文學。另外,「理論」類譯本二十五種,其中關於俄蘇文學的八種。文學研究會是翻譯、介紹俄國文學的重鎮,其根本的原因即是俄國文學主流的功利主義的觀念適合了文學研究會的需要。

　　以「為人生」為主要傾向的現實主義果真如鄭振鐸所說的那樣是文學研究會整齊劃一的傾向嗎?其實這個觀點帶有整體主義的傾向,忽視了這個鬆散的文學社團在「為人生」這個共同傾向下的文

---

[17]　周作人:《文學上的俄國和中國》,《藝術與生活》,上海群益書社 1931 年 2 月版。原載 1920 年 11 月 15、16 日《晨報副刊》。

[18]　商務印書館 1921 年 3 月版。

[19]　商務印書館 1924 年 3 月版。

學觀的複雜性，因此不符合實際的情況。對於文研會的作家來說，「為人生」只是一個籠統的傾向，至於什麼是「為人生」，怎樣才能「為人生」等等問題，他們都缺乏明確的概念。而且，他們的文學觀也並不都是現實主義的。就是同為現實主義，也往往有著不同的理論來源。每個人都根據自己的理解和有限的外國文學理論的知識來表達他們的認識，態度常常猶豫不定。文研會始終沒有真正的代言人式的理論代表，茅盾和鄭振鐸的主張不過是在眾多聲音中凸顯出來了而已。文研會「為人生」的現實主義的醒目標識在一定程度上是被塑造的結果。一方面，是帶有更鮮明的社會傾向性的批評家茅盾、鄭振鐸的陳述的塑造，如我們在前文中的引述所顯示的那樣，他們說話的時候是 30 年代，現實主義已經成為文壇的主流；另一方面，又是長期以來主流文學觀念下的文學研究和文學史的塑造。

　　文研會的一些重要作家持有浪漫主義傾向的表現論的文學觀。冰心說：「能表現自己的文學，是『真』的文學。」所以，她號召文學家創造「真」的文學：「發揮個性，表現自己」。[20]王統照說：「我們相信文學為人類情感之流底不可阻遏的表現，而為人類潛在的欲望的要求。」「主義是束縛天才的利器，也是一種桎梏，我們只能就所見到的說出我們願說的話，決不帶任何色彩，雖然我們並不是天才。」[21]盧隱說：「創作家的作品，完全是藝術的表現，但是藝術有兩種：就是人生的藝術（Arts for life's sake），和藝術的藝術（Arts for art's sake）這兩者的爭論，紛紛莫衷一是；我個人的意見，對於兩者亦正無偏向。創作者當時的感情的衝動，異常神秘，此時即就其本色描寫出來，因感情的節調，而成一種和諧的美，這種作品，雖說

---

[20]　冰心：《文藝叢談（二）》，1921 年 4 月《小說月報》12 卷 4 號。
[21]　王統照：《本刊的緣起及主張》，1923 年 6 月 1 日《晨報副刊・文學旬刊》1 號。

是為藝術的藝術，但其價值是萬不容否定的了。」另一方面，「創作家對於……社會的悲劇，應用熱烈的同情，沉痛的語調描寫出來，使身受痛苦的人，一方面得到同情絕大的慰藉，一方面引起其自覺心，努力奮鬥從黑暗中得到光明——增加生趣，方不負創作家的責任。」[22]她的話反映出把「為人生」與「為藝術」結合起來的企圖。上述三個作家的言論說明文研會和創造社的區別並不那樣涇渭分明。《小說月報》12卷1號上發表的《改革宣言》就態度曖昧：雖然表示了對現實主義的青睞，但取相容並包主義，表示「不論如何相反之主義咸有研究之必要」，「對於為藝術的藝術與為人生的藝術兩無所袒」。

　　冰心、王統照、盧隱的文藝本體論包含著他們對文學功用的認識，我們再來看看文研會主要成員更其明確的文學功用觀。胡愈之認為，「文學家創造出詩的世界，想像的世界，把想像的世界，把想像的人物，想像的事情安插進去。這種世界是物質的世界的補足，（Complement）我們對於物質世界有所不滿時，可以在想像的世界中，尋得慰安之物。」[23]他強調的是文學對人生的慰藉作用。李之常則堅持工具論的文學觀：「今日底文學底功用是什麼呢？是為人生的，為民眾的，使人哭和怒的，支配社會的，革命的，絕不是供少數人賞玩的，娛樂的。至於說，文學是為藝術的藝術，那麼，人們衣食問題尚未解決，哪有閒工夫去作不可捉摸底，無實用如景泰藍底為藝術的藝術呢？今日底文學當為人生的，如日頭當從東方升起一樣地明白；至於文學底將來變化，不必過問。」[24]同是文研會成員

---

[22]　盧隱女士：《創作的我見》，1921年7月《小說月報》12卷7號。

[23]　愈之：《新文學與創作》，1921年2月《小說月報》12卷2號。

[24]　之常：《支配社會底文學論》，1922年4月21日《時事新報‧文學旬刊》35期。

的早期共產黨人沈澤民則從階級鬥爭的角度提出對文學的要求，說
「一個革命的文學者，實是民眾情緒生活的組織者」。他還批評鄭振
鐸不曾把他提倡的「血淚」的真實意義──文學的階級性──指示出
來。[25]而葉聖陶曾試圖調和過「為人生」與「為藝術」的分歧：「藝
術究竟是為人生的抑為藝術的，治藝術者各有所持，幾成兩大派。
以我淺見，必具二者方得為藝術。我們想起王爾德與托爾斯泰，就
想起他們對於藝術上主義的不同，而且可謂相反。然而王爾德的作
品何嘗反於人生？托爾斯泰的作品何嘗不有濃厚的藝術意味？於此
可見，真的文藝必兼包人生的與藝術的。」[26]文研會成員文學本質論
與功用觀的不同印證了茅盾所言文研會沒有集體的主張，會員個人
發表過許多不同的文學意見的話。

　　不僅理論話語表現出浪漫主義的傾向，文研會作家的創作也帶
有濃厚的浪漫主義色彩。冰心、王統照（還有早期的葉紹均）對愛
與美的憧憬，盧隱所表現的情感的苦悶、焦灼，許地山的宗教意識
對作品的滲透和異域色彩，都表現出鮮明的浪漫抒情的傾向。在藝
術手法上，象徵主義的手法和抒情性描寫隨處可見。他們表現人生
的理想，但這些理想不是通過客觀的描寫，而是通過理性化的形象
和結構，通過敘述者的明確的宣示。[27]

　　不過，文研會的「為人生」的現實主義的主導傾向也並不如茅
盾所說的那麼低調。周作人起草的《文學研究會宣言》宣稱：「將文
藝當作高興時的遊戲或失意時的消遣的時候，現在已經過去了。我

---

25　沈澤民：《文學與革命的文學》，1924 年 11 月 6 日上海《民國日報・覺悟》。
26　聖陶：《文藝談》（十一），1921 年 3 月 30 日《晨報副刊》。
27　參閱陳利民：《論文學研究會早期創作中非寫實因素》，《北京師範大學學報》1990
　　年 1 期。

們相信文學是一種工作，而且又是於人生很切要的一種工作；治文學的人也當以這事為他終身的事業，正同勞工一樣。」這話說得很樸實，但十分重要，標誌著中國文人觀念和身份的重大變革，裏面也包含了「為人生」的意思。無疑，這種主導傾向在茅盾和鄭振鐸的文章裏表現得最凸出。他們長時間地擔任文研會核心刊物《小說月報》、《文學周報》（包括其前身《文學旬刊》、《文學》）的主編，其個人的傾向總會在刊物的選題、編排上體現出來。《小說月報》曾推出「被損害民族文學號」（十二卷十號）、「俄國文學研究」（十二卷號外）兩個專號，於十二卷十二號集中介紹了自然主義，讀者不會不把其中體現出的「為人生」的現實主義傾向看作文研會集體的傾向。《小說月報》還發表了大量未署名的編者的文章，如《最後一頁》、《卷頭語》和以「記者」名義發表的通信，其中表達的觀點也會被視作文研會集體的觀點。茅盾就在十二卷六號《小說月報》的《最後一頁》中明白無誤地宣稱：「我們主張為人生的藝術」。文章未署名，用的又是集體的口吻。

　　然而，即便是在這兩個「為人生」的現實主義文學的最重要的鼓吹者那裏，也存在著重要的差異。鄭振鐸對文學的定義是：「文學是人們的情緒與最高思想聯合的『想像』的『表現』，而它的本身又是具有永久的藝術的價值與興趣的。」[28]他在另一篇文章裏寫道：「文學是人類感情之傾泄於文字上的。他是人生的反映，是自然而發生的。他的使命，他的偉大價值，就在於通人類的感情之郵。」[29]所以，他把自己的觀點與傳道的文學和供人娛樂的文學區別開來。他所表

---

[28]　鄭振鐸：《文學的定義》，1921 年 5 月 10 日《時事新報·文學旬刊》1 期。

[29]　西諦（鄭振鐸）：《新文學觀的建設》，1922 年 5 月 11 日《時事新報·文學旬刊》37 期。

述的文學觀顯然來自托爾斯泰的「情緒感染說」。托爾斯泰認為：「藝術是這樣的一種人類活動：一個人用某種外在的標誌有意識地把自己體驗過的感情傳達給別人，而別人為這些感情所感染，也體驗到這些感情。」所以，藝術的價值在於它「是生活中以及向個人和全人類幸福邁進的進程中所必不可少的一種交際的手段，它把人們在同樣的感情中結成一體。」[30]與托爾斯泰在藝術論中把情與理對立起來不同，鄭振鐸在他信奉的表現說裏加入了「思想」的成分，這是新文學的提倡者對文學的一個普遍要求。鄭氏對情感的強調也反映出五四時期的個性解放思潮的影響。但他反對自我表現，因為自我表現終帶著自私的色彩。為了更好地回應社會功利性的要求，他用美國文學理論家漢特的理論對托爾斯泰的「情緒感染說」進行了改造。在《文學的使命》中，他介紹說：「亨德（Hunt）在他的《文學的原理與問題》上說：文學的真使命有四：（一）偉大的思想和原理的承認、含孕、並解釋。（二）時代精神的正確解釋。（三）人性對於他自己與對於世界的解釋。（四）高尚理想的表現。」鄭雖大致贊成漢特的話，但也認為他太偏於理性方面。因此，他修改了漢特的觀點：「（一）個人的思想和情緒的表現。（二）對於時代的環境的情緒的流露。（三）人性的解釋。（四）飄逸的情緒，與高尚的理想的表現。」鄭的結論是：「總括一句話，文學的真使命就是：表現個人對於環境的情緒感覺。欲以作者的歡愉與憂悶，引起讀者同樣的感覺。或以高尚飄逸的情緒與理想，來慰藉或提高讀者的乾枯無澤的精神與卑鄙實利的心境。」[31]鄭振鐸可能並沒有意識到，經過他的修

---

30　[俄]列夫·托爾斯泰：《藝術論》，豐陳寶譯，人民文學出版社 1958 年 5 月版，47-48 頁。

31　西諦：《文學的使命》，1921 年 6 月 20 日《時事新報·文學旬刊》5 期。

改，後面的話已經偏離了漢特以泰納藝術哲學為基礎的文學理論，把他客觀再現的立場改變為主觀表現。事實上，他是用漢特的觀點改造了托爾斯泰的「情緒感染說」。這樣為表現時代性內容開了方便之門。

於是，他就具體地提出了表現時代內容的要求。他在《血和淚的文學》中提出「我們現在需要血的文學和淚的文學」。文章沒有理論上的說明，理由只是基於對現實的感受：「薩但（Satan）日日以毒箭射我們的兄弟，戰神又不斷的高唱它的戰歌……」[32]短短四百五十字的文章竟用了九個感歎號，五個問號，可見主張的急切。他在《文學與革命》進一步表達了對社會革命的訴求：「因為文學是感情的產品，所以他最容易感動人，最容易沸騰人們的感情之火。」「革命就是需要這種感情，就是需要這種憎惡與涕泣不禁的感情的。所以文學與革命是有非常大的關係的。」「把現在中國青年的革命之火燃著，正是現在的中國文學家最重要最偉大的責任。」[33]這種對文學的要求是基於一種道義感，從《血和淚的文學》裏已經可見一斑。他在另外一個地方說得更明確：「你看，像這樣不安的社會，虎狼群行於道中，弱者日受其魚肉，誰不感受到一種普遍的壓迫與悲哀呢？」也就是說「我們的情緒便不得不應這外面的呼聲而有所言」。[34]這種合理性裏面也同樣包含著對社會現實的道義感，這種道義感是中國現代對文學提出社會功利性要求的最普通然而又似乎最冠冕堂皇的

---

[32] 西諦：《血和淚的文學》，1921 年 6 月 30 日《時事新報・文學旬刊》6 期。茅盾在 1920 年 1 月發表的《現在文學家的責任是什麼》中曾不那麼鄭重其事地提倡過「『血』和『淚』寫成的」文學。

[33] 西諦：《文學與革命》，1921 年 7 月 30 日《時事新報・文學旬刊》9 期。

[34] 西諦：《無題》，1922 年 7 月 21 日《時事新報・文學旬報》44 期。此文發表在該期的「雜譚」欄，原無標題，下文中的《無題》同。

根據。雖然表現時代內容的功利性的要求難以避免地會走向工具論，但由於所持的情感本體論的制約，他注意與工具論保持距離。托爾斯泰曾經說過：「藝術感染的深淺決定於下列三個條件：1、所傳達的感情具有多大的獨特性；2、這種感情的傳達有多麼清晰；3、藝術家真摯程度如何，換言之，藝術家自己體驗他所傳達的那種感情的力量如何。」[35]他強調了藝術家創作時的誠實態度。工具論往往不尊重作家的主觀情感，甚至導致不誠實。鄭氏為了避免工具論的嫌疑，甚至不願在「人生的文學」前面加一個「為」字。他有這樣的話：「平伯兄說：『我認為文學應該是 of life（人生的──引者）不是 for life（為人生──引者）。』這句話最妙！可以打破一切人生的，或藝術的藝術的爭辯了。」[36]他一再聲明自己提倡「血和淚的文學」，但絕不強人以必同，因為文學是情緒的產品，不能強歡樂的人哭泣，正如不能叫那些哭泣的人歡笑一樣。[37]

後來到了《〈中國新文學大系‧文學論爭集〉導言》，鄭振鐸對文學研究會的「為人生」、「寫實主義」、「血和淚的文學」主張的敘述就堅決、果斷起來。通過上面的論述，我們可以說這言過其實。「為人生」的現實主義只是在眾聲喧嘩中凸顯出來的聲音。作為骨幹和主要批評家之一的他自己就沒有真正做到這一點。他對文學上的「主義」問題也並不熱衷，不惟沒有明確的寫實主義主張，甚至在他的文章中連「寫實主義」這個名詞都少見。只能說他的主張裏包含著

---

[35]　《藝術論》，150 頁。

[36]　西諦：《無題》，1922 年 6 月 21 日《時事新報‧文學旬報》41 期。引文中的觀點是俞氏的老師周作人的，見周氏的《新文學的要求》一文。

[37]　西諦：《無題》，1922 年 6 月 21 日《時事新報‧文學旬報》41 期；西諦：《無題》，1922 年 7 月 21 日《時事新報‧文學旬報》44 期。鄭氏在後一篇文章裏寫明他的寬容的態度也受到了周作人《自己的園地》的影響。

「為人生」的現實主義的基本要求。這一點與茅盾迥然有別。「為人生」的現實主義主張在茅盾的文論裏才得到了最鮮明、最集中的體現。

## 二、真實性

鄭振鐸在《〈中國新文學大系・文學論爭集〉導言》裏把茅盾評為文學研究會的理論代表，這名副其實。鄭氏的主張雖然也表現出了顯著的「為人生」的現實主義傾向，但他不具備理論天賦，儘管不乏對文學的真知灼見。茅盾不僅表現出了文學研究會的主導傾向，而且為「為人生」建構了一套現實主義的文學理論。

茅盾表現出了高度的「為人生」的自覺。他明確地提倡「為人生的文學」[38]，就是要「表現人生、指導人生」[39]。他在和創作社成員論爭時表示：「我是傾向人生派的。我覺得文學作品除能給人欣賞而外，至少還須含有永存的人性，和對於理想世界的憧憬。我覺得一時代的文學是一時代缺陷與腐敗的抗議或糾正。我覺得創作者若非是全然和他的社會隔離的，若果也有社會的同情的，他的創作不能不對於社會的腐敗抗議。」[40]他把新文學當作宣傳新思想的工具。這個最基本的文學價值取向來自對前期文學革命觀念的繼承。他說過：「中國自有文化運動，遂發生了新思潮新文學兩個詞，……新文

---

[38] 玄珠（茅盾）：《中國文學不發達的原因》，1921 年 5 月 10 日《時事新報・文學旬刊》1 期。

[39] 冰（茅盾）：《新舊文學平議之評議》，1920 年 1 月《小說月報》11 卷 1 期。

[40] 雁冰：《介紹外國文學作品的目的——兼答郭沫若君》，1922 年 8 月 1 日《時事新報・文學旬刊》45 期。

學要拿新思潮做泉源，新思潮要借新文學做宣傳。」[41]他在《現在文學家的責任是什麼？》、《「小說新潮」欄宣言》中表明他接受了這個觀念。這個觀念也體現在他的文學翻譯觀中：「介紹西洋文學的目的，一半固是欲介紹他們的文學藝術來，一半也為的是欲介紹世界的現代思想——而且這應是更注意些的目的。」[42]「為人生」與把文學作為宣傳新思想的工具本質上是相同的，只是「為人生」更貼近文學的本身。他還受到了俄國文學的影響。他相信俄國作家「不但要表現人生，而且要有用於人生」[43]，所以在文學研究會成立前的三年裏就做了好幾篇介紹俄國文學的文章。這個對於俄國文學的興趣也源自《新青年》，他晚年在回憶錄中寫道：「從一九一九年起，我開始注意俄國文學，搜求這方面的書。這也是讀了《新青年》給我的啓示。」[44]

他的「為人生」的文學觀念從一開始就包括了社會革命的訴求。1919 年他發表《托爾斯泰與今日之俄羅斯》，開宗明義：「今於造論之前，先提示本篇之大綱曰：托爾斯泰及俄國之文學，托爾斯泰之生平及著作，托爾斯泰左右人心之勢力。緣此三綱，依次敘述，讀者作俄國文學略史觀可也，作托爾斯泰傳觀可也，作俄國革命遠因觀，亦無不可。」又說：「今俄之 Bolshivikism，已彌漫於東歐，且將及於西歐。世界潮流，澎湃蕩動，正不知其伊何底也，而托爾斯泰實其最初之動力。嗚呼，托爾斯泰！」[45]文章的觀點本身是簡單、

---

[41]  雁冰：《為新文學研究者進一解》，1920 年 9 月《改造》3 卷 1 期。

[42]  郎損（茅盾）：《新文學研究者的責任與努力》，1921 年 2 月《小說月報》12 卷 2 號。

[43]  冰：《俄國近代文學雜譚》，1920 年 1 月《小說月報》11 卷 1、2 號。

[44]  茅盾：《我走過的道路》（上），人民文學出版社 1997 年 2 月 2 版，146 頁。

[45]  雁冰：《托爾斯泰與今日之俄羅斯》，《學生雜誌》6 卷 4-6 期。

幼稚的，其價值取向和思維方式與梁啟超當年提倡小說如出一轍。社會革命的訴求清晰可辨，茅盾一生對此矢志不移。牢記這一點，對我們考察茅盾的文學思想大有裨益。

茅盾的貢獻在於，他替「為人生」提供了一個現實主義的理論基礎。中國新文學第一次有了自己的現實主義文學理論，儘管我們將會看到這個理論不免粗枝大葉。茅盾早期的文論——這是其文論最有個性、朝氣和創造力的時期，不作抽象的理論思辯，而是從建設能夠滿足社會進步需要的新文學的立場出發，擇取異域營養，建構自己的現實主義文論。他的現實主義文論圍繞文學與人生這個軸心，其基本結構有三個支撐點：一是真實性，他提出向以左拉為代表的自然主義作家學習實地觀察和客觀描寫；二是時代性，強調文學描寫社會環境，反映時代精神，他這個命題的理論來源主要是泰納的藝術哲學；三是理想性，這方面的楷模是以托爾斯泰為代表的19世紀俄國現實主義文學。三個方面都貫穿著「為人生」的功利主義的要求。

茅盾的現實主義文論是緊密配合新文學建設的需要而發的，具有極強的現實性品格。他倡導文學的真實性是為了糾正舊文學中遊戲的文學觀念和新文學創作中出現的概念化傾向。在《「小說新潮」欄宣言》裏，他就強調了真實性對文學的重要：「最新的不就是最美的、最好的。凡是一個新，都是帶著時代的色彩，適應於某時代的，在某時代便是新；唯獨『美』、『好』不然。『美』、『好』是真實（reality）。真實的價值不因時代而改變。」[46] 這就把「真」放在「善」、「美」的基礎的位置。他在1922年8月發表的演講《文學與人生》中進一步

---

[46] 《「小說新潮」欄宣言》，1920年1月《小說月報》11卷1號。發表時未署名。

指出：「近代西洋的文學是寫實的，就因為近代的時代精神是科學的。科學的精神重在求真，故文藝亦以求真為唯一目的。」[47]值得注意的是，他把真實性與現實主義聯繫了起來，認為現實主義在表現真實性上具有優越性。他正是通過提倡自然主義來強調真實性的。在他當時看來，現實主義或如當時所稱的寫實主義與自然主義並沒有大的區別。他心目中的現實主義包括以福樓拜為前驅，以左拉、莫泊桑為代表的法國現實主義，以托爾斯泰、陀斯妥也夫斯基、屠格涅夫、契訶夫、高爾基為代表的俄國現實主義，以易卜生為代表的戲劇上的現實主義等。法國的現實主義即是自然主義的，是現實主義的本來面目，而俄國的現實主義則是新的變化。[48]他也說過：「文學上的自然主義與寫實主義實為一物；自來批評家中也有說寫實主義與自然主義之區別即在描寫法上客觀化的多少，他們以為客觀比較少的是寫實主義，較多的是自然主義。」[49]把二者相提並論甚至等同是當時流行的看法。事實上現實主義與自然主義也沒有本質的差異，至少就法國的現實主義和自然主義而言是這樣，它們有著共同的實證主義的哲學基礎和科學主義的信念，有著共同的對客觀性的美學追求，只是自然主義把這種對客觀性的追求推向了極端而已。

他堅定地大力提倡自然主義從 1921 年底開始，此前的兩年他經歷過有所保留地提倡和懷疑兩個階段。其過程透露出諸多茅盾文論的奧秘和新文學面臨的理論問題，因此值得重視。

---

[47] 沈雁冰：《文學與人生》，《茅盾全集》18 卷，人民文學出版社 1989 年版。

[48] 雁冰：《文學上的古典主義浪漫主義和寫實主義》，1920 年 9 月《學生雜誌》7 卷 9 號。

[49] 雁冰：《自然主義的懷疑與解答》，1922 年 6 月《小說月報》13 卷 6 號。

從他的《我對於介紹西洋文學的意見》、《「小說新潮」欄宣言》，我們知道茅盾接受了當時流行的從古典主義到浪漫主義、現實主義、新浪漫主義的文學進化觀，他認為中國當時的文學尚徘徊於「古典」、「浪漫」之間，故宜於先介紹寫實派、自然派文學。[50]為什麼不先提倡浪漫主義呢？他後來說：「我終覺得我們的時代已經充滿了科學的精神，人人都帶點先天的科學迷，對於純任情感的舊浪漫主義，終竟不能滿意；而況事實上中國現代小說的弱點，舊浪漫主義未必是對症藥呢？」[51]之所以說他此時是有保留地提倡，是因為：一、他知道現實主義並不是文學進化的最高階段；二、他在提倡的同時意識到了寫實派、自然派的「毛病」：太重客觀描寫，太重批評而不加主觀的見解。[52]這樣就有可能妨礙直接、有效地「指導人生」。

差不多就在同時，他又由於懷疑現實主義，而提倡新浪漫主義。他在《我們現在可以提倡表象主義的文學麼？》中說：「寫實文學的缺點，使人心灰，使人失望，而且太刺戟人的感情，精神上太無調劑，我們提倡表像，便是想得到調劑的緣故。況且新浪漫派的聲勢日盛，他們的確有可以指人到正路，使人不失望的能力。我們定然要走這路的。」[53]他懷疑寫實派文學，固然與從文學進化的觀點看它不能創造最高格的文學有關，但更重要的原因還是因為它被認為容易使人悲觀。他在《為新文學研究者進一解》一文中以為，自然派

[50] 在《我對於西洋文學的意見》中，茅盾特別注明：「《新青年》六卷六號朱希祖先生譯論後面的附說也是如此主張的」。按，1919 年 11 月該《新青年》發表朱希祖譯、廚川白村著的《文藝的進化》。
[51] 沈雁冰：《自然主義與中國現代小說》，1922 年 7 月《小說月報》13 卷 7 期。
[52] 《文學上的古典主義浪漫主義和寫實主義》。
[53] 雁冰：《我們現在可以提倡表象主義的文學麼？》，1920 年 2 月《小說月報》11 卷 2 號。

「不能引導健全的人生觀」,「在社會黑暗特甚,一般青年未曾徹底瞭解新思想意義的中國提倡自然文學,盛行自然文學,其害更甚。」他向往新浪漫主義。他視羅曼・羅蘭為新浪漫主義的代表,並這樣評價其代表作《約翰・克里斯朵夫》:「他這部新浪漫主義的大著作表現過去,表現現在,並開示將來給我們看。」[54]而這正是茅盾希望能在中國新文學中表現出的思想傾向。胡先驌發表《歐美新文學最近之趨勢》,試圖通過對西方文藝復興以後小說、戲劇的主要趨勢的敘述,和對現實主義、自然主義文學的弊端的揭示,來警戒提倡這兩種主義的新文學者。[55]這時,茅盾在承認胡對寫實文學批評「足為當世熱忱奉仰寫實主義之青年下一當頭棒喝」的同時,又為寫實文學辯護:無論寫實主義有多少缺點,但在文藝進化史上功不可沒;與新浪漫主義的關係不是反動,而是進化。他甚至還為寫實文學的描寫醜惡辯護。[56]由此可見茅盾當時的猶豫不定。

　　茅盾終於下定決心,在 1921 年的下半年大力提倡自然主義。這除了他對自然主義素有偏愛外,還有兩個重要原因。一是胡適的忠告。胡適在 1921 年 7 月 21 日的日記中說:「我昨日讀《小說月報》第七期的論創作諸文,頗有點意見,故與振鐸及雁冰談此事。我勸他們要慎重,不可濫收。創作不是空泛的濫作,須有經驗作底子。我又勸雁冰,不可濫唱什麼「新浪漫主義」。現代西洋的新浪漫主義文學所以能立腳,全靠經過一番寫實主義的洗禮,有寫實主義做手段,故不致墮落到空虛的壞處。如梅特林克,如辛兀(Maeterlinck, Synge),都是極能運用寫實主義方法的人,不過他們的意境高,故

---

54　雁冰:《為新文學研究者進一解》,1920 年 9 月《改造》3 卷 1 號。
55　胡先驌:《歐美新文學最近之趨勢》,1920 年 8 月《解放與改造》2 卷 15 號。
56　雁冰:《〈歐美新文學最近之趨勢〉書後》,1920 年 9 月《東方雜誌》17 卷 18 號。

能免去自然主義的病境。」[57]胡適這個大權威的教導與支持，無疑給茅盾增添了提倡自然主義的勇氣。後者當時致胡適的幾封信證明了這種影響的實際存在。[58]胡適的談話在 7 月 20 日，茅盾在 8 月 10 日出版的《小說月報》十二卷八號的《最後一頁》就迅速做出了反應：「文學上自然主義經過的時間雖然很短，然而在文學技術上的影響卻非常之重大。現在固然大家都覺得自然主義多少有點缺點，而且文壇上自然主義的旗幟也已豎不起來，但現代的大文學家無論新浪漫派，神秘派，象徵派——那個能不受自然主義的洗禮過。中國國內創作到近來，比起前兩年來，愈加『理想』些了，若不乘此把自然主義狠狠的提倡一番，怕『新文學』又要回原路呢！」二是他認為自然主義能夠醫治中國文學的弊端。作為《小說月報》主編的茅盾關注國內的文學狀況，更深切地感到了中國文學的弊端，而他相信這弊端是可以通過自然主義來克服的。所以他會更加自信。1921 年8 月他的《評四、五、六月的創作》發表於《小說月報》十二卷八號，茅盾 30 年代說此文觸及了 1922 年以前新文學創作的兩大缺點：「第一是幾乎看不到全般的社會現象而只有個人生活的小小的一角，第二是觀念化。」[59]他當然不可能注意到，片面強調「為人生」也是造成後者的原因之一。當時很多人都注意到了上述缺點。十二卷七號的《小說月報》有「創作討論」一欄，具體討論這一問題。《評四、五、六月的創作》借用俄國 19 世紀民粹派的口號「到民間去」作為對於新文學的「條陳」，「到民間去經驗了，先造出中國的自然主義

---

[57]　《胡適北大日記選》，台北遠景出版事業公司 1984 年 7 月版，72 頁。
[58]　參閱沈衛威：《新發現茅盾（沈雁冰）致胡適四封信》，《河南大學學報》1996 年3 期。
[59]　《《中國新文學大系‧小說一集》導言》。

文學來。」1921 年 12 月他以「記者」的名義，在《小說月報》十二卷十二號上發表《一年來的感想與明年的計劃》，決心正式提倡自然主義：「以文學為遊戲為消遣，這是國人歷來對於文學的觀念；但憑想當然，不求實地觀察，這是國人歷來相傳的描寫方法；這兩者實是中國文學不能進步的主要原因。而要校正這兩個毛病，自然主義文學的輸進似乎是對症藥。」於是，1922 年的《小說月報》上有關自然主義和現實主義的內容大幅度增多，「通信」欄中還有「文學作品有主義與無主義的討論」（十三卷二號）、《自然主義論戰》（十三卷五號）、《自然主義的懷疑與解答》（十三卷六號），集中宣傳、討論自然主義，力圖擴大其影響。

　　《自然主義與中國現代小說》是茅盾提倡自然主義的最重要的文章。他從中國現代「舊派小說」和「新派小說」的症狀出發，指出自然主義的合理性。中國現代的舊派小說不知道小說重在描寫，不知道客觀的觀察，並反映出思想上的一個最大錯誤──「遊戲的消遣的金錢主義的文學觀念」。新派小說的作者注意社會問題，同情於第四階級，愛「被損害者與被侮辱者」，符合新思想的要求；然而在技術方面相當多的人犯了和舊派相同的毛病：「一言以蔽之，不能客觀的描寫。」他們對第四階級的對話和心理的描寫不真切，還「過於認定小說是宣傳某種思想的工具，憑空想像出一些人事來遷就他的本意」。除此之外，「題材上……最大的缺點是內容單薄，用意淺顯。」總之，他說：「不論新派舊派小說，就描寫方法而言，他們缺了客觀的態度；就採取題材而言，他們缺了目的。」針對以上諸種症狀，茅盾認為自然主義是對症的良藥。這是由自然主義追求真實性的特點決定的：「我們都知道自然主義者最大的目標是『真』；在他們看來，不真的就不會美，不算善。他們以為文學的作用，一方

要表現全體人生的真的普遍性，一方也要表現各個人生的真的特殊性，他們以為宇宙間森羅萬象都受一個原則的支配，然而宇宙萬物卻又莫有人物絕對相同。世上沒有絕對相同的兩匹蠅，所以若求嚴格的『真』，必須事事實地觀察。這事事先實地觀察便是自然主義者共同信仰的主張。實地觀察後以怎樣的態度去描寫呢？左拉等人主張把所觀察的照實描寫出來」。所以他認為「實地觀察」與「客觀描寫」是自然主義的兩大法寶。茅盾上面所說的「真」包括描寫方法上的真實和內容上的真實兩方面的內容，他所要借鑒的首先是前者。從邏輯上講，方法是實現目的的必由之路，就像他曾經所說的：「總得先有了客觀的藝術手段，然後做問題文字做得好，能動人」。而且，藝術手段或方法需要逐步地學習，不可能像思想那樣一日猛進。[60]更何況中國文壇最大的弊端便是這方法上的欠缺呢？以左拉為代表的自然主義作家確實十分重視實地觀察。左拉每描寫一種生活，不僅要閱讀大量有關這種生活的參考資料，而且還要進行詳細的實地考察。他說：「自然主義唯一的特點就在於實驗方法，在於在文學中運用觀察和實驗」。他所說的「實驗」是以觀察為基礎的，但不僅包括創作前積累素材階段的觀察，而且更重要的是要在小說中對由初步觀察得來的情感和精神現象進行反覆分析和探究。[61]客觀描寫為所有的自然主義作家所重。左拉甚至強調：「自然主義小說……是與個人無關的，我的意思是說，小說家只是一名記錄員，他不准自己作評判、下結論。……作家的唯一工作是把真實的文獻放在您

---

[60] 冰：《我對於介紹西洋小說的意見》，1920 年 1 月 1 日《時事新報‧學燈》。
[61] 左拉：《實驗小說論》，《自然主義》，柳鳴九主編，中國社會科學出版社 1988 年 8 月版。

的眼前。」[62]當然,這種客觀主義的傾向茅盾是不會感興趣的。因此,即便是他所說的「實地觀察」和「客觀描寫」也不是對自然主義文論的直接移植,而是根據新文學建設的需要為我所用的概括和選擇。

文章專門回答了幾種對自然主義的懷疑和責難。但他並未能真正從學理上反駁所有的反對意見,只是說:「我們的實際問題是怎樣補救我們的弱點,自然主義能應這要求,就可以提倡自然主義。」從實際問題出發,從實用的態度出發,這是茅盾提倡自然主義的出發點,也是其文論的顯著特徵。他所要提倡的並不是左拉式的狹義的自然主義,而其實是藉以建構符合中國現代社會需要的現實主義文論。他說:「我們要從自然主義者學的,並不是定命論等等,乃是他們的客觀描寫與實地觀察。」又說:「自然主義是一事,自然派作品內所含的思想又是一事,不能相混。採用自然主義的描寫方法並非即是採用物質的機械的命運論。」自然主義所重的遺傳學、人性觀等含有決定論傾向的傾向無疑是茅盾要堅決擯棄的。可是,僅僅靠「實地觀察」和「客觀描寫」又怎麼能真正豎起自然主義的大旗呢?這種缺什麼補什麼的實用主義態度會不可避免地導致理論的貧困,導致理論的漂浮不定。

## 三、時代性和理想性

現實主義的文學是一種社會的注重時間性的文學,這裏所說的時間不是指存在於文本內部的自足的時間,而是指與社會變化具有

---

[62] 左拉:《戲劇中的自然主義》,《西方文藝理論名著選編》中卷,伍蠡甫、胡經之主編,北京大學出版社 1986 年 8 月版。

對應關係的時間。這種對時間的注重反映在文學理論上就是對時代性的強調。茅盾的現實主義文論是包含著對社會革命的要求的，希望文學能夠及時、直接、富有成效地訴諸當下的社會生活，故而特別強調時代性。

反映時代性是文學真實性的要求。茅盾在《自然主義與中國現代小說》中說「真的特殊性」體現著普遍的原則，具有普遍性。因此他要表現的人生是具有普遍真實性的社會生活，反映出時代性。他在《社會背景與創作》一文中說：「我覺得表現社會生活的文學是真文學，是於人類有關係的文學，在被迫害的國裏更應該注意這社會背景」。[63]在更早一些的《文學與人的關係及中國古來對於文學者身份的誤認》中，他已經談到了時代性問題：「文學的目的是綜合地表現人生，不論用寫實的方法，是用象徵比譬的方法，其目的總是表現人生，擴大人類的喜悅和同情，有時代的特色做它的背景。文學到現在也成了一種科學，有它的研究的對象，便是人生——現代的人生；有它研究的工具，便是詩（Poetry），劇本（Drama），說部（Fiction）。」[64]這裏已隱含著真實性和時代性的聯繫。

茅盾對時代性內涵的表述是在《文學與人生》中。他參照漢特在泰納「三要素」說基礎上制定的「構成文學生活的變化的四大條件」的觀點[65]，加以發揮。

泰納是文學社會學的先驅，他的「種族」、「環境」、「時代」的「三要素」說首先是一種社會理論，只是它被集中地運用於其藝術

---

[63]　郎損（茅盾）：《社會背景與創作》，1921 年 7 月《小說月報》12 卷 7 號。

[64]　雁冰：《文學與人的關係及中國古來對於文學者身份的誤認》，1921 年 1 月《小說月報》12 卷 1 號。

[65]　見 Theodore W. Hunt：《文學概論》，傅東華譯，商務印書館 1935 年 12 月版，第二編第九章「文學與人生」。

哲學，所以在一般人的印象裏就把它等同於單純的美學理論。他的
藝術哲學也被認為是自然主義的理論基礎之一。他在《〈英國文學史〉
序言》[66]中提出了這個學說，但並沒有給幾個基本概念以準確的界
說，這也部分地導致了對其學說的不同理解和評價。不過我們還是
可以從其論述中大致把握他的意思的。「所謂的種族，是指天生的和
遺傳的那些傾向，人帶著它們來到這個世界上，而且它們通常更和
身體的氣質與結構所含的明顯差別相結合。這些傾向因民族的不同
而不同。」種族生存於一定的環境之中，「環境」則包括自然環境和
社會環境，前者指的是地理和氣候諸因素，後者泰納沒有明確，但
從文章中我們可以知道，它至少包括國家的政策和普遍的觀念等種
種的社會情況。「除了永恒的衝動和特定的環境外，還有一個後天的
動量。當民族性格和周圍環境發生影響的時候，它們不是影響於一
張白紙，而是影響於一個已經印有標記的底子。人們在不同的頃間
裏運用這個底子，因而印記也不相同；這就使得整個效果也不相同。」
他又說：「一個民族的情況就像一種植物的情況；相同的樹液、溫度
和土壤，卻在向前發展的若干不同發展階段裏產生不同的形態、芽、
花、果、子、殼」。上面所說的標記以及「不同的形態、芽、花、果、
子、殼」就是時代作用的結果。在泰納那裏，「時代」是個游移不定
的概念，它有時指時代精神，有時指某種支配觀念盛行的時期，有
時又與「環境」的內涵相交叉。所以，韋勒克說：「時代如同種族一
樣，始終是一個迷惑遊移的概念。它所表示的是一個時期的統一精
神或一種文藝傳統的壓力。它的主要作用是藉以提醒人們歷史是動
態的而環境是靜態的。」[67]

---

[66]　《西方文藝理論名著選編》中卷。
[67]　[美]韋勒克：《近代文學批評史》4 卷，楊自伍譯，上海譯文出版社 1997 年 7 月

　　茅盾通過漢特間接地受到泰納的影響。他按照漢特書中的框架，依次從「人種」、「環境」、「時代」和「作家的人格（personality）」四個方面來談文學與人生的關係。一是「人種」，他的興趣不在這裏，見解也與漢特和泰納沒有什麼不同。二是「環境」。茅盾說：「一個時代有一個環境，就有那時代環境下的文學。環境本不是專限於物質的，當時的思想潮流，政治狀況，風俗習慣，都是那時代的環境，作家處處暗中受到他的環境的影響，決不能夠脫離環境而獨立。」漢特所說的「環境」指的是「地域」，泰納的「環境」包括自然環境和社會環境，而茅盾則偏向於社會環境。三是「時代」。漢特說「時代」是文學與人生關係的「時間的元素」，也就是「時代精神」。「時代」在茅盾這裏也指的是時代精神，他說：「這字或是譯得不好。英文叫 epoch，連時代的思潮，社會情形等都包括在內。或者說時勢，比較近些。我們現在大家都知道有『時代精神』這一句話。時代精神支配著政治、哲學、文學、美術等等，猶影之與形。各時代的作家所以各有不同的面目，是時代精神的緣故；同一時代的作家所以必有共同一致的傾向，也是時代精神的緣故。……因為尊重個性，所以大家覺得盡是特別或不好，不可因怕人不理會，就不說。心裏怎麼想，口裏就怎樣說。老老實實，不可欺人。這是近世時代精神表見於文藝上的例子。」自然，時代精神與社會環境密不可分。關於「作家的人格」一項，我把它留在後面來論述，這裏暫且不表。

　　晚清以降，文學的基本命題經歷了國民精神的表現、人生的表現和時代的反映的變化。茅盾說過：「文學是為表現人生而作的，文學家所欲表現的人生，決不是一人一家的人生，乃是一社會一民族

---

的人生。」[68]當你強調文學表現的是「一人一家的人生」時，文學就變成了自我表現；當你強調文學表現的是「一社會的人生」時，文學就會被視為時代的反映；當認定文學表現的是一民族的人生時，那麼你就會相信文學是國民精神的表現。雖然表面上看起來國民精神的表現論和時代精神的反映論只是文學是人生的表現這個命題的進一步的限定，並且是以承認它為前提的，其實三個各有其不同思想基礎的命題，反映著不同的現實政治立場。國民精神的表現論包含著社會啟蒙的訴求，而時代的反映論則寄寓著社會革命的意圖。茅盾走向革命文學時，為了加強對文學的功利性要求，又重新釐定了時代性的內涵。這是下一節要談到的問題。

理想性是茅盾現實主義文論的第三個支撐點，其功能是為了確保「為人生」的效果的。左拉從社會功用的角度把他所說的實驗小說家稱為「實驗倫理學家」，因為「我們指出有用的和有害的作用，找出人類和社會現象的決定因素，以期有朝一日支配和引導這現象」，「使社會成為最美好的」。[69]茅盾對這種科學主義的文學功用觀不感興趣。不論是在哪個階段，茅盾都從自然主義可能對「為人生」的目的產生消極影響的角度對自然主義提出批評；也就是說他一直因為自然主義缺乏他所要求的理想性而對它心存疑慮。他曾情緒激昂地表示：「我本我樂觀的迷信，我詛咒一切命運論的文學，我詛咒悲觀的詩人，我甚至於詛咒讚歎大自然的偉力以形容人類的脆弱的文學！樂觀！樂觀！讓我們揚起迷信樂觀的火焰呵！」[70]茅盾是比較

---

68　佩韋（茅盾）：《現在文學家的責任是什麼？》，1920 年 1 月《東方雜誌》17 卷 1 號。

69　左拉：《實驗小說論》。

70　玄珠（茅盾）：《樂觀的文學》，1922 年 12 月 1 日《時事新報・文學旬刊》57 期。

理智、冷靜的，這種激情的狀態多少讓我們感到有些陌生，由此可見他對樂觀的信仰。自然主義本身包含的決定論傾向自然也是他詛咒的對象。他還擔心外國文學作品中悲觀思想的消極影響，「以為不可不讀中，還是少取諷刺體的及主觀濃的作品，多取全面表現的，普遍呼籲的作品。」他對安德列夫、蕭伯納、阿爾志跋綏夫等人的一些作品中的虛無和唯我主義的傾向懷有警惕。[71]他一以貫之地要求文學的理想性。《文學上的古典主義浪漫主義和寫實主義》一文的最後一句話是：「文學是描寫人生，猶不能無理想做個骨子」。在另外一處，他又說：「我相信文學是批評人生的，文學是要指出現人生的缺點並提示一個補救此缺憾的理想的。」[72]他所要求的理想性就是樂觀、剛健、能夠推動社會進步的新思想，他指出，一方面描寫現實人生，「一方面又隱隱指出未來的希望，把新理想新信仰灌到人心中，這便是當今創作家最重大的職務。」[73]要求文學的理想性也是其他文學研究會共同的傾向，如鄭振鐸就說過：「寫實主義的文學，雖然是忠實的寫社會或人生的斷片的，而其裁取斷片時，至少必融化有作者的最高理想在中間」[74]。文學作品的理想性只能來自創作的主體，茅盾在《文學與人生》中接受漢特的觀點，把「作家的人格」列為文學與人生關係的第四方面，原因即在此。他說：「作家的人格，也甚重要。革命的人，一定做革命的文學，愛自然的，一定把自然融化在他的文學裏，俄國托爾斯泰的人格，堅強特異，也在他的文學裏表現出來。大文學家的作品，哪怕受時代環境的影響，總有他

[71]　周作人、沈雁冰：《翻譯文學書的討論》，1921 年 2 月《小說月報》12 卷 2 期。
[72]　雁冰：《雜感》，1923 年 6 月 12 日《時事新報·文學旬刊》76 期。
[73]　雁冰：《創作的前途》，1921 年 7 月《小說月報》12 卷 7 號。
[74]　鄭振鐸：《文藝叢談》，1921 年 3 月《小說月報》12 卷 3 號。

的人格融化在裏頭。法國法朗士（Anatole France）說,『文學作品,嚴格地說,都是作家的自傳。……』就是這個意思了。」以後的主流文學觀念在強化功利性的時候,也往往要求從改造作家的世界觀開始。

茅盾的「理想性」來自他對以托爾斯泰為代表的俄國文學傳統的認識和借鑒。早在《托爾斯泰與今日俄羅斯》中,他就說托爾斯泰、陀思妥也夫斯基雖處政治不善、社會黑暗的專制俄國,還懷抱著希望,所以稱讚他們「理想之高尚、立心之誠摯」。[75]他曾經告訴過我們,他在以左拉為代表的自然主義或者說現實主義和以托爾斯泰為代表的俄國現實主義之間所做的取捨:「左拉對於人生的態度至少可說是『冷觀的』,和托爾斯泰那樣的熱愛人生,顯然又是正相反;然而他們的作品卻又同樣是現實人生的批評和反映。我愛左拉,我亦愛托爾斯泰。我曾經熱心地──雖然無效地而且很受誤會和反對,鼓吹過左拉的自然主義,可是到我自己來作小說的時候,我卻更近於托爾斯泰了。」[76]向俄國作家學習理想性,也是其他文學研究會成員的意見。耿濟之不同意自然派追求絕對客觀的文學觀,認為「文學是不應當絕對客觀的,而應當參以主觀的理想。」[77]耿是把屠格涅夫的《前夜》當作「為人生」文學的理想性的典範的。據他介紹,女主人公葉林娜看不起白爾森涅夫和蘇賓兩人的學問和藝術事業,而推崇殷沙洛夫的切志救國、鐵肩擔道的精神。那麼,其理想性顯然是指改造社會的精神。我們當然也不會忘記周作人在《文學上的俄國和中國》中稱俄國近代文學為「理想的寫實派文學」,主張向俄國文學學習。

---

[75] 雁冰:《托爾斯泰與今日俄羅斯》,1919 年 4-6 月《學生雜誌》6 卷 4-6 號。

[76] 茅盾:《從牯嶺到東京》,1927 年 10 月《小說月報》19 卷 10 號。

[77] 耿濟之:《〈前夜〉序》,《前夜》,商務印書館 1921 年 8 月版。

　　茅盾對俄國文學理想性的認定極有可能像不少五四作家一樣，受到過克魯泡特金的名著《俄國文學中的理想和現實》（Russian Literature: Ideals and Realities）[78]的影響。此書是作者根據他在美國波士頓一所學院用英文講學的講稿改寫而成，用英文出版，這為通常是利用英文瞭望外國文學的五四作家認識俄國文學提供了便利。該書是鄭振鐸編《俄國文學史略》[79]的主要參考書之一，鄭氏在編排、觀點、材料上都受到了克魯泡特金的影響。他還在該書的附錄《關於俄國文學研究的重要書籍介紹》中稱讚克魯泡特金的書「在俄國文學史上也是一部不朽的作品。」沈澤民曾節譯書中的第八章「藝術批評」一節，改題為《俄國的批評文學》在茅盾主編的《小說月報》十二卷號外「俄國文學研究」專號上發表。這是書中引人注目的內容，因為俄國文學「為人生」的觀念在這裏表現得更集中、凸出，這自然會格外受到一直在尋求指導的中國作家的關注。[80]同一期專號上還發表了沈澤民寫的對《俄國文學中的理想與現實》的專評《克魯泡特金的俄國文學論》，沈說「克魯泡特金使我們得到一個極清澈的俄國文學的概念。」他翻譯了一段話以為證明：「藝術中的寫實主義在前一些時，更是和左拉的起初幾次著作有關，是已經被人討論過不少了；但是我們俄國人，我們早已有了谷哥爾而且早已知

---

78　1905 年版，1916 年作者又加以修改與增訂，由倫敦的 Duckworth and Co. 出版。中國有兩個譯本，名稱均為《俄國文學史》，一是韓侍桁譯，上海北新書局 1930 年 12 月版；另一個是郭安仁譯，重慶書店 1931 年 4 月版。

79　商務印書館 1924 年 3 月版。

80　周作人在《文學上的俄國與中國》中說「俄國的文藝批評家自別林斯奇（Bielinski）以至托爾斯泰，多是主張人生的藝術」；鄭振鐸在為耿濟之譯《藝術論》的序中指出：「俄羅斯的藝術家與批評家，自倍林斯基與杜薄羅林蒲夫後，他們的眼光，差不多完全趨於『人生的藝術』的立足點上。」我以為他們的觀點的直接的來源即是克魯泡特金的書的此節。因為對「為人生」觀念的揭示是這一節裏最突出的主題，而周、鄭二氏又都深受此書的影響。

道了最好形式的寫實主義了，我們不能墮落下去和法蘭西的寫實派同調。……在我們看來，寫實主義決不能限於僅僅解剖社會一隅：他應該有一個更高的背景；如實的描寫是應該屈從於一個理想的目標之下的。……」[81]克魯泡特金在《俄國文學中的理想與現實》的《再版序言》中還說：「在我們的文學中，還有一種更特異的姿態，應當使西方的讀者注意。那便是，在俄羅斯的藝術作品，文學批評和科學裏面，我們都可以感覺一種深根的內在力量之存在──這種力量，永遠也不曾屈服過，而且，雖然是有了層層的鎖鏈，但它卻仍然時時在俄羅斯的讀者面前留存那種人類的高尚的理想，高尚的志向，使他們可以時時記取，真正的幸福，是只有加入為求得高等形式的人類發展的奮鬥然後始才可以得著的。」[82]可以說，對 19 世紀俄國文學理想性的揭示是《俄國文學中的理想與現實》全書的主題。

我還想提一下胡愈之發表於 1920 年 1 月的介紹西方現實主義的力作《近代文學上的寫實主義》[83]，我發現茅盾很多的觀點與胡愈之相同，因此通過對照我們更易看到茅盾的文論和同時代人的關係以及他的現實主義文論的特色。胡也說，寫實主義與自然主義「在文藝上雖略有分別，但甚細微」，所以為方便起見，概稱為「寫實主義」。寫實主義文學的特色主要有以下幾項：（一）科學化，（二）長於醜惡描寫，（三）注重人生問題。「科學化」指科學的態度，表現在：一、「把客觀的人生真相，老老實實細細膩膩的寫出來」，拿茅盾的話來說就是客觀地描寫；二、在落筆之前，先要「實地考察」（他還用了「實地觀察」一詞──引者）；三、「寫實作家……對於個人或

---

[81] 參閱郭安仁譯《俄國文學史》，126 頁。
[82] 見郭譯本。
[83] 1920 年 1 月《東方雜誌》17 卷 1 號。

社會的病的現象，都用著分析法解剖法細細的描寫」。關於注重人生問題，他說：「近代的寫實文學所描寫的，總不脫人生的問題。近代的詩和小說，劇本，大概都是拿人生的斷片做題材；所以可稱他作『為人生的藝術』（arts for life's sake）」。他明確地把現實主義與表現人生問題聯繫起來。寫實主義的缺陷是：「第一，寫實文學，太偏於客觀方面，缺乏慰藉的作用……第二，寫實主義的——機械的，物質的，定命的——人生觀，和可怕的醜惡描寫，很容易使人陷於悲觀，因此減少奮鬥的精神。」第三，寫實主義不能與「現代哲學上人格的唯心論」調和起來。從西方文藝進化史上來看，新興的文學經過了寫實主義的洗練，可以說近代寫實主義「是新舊文學中間的擺渡船」。「我們中國現在科學已漸漸萌芽，將來的文藝思想，也必得經過寫實主義的時期，方可望正規的發展」。在他看來，「我國的文藝界，直到如今，總不脫古典主義的時代。」提倡寫實主義正可醫中國舊文藝之病，「因為我國舊文藝的最大病根，是太空洞，太不切人生，恰和寫實主義相反背。」顯然，作者的藍本是法國的現實主義。幾乎可以從茅盾那裏——找出與胡愈之的觀點對應的觀點，胡氏止步的地方似乎就是茅盾起步的地方，真不知道為什麼研究者們在論述茅盾的文藝思想時忽視了這篇文章。我們至少可以通過比較看到茅盾與同時代的人相比進一步做了哪些工作。茅盾根據新文學的實際需要更加強調了「實地觀察」和「客觀描寫」，又出於強烈的「為人生」的目的，通過「時代性」拉近文學與現實的關係，從俄國的現實主義文學裏借來「理想性」，建構了富有中國特色的現實主義理論。

　　茅盾的現實主義文論缺乏原創性和深度，但不管怎麼樣自他開始中國新文學有了自己的文學理論。

## 四、無產階級藝術

　　我們可以從茅盾 1925 年以前的文論中聽到一種漸漸清晰的聲音，這種聲音出自作為政治組織成員的茅盾。《從牯嶺到東京》一文中有茅盾真實的告白：「在過去的六七年中，人家看我自然是一個研究文學的人，而且是自然主義的信徒；但我真誠地告白：我對於文學並不是那樣的忠心不貳。那時候，我的職業使我接近文學，而我的內心的趣味和別的許多朋友──祝福這些朋友的靈魂──則引我接近社會運動。」茅盾最認同的是政治組織的成員，可謂「身在曹營心在漢」，所以他自然要使自己的文論向其政治立場看齊。隨著文藝漸漸成為共產黨意識形態的戰線和後來意識形態國家機器的一部分，茅盾更是無條件地趨同。

　　不過，至少在 1920 年代最初的幾年裏，茅盾對新文學的提倡和理論建設與他的政治活動是分離著的，遵循著不同的規則。文學觀念作為一種文化現象，有著自己的內在結構和建築材料，茅盾個人顯然不可能根據自己所屬集團的需要，建構出一套簇新的文學觀念來；況且如果連新文學的根基都沒有建立起來，也無從提出更高的要求。他在 1923 年以前的文學思想的基調是人道主義的，偶爾使用的「人的文學」的概念[84]也表明他與周作人人道主義的文學觀的關係。他對第四階級的關注主要是人道主義的同情。

　　通過茅盾的回憶錄《我走過的道路》的《複雜而緊張的生活、學習與鬥爭》、《文學與政治的交錯》兩章我們知道，自從 1920 年 10 月間他由李達、李漢俊介紹加入「馬克思主義研究會」，成為中共黨

---

[84]　如在以下幾篇文章中：《文學和人的關係及中國古來對於文學者身份的誤認》，《中國文學不發達的原因》，《一年來的感想與明年的計劃》。

組織最早一批成員以後，他參加政治活動，並擔任黨內職務。1923
年中共三大召開之後，第一次革命高潮到來之際，由於頻繁的黨的
會議和活動，以至於「過去是白天搞文學（指在商務編譯所辦事），
晚上搞政治，現在卻連白天都要搞政治了。」[85]這時，茅盾的文學活
動和政治活動也就交錯在一起了。

提倡新的政治性的文學需要集體的行動。1923 年左右，革命文
學的幽靈開始在中國文壇的邊緣徘徊。1923 年到 1926 年間，一部分
從事宣傳工作和青年運動的早期共產黨人通過《新青年》季刊、《民
國日報・覺悟》特別是中國社會主義青年團的機關刊物《中國青年》
周刊，發表對新文學的雜感，提出新的文學主張。

這些共產黨人對新文學的現狀表示了強烈的不滿。李求實批評
新文學很少表現當時痛苦、難堪的人生[86]，鄧中夏指責新詩人「不研
究正經學問」、「不注意社會問題」。[87]他們希望文學能起到鼓動革命
的作用，鄧中夏說：「我們承認革命固是因生活壓迫而不能不起的經
濟的政治的奮鬥，但是儆醒人們使他們有革命的自覺，和鼓吹人們
使他們有革命的勇氣，卻不能不首先要激動他們的感情。激動感情
的方法，或仗演說，或仗論文，然而文學卻是最有效用的工具。」
可以看出這裏有著在五四時期流行的托爾斯泰「情緒感染說」的影
響。鄧中夏對他感到十分失望的新詩人提出三點意見：第一，須多
做能表現民族偉大精神的作品，第二，須多作描寫社會實際生活的
作品，如果新詩人能多做描寫社會實際生活的作品，徹底露骨的將
黑暗地獄盡情披露，引起人們的不安，暗示人們的希望，那就改造

---

[85]　《我走過的道路》（上），266 頁。

[86]　秋士（李求實）：《告研究文學的青年》，1923 年 11 月 17 日《中國青年》5 期。

[87]　中夏：《新詩人的棒喝》，1923 年 12 月 1 日《中國青年》7 期。

社會的目的，可以迅速的圓滿的達到了。第三，新詩人須從事革命的實際活動，詩人只有身臨其境，他的作品才可能深刻動人。[88]早期共產黨人從文學是生活或情感的表現命題出發，普遍把參加實際的革命活動與否視為能否創造革命的文學之關鍵，並表現出重革命的實際工作而輕視文學的傾向。惲代英說：「要先有革命的感情，才會有革命文學的。」[89]沈澤民寫道：「文學者不過是民眾的舌人，民眾的意識的綜合者：他用銳敏的同情，瞭徹被壓迫者的欲求，苦痛，與願望，用有力的文學替他們渲染出來；這在一方面，是民眾的痛苦的慰藉，一方面卻能使他們潛在的意識得到了具體的表現，把他們散漫的意志，統一凝聚起來。一個革命的文學者，實是民眾生活情緒的組織者。這就是革命的文學家在這革命的時代中所能成就的事業！」他批評鄭振鐸所提出的「血和淚的文學」沒有把文學的階級性這一層真實意義指示出來，「也沒有明白指示我們需要一種新的文學」。[90]沈澤民的「組織民眾生活情緒」的文學功用觀顯然來自蘇聯「無產階級文化派」的代表人物波格丹諾夫的「組織生活」論[91]，表明早期共產黨人的文學主張直接或間接地得到了蘇聯文學的啟示。

　　蕭楚女批駁「為藝術而藝術」的傾向，在現代文學批評史上率先指出藝術的上層建築性質：「藝術，不過是和那些政治、法律、宗教、道德、風俗……一樣，同是一種人類社會底文化，同是建築在社會經濟組織上的表層建築物，同是隨著人類底生活方式之變遷而

---

88　中夏：《貢獻於新詩人之前》，1923 年 12 月 22 日《中國青年》10 期。
89　代英：《文學與革命》，1924 年 5 月 17 日《中國青年》31 期。
90　澤民：《文學與革命的文學》，1924 年 11 月 6 日《民國日報‧覺悟》。
91　參閱本書第六章第三節。

變遷的東西。」[92]他反對迴避現實、構造幻象「以自娛樂」的唯美主義式的生活態度。[93]惲代英針對五四新文學中的唯美傾向，認為這樣的作品於人生無用，和八股相同。[94]

早期共產黨人的文學主張在現代文學史上第一次將文學與革命聯繫起來，視文學為政治的工具，標誌著中國現代文學史上政治批評的開始。儘管沒有對當時和以後的文壇產生較大的影響，但他們所提出的文藝的上層建築性質、文學「組織民眾生活情緒」的文學功用觀以及對五四新文學的批判，卻是後期創造社一些基本文學主張的先聲。

茅盾、蔣光慈 1924 年、1925 年的文學論文需要放在早期共產黨人的集體行動中去理解。（關於蔣光慈，我將在第六章第四節中在討論。）早期共產黨人的集體行動激發了茅盾把文學與政治結合起來的熱情，他先是配合共產黨人的文學主張。惲代英在《八股？》一文中，要求青年文藝家「從空想的樓閣中跑出來，看看你周圍的現實狀況」。並說：「我以為現在的新文學若是能激發國民的精神，使他們從事於民族獨立與民主革命的運動，自然應當受一般人的尊敬；倘若這種文學終不過如八股一樣無用，或者還要生些更壞的影響，我們正不必問它有什麼文學上的價值，我們應當像反對八股一樣反對它。」茅盾則發表《雜感——讀代英的〈八股〉》[95]表示了熱烈的贊同。1923 年第十期、十一期的《中國青年》分別刊登鄧中夏的《貢獻於新詩人之前》、《新詩人的棒喝》和蕭楚女的《詩的方式

---

[92] 楚女：《藝術與生活》，1924 年 7 月 5 日《中國青年》38 期。

[93] 代英：《八股？》，1923 年《中國青年》8 期，原刊此期沒有標明發行月、日，當在 12 月上旬。

[94] 楚女：《詩的生活與方程式的生活》，1923 年 12 月 29 日《中國青年》11 期。

[95] 1923 年 12 月 17 日《文學》101 期。

與方程式的生活》。茅盾寫了《「大轉變時期」何時來呢？》[96]積極回應鄧中夏、蕭楚女的文學主張：「我們自然不贊成托爾斯泰所主張的極端的『人生的藝術』，但是我們決然反對那些全然脫離人生的而且濫調的中國式的唯美的文學作品。我們相信文學不僅是供給煩悶的人們去解悶，逃避現實的人們去陶醉；文學是有激勵人心的積極性的。尤其在我們這時代，我們希望文學能夠擔當喚醒民眾而給他們力量的重大責任。」茅盾晚年回憶道：「我的這篇文章，在我的文學道路上，標誌著又跨出了新的一步，我在這裏宣告：『為人生的藝術』應該是積極的藝術，應該是能夠喚醒民眾、激勵人心、給他們以力量的藝術。」[97]把共產黨人的文藝主張揉進自己的文章，更凸出了對文學功利性的要求，這是他向革命文學趨同的第一步。1924 年他在《歐戰十年紀念》中揭露第一次世界大戰中「智識階級所露的醜態」，號召：「鼓吹革命文學的文學者呀，宣傳『愛』的文學者呀，擁護『美』的文學者呀，『怕見血』的文學者呀，請一致鼓吹無產階級為自己而戰！」[98]

　　1925 年，以發表《論無產階級藝術》[99]為標誌，茅盾邁開了走向革命文學的第二步。他自覺地用階級的觀點對以往的文藝進行修正、改造。茅盾回憶說：「在風雲突變的一九二五年，我把主要的時

---

[96] 1923 年 12 月 31 日《文學》103 期。

[97] 《我走過的道路》，261 頁。

[98] 雁冰：《歐戰十年紀念》，1924 年 8 月 4 日《文學周報》133 期。

[99] 1925 年 5 月 2 日，17 日，31 日，10 月 24 日《文學周報》172、173、175、196 期。此文發表之時並沒有受到文壇的重視，作者自己也在很長一段時間裏忘記了它的存在。1957 年葉子銘在寄請茅盾審閱的《論茅盾四十年的文學道路》初稿中涉及，這才引起茅盾的注意。(茅盾 1957 年 6 月 3 日致葉子銘信，見葉子銘：《茅盾漫評》，百花文藝出版社 1983 年 6 月版，328 頁) 我之所以關注此文，是想揭示茅盾走向革命文學的邏輯。

間和精力投入了政治鬥爭，文學活動只能抽空做了。」「在一九二四年，鄧中夏、惲代英和澤民等提出了革命文學的口號，之後，我就考慮要寫一篇以蘇聯文學為借鑒的論述無產階級革命文學的文章。我的目的，一則想對無產階級藝術的各個方面試作一番探討；二則也有清理一番自己過去的文學藝術觀點的意思，以便用『為無產階級的藝術』來充實和修正『為人生的藝術』。」「我在寫這篇文章時，引用了許多蘇聯的材料，討論的也是當時蘇聯文學中存在的問題，這是因為在一九二五年中國還不存在無產階級的藝術。但是，我已經意識到無產階級藝術的基本原理將會指引中國的文藝創作走上嶄新的道路」。[100]《論無產階級藝術》從無產階級藝術的興起、產生的條件、與舊世界藝術的區別、內容、形式諸方面全面論述無產階級藝術。文章批判了羅曼‧羅蘭所提倡的「民眾藝術」，指出：「在我們這世界裏，『全民眾』將成為一個怎樣可笑的名詞？我們看見的是此一階級和彼一階級，何嘗有不分階級的全民眾？……我們不能不說『民眾藝術』這個名詞是欠妥的，是不明了的，是烏托邦式的。我們要為高爾基一派的文藝起一個名兒，我們要明白指出這一派文藝的特性，傾向，乃至其使命，我們便不能不拋棄了溫和性的『民眾藝術』這名兒──這便是所謂『無產階級藝術』。」這其實也是對文學研究會內部於 1921 年底到 1922 年在《文學旬刊》上進行的關於「民眾文學」討論的檢討。所謂「民眾文學」就是以文學為手段，站在高處向民眾進行啟蒙的文學。那麼，到底什麼是「無產階級藝術」呢？「無產階級藝術決非僅僅描寫無產階級生活即算了事，應以無產階級精神為中心而創造一種適應於新世界（就是無產階級居

---

[100] 《我走過的道路》（上），318 頁，324-325 頁。

於治者地位的世界）的藝術。」也就是說無產階級藝術的關鍵在於其功用：無產階級藝術應當配合本階級的鬥爭，「以助成無產階級達到終極的理想」。

　　根據日本學者白水紀子的考證，茅盾的文章是依照蘇聯亞·波格丹諾夫的《無產階級的藝術批評》一文的英譯寫作的。[101]不過茅盾的借鑒主要體現在文章的第三、四節（介紹無產階級藝術的性質、內容和形式），第一、二節則可能更多茅盾個人的闡發，包含了他對中國新文學的觀感。茅盾無法全面、準確地認識蘇聯文化的發展，他的借鑒和思考受制於他的視野。波格丹諾夫是十月革命後無產階級文化派的主要理論家，茅盾當時也許並不清楚，在蘇聯無產階級文化派被認為是一個錯誤路線的推行者，列寧和俄共中央曾對它所代表的傾向進行了尖銳的批判。

　　同年，他又在《告有志研究文學者》[102]、《文學者的新使命》[103]等文繼續闡發「無產階級藝術」觀點。在後一篇文章中，他從「無產階級藝術」的立場出發，提出「文學者的新使命」。他把無產階級對文學的要求與「表現人生，指導人生」的主張接通起來。「我們……可以斷言，文學於真實地表現人生而外，又附帶一個指示人生到未來的光明大路的職務，原非不可能；或者換過來說，文學的職務乃在以指示人生向更美善的將來這個目的寓於現實人生的如實地表現

---

[101] 參閱白水紀子：《關於〈論無產階級藝術〉出處的說明和一些感想》，《茅盾研究》第 5 輯，文化藝術出版社 1991 年 3 月版。波格丹諾夫的《無產階級的藝術批評》的中文譯文可見白嗣宏編選的《無產階級文化派資料選編》（中國社會科學出版社 1983 年 3 月版，原載波格丹諾夫著、蘇汶譯《新藝術論》，水沫書店 1930 年版）。

[102] 1925 年 7 月《學生雜誌》12 卷 7 期。

[103] 1925 年 9 月 13 日《文學周報》190 期。

中，亦無不可。」問題是，「更美善的將來」是什麼？顯然每個作家
都有自己心目中的理想世界，如果任憑個人宣傳、讚揚他個人的理
想世界，那麼這個理想世界就不可能出現在地上。「因為舊世界不是
一人之力所能推翻，而理想世界更非一人之力所能建設。既然須得
合大多數人的力量來建設理想世界，那就不能不使大多數人都奉一
個理想，所謂犧牲了小我，成就了大我。」理想世界的實現路漫漫
其修遠，因此政治行動的理性要求目標的始終如一，這樣勢必要壓
制個人的理想世界，直至徹底抹去對它的記憶。這種邏輯的無限擴
大和現實權力化曾給中國文學乃至中國社會帶來了悲劇性的影響。
文學仍須表現人生：「文學者決不能離開了現實的人生，專去謳歌去
描寫將來的理想世界。我們心中不可不有一個將來社會的理想，而
我們的題材卻離不了現實人生。我們不能拋開現代人的痛苦與需
要，不為呼號，而只誇縹緲的空中樓閣，成了空想的浪漫主義者。」
這時，茅盾又表達了他的文學功用觀：「文學者目前的使命就是要抓
住了被壓迫民族與階級的革命運動的精神，用深刻偉大的文學表現
出來，使這種精神普遍到民間，深印入被壓迫者的腦筋，因以保持
他們的自求解放運動的高潮，並且感召起更偉大更熱烈的革命運動
來！」後來到 1930 年代，他進一步要求：「文藝作品不僅是一面鏡
子──反映生活，而須是一把斧子──創造生活。」[104]在《告有志研
究文學者》中，他從文學的本體論，認定反對人生派的意見不成立：
「文學是人類精神活動所表現之一式，這句話大概沒有什麼人反對
的。人類的精神活動所表現的形式非一，而皆為改善生活，這句話，
大概也沒有什麼人反對的。然則人生派論者以改善人類生活作為文

---

[104] 茅盾：《我們所必須創造的文藝作品》，《茅盾全集》19 卷。

學家的責任，為什麼又反對呢？」這裏的論證是粗疏的。問題的實質不在於應否通過文學來改善人類生活，而在於以何種方式來改善人類生活。

他還在《告有志研究文學者》一文中，根據階級鬥爭的需要重新解釋了「時代性」的概念。他說時代性具有階級的性質：「我們從中古封建時代之有騎士文學，19 世紀資本主義漸盛時代之有浪漫文學看來，可信文學實是一階級的人生的反映，並非是整個的人生。……文學這個東西，雖然很有人替它辯護，說是人類至高尚至超然的精神活動之表現，而按其實，還不是等於政制法律，只是一時代的治者階級用以自保其特權的一種工具罷了。社會上每換一個階級來做統治者，便有一個新的文藝運動起來。這是歷史所昭示我們的事實。治者階級的思想意志情感的集體，表示那一時代特色的，便是我們所稱的時代精神。」既然如此，無產階級把文學當作改造舊世界的斧子也就順理成章了。他評述了不同的文學功用觀，說：「把解釋時代精神看作文學，對於人群的大貢獻的，大概是這時代精神的擁護者，暗示著文學負有說明或推進時代精神的責任的。」同理，把文學看作時代的反映也「暗示著文學負有說明或推進時代精神的責任的」。到了 1927 年，他對時代性有更明晰的界定：「所謂時代性，我以為，在表現了時代空氣而外，還應該有兩個要義：一是時代給予人們以怎樣的影響，二是人們的集團的活力又怎樣地將時代推進了新方向，換言之，即是怎樣地催促歷史進入了必然的新時代，再換一句說，即是怎樣地由於人們的集團的活動而及早實現了歷史的必然。在這樣的意義下，方是現代的新寫實派文學所要表現的時代

性！」[105]革命實踐的主體是人，強調表現人物與時代之間的互動關係顯然是要進一步拉近文學與革命的關係。對時代性的強調必然會包含對題材的強調，因為時代性的表現必須要以題材為依託。茅盾高度稱讚《倪煥之》的時代性，並把時代性與題材問題結合起來：「把一篇小說的時代安放在近十年的歷史過程中，不能不說這是第一部；而有意地要表示一個人──一個富有革命性的小資產階級知識份子，怎樣地受十年來時代的壯潮所激盪，怎樣地從鄉村到都市，從埋頭教育到群眾運動，從自由主義到集團主義，這《倪煥之》也不能不說是第一部。」[106]「左聯」時期的茅盾要求普羅文學「必須」從工廠、從農村、從蘇區的鬥爭中，「從一切統治階級的崩潰聲中，革命巨人威脅的前進聲中」，建立起自己的題材。「時代供給了我們以偉大的題材，我們必須無負於這樣的題材！」[107]他儘量把階級的訴求表達為時代的必然要求。在其作家論中，茅盾的做法是，通過對作品的題材、內容做意識形態分析，突出作家的思想立場、政治態度，強調其對作品價值的決定性影響，從而得出或寓示著符合階級需要的意識形態性的結論。他說過：「一位作家在某一時期的宇宙觀和人生觀在他所處理的題材中也可以部分的看出來。」[108]

　　茅盾把「無產階級藝術」的基本要求嫁接到他的現實主義文論上，從而在其理論的內部完成了向革命文學轉變的準備。這是革命文學的暴風雨到來之前從天際傳來的隱約的雷聲。

---

[105] 茅盾：《讀〈倪煥之〉》，1929 年 5 月 12 日《文學周報》370 期。

[106] 《讀〈倪煥之〉》。

[107] 施華落（茅盾）：《中國蘇維埃革命與普羅文學之建設》，《茅盾全集》19 卷，人民文學出版社 1991 年版。

[108] 茅盾：《廬隱論》，1934 年 7 月《文學》3 卷 1 號。

　　美國研究者文森特指出茅盾對文學理論缺乏堅定的信仰,他的描繪和說法是:「茅盾成了一個沒有理論的理論家,他的觀點全受變化的環境的支配。他的這個特點非常適合他將扮演的角色,而現在他正按照共產黨的觀念形態從事活動。」[109]這是因為他認同的首先是政治角色,並從政治的審視點來要求文學。在左翼批評家中,胡風的悲劇就在於他要始終堅持自己的理論立場。而茅盾、周揚等人正是因為能根據政權意識形態的需要隨時調整自己,所以能長據高位。然而,茅盾在適應時代要求的過程中也不無焦慮。在革命文學論爭中,創造社的成員以新潮的馬克思主義理論家和新時代的傳令官自居,曾對茅盾等口誅筆伐。從革命文學論爭到「左聯」成立以後的 1930 年代,甚至到晚年的回憶錄,茅盾都不斷舊帳重提,把成仿吾等人轉向革命文學前後的言論加以對照,旁敲側擊,語含譏諷。這說明成仿吾等人對他刺激和他當時的內心焦慮之深。

## 五、現實主義文學觀念的範型

　　我認為,茅盾的現實主義文論標誌著 20 世紀中國文學主流文學觀念範型的確立。這裏所說的「範型」,指的是在相同或相似的現實態度和價值取向引導下理解文學的基本的理論格局或結構。從茅盾的文論裏,我們可以看到功利主義的訴求是怎樣在理論之中得到落實的。

　　中國現代主流文學思潮從文學功用觀的角度來說,經歷了從「為人生」到「為革命」、「為政治」的變化,它們之間有著歷史的、邏

---

[109] [美]文森特 Y. C. 史:《批評家茅盾》(1964),《茅盾研究在國外》,李岫編,湖南人民出版社 1984 年 8 月版。

輯的聯繫。「為人生」是把文學當作解決現實人生問題的工具，那麼如果像革命宣傳所說的，革命和政治能夠更好地為人生，那麼自然就有權力來要求文學為革命和政治服務了。關於歷史的聯繫，我在後面的章節裏還要交代。三者之間的文學觀念的基本格局並未變化，後來只是出於更功利的目的，對茅盾曾論述的三個命題進行了重新排名，並為了確保目的實現，對這些命題作了進一步的限定和對一些部分進行了強調。理想性後來被置於最高的地位，它的同義詞有黨性、政治性、思想性、人民性、傾向性等。有一個盛行了幾十年的公式：政治標準第一，藝術標準第二。我們曾經流行過「革命現實主義」、「社會主義現實主義」、「革命現實主義與革命浪漫主義相結合」等旗號，把「革命」、「社會主義」與「現實主義」嫁接，反映出政治對這一文學概念的收編，使階級的政治對文學實行更直接的統轄，或者說架設了聯繫政治和文學的浮橋。關於「兩結合」中現實主義與浪漫主義孰輕孰重，看法並不一致。我還要在第六章第二節中談到。茅盾在全國文學藝術工作者第三次代表大會上的報告中，有過自己的看法：「對社會主義現實主義的一些權威性的闡明中，都強調地指出革命浪漫主義是社會主義現實主義的組成部分」[110]。在極端的功利主義的統攝下，「真實性」也不可避免地受到了限定，被要求與「傾向性」高度統一。茅盾在《〈夜讀偶記〉的後記》[111]中說：「現實主義的真實性永遠和人民性相結合，必須與歷史發展的現實相結合，而不是抽象的、抽掉了階級內容的真實性。」把為誰服務的問題與真實性問題混同在一塊，其基本的理論預設是

---

[110] 茅盾：《反映社會主義躍進的時代，推動社會主義時代的躍進！》，人民文學出版社 1960 年 10 月版，56 頁。

[111] 《茅盾全集》25 卷，人民文學出版社 1996 年版。

把階級鬥爭視為人類社會的基本規律，為人民大眾服務符合社會發展的必然規律。在毛澤東的文學理論裏，題材問題受到格外的強調，它變成了一個可以與藝術表現分開而單獨地加以考慮的東西。作為時代性的要求，對題材是否重要的衡定在 1949 年以後相當長一段時間裏的文學批評中佔據重要的位置。

現實主義之成為中國現代的主流文學觀念，是由現實主義的特性所決定的。單純從文學進化的角度來說，當年陳獨秀、胡適、茅盾等人選擇現實主義是正確的，其理由他們已經申述得很清楚，也為以後的文學史所證實；但這不是最重要的原因。新文學作家最初對現實主義就抱有社會功利方面的考慮，而且在 20 世紀現實主義文學一直居於主導的地位，這就不是單純的文學進化論所能解釋的了。關於現實主義的定義可謂多矣，而我認為，現實主義強調的是一種逼肖生活本身的表達效果和為實現這種效果所採用的一套方式方法。它注重細節、環境的描寫和塑造典型人物，正反映了致力於其表達效果的美學追求。法國 19 世紀畫家庫爾貝有一個受人重視的對現實主義的表述：「像我所見到的那樣如實地表現出我那個時代的風俗、思想和它的面貌」。[112]他的話中的關鍵字是「像我所見到的那樣」，說明他追求的就是逼肖生活本身的表達效果。既然如此，這種表達效果當然首先取決於創作主體。現實主義文藝同樣受到作家想像性的折射，歸根結底是作家的主觀表現，蘊涵著作家的世界觀、人生觀、現實政治態度和情感。也就是說，現實主義同樣是意識形態性的。因此，我贊成傑姆遜和他引述的奧爾巴哈的觀點：「我認為把現實主義當成是生活的真實描寫是錯誤的，唯一能恢復對現實的

---

[112] [法]庫爾貝：《〈一八五五年個展目錄〉前言》，《歐美古典作家論現實主義和浪漫主義》（二），中國社會科學出版社 1981 年 7 月版。

正確的方法，是將現實主義看成是一種行為，一次實踐，是發現並且創造出現實感的一種方法。如果一位作家只是很被動地、很機械地『向自然舉起一面鏡子』，摹仿現實中發生的一切，那將是很枯燥無味的，同時也歪曲了現實主義。一位並不屬於馬克思主義傳統的批評家奧爾巴哈（Auerbach）在他的《模仿論》（Mimesis）一書中認為，現實主義是一種征服，既是對方法的征服，以期感受到現實的複雜性和豐富性，也是對現實的征服，是主動性的。只有這樣，現實主義才能吸引人並且激動人。從他的書中我們可以看到現實主義是主動的征服，而不是被動的反映。」[113]從傑姆遜和奧爾巴哈的觀點中，我們可以理解作為一種意識形態的現實主義的力量和這種力量得以實現的機制。關於意識形態，傑姆遜有言：「統治階級必須依靠人們某種形式的贊同，起碼是某種形式的被動接受，因此龐大的統治階級意識形態的基本功能，就是去說服人們相信社會生活應該是如此，相信變革是枉費心機，社會關係從來就是這樣，等等。而同時，可想而知，一種相對抗的意識形態的功能就是——例如馬克思主義自身，作為無產階級的意識形態，而不是作為社會狀態的「科學」——向占領導權地位的意識形態提出挑戰，揭穿、削弱這種意識形態，使人們不再相信它；同時作為更廣闊範圍內奪取政權鬥爭的一部分，還必須發展自己與之相對的意識形態。」[114]現實主義不像現代主義那樣追求「陌生化」的效果，也不像浪漫主義那樣大量地介入主觀，它使讀者相信他從作品中得到的感觸和教訓來自客觀現實，因而是無庸置疑的。這正使現實主義具備了別的文學所不具

---

[113] [美]傑姆遜：《後現代主義與文化理論》，唐小兵譯，北京大學出版社 1997 年 1 月版，244-245 頁。

[114] 《後現代主義與文化理論》，262 頁。

備的力量。現實主義在中國現代之所以能成為主流，就在於它適合
了建立社會革命的意識形態的需要。

中國的現實主義要求文學反映下層人民的疾苦，揭露社會的黑
暗，或者直接地描寫無產階級的革命鬥爭，展示其發生的必然性和
合理性，預示必勝和美好的前景；從而向統治階級的意識形態挑戰，
揭露、削弱這種意識形態，使人們喪失對舊政權的信心，從而使文
學成為在更廣闊範圍內的奪取政權鬥爭的一部分。1949 年以後，現
實主義被要求成為社會主義現實主義，它致力於使人們相信社會主
義是人類歷史上最美好的社會，只有社會主義才能救中國，才能發
展中國。新文學作家在俄國 19 世紀文學的啟示下，一開始就意識到
了現實主義文學的特殊的意識形態功能。魯迅說：「我的取材，多採自
病態社會的不幸的人們中，意思是在揭出病苦，引起療救的注意。」[115]
茅盾也說過：「我是傾向人生派的。……我覺得一時代的文學是一時
代缺陷與腐敗的抗議或糾正。我覺得創作者若非是全然和他的社會
隔離的，若果也有社會的同情的，他的創作自然而然不能不對於社
會的腐敗抗議。」文學研究會成員李之常在提倡「自然主義」時講
得更為明確：「自然主義底作品使人們由現實見出真理，由客觀底事
實產生感情，比較空想和教訓的作品何如呢？傳達理想和感情的利
器，社會改造底發動者捨自然主義文學還有什麼呢？」他充分認識
到現實主義追求的真實性所蘊涵的力量：「『美』與自然主義沒有什
麼關係，自然主義所表現的，所視以為標語的是『真』，『真』是自
然主義的生命，把人類外表的遮飾剝去，以極嚴肅的，極真實的態
度去描寫內部之真，就是人類底醜惡，社會底病狀，所以自然主義的

---

[115] 魯迅：《我怎麼做起小說來》，《魯迅全集》4 卷，人民文學出版社 1981 年版。

刺激性最強，最有力。」[116]恩格斯說過：「如果一部具有社會主義傾向的小說通過對現實關係的真實描寫，來打破關於這些關係的流行的傳統幻想，動搖資產階級世界的樂觀主義，不可避免地引起對於現存事物的永世長存的懷疑，那末，即使作者沒有直接提出任何解決辦法，甚至作者有時並沒有明確地表明自己的立場，但我認為這部小說也完全完成了自己的使命。」[117]正因為如此，中國現代揭露社會黑暗，關心人民疾苦，帶有民主主義政治傾向的作家被後來的主流意識形態方面引以為同路人。

韋勒克對現實主義的真實性和傾向性的關係作過精闢的論述：「從理論上說，完全忠實地表現現實就必然排除任何種類的社會目的或宣傳意圖。現實主義在理論上的困難，或者說它的矛盾性顯然正在於此。這對於我們或許是十分清楚的，然而文學史上一個簡單的事實是現實主義僅僅變成了對於當代社會的描繪，它暗含著富於人類同情心、社會改革、社會批判甚至社會反叛的宣傳和教育。在描寫和指示之間、真實和教誨之間有一種張力，這種張力邏輯上不能解除，但它正是我們談的這種文學的特徵。在俄國的新術語『社會主義的現實主義』中，這種矛盾完全是公開的：作家應該按社會現在的狀態描寫它，但他又必須按照它應該有或將要有的狀態來描寫它。」[118]在現實主義真實性和傾向性的張力的兩端，一端是以表現客觀真實性為己任的自然主義，另一端是自視為無產階級集體事

---

[116] 李之常：《自然主義的中國文學論》，1922 年 8 月 21 日《時事新報・文學旬刊》47 期。

[117] [德]恩格斯：《致敏那・考茨基》，《馬克思恩格斯全集》36 卷，人民出版社 1975 年 2 月版。

[118] [美]R. 韋勒克：《文學思潮和文學運動的概念》，劉象愚選編，中國社會科學出版社 1989 年 12 月版，236 頁。

業的一部分的社會主義現實主義。後者屬於強大的政權意識形態。在黑格爾的美學中，理念是藝術追求的最高真實、最高境界，而在社會主義現實主義中，理念的位置為政治觀念所替代。

# 第六章

# 唯美‧功利‧革命

　　在文學史上，浪漫主義以其對藝術自主性、非功利性的強調而獨樹一幟。雖然作為一場歐洲範圍內的浪漫主義思潮早已遠去，但它對非功利性的強調則為後世的與浪漫主義有直接的血緣關係的文藝思潮所繼承，並對其他的文學思潮產生了或多或少的衝擊。在中國現代，王國維、留日時期的周氏兄弟強調了非功利性，但他們處於文壇邊緣，其文學主張並沒有對文壇產生什麼現實的影響。把非功利性作為主要的理論主張並體現於文學思潮中是從創造社開始的。創造社作家信仰主情主義的表現論的文學本體論，強調天才的創造和文藝女神的聖潔，反對功利主義的藝術動機。

　　浪漫主義在五四時期與現實主義雙峰對峙，並不像茅盾所宣稱的那樣因為人們的科學理性而不合時宜，沒有因為啟蒙思想家們的構想而缺席，也不同於西方近代以來文學思潮更迭過程中的你方唱罷我登場。從時間的軸線上來看，創造社的主張像是文學革命前期在思想革命的視野中被壓抑的非功利性傾向的發揚光大。然而實際上，與茅盾、鄭振鐸直接沿著《新青年》的路線前進不同，創造社成員是以文壇的挑戰者姿態出現的，他們直接受到外國浪漫主義以及與浪漫主義有血緣關係的文學思潮的影響。

　　1925 年前後，革命文學的幽靈在中國文壇上徘徊。文學研究會的茅盾自覺地用階級的觀點對自己以往的文藝觀進行修正，在其現實主義文論的內部進行了向革命文學轉變的準備。不過這更多的是個人的行為，沒有產生什麼現實的影響。而創造社作家受到革命浪潮的衝擊和該社集團的裏挾，開始了革命文學的轉向。他們有感於在 1920 年代後期空前激烈的階級鬥爭面前「五四」啟蒙主義話語的蒼白無力，發動了文化批判，全面地背離五四新文學的傳統和觀念話語，要求文藝直接地滿足無產階級革命的訴求。創造社作家的轉向，清晰、典型地顯現了新文學從文學革命到革命文學過渡的軌跡。

　　本章的第四節，將論及太陽社成員、魯迅與茅盾、新月社成員的文學觀。他們代表著 1920 年代末文壇幾種主要的文學觀念，且與後期創造社作家構成了對話關係。通過對他們的考察，可以更好地看出以後期創造社為代表的革命文學理論的實質及在文壇上的主導地位。至此，革命文學已經成為引領現代中國文學潮流滾滾向前的浪頭。

## 一、主情主義

　　浪漫主義是 20 年代中國最主要的文學思潮。李歐梵說：「整個五四一代的中國文人，都是浪漫的一代；20 年代的十年，是浪漫的十年。」[1]這種浪漫主義思潮是以創造社為中心的。關於創造社的浪漫主義在 20 年代的主體地位，我們可以從同時代人的言論中找到更多的證明。鄭伯奇在《〈中國新文學大系・小說三集〉導言》中指出：

---

[1]　[美]L・李歐梵：《浪漫主義思潮對中國現代作家的影響》，《中國現代文學的主潮》，賈植芳主編，復旦大學出版社 1990 年 2 月版。

「在五四運動以後，浪漫主義風潮的確有點風靡全國青年的形勢。」[2]這還可以從浪漫主義的反對者梁實秋和作為創造社對立面的文學研究會作家茅盾、吳文祺那裏得到證實。梁實秋早在 1926 年即說浪漫主義是現代中國文學最顯著的現象。[3]茅盾說：「熱情奔放的天才的靈感主義的中國浪漫主義文學由創造社發動而且成為『五四』期的最主要的文學現象。」[4]吳文祺也說：「創造社的影響，較之文學研究會更大。」[5]

不過，在「五四」一代人的進化論的文學觀念裏，浪漫主義文學已屬於過去，所以早期創造社作家並不以浪漫主義來自我標榜，他們對新浪漫主義知之不多卻心嚮往之。田漢就認為，新浪漫主義源出於舊浪漫主義，而又經過自然主義的洗禮，所以能夠避免舊浪漫主義每每蹈空、脫離現實之病。[6]正因為如此，郭沫若一開始就想以新浪漫主義的方針來編輯《創造》季刊。[7]但是創造社作家與西方現代派作家畢竟處於各自民族不同的精神意識的高度，就其總體和實質而言，他們的理論並沒有超出浪漫主義的範圍，不過沾染了一層現代文化、文學的色彩而已。這從他們主情主義的表現論的文學本體論中可以看得清楚。

---

2　鄭伯奇：《〈中國新文學大系・小說三集〉導言》，《中國新文學大系・小說三集》，上海良友圖書印刷公司 1935 年 8 月版。

3　梁實秋：《現代中國文學之浪漫趨勢》，《梁實秋自選集》，黎明文化事業公司（台北）1981 年版。

4　茅盾：《關於「創作」》，《茅盾全集》19 卷，人民文學出版社 1991 年版。

5　吳文祺：《五四運動與文學革命》，1941 年 1 月《學林》3 輯。

6　田漢：《新羅曼主義及其他》，1920 年 6 月《少年中國》1 卷 20 期。時人對新浪漫主義的見解還可參看謝六逸：《西洋小說發達史・自然主義以後》，《小說月報》13 卷 11 號。

7　陶晶孫：《記創造社》，《牛骨集》，太平書局 1944 年 5 月版。

　　郭沫若、成仿吾都曾宣稱創造社組織的鬆散，但它畢竟是一個同人團體，文學主張要比文學研究會統一得多。他們都信奉表現論的文學觀。郭沫若在《創造》季刊一卷二期的《編輯餘談》中有一句廣為人知的話：「我們所同的，只是本著我們內心的要求，從事於文藝的活動罷了。」鄭伯奇曾在《〈中國新文學大系‧小說三集〉導言》裏解釋說：「這淡淡的一句話中，多少透露了這一群作家對於創作的態度。」成仿吾也反對「沒有內心的要求勉強去做詩」[8]。他們所說的本著內心的要求就是自我表現。郭沫若的言論清楚地表明瞭這一觀點——

　　　　詩底主要成分總要算是「自我表現」了。[9]

　　　　我想我們的詩只要是我們心中的詩意詩境底純真的表現，命泉中流出來的 Strain，心琴上彈出來的 Melody，生底顫動，靈底喊叫……[10]

　　　　我對於詩的直覺，總覺得以「自然流露」為上乘。[11]

　　　　藝術是自我的表現，是藝術家的一種內在衝動的不得不爾的表現。[12]

---

8　成仿吾：《詩之防禦戰》，1923 年 5 月 13 日《創造周報》1 號。

9　《郭沫若致宗白華》（1920 年 3 月 3 日），《郭沫若全集》文學編 15 卷，人民文學出版社 1990 年 7 月版。

10　《郭沫若致宗白華》（1920 年 1 月 18 日），《郭沫若全集》文學編 15 卷。

11　《郭沫若致宗白華》（1920 年 2 月 15 日），《郭沫若全集》文學編 15 卷。

12　郭沫若：《印象與表現——在上海美專自由講座演講》，1923 年 12 月 30 日《時事新報‧藝術》。

郭沫若的自我表現論是與他當時的泛神論思想是結合在一起的:「梅花呀！梅花呀！／我讚美你！／我讚美我自己！／我讚美這自我表現的全宇宙的本體！／還有什麼你？／還有什麼我？／還有什麼古人？／還有什麼異邦的名所？／一切的偶像在我面前毀破！」[13]其他創造社的作家也都表達了相同或相似的觀點。郁達夫寫道:「真正的藝術家,是非忠於藝術衝動的人不可的。」[14]忠於藝術衝動即是要自我表現。與作為抒情詩人的郭沫若不同,郁達夫主要是一個小說家,因此他又很自然地相信法國批評家法郎士的文學作品都是作家的自敘傳的話。[15]以上對文學的認識沒有什麼特見,基本上是根據自己的理解對外國作家和文藝理論家的觀點的重述。

　　創造社的自我表現論是從作家—作品的向度來理解文學的,特別強調「真」、「天才」、「直覺」、「靈感」。「真」是他們文學批評的重要標準,不過不同於茅盾所說的「真」,指的是表現作家內心的「真」。郭沫若在《印象與表現》中批評自然主義、寫實主義所提倡的「印象主義」,從人類認識的根本局限來論證他們追求的客觀的真實是不可及的,同時在文學批評的實踐上也是有害的——把藝術弄成了科學的侍女。所以,「藝術家的求真不能在忠於自然上講,只能在忠於自我上講」。郁達夫也說:「藝術即是人生內部深藏著的藝術衝動,即創造欲的產物,那麼,當然把這內部的要求表現得最完全最真切的時候價值為最高。」[16]浪漫主義崇尚「天才」,郁達夫發表於《創造》季刊一卷一期的《藝文私見》開篇即稱:「文藝是天才的

---

13　《郭沫若致宗白華》(1920 年 3 月 3 日),《郭沫若全集》文學編 15 卷。
14　郁達夫:《文學概說》,《郁達夫全集》5 卷,浙江文藝出版社 1992 年 12 月版。
15　郁達夫:《日記文學》、《五六年來創作生活的回顧》,《郁達夫全集》5 卷。
16　郁達夫:《文學概說》第一章,《郁達夫全集》5 卷。

創造物，不可以規矩來測量的」。郭沫若通過一個比喻來說明直覺、靈感等在創作過程中的作用：「我想詩人底心境譬如一灣清澄的海水，便靜止著像一張明鏡，宇宙萬匯底印象都涵映著在裏面，一有風的時候，便想翻波湧浪起來，宇宙萬匯底印象都活動著在裏面。這風便是所謂直覺，靈感（Inspiration），這起了的波浪便是高漲著的情調。這活動著的印象便是徂徠著的想像。」[17]靈感是怎樣構成的呢？「靈感的發生便是內部的靈魂與外部的自然的構精，經驗的儲積，便是胎兒期的營養。」[18]後來在走向了革命文學之後的 1930 年代，他仍在《我的作詩的經過》一文中津津樂道於他在 1919 年、1920 年之交經常受到詩興襲擊的靈感狀態。

創造社作家正是從表現論出發來進行文學批評的。田漢這樣評價郭沫若的詩：「我對於你的詩的批評，與其說你有詩才，毋寧說你有詩魂，因為你的詩首首都是你的血，你的淚，你的自敘傳，你的懺悔錄啊。」[19]作為創造社批評家的成仿吾把《吶喊》中的作品分為前期作品和後期作品兩部分。前期的作品如《狂人日記》、《孔乙己》、《頭髮的故事》、《阿 Q 正傳》，是再現的，自然主義的，所以是失敗的。後期的作品是表現的。他覺得最使他注意的是《端午節》，其「表現的方法」恰與他的幾個朋友的作風相同。「無論如何，我們的作者由他那想表現自我的努力，與我們接近了，他是復活了，而且充滿了更新的生命。」《不周山》又是集子中「極可注意」的「第一篇傑作」，「作者由這一篇可謂表示了他不甘拘守著寫實的門戶。他要進

---

17  《郭沫若致宗白華》（1920 年 1 月 18 日），《郭沫若全集》文學編 15 卷。
18  郭沫若：《文藝上的節產》，1923 年 9 月 16 日《創造周報》19 號。
19  《田漢致郭沫若》（1920 年 2 月 29 日），《郭沫若全集》文學編 15 卷。

而入純文藝的宮廷。」[20]成仿吾在文學批評上傾向於表現論的寫實主義。他把這種寫實主義稱為「真實主義」,「真實主義」來自法國哲學家基歐（J. M. Guyau）的概念「真的寫實主義」[21]。成指責浪漫主義文學遠離我們的生活和經驗,取材往往非現實。而寫實主義文學正是為了反抗這種浪漫的文學,為的與人生合為一體。「這種文學雖無浪漫主義的光彩陸離,然而它的取材是我們的生活,它所表現的是我們的經驗,所以它最能喚起我們熱烈的同情。」「真實主義的文藝是以經驗為基礎的創造。一切的經驗,不分美醜皆可以為材料,只是由偉大的作家表現出來,便奇醜的亦每不見其醜。真實主義與庸俗主義的不同,只是一是表現 Expression,而一是再現 Representation.」[22]所以說他的批評觀念傾向於一種表現論的寫實主義。上一章裏曾指出鄭振鐸的表現論的現實主義,雖然各自的內容不同,但他們基本的美學原則和思維徑路並無本質的差異。

在西方的浪漫主義的美學體系中,情感和想像是兩個理論支撐點,它們都是作為理性的對立面而存在的。想像從本質上講也是情感性的,但它與情感又有區別,想像是把原生、無形的情感轉化為藝術形象的動力和創造機制。羅鋼指出,如果說前期浪漫主義作家倡導情感與 18 世紀啟蒙主義的方向是一致的,那麼 19 世紀浪漫主義者提倡想像則恰好是對啟蒙主義世界觀的一種反動。應該說,在浪漫主義詩學體系內部,想像佔有比情感更為關鍵的位置。「浪漫主義視想像的綜合為最高創作原則,乃是基於他們對啟蒙主義的理性

---

[20] 成仿吾:《〈吶喊〉的評論》,《成仿吾文集》,山東大學出版社 1985 年 1 月版。

[21] 參閱[斯洛伐克]瑪利安·高利克:《中國現代文學批評發生史（1917-1930）》,社會科學文獻出版社 1997 年 11 月版,78-79 頁。

[22] 成仿吾:《寫實主義與庸俗主義》,《成仿吾文集》。

的失望，啟蒙主義的理性分析是以牛頓的機械力學的科學觀為基礎的，他們在認識世界時將世界分裂成了無數支離破碎的片段，在個體與社會，人類與自然，主觀與客觀之間造成了無數的分歧與鴻溝。」西方的浪漫主義詩人最早敏銳地感受到這種分裂，力圖以想像和詩來調和上述矛盾。[23]韋勒克也把想像列為浪漫主義三個至關緊要的特徵之一。[24]

　　與西方浪漫主義文學倚重想像不同，以創造社為代表的浪漫主義則特別強調情感。我們可以把創造社的自我表現稱為主情主義。郭沫若在《〈少年維特之煩惱〉序引》[25]中說，他從該書中得到了種種思想的共鳴，第一就是其中的「主情主義」。他引用維特的話：「我這心情才是我唯一的至寶，只有他才是一切底源泉，一切力量底，一切福祉底，一切災難底。」並說：「他對於宇宙萬匯，不是用理智去分析，去宰割，他是用心情去綜合，去創造。他的心情在他身之周圍隨處可以創造一個樂園」。在雪萊的《為詩辯護》中，想像力是「綜合的原則」，詩歌被定義為「想像力的表現」。對雪萊來說，想像力是創造性的，詩人的想像力是認識真實的工具。[26]郭沫若又說：「文藝也如春日的花草，乃藝術家內心之智慧的表現。詩人寫出一篇詩，音樂家譜出一個曲，畫家繪成一幅畫，都是他們感情的自然流露」。[27]他於別處表示：「我只想當個饑則啼、寒則號的赤子。因為

---

[23]　羅鋼：《歷史匯流中的抉擇──中國現代文藝思想家與西方文學理論》，中國社會科學出版社 1993 年 6 月版，102-104 頁。

[24]　[美]R. 韋勒克著：《文學思潮和文學運動的概念》，劉象愚選編，中國社會科學出版社 1989 年 12 月版，143 頁。

[25]　1922 年 3 月《創造》季刊 1 卷 1 期。

[26]　參閱韋勒克：《文學思潮和文學運動的概念》，166 頁。

[27]　郭沫若：《文藝之社會的使命》，1925 年 5 月 18 日《民國日報‧文學》。

赤子的簡單的一啼一號都是他自己的心聲，不是如像留聲機一樣在替別人傳高調。」[28]郭氏的《文學的本質》一文把他的主情主義由詩推廣到小說、戲劇。他得出了如下結論：（1）詩是文學的本質，小說和戲劇是詩的分化。（2）文學的本質是有節奏的情緒的世界。（3）詩是情緒的直寫，小說和戲劇是構成情緒的素材的再現。[29]他的解說考慮到了小說、戲劇與詩的不同，但仍強調的是它們表現的畢竟還是情緒的世界。創造社的另外兩個主要成員郁達夫、成仿吾也都一樣推崇情感。郁達夫在《詩的意義》一文中介紹了華茲華斯《〈抒情歌謠集〉一八○○年版序言》中關於詩的著名定義，說：「詩是有感於中而發於外的，所以無論如何，總離不了人的情感的脈動。」[30]他又說：「詩的實質，全在情感。」[31]在他看來，藝術的最大要素是美與情感，不過，「藝術中間美的要素是外延的，情的要素是內在的」[32]成仿吾在《詩之防禦戰》中認為：「文學的目的是對於一種心或物的現象之情感的表達，而不是關於他的理智的報告」。我們可以看出，他們的各種說法雖然也受到了別的文藝理論家和文藝思潮的影響，然而大體上可以看作是華茲華斯「詩是強烈感情的自然流露」的不同表述和發揮。由於這種主情主義的文學本體論，他們在文學批評上就自然強調「真」，即情感表現的真誠、真摯。他們的主情主義傾向反映在創作上就表現為強烈的抒情傾向。在《女神》中，我們感覺到抒情主人公的自我好像在度自己的狂歡節，這自我其實就是情感的代名詞。掙脫了束縛手腳的枷鎖，自我手舞足蹈得如癡如狂。這

---

28　郭沫若：《批評與夢》，1923 年 5 月《創造》季刊 2 卷 1 期。

29　郭沫若：《文學的本質》，1925 年 8 月《學藝》7 卷 1 號。

30　郁達夫：《詩論》，《郁達夫全集》5 卷。

31　郁達夫：《詩論》。

32　郁達夫：《藝術與國家》，《郁達夫全集》5 卷。

種對自我和情感的張揚在世界文學史上都是罕見的。郁達夫在小說
中赤裸裸地描寫主人公的內心情感不說，還把自己的情感裏挾在一
起。一些散文篇章如《歸航》、《還鄉記》、《還鄉後記》、《零餘者》、
《一個人在途上》、《感傷的行旅》等，都是以生活中落魄不羈的「零
餘者」的身份，袒露自己在漂泊生涯中感傷和頹唐的心境，變得與
他同期的小說難以區分。由於過分強調真情自身的獨立的價值，在
藝術表現上缺乏節制，時常不免流於濫情主義。這個弊病在一些二、
三流的作家那裏表現得尤為凸出。

　　主情主義是創造社表現論文藝思想的顯著特徵；問題是，這種
主情主義的傾向是怎樣形成的呢？羅素說：「浪漫主義運動從本質
上講目的在於把人的人格從社會習俗和社會道德的束縛中解放出
來。」[33]與西方浪漫主義反抗的對象不同，中國現代的浪漫主義主要
針對的是以禮節情的封建禮教；所以，在五四作家們看來，大膽抒
發個人的情感不僅具有文藝上的價值，而且又具有個性解放的意
義。梁實秋說得十分清楚：「我們中國人的生活，最重禮法。從前聖
賢以禮樂治天下；幾千年來，『樂』失傳了，餘剩的只是鄭衛之音；
『禮』也失掉了原來的意義，變為形式的儀節。所以中國人的生活
在情感方面似乎有偏枯的趨勢。到了最近，因著外來的影響而發生
所謂新文學運動，處處要求擴張，要求解放，要求自由。到這時候，
情感就如同鐵籠裏的猛虎一般，不但把禮教的桎梏重重的打破，把
監視情感的理性也撲倒了。」[34]梁實秋站在他的老師白璧德的新人
文主義的立場上，堅決反對「不守紀律的情感主義」的浪漫主義，
這裏自然語含譏諷；但他也道出了產生浪漫主義的傳統的因緣。帶

---

[33] [英]羅素：《西方哲學史》下卷，馬元德譯，商務印書館1976年6月版，244頁。
[34] 梁實秋：《現代中國文學之浪漫的趨勢》。

有浪漫主義作風的汪靜之的《蕙的風》和郁達夫的《沈淪》發表時受到道學先生們攻擊，正說明了這些作品與傳統道德的尖銳對立。從文藝傳統上來說，主情主義是對封建主義的「文以載道」的反叛，以及對長期處於邊緣位置的「詩緣情」的繼承。「詩緣情」的傳統源遠流長，特別是經過明清啟蒙思潮，文論中情感的位置得到了提高，如在李贄、湯顯祖的文論中都高度評價了情感表現的意義。海禁既開，個性解放的「西風」漸漸吹進了這個封閉已久的國度，情感的合理性進一步地受到肯定，文學中的抒情傾向愈濃。像鴛鴦蝴蝶派的小說和蘇曼殊等人的作品就是如此，只是他們尚未脫出「發乎情，止乎理」的窠臼。西方浪漫主義者重想像，一個重要的原因是他們於工業化社會的初期，目睹了機械工業文明帶來的人的異化，他們要通過詩的想像張揚人的主體性，對抗異化；中國社會則處於前現代化的社會中，人們崇尚科學和科學理性，因此作家們沒有對想像表現出十分的重視。中國的浪漫主義作家們更多地感受到個性的壓抑和情感的桎梏。

　　苦悶和反抗是創造社作家所要表現情感的顯著特徵。他們是個性充分覺醒的一代，感受著半殖民地、半封建的舊中國的令人窒息的氣氛，又懷著個人愛與生的問題，所以不免苦悶和反抗。郭沫若接受了日本文藝理論家廚川白村「文藝是苦悶的象徵」的命題，說：「文藝是苦悶的象徵，無論它是反射的或創造的，都是血與淚的文學。不必在紙面上定要有紅色字眼才算是血，不必在紙面上定要有三水旁邊一個戾字才算是淚。個人的苦悶，社會的苦悶，全人類的苦悶，都是血淚的源泉，三者可以說是一根直線的三個分段，由個人的苦悶可以反射出社會的苦悶來，可以反射出全人類的苦悶來，

不必定要精赤裸裸地描寫社會的文字，然後才算是滿紙的血淚。」[35] 有人提出質問，創造社諸人一向反對血和淚的文學，為什麼郭沫若仍要提倡與社會奮鬥？郭沫若解釋說：「我郭沫若反對過那些空吹血與淚以外無文學的人，我郭沫若卻不曾反對過血和淚的文學。我郭沫若所信奉的文學定義是：『文學是苦悶的象徵。』」[36]文藝表現的不是純粹個人的情感，而是具有普遍性的情感，因此由表現個人情感可以表現社會的情感和全人類的情感。上一段引文是針對文學研究會而發的，其實就文學研究會成員中提倡「血和淚的文學」最力的鄭振鐸來說，他也是要由表現個人的情感來表現「血與淚」，只是更偏重社會性而已。心有苦悶，消極的就會宣泄，積極的就會反抗，這兩種傾向在創造社作家那裏都存在，不過反抗仍然是主調。郭沫若在《我們的文學新運動》中就表示要做一個「人生之戰士」，並用分段排列的排比句式表明反抗資本主義，傳統的道德和宗教，人世間一切不合理的畛域，及其相關的文學等，每句開頭都是「我們反抗」。[37]他的《女神》就體現著強烈的反抗情緒。《鳳凰涅槃》詛咒了醜惡的舊世界，象徵了中國的再生。《匪徒頌》憤慨於日本新聞界之誣衊中國學生為學匪，便寫出了這首頌歌。《女神之再生》則象徵了當時中國軍閥的南北戰爭，共工象徵南方，顓頊象徵北方，詩人便想在這兩者之外建設一個美的中國。

在創造社成員的文學作品中，「喊叫」恐怕是給人印象最深的意象之一。喊叫既是宣泄，又是反抗。創造社的成員喊叫出了本民族

---

[35] 郭沫若：《論國內的評壇及我對於創作上的態度》，1922 年 8 月 4 日《時事新報·學燈》。

[36] 郭沫若：《暗無天日的世界——答覆王從周》，1923 年 6 月 23 日《創造周報》7 號。

[37] 郭沫若：《我們的文學運動》，1923 年 5 月 27 日《創造周報》3 號。

壓抑了幾千年的情感和對現實的強烈憤懣。讀郭沫若的早期詩歌，可以看到那酣暢淋漓的叫喊的句子層出不窮。借用郁達夫形容盧梭《一個孤獨散步者的遐思》的話來形容，他自己以《沉淪》為代表的表現自我的作品是他「受了傷的靈魂的叫喊」[38]。沈從文說：「到現在，我們說創造社所有的功績，是幫我們提出一個喊叫本身苦悶的新派，是告我們喊叫方法的一位前輩，因喊叫而成就到今日樣子，話好像稍稍失了敬意，卻並不為誇張過分的。他們缺少理知，不用理知，才能從一點偉大的自信中，為我們中國文學史走了一條新路」[39]。沈從文的話不無揶揄，然而如果不把這話看作是對創造社的整體評價，而視為創造社精神和藝術表現上的一個特徵，那麼它有助於我們對對象的認識。創造社作家是有喊叫的自覺的，這可以從他們的理論批評的話語中看得清楚。郭沫若早就說過：「文學是反抗精神的象徵，是生命窮促時叫出來的一種革命。」[40]到《洪水》時期，創造社成員更明確地提倡「喊叫」。周全平在《洪水》半月刊一卷二期上發表的《我們同聲叫喊》中宣稱：「我們不再吞聲，我們要毫無顧忌的叫喊，喊出青年人的全部的羞辱和憤慨！」載於《洪水》半月刊三卷三十四期的《創造社第一次文學獎金緣起》提出：「文藝應該是時代的呼聲，尤其應該是我們青年的熱誠的叫喊。現在這種消沉的狀態，我們決不可以任其久延，我們應該要叫喊出來，從生活的煩悶中狂吼疾呼，打破這種陰氣侵人的消沉，努力與萬惡的社會奮鬥。」我們明顯地可以感覺到，《洪水》時期的創造社所要求的「喊叫」帶有更明確的反抗意識。

---

38　郁達夫：《盧梭的思想和他的創作》，《郁達夫全集》5 卷。

39　沈從文：《論郭沫若》，《當代中國作家論》，樂華圖書公司 1933 年 6 月版。

40　郭沫若：《西廂藝術上之批判與其作者之性格》，《西廂》，泰東書局 1921 年 9 月版。

## 二、唯美與功利的調和

　　浪漫主義堅持從作家─作品的向度來理解文學，把作品視為作家內心真實而自然的流露，這樣在文學功用觀上自然就會強調「非功利」，至少也會淡化功利性的要求。另外，西方浪漫主義作家對初期資本主義社會日漸抬頭的實用主義和市儈作風甚為不滿，於是更強調無目的性。羅素說：「浪漫主義運動的特徵總的說來是用審美的標準代替功利的標準。」[41]勃蘭兌斯曾以機智俏皮的語言說：「只有不結果實的花朵才是浪漫主義的」[42]。然而即便在西歐的範圍內，浪漫主義文學思潮和文學運動也包括了多國的眾多作家的情況，他們對文學的理解也呈現出諸多的差異。其文學功用觀也是如此。事實上，浪漫主義作家中的不少人並沒有把功利性從文學的國土中放逐。

　　浪漫主義對文學功用觀的認識有兩種主要的傾向：一是認為文學只有內在的價值，所以文學是其本身的目的；二是相信文學既有內在的價值，又有外在的價值，文學可以通過表現作家自我而獲得社會的價值。根據艾布拉姆斯教授的研究，第一種看法在「為藝術而藝術」的各種表達形式中都能見到。18 世紀後期德國批評都傾向於強調藝術自身的價值。到 19 世紀，法國作家、英國作家對功利主義的冷淡和敵意表示輕蔑，並把這些因素集中表述為「為藝術而藝術」這個公式。注重文學的社會價值的傳統源遠流長，這一傳統為浪漫主義作家和批評家根據自己的方式所繼承。[43]華茲華斯在被稱為

---

[41]　羅素：《西方哲學史》下卷，216 頁。

[42]　[丹麥]勃蘭兌斯：《十九世紀文學主流》第二分冊，劉半九譯，人民文學出版社 1997 年 10 月版，145 頁。

[43]　[美]艾布拉姆斯：《鏡與燈──浪漫主義文論及批評傳統》，酈稚牛等譯，北京大學出版社 1989 年 12 月版，529-531 頁。

浪漫主義宣言書的《〈抒情歌謠集〉一八○○年版序言》中指出：「詩人是捍衛人類天性的磐石，是隨處都帶著友誼和愛情的支持者和保護者。」「詩人決不是單單為詩人而寫詩，他是為人們而寫詩。」他這樣解釋外在的價值與作家自我情感的關係：「這本集子裏每一首詩都有一個有價值的目的。這不是說，我通常作詩，開始就正式有一個清楚的目的在腦子裏；可是我相信，這是沉思的習慣加強了和調整了我的情感，因而當我描寫那些強烈地激起我的情感的東西的時候，作品本身自然就帶有著一個目的。如果這個意見是錯誤的，那我就沒有權利享受詩人的稱號了。」[44]華茲華斯不認為原生的情感都具有普遍的價值，而是認為，要想使情感具有超越純粹個體性的普遍價值就要經過思考的選擇和強調。思考自然包含了種種社會規範性的因素。功利性在雪萊那裏得到了更突出的張揚。他說他運用了構成一個詩篇的一切要素，「藉以宣揚寬宏博大的道德，並在讀者心目中燃起他們對自由和正義原則的道德熱誠，對善的信念和希望」[45]。在著名的《為詩辯護》[46]一文中，雪萊一方面強調詩所具有的「改進人類道德」的作用，另一方面又強調詩人不應該「抱有一種道德目的」。大概所有的要求社會功利性的浪漫主義批評家都必須從理論上說明文藝的外在的價值與自我表現之間的關係，雪萊也不例外。他說：「詩人是一隻夜鶯，棲息在黑暗中，用美妙的歌喉來慰藉自己的寂寞」。「然而，舉凡是指責詩之不道德的議論，都是由於誤解了詩所用來改進人類道德的方法。」與倫理學不同，「詩的作用都是經由另外一

---

[44]　[英]華茲華斯：《〈抒情歌謠集〉一八○○年版序言》，《西方文藝理論名著選編》中卷，伍蠡甫、胡經之主編，北京大學出版社 1986 年 8 月版。

[45]　[英]雪萊：《〈伊斯蘭的起義〉序言》，《西方文論選》下卷，伍蠡甫等編，上海譯文出版社 1979 年 11 月版。

[46]　《西方文藝理論名著選編》中卷。

種更為神聖的途徑。詩喚醒人心並且擴大人心的領域，使它成為能容納許多未被理解的思想結構的淵藪。」「詩增強了人類德性的機能，正如鍛煉能增強我們的肢體。」但詩人不應抱有道德目的：「詩才雖大但比較淺薄的詩人們，例如，歐里庇得斯，琉坎，塔索，斯賓塞，他們就常常抱有一種道德目的，結果他們越要強迫讀者顧念到這目的，他們的詩的效果也以同樣程度越為減弱。」雪萊自己可能沒有意識到，他那夜鶯的比喻和他要追求的道德效果之間是存在矛盾的。

　　注重文藝「非功利性」的傾向為後來的「世紀末」文藝思潮所繼承，並被推向極端。作為唯美主義先驅者的戈蒂葉就是一個浪漫主義詩人。他曾穿著一件紅背心出席雨果戲劇《歐那尼》的首演式，這清楚地表明瞭他是浪漫主義的狂熱的追隨者。當他成為公認的浪漫主義詩人時，他又率先拋出「為藝術而藝術」的主張。他在《〈阿貝杜斯〉序言》中宣稱：「一般來說，一件東西一旦變得有用，就不再是美的了；一旦進入實際生活，詩歌就變成了散文，自由就變成了奴役。」[47]戈蒂葉是帕爾那斯派的先驅和導師。王爾德在《英國的文藝復興》中對帶有唯美傾向的濟慈推崇備至：「拜倫是個叛逆者，雪萊是個夢想家。只有濟慈，他想像靜穆清晰，有著完美的自我控制，他對於美有準確無誤的感覺，他找到了想像的獨立王國，這一切說明他是一個純粹而又寧靜的藝術家，是先拉斐爾派的先驅，是我下面要論述的偉大的浪漫運動的先驅。」[48]王爾德所稱之為「英國的文藝復興」大致指從浪漫主義到唯美主義的文藝思潮，他又稱之為「浪

---

[47]　[法]戈蒂葉：《〈阿貝杜斯〉序言》，《唯美主義》，趙澧、徐京安主編，中國人民大學 1988 年 8 月版。

[48]　[英]王爾德：《英國的文藝復興》。

漫主義運動」。王爾德的文章清楚地表明了唯美主義與浪漫主義的關係，唯美主義可以視為以濟慈為代表的浪漫主義文學觀念和詩風的流變。郭沫若也早就指出過象徵主義、神秘主義、唯美主義是浪漫派的後裔。[49]

　　早期創造社在當時和以後被很多人視為與「人生派」對立的「藝術派」的。自然早期創造社的文藝主張帶有唯美主義的色彩。他們對唯美主義的理論和創作是頗為熟悉的。正如鄭伯奇所言：「文學研究會的寫實主義始終接近著俄國的人生派而沒有發展到自然主義；創造社的浪漫主義從開始就接觸到『世紀末』的種種流派。」[50]而「世紀末」的種種流派都是以「為藝術而藝術」為旗幟的。郭沫若在《天才與教育》中引用過大衛生（John Davidson）評價道森（E. Dowson）的話，在《生活的藝術化》中談到過王爾德，在《瓦特‧裴德的批評論》中介紹佩特的文藝批評思想，文章的大部分是節譯佩特的《文藝復興》的序言。郁達夫惺惺惜惺惺地介紹圍繞在英國文藝雜誌《黃面志》周圍的幾個帶有「世紀末」頹廢傾向的窮困潦倒的藝術家比亞茲萊、道森和約翰‧大衛生等。[51]早期創造社成員也確實提出了一些帶有明顯唯美主義色彩的文藝觀點。郭沫若說：「奇花異木可以娛目暢懷而不能充饑果腹，／欲求充饑果腹，人能求諸稻粱。／貪鄙的果品販賣者喲！／不要罵牡丹為什麼不結果實罷！」「毒草的彩色也自有美的價值存在，何況不是毒草。」[52]成仿吾說：「真的藝術家

---

[49]　郭沫若：《革命與文學》，1926 年 5 月《創造月刊》1 卷 3 期。
[50]　鄭伯奇：《〈中國新文學大系‧小說三集〉導言》。
[51]　郁達夫：《THE YELLOW BOOK 及其他》，1923 年 9 月 23 日、30 日《創造周報》20 號、21 號。
[52]　沫若：《曼衍言》，1923 年 2 月《創造》季刊 1 卷 4 期「補白」。

只是低頭於美，他們的信條是美即真即善。」[53]他在《詩之防禦戰》一文中表示要守護「詩的王宮」。我們習慣於用「為藝術而藝術」作為唯美主義的標誌，這多少顯得有些空泛；也許換以「為藝術追求有價值的生活」更貼切一些。王爾德說：「19世紀的兩股最活躍的潮流──一是民主與泛神論的潮流，一是為藝術追求有價值的生活的潮流──在雪萊和濟慈的詩歌中分別得到了最完美的表達。」[54]佩特也說過：「你從事藝術的活動時，藝術向你坦率地表示，它所給你的，就是給予你的片刻時間以最高的質量，而且僅僅是為了討好這些片刻時間而已。」[55]他們逃避資本主義「世紀末」的社會現實，看重藝術使人樂以忘憂的慰藉作用。這種對藝術與人生關係的見解也可以在創造社成員的文藝觀點中找到影響的痕跡。田漢在致郭沫若的一封信中指出：「我們做藝術家的，一面應把人生的黑暗面暴露出來，排斥世間一切虛偽，立定人生的基本。一方面更當引人入於一種藝術的境界，使生活藝術化 Artification。即把人生美化 Beautify 使人家忘現實生活的苦痛而入於一種陶醉法悅渾然一致之境，才算能盡其能事。」[56]郁達夫從生命存在的意義上來理解藝術與生活，認為新舊浪漫派藝術家「對現實的社會絕瞭望，覺得他們的理想是不能行了，只好逃到藝術的共和國去，造些偉大的斯芬克斯（Sphinx），留給後人；以表明他們對當時的社會懷抱著悲憤。誰知沒出息的後起者，不能看破前人的苦衷，反造了些什麼『為藝術的藝術』和『為人生的藝術』的名詞出來，痛詆他們，以為他們是於人生無補的。

53　成仿吾：《真的藝術家》，《成仿吾文集》。
54　王爾德：《英國的文藝復興》。
55　[英]佩特：《文藝復興》，見《唯美主義》。
56　《田漢致郭沫若》（1920年2月29日），《郭沫若全集》文學編15卷。

依我看來始創這兩個名詞的法國文藝批評家，就罪該萬死。因為藝術就是人生，人生就是藝術，又何必把兩者分開來瞎鬧呢？試問無藝術的人生可以算得上人生麼？又試問古今來哪一種藝術品是和人生沒有關係？」[57]郭沫若也曾表示要使生活藝術化。[58]他們的話裏包含了通過藝術來慰藉人生，提高人的生活的質量的意思。

　　然而，早期創造社只是沾染了一層唯美主義色彩，其文學功用觀本質上還是雪萊式的浪漫主義的。卡利內斯庫指出，「『為藝術而藝術』是審美現代性反抗市儈現代性的最早產物，「泰奧菲爾‧戈蒂埃及其追隨者所設想的『為藝術而藝術』與其說是一種成熟的美學理論，不如說是一些藝術家團結戰鬥的口號，他們厭倦了浪漫派空洞的人道主義，感到必須表達自己對資產階級商業主義和粗俗功利主義的憎恨。」[59]同樣，我們可以說創造社成員偶爾提出的「為藝術」是論戰性的。從與文學傳統的關係上，我們可以說創造社的「為藝術」是對「文以載道」的反動；但創造社直接攻擊的對象並不是傳統，而是以文學研究會為代表的「人生派」。「人生派」的文學研究會成員和魯迅一直是創造社攻擊的對象。創造社的成員對新文學運動中的功利主義傾向心懷不滿。鄭伯奇就說過：「中國社會上的種種現象，沒有一件不使人不抱悲觀的。三四年來聲勢煊赫的新文學運動，也有與政治革命，社會改造趨於同一方向的危險了。」[60]而茅盾、魯迅對「為藝術而藝術」都曾有惡諡。茅盾把文學上的頹廢主義、唯

---

[57]　郁達夫：《文學上的階級鬥爭》，1923 年 5 月 27 日《創造周報》3 號。

[58]　郭沫若：《生活的藝術化》，1925 年 5 月 12 日《時事新報‧藝術》98 期。

[59]　[美]馬泰‧卡林內斯庫：《現代性的五副面孔》，顧愛彬、李瑞華譯，商務印書館2002 年 5 月版，51-52 頁。

[60]　鄭伯奇：《新文學的警鐘》，1923 年 12 月 9 日《創造周報》31 號。

美主義視為穿上了洋裝的名士派，是穿上了洋裝的舊的魔鬼。[61]魯迅也在《我怎麼做起小說來》一文中把「為藝術而藝術」看作「『消閒』的新式的別號」。[62]很多所謂論戰，其實有點像吵架，吵架時雙方自然會提高各自的嗓門，說出一些欠考慮的話。

郭沫若、成仿吾以至郁達夫都試圖調和唯美和功利之間的關係，他們的言論中回響著康德「無目的的目的性」這一悖論的聲音。郭沫若在自稱是讀了茅盾《論文學的介紹的目的》而感發的《論國內的評壇及我對於創作上的態度》中，一方面說：「我對於藝術上的功利主義的動機說，是不承認他有成立的可能性的。」一方面又表示：「有人說：『一切藝術是完全無用的。』這話我也不十分承認。我承認一切藝術，她雖形似無用，然在她的無用之中，有大用存焉。」[63]他又說：「純真的藝術品莫有不是可以利世濟人的，總要行其所無事才能有藝術的價值。」[64]這裏所說的也就是「無用之用」。他相信文藝有改造社會的作用：「人類社會根本改造的步驟之一，應當是人的改造。人的根本改造應當從兒童的感情教育、美的教育著手。有優美醇潔的個人才有優美醇潔的社會。因而改造事業的組成部分，應當重視文學藝術。」[65]他而且表示要追求藝術的殉教者與人類社會的改造者或者說藝術家與革命家的統一[66]。在《文藝之社會的使命》中，他既把文藝比作春日的花草，那麼它就無所謂目的。不過，他又說，

---

[61] 茅盾：《什麼是文學——我對於現文壇的感想》，《茅盾全集》18 卷，人民文學出版社 1989 年版。

[62] 魯迅：《我怎麼做起小說來》，《魯迅全集》4 卷，人民文學出版社 1981 年版。

[63] 郭沫若：《論國內的評壇及我對於創作上的態度》。

[64] 郭沫若：《論詩（通訊）》，《郭沫若研究資料》（上），王訓昭等編，中國社會科學出版社 1986 年 8 月版。

[65] 郭沫若：《兒童文學之管見》，1921 年 1 月《民鐸》2 卷 4 號。

[66] 郭沫若：《藝術家與革命家》，1923 年 9 月 9 日《創造周報》18 號。

「文藝乃社會現象之一，故必發生影響於社會。」在他看來，藝術有兩種偉大的使命。其一，「藝術可以統一人們的感情，並引導著趨向同一的目標去行動。」此項使命產生的機制是：「本來藝術的根底，是立在感情上的，感情是有傳染性的東西」。其二，「再從個人方面來說，藝術能提高我們的精神，使我們的內在生活美化。」「藝術既能提高精神，美化生活，所以從歷史上考察，藝術興盛的民族必然優美。」這樣說來，藝術的兩項使命都與一個國家或民族的強盛密切相關。所以，他提出：「我覺得要挽救我們中國，藝術的運動是決不可少的事情。……我們並不是希望一切的藝術家都成為宣傳的藝術家，我們是希望他把自己的生活擴大起來，對於社會的真實的要求要加以充分的體驗，要生一種救國救民的自覺。」於此可見自梁啟超以來的「文藝救國論」的餘響。他在《兒童文學之管見》中對文學的功利與非功利關係問題表述的意見更為明確──

> 文學上近來雖有功利主義與唯美主義──即「社會的藝術」與「藝術的藝術」──之論爭，然此要不過立腳點之差異而已。文學自身本具有功利的性質，即彼非社會的 Antisocial 或厭人的 Misanthropic 作品，其於社會改革上，人性提高上有非常深宏的效果，就此效果而言，不能謂為不是「社會的藝術」。他方面，創作家於其創作時，苟兢兢焉為功利之見所拘，其所成之作品必淺薄膚陋而不能深刻動人，藝術且不成，不能更進論其為是否「社會的」與「非社會的」了。要之就創作方面主張時，當持唯美主義；就鑒賞方面言時，當持功利主義：此為最持平而合理的主張。

我們可以清晰地看到郭沫若的文學功用觀：藝術從本體上來說無用，從客觀效果上來說有用；不僅有用，甚至可以實現救亡圖存的重任。

郭沫若的文藝思想容納了從歌德到雪萊等浪漫主義詩人到唯美主義、表現主義、未來主義作家、批評家文藝思想，以至於中國傳統思想[67]的複雜的成分，但就其主體而言是浪漫主義的；而且我認為，他受雪萊的影響最大，雪萊的文藝思想對郭氏的文藝思想——從文藝本體論到功用觀——起了定型作用。郭氏崇拜雪萊。《創造》季刊一卷四期為「雪萊紀念號」，其中有郭沫若譯《雪萊的詩》八篇和他編製的《雪萊年譜》。後出版單行本《雪萊詩選》。《雪萊的詩》前面的譯者的《小序》對雪萊大加讚美：「雪萊是我最敬愛的詩人中之一。他是自然的寵子，泛神宗的信者，革命思想的健兒。他的詩便是他的生命，他的生命便是一首絕妙的好詩。」他對雪萊的《為詩辯護》也是很熟悉的。他的《神話的世界》在談到詩與理智的關係時介紹了雪萊與其友人皮可克的那場著名的論爭。《為詩辯護》即是這場論爭的產物。如果我們把集中代表郭沫若早期文藝思想的《文藝之社會的使命》與《為詩辯護》加以比較，能清楚地看出他們之間的承繼關係。在說明文藝的本體時，雪萊用風掠過豎琴奏出不斷變化的曲調作比，來說明創作過程的自然性與自發性；而郭沫若則把文藝比作春日的花草，這可能就受到了雪萊的啟示。只是在對文藝本體的理解上，前者更強調想像，後者更強調情感。不過，雪萊又說：「情緒每增多一種，表現的礦藏便擴大一份」，也就是說想像的表現也即情感的表現，只是強調的重點有所不同。在文學功用觀

---

67　如他在《生活的藝術化》中抄引《莊子·達生》「梓慶削木為鐻」的故事，說明藝術家從事創作應該置功名、富貴、成敗於不顧。

上，他們表現出了更多的相同性。雪萊說：「詩的作用都是經由另外一種更為神聖的途徑。詩喚醒人心並且擴大人心的領域，使它成為能容納許多未被理解的思想結構的淵藪。」郭沫若說：「藝術可以統一人們的感情，並引導著趨向同一的目標去行動。」他更強調了由感情的溝通而導致行動。雪萊說：「詩增強了人類德性的機能，正如鍛煉能增強我們的肢體。」郭沫若說：「藝術能提高我們的精神，使我們的內在的生活美化。」雪萊認定了詩人對民族振興的重要性：「在一個偉大民族覺醒起來為實現思想上或制度上的有益改革而奮鬥當中，詩人就是一個最可靠的先驅、夥伴和追隨者。」因為他們靠自己神秘的稟賦感受了「時代的精神」。郭沫若要通過文藝運動來救國救民。他早就對朋友說過：「我的靈魂久困在自由與責任兩者中間，有時歌頌海洋，有時又讚美大地；我的 Ideal 與 Reality 久未尋出個調和的路徑來，我今後的事業，也就認定著這兩種的調和上努力建設去了。」[68]所以，他對唯美主義和功利主義的調和反映著一個生活在 20 世紀的中國知識份子的思想矛盾。這種矛盾同樣為其他創造社作家所具有。

郭氏所言在創作上當持的唯美主義，其主要的意思是反對創作時的功利主義動機，肯定文藝自身的獨立價值，其實與作為一種文藝思潮的唯美主義關係倒不是很大。本質上他要協調的是自我表現與社會功利之間的關係。同樣的努力在其他創造社作家的文章裏也比比皆是，他們試圖把社會功利納入自我表現的框架中，使它們有機地統一起來。對此，成仿吾有著明確的意識。他在《新文學之使命》中說：「我在這裏想由那個根本原理——以內心的要求為文學上

---

[68] 《郭沫若致田漢》（1920 年 2 月 25 日），《郭沫若全集》文學編 15 卷。

活動之原動力的那個原理，進而考察我們的新文學所應有的使命。」
他舉出了新文學的三項使命：「對於時代的使命」，「對於國語的使
命」，「文學本身的使命」。關於第一項，他指出，「我們是時代潮流
中的一泡，我們所創造出來的東西，自然免不了要有他的時代的彩
色。然而我們不當止於無意識地為時代排演，我們要進而把住時代，
有意識地將他表現出來。」「文學是時代的良心，文學家便應當是良
心的戰士。在我們這種良心病了的社會，文學家尤其是任重而道遠。」
「對於時代的虛偽與他的罪孽，我們要不惜加以猛烈的炮火。我們
要是真與善的勇士，猶如我們是美的傳道者。」在論述過「對於國
語的使命」後，他又強調「文學本身的使命」：「藝術派的主張不必
皆對，然而至少總有一部分的真理。」「至少我覺得除去一切功利
的打算，專求文學的全（Perfection）與美（Beauty），有值得我們
終身從事的價值之可能性。」[69]儘管表現出了強烈的功利性，但他
尚對藝術派的主張表示了充分的理解和寬容。在次年發表的《藝術
之社會意義》裏，他提出：「只要不是利己的惡漢，凡是真的藝術家，
沒有不關心於社會的問題，沒有不痛恨醜惡的社會組織而深表同情
於善良的人類之不平的境遇的。」藝術之所以能發展到今天，在於
它有社會價值。舉其大者，藝術的社會價值有兩種：一、同情的喚
醒。藝術由她所必有的社會的成分，利用人類對於美的憧憬，喚起
在人類中間熟睡了的同情。二、生活的向上。藝術由她所反映的生
活，提醒我們的自意識，促成生活的向上。[70]這裏所談的藝術的價值
與郭沫若所提出的藝術的兩項使命十分相近。成氏在此文中依舊表
示了對藝術派的理解和肯定。郁達夫受「世紀末」思潮的影響要深

---

[69]　成仿吾：《新文學之使命》，1923 年 5 月 20 日《創造周報》2 號。
[70]　成仿吾：《藝術之社會意義》，《成仿吾文集》。

一些，但他的意見和思路也與郭、成基本一致。他說：「我以為藝術雖離不了人生，但我們在創作的時候，總不該先把人生放在心裏。藝術家在創造之後，他的藝術的影響及於人生，乃是間接的結果，並非作家在創作的時候，先把結果評量定了，然後再下筆的。」[71]他反對「目的小說（或曰宣傳小說）」，「就是因為它處處顧著目的，不得不有損於小說中事實的真實性的緣故。原來小說的生命，是在小說中事實的逼真。」他這樣來看小說中的真、善、美：「小說在藝術上的價值，可以以真和美的兩條件來決定。若一本小說寫得真，寫得美，那這小說的目的就達到了。至於社會的價值，及倫理的價值，作者在創作的時候，盡可以不管。不過事實上凡真的美的作品，它的社會價值，也一定是高的。」[72]顯然，郁達夫比郭、成更注重美的價值，不重視直接的社會功利性價值。鄭伯奇力圖把「國民文學」的要求納入到自我表現中。他認為，藝術只是自我的表現，但這自我並不是抽象的，乃是現實社會的一個成員。「所以藝術雖不如『人生派』所主張，是『為人生』的，然而藝術卻也不能脫離人生，並且不能脫離現實的人生。」藝術家對於現實生活利害最切的國家，對於自己血液相同的民族，不會毫無感覺。因此，作家應「以國民的意識著意描寫國民生活或發抒國民感情」，即創作「國民文學」。[73]「國民文學」終究不是對文學的經驗描述，而是他開得一個藥方；既然如此，作家在創作「國民文學」時，又如何能做到他所說的「絲毫沒有功利觀念或利用文學的動機存在心裏」呢？

[71]　郁達夫：《〈茫茫夜〉發表以後》，《郁達夫全集》5卷。
[72]　郁達夫：《小說論》，《郁達夫全集》5卷。
[73]　鄭伯奇：《國民文學論》，1923年12月23日、30日，1924年1月6日《創造周報》33、34、35號。

　　自我表現強調表現的自發性，怎樣能保證它又能具有社會的價值呢？華茲華斯強調其沈思的習慣對情感的規範作用，使之符合社會的目的。創造社的作家主要是從人性論上來理解的。郭沫若說：「人性是普遍的東西，個性最徹底的文藝最為普遍的文藝，民眾的文藝。」[74]單憑普遍的人性還似乎不夠，他們又強調了教育、修養的重要性。郭沫若在一次演講中指出了美育的重要性：「藝術是我們自我的表現，但是我們也要求我們的自我有可以表現的價值和能力。美術教育的必要就在這兒。美術教育不是專教人以技巧，它是教人以做人的方針。我們在教育的熏陶之中要努力把我們自己修養成『美的靈魂』Seho ene Seele，最高的藝術便是這『美的靈魂』的純真的表現。」[75]成仿吾則要求提高作家的修養：「藝術與道德、社會及人生許有偶然的或必然的聯繫，然而它們都是第二義的要素，並且不是可以要求混入藝術的內容而能達到宣傳他們的目的同時保全其藝術的價值的。這些寧可說是一個藝術家的修養上的要素，我們可以對於藝術家為這種修養上的要求。一個藝術家如果真是道德的，真是對於社會有熱情，對於人生有信仰的時候，他的藝術自然是道德的、社會的而且熱愛人生的。」[76]

　　如果我們的目光不是拘泥於一兩篇文章或一些片言隻語，可以說早期創造社作家同樣是注重社會功利性的。他們之所以沒有像文學研究會作家那樣明確地提出功利主義或者說工具主義的文學功用觀，主要是因為受制於其表現論的文學本體論。然而，他們也偶爾

---

[74]　郭沫若：《給李石岑的信》，1921 年 1 月 15 日《時事新報‧學燈》。

[75]　郭沫若：《印象與表現──在上海美專自由講座演講》，1923 年 12 月 30 日《時事新報‧藝術》第 33 期。

[76]　成仿吾：《文藝批評雜論》，1926 年 3 月 5 日《創造周報》1 卷 1 期、3 期。

露出功利主義的傾向。如郭沫若要通過文藝來救國救民。成仿吾曾以時代名義引用郭沫若《女神》中的詩句向文學青年提出：「新中華的改造／正賴吾曹！」[77]他這樣看文藝批評的職責：「文藝批評的職務有二：1、批評作品的好醜，2、為作者教育民眾。在現在的中國，這第二條似乎比第一條還要緊，我們的批評家應當把民眾的腦髓換過一下，應當教他們如何去觀察，也教他們如何去思想。」[78]就是說批評家的主要任務是幫助實現文藝的功利價值。他也提倡「民眾藝術」：「我主張要『為民眾的藝術』。」「所謂『為民眾的藝術』是指為民眾供給精神上的食糧的藝術。它的特點是能給大多數人以精神上益處與美感而不失藝術上的價值。」[79]從成仿吾和其他創造社作家的言論中我們同樣可以看到啟蒙主義的要求。鄭伯奇在《〈中國新文學大系‧小說三集〉導言》中講得不錯：「成仿吾雖也同受了德國浪漫派的影響，可是，在理論上，他接受了人生派的主張。」鄭振鐸也較早注意到了創造社成員的文藝觀與文學研究會的主張的一致性，他的《〈中國新文學大系‧文學論爭集〉導言》在引用郭沫若《我們的文學新運動》中幾段話後，有云：「這卻是『血與淚的文學』的同群了。成仿吾在一九二四年也寫了一篇《藝術之社會的意義》，已不復囿於『唯美』的主張；雖然也還是說道：『既是真的藝術，必有它的社會的價值；它至少有給我們的美感』。但緊接著便自白道：『我們自己知道我們是社會的一個分子，我們自己知道我們在熱愛人類——決不論他的美惡妍醜。我們以前是不是把人類社會忘記了，可不必說，我們以後只當用十二分的意識把我們的熱愛表白一番』。這

---

[77] 仿吾：《歧路》，1922 年 11 月《創造》季刊 1 卷 3 期。
[78] 成仿吾：《無題》，1923 年 2 月《創造》季刊 1 卷 4 期「補白」。
[79] 成仿吾：《民眾藝術》，《成仿吾文集》。

便是創造社後來轉變為革命文學的集團的開始。」「在這個時候，他們的主張和文學研究會的主張已是沒有什麼實質的不同了。」有意思的是，郭沫若雖然諷刺文學研究會的主張「血與淚的文學」，但他明確表示他並不一概反對「血與淚的文學」，認為「血與淚的文學」可以由表現個人的苦悶來實現。如果把成仿吾的文藝思想與鄭振鐸的文藝思想加以比較，除了他們分屬兩個不同的文學團體外，我們實在看不出他們之間有什麼大的分歧。他們都是從表現論出發來要求文藝的社會價值，都明確地表示反對功利主義而實質上已在思想觀點中寄寓了功利主義的要求。在鄭氏看來，仿佛創造社的功利傾向是從唯美的主張變化來的，我不同意這一點。創造社從來就沒有真正的唯美主義的主張，只是他們的功利主張更多的時候帶著一層唯美的裝飾而已。

　　怎樣解釋創造社和文學研究會在文學功用觀上的歧異呢？儘管鄭振鐸在《〈中國新文學大系・小說三集〉導言》中說創造社成員「在外國住得很久」的觀點遭到過非議[80]，也許他的觀點和表述還需要作進一步的修正，但我認為他所舉出的原因仍是關鍵性的。浪漫主義傾向在五四時期出現有其歷史的合理性，然而浪漫主義的尊崇自我、張揚個性又與當時知識份子擔負的救亡圖存的社會使命構成衝突。五四作家大都或多或少地帶有浪漫主義色彩，而批評家卻大都傾向於現實主義。所以事實上，浪漫主義處於一個受壓抑的狀態。在這種情況下，與中國的社會現實的距離就會在作家的人生觀、文學觀和創作上產生不同的影響。我們只要把郭沫若、成仿吾、郁達夫等人與文學研究會的主要批評家茅盾、鄭振鐸的情況作一對比即

---

[80]　參閱魏建：《十年思索的再思索──評八十年代的創造社研究》，《創造社叢書・理論研究卷》，學苑出版社 1992 年 10 月版。

可清楚。茅盾、鄭振鐸是在國內滾打出來的，在思想上直接繼承了《新青年》的影響，儘管他們後來也較廣泛地涉獵了外國文學和外國文學理論，但他們是以立足於中國現實的眼光去向外看的。創造社的幾個主要成員就不同了。一個過早承擔家庭生活重擔的孩子會早知世事的艱辛，生活的選擇自然就會更堅實、更有責任感。茅盾、鄭振鐸就是這樣，故顯得少年老成。郭、郁、成等人在國外儘管也屢受物質和精神上的困厄，然而他們的精神相對自由得多，更帶有青春的本色。他們的知識視野也迥乎不同，這一點鄭伯奇已經說到了。

與早期創造社一樣，主張「為藝術」的文學社團還有淺草社、沉鐘社與彌灑社等。這些社團的成員們對理論批評都不感興趣，但我們仍可以通過其零散的言論清楚地看出他們的傾向。淺草社、沉鐘社成員決心像德國象徵派劇作家霍普特曼的名作《沉鐘》裏那個叫亨利的鐘師一樣，獻身於藝術，要求對藝術的「嚴肅與忠誠」，「聽從純潔的內心指使」[81]，認為作品「應該完全是內心的真實的表現」[82]。他們之所以願意成為繆斯的信徒，是因為他們相信：「在現實生活中，只有藝術可以使『生活』更為高潔，並且保持一種莊嚴性。」[83]他們希望「從『淺草』新萌的嫩綠中，灌溉這枯燥的人生。」[84]胡山源在《彌灑》創刊宣言中稱：「我們乃是藝術之神；我們不知自己何自而生，也不知自己何為而生；我們唱；我們舞；我們吟；我們寫；我們吹；我們彈；我們一切作為只知順著我們的 Inspirations（靈感──引者）！」[85]從第二期的《彌灑》開始，扉頁上即註明這是「無

---

[81] 石君（羅石君）：《前置語》，1923 年 7 月 5 日《民國日報‧文藝旬刊》。

[82] 楊晦：《唏露集序》，1933 年 1 月《沈鐘》20 期。

[83] 陳翔鶴：《關於〈沉鐘〉的過去現在及將來》，1933 年 10 月《現代》3 卷 6 期。

[84] 《卷首小語》，1923 年 3 月《淺草》1 卷 1 期。

[85] 胡山源：《宣言》（《彌灑臨凡曲》），1923 年 3 月《彌灑》1 期。

目的無藝術觀不討論不批評而只發表順靈感所創造的文藝作品的月刊」。話雖如此,然而正如魯迅所說,彌灑社是有自己的「假想敵」的[86],這「假想敵」就是以文學研究會為代表的「人生派」。該社成員試圖更徹底地實踐「為藝術」的主張。在「為藝術」這一點上,淺草社、沉鐘社與彌灑社比早期創造社堅持的時間更長,走得也更遠。


## 三、武器的藝術

浪漫主義的文論和創作總不可避免地反映著理想和現實的尖銳衝突。理想主義是浪漫主義的一個顯著的精神特徵。勃蘭兌斯曾經說過:「無限的憧憬!讓我們記住這個詞兒,因為它正是浪漫主義文學的基礎。」[87]早期創造社成員對浪漫主義的理解中就包含著理想主義,這一點值得特別注意。張資平說:「浪漫主義和理想主義(Idealism)保持有親密的關係;換句話說,浪漫主義對不完全的現實世界和因合理的思想而更化為乾燥無味的現實生活極抱不滿,因此不能不求主觀的想像的世界。」[88]郭沫若向往理想主義,對冷靜、客觀的自然主義不滿:「20世紀是理想主義復活的時候,我們受現實的苦痛太深巨了。現實的一切我們不惟不能全盤肯定,我們要准依我們最高的理想去否定它,再造它,以增進我們全人類的幸福。半冷不熱,不著我相,只徒看病,不開藥方的自然主義已經老早過去

---

[86] 魯迅:《〈中國新文學大系〉小說二集序》,《魯迅全集》6 卷,人民文學出版社 1981 年版。
[87] 《十九世紀文學主流》第二分冊,229 頁。
[88] 資平:《浪漫主義》,1925 年 8 月 7 日、9 日、11 日、20 日《晨報副刊》1243 號、1245 號、1247 號、1248 號。

了。」[89]當理想與現實發生尖銳的衝突的時候，選擇不外兩種：一是逃避，沉迷到藝術的共和國裏去避難；另一種是反抗，試圖用理想來改造現實。

創造社的基本態度是反抗，這我已在第一節中作過論述。鄭伯奇也明確說過：「真正的藝術至上主義者是忘卻了一切時代的社會的關心而籠居在『象牙之塔』裏面，從事藝術生活的人們。創造社的作家，誰都沒有這樣的傾向。郭沫若的詩，郁達夫的小說，成仿吾的批評，以及其他諸人的作品都顯示出他們對於時代和社會的熱烈的關心。所謂『象牙之塔』一點沒有給他們準備著。他們依然是在社會的桎梏之下呻吟著的『時代兒』。」他又指出創造社的浪漫主義與「世紀末」思潮的區別：「創造社的傾向雖然包含了世紀末的種種流派的夾雜物，但，它的浪漫主義始終富於反抗的精神和破壞的情緒。」[90]

創造社成員自 1925 年下半年開始走向革命文學，受到了社會革命浪潮的衝擊和創造社集團的裏挾。五卅運動給予他們強烈的震撼，使他們把目光更多地投向自身以外。創造社的走向革命文學並非一百八十度的大轉彎，而是有著內在的根據。正是因為他們胸懷反抗和改造社會的理想，他們才走向了社會革命。無產階級革命為他們指示了一條反抗的現實出路。郭沫若目睹了五卅慘案，並在「五卅」的熱潮中寫了《聶嫈》這個悲劇。作者自己把它稱為「一個血淋淋的紀念品」[91]。他的思想和文章從此為之一變。北伐在五卅運動後

---

[89]　郭沫若：《未來派的詩約及其批評》，1923 年 9 月 2 日《創造周報》17 號。
[90]　鄭伯奇：《〈中國新文學大系‧小說三集〉導言》。
[91]　郭沫若：《寫在〈三個叛逆的女性〉後面》，《三個叛逆的女性》，光華書局 1926 年 4 月版。

　　不久開始，成仿吾、郭沫若、郁達夫、王獨清、穆木天、鄭伯奇等先後到達革命的策源地廣州，開始了新生活。郭沫若更以高度的政治熱情投身於北伐戰爭和南昌起義的革命實踐。在 1926 年 7 月北伐前，他已經接受了馬克思主義和革命文學理論，南昌起義失敗後他回到上海，更加旗幟鮮明地倡導革命文學。在成仿吾的鼓動下，1927年底，李初梨、馮乃超、彭康、朱鏡我、李鐵聲五人從日本回到上海，帶回了較系統的馬克思主義理論。1928 年創造社創刊了《文化批判》，這是創造社全面走向革命文學的標誌。該刊和同時的《創造月刊》積極介紹馬克思主義的社會科學，大力宣傳馬克思主義的文藝理論，高擎無產階級文學的旗幟。從國際的背景來看，革命文學的興起得益於國際共產主義運動和無產階級革命文學運動。

　　以上幾個方面的原因都是眾所周知的。我認為，學術界在探討創造社走向革命文學時忽略了成員個人的生活感受。社會革命的醞釀需要社會心理基礎，而社會心理則源於個體的生活感受。無論是留學日本，還是在國內謀生，他們感受最深的是來自現實生活的壓迫。有一句熟語叫「乾柴烈火」，正是這種對生活的切身感受，才是革命之火在他們心頭燃起的動力之源。他們在物質生活上感到窮困潦倒。創造社的幾個主要成員都沒有固定的職業。郭沫若於 1923 年4 月在日本九州帝國大學畢業後，帶著安娜和三個孩子回到上海，以賣文為生，「過著奴隸加討口子的生活」，「連坐電車的車費都時常打著饑荒」。[92] 1924 年初，苦於生活的壓迫，安娜不得不帶著孩子折回日本福岡。郁達夫也頗受生活顛沛流離之苦。他們對社會現實深深地失望，並感到尖銳的對立。1921 年春，郭沫若回到上海，看到中

---

[92]　郭沫若：《創造十年》，現代書局 1932 年 9 月版，265 頁。

國的時局，他在國外時對祖國的美好想像「像滿盛著葡萄酒的玻璃杯碰在一個岩石上來了」。[93]《創造十年》有兩處提到作者傷心地流淚，並用了「流瀉」、「洶湧」[94]等詞。他們在日本留學時，「讀的是西洋書，受的是東洋氣」[95]。郁達夫說他的《沉淪》、《南遷》有幾處說及日本的國家主義對於中國留學生的壓迫。[96]在國內，他們感覺到受了書賈、文人、社會上有地位的人的虐待，郁達夫把創造社的叢書、季刊、日刊、周報的停辦都歸咎於他們。[97]郭沫若把創造社和泰東書局的脫離比作奴隸對奴隸主的革命。[98]郁氏在其散文《給一位文學青年的公開狀》中以辛辣的諷刺借機發洩對社會現實的強烈的憤懣，譴責中國社會的不合理。成仿吾的情況與郭、郁二人不同，由於事業和婚姻上的失意，他的態度更為憤激。在題為《江南的春訊》的致郁達夫的信中，他自陳：「在我回國後這三年之間，我的全身神差不多要被悲憤燒毀了。這兩種激盪不寧的感情就好像兩條惡狠狠的大蛇，只是牢牢地纏住我不肯鬆放。奄奄待斃的國家，齷齪的社會，虛偽的人們，渺茫的身世，無處不使人一想起了便要悲憤起來。」成仿吾的悲憤包含著他自己的生活感受，主要來自他在社會現實面前的失敗感。一是所從事的文學事業的失敗。他說：「我抱了反抗的宗旨回到中國來，你是知道的。這三年中間，我的反抗有時雖然也成了功，然而最後的結果都是弄的幾乎無處可以立足，不僅多年的朋友漸漸把我看得不值一錢，便是在我自己並沒有野心想要加入的

---

93　《創造十年》，111 頁。
94　《創造十年》，112 頁、115 頁。
95　《郭沫若致宗白華》（1920 年 3 月 3 日），《郭沫若全集》文學編 15 卷。
96　郁達夫：《〈沉淪〉自序》，《沉淪》，泰東書局 1921 年 10 月版。
97　編者（郁達夫）：《編輯後》，1927 年 1 月 16 日《洪水》3 卷 25 期。
98　《創造十年》，270 頁。

文學界──在這樣的文學界，我也不僅遭了許多名人碩學的傾陷，甚至一些無知識的群盲也群起罵我是黑旋風，罵我是一匹瘋狗。」他把這種怨憤指向了「釀成這種現象的社會全體」。二是個人婚姻上的失敗。他寫道：「關於我結婚的事，我以為你此後倒可以不要再為我憂愁，因為我只要聽到女人二字，就好像看得見一張紅得可厭的嘴在徐徐翻動著向著我說：『你雖也還年輕，不過相貌太不好，你的袋裏也沒有幾多錢。』托爾斯泰生得醜陋，每以為苦，但是他頗有錢，所以倒也痛飲過青春的歡樂。像我這樣赤條條的人，我以為決不會有什麼女人來纏我，對於一個 misogamist（厭惡婚姻者──引者），這倒也不是怎樣壞的境遇。」每個正常的人都要為自己的生存辯護，成仿吾也當然不例外。他把個人婚姻的失敗的責任也推在了社會的身上。這更增添了他對社會的仇恨。這生活和事業的雙重的失敗感激發了他對社會的進一步反抗。他說：「近來更覺我與社會之間已經沒有調和的餘地了。」「我現在悲憤的深淵之中發現了『反抗』這條真理，我從此以後更要反抗，反抗，反抗！孤獨的朋友呀，我們仍來繼續我們的反抗，反抗到那盡頭，要死便一齊同死！」[99]這種魚死網破的反抗情緒，一遇到革命的火星便會被熊熊燃起。浪漫主義者是把詩人看作先知和改造人類生存方式的英雄的，雪萊在《為詩辯護》中就把詩人看作先知和立法者，並以華美的詞句禮贊了詩人，卡萊爾在《英雄和英雄崇拜》一書中把詩人也視為英雄。創造社成員步入文壇之初也都自視甚高。自我的期望值高，失望和幻滅也就會更深。

---

[99] 成仿吾：《江南的春訊》，1924 年 4 月 13 日《創造周報》48 號。

　　郭沫若在《孤鴻》中自述了自己世界觀的轉變過程。他由翻譯河上肇的《社會組織與社會革命》接受了馬克思主義，使他對資本主義的憎恨和對於社會革命的嚮往得到了理性的照耀。他正是聯繫自己所遭受的物質和精神的困厄，找不到人生出路的茫然心境，來談自己的覺悟的。他說：「時代的不安迫害著我們的生存。我們微弱的精神在時代的荒浪裏好像浮蕩著的一株海草。我們的物質生活簡直像伯夷叔齊困餓在首陽山上了。以我們這樣的精神，以我們這樣的境遇，我們能夠從事於翻醒的陶醉嗎？」又說：「我們所共通的一種煩悶，一種倦怠……是我們沒有這樣的幸運以求自我的完成，而我們又未能尋出路徑來為萬人謀自由發展的幸運。我們內部的要求與外部的條件不能一致，我們失卻了路標，我們陷於無為，所以我們煩悶，我們倦怠，我們飄流，我們甚至常想自殺。芳塢喲，我現在覺悟到這些上來，我把我從前深帶個人主義色彩的想念全盤改變了。」[100]

　　創造社成員是把熱情當作創作的原動力的，然而，他們的熱情之火在現實的迫壓下很快地委頓了，創作也隨思想一起跌入低谷。他們減弱甚至失去了對文學本身的熱情。他們一度拋開文學從事實際的革命活動即是一個凸出的證明。成仿吾似乎走得更遠，講道：「沒有比文藝還不值錢的。……假如有人說這是暴慢的武斷的話，那麼，你尊貴的文學家喲，我且問你們，你們的寶貴的作品，就假定在藝術上已到完全的境地，對於人生它究竟能有什麼貢獻呢？」[101]聯繫作者個人的背景，我相信他是帶著憤激情緒的。不過，與他過去對

---

[100] 郭沫若：《孤鴻》，1926 年 4 月 16 日《創造月刊》1 卷 2 期。文末署明作於 1924 年 8 月 9 日，但文章表明的思想與他在此後幾個月所發表的文章──如《生活的藝術化》（1925 年 5 月）、《文藝之社會的使命》（1925 年 5 月）──觀點差別甚大，故對郭氏自述的接受馬克思主義影響的時間我們需要保持懷疑。

[101] 成仿吾：《今後的覺悟》，1925 年 10 月 16 日《洪水》1 卷 3 期。

文藝的讚美相對照，我們還是感覺到這好像昨天還讚美文藝如女神，今天便誣罵她為娼妓。值得注意的是，不把文藝看得那麼高尚、純潔，這為他們以後使文藝服從別的目的掃清了心理的障礙。不管是對於人生還是創作，他們都需要補充新的能源，重新燃起心頭之火，充滿理想和激情的革命正適合了他們的心理需要。

　　郭沫若以他那詩人的敏感最早感受到革命文學的要求，在《洪水》時期努力調整自己，告別過去，並開始提倡革命文學。他和過去告別是從 1925 年下半年開始的。在作於 1925 年 11 月的《〈文藝論集〉序》中稱：「我從前是尊重個性，景仰自由的人，但在最近一兩年之內與水平線下的悲慘社會略略有所接觸，覺得在大多數人完全不自主地失掉了自由，失掉了個性的時代，有少數的人要來主張個性，主張自由，總不免有幾分僭妄。」[102]他在《〈塔〉前言》[103]中帶著悵惘的心情和自己的浪漫時期告別：「啊，青春喲！我過往的浪漫時期喲！我在這兒和你告別了！」「我悔我把握你得太遲，離別你得太速，但我現在也無法挽留你了。」1926 年 5 月他接連發表《文藝家的覺悟》、《革命與文學》，提倡革命文學。在前一篇文章中他明確宣稱：「我們現在所需要的文藝是站在第四階級說話的文藝，這種文藝在形式上是寫實主義的，在內容上是社會主義的。」[104]在後一篇中，他交代這是歐洲的新興文藝的特點，認為中國的要求已經與世界的一致。郭沫若後來對他在《洪水》時期的方向轉換的評價有所保留，原因是這一時期的轉換是「自然發生性的」，「沒有十分清晰的目的意識」，不像《文化批判》時期那樣有明確的唯物辯證法的

---

[102]　沫若：《〈文藝論集〉序》1925 年 12 月 16 日《洪水》半月刊 1 卷 7 期。

[103]　《塔》，商務印書館 1926 年 1 月版。

[104]　沫若：《文藝家的覺悟》，1926 年 5 月 1 日《洪水》半月刊 2 卷 16 期。

理論自覺。這「目的意識」是他衡量一個人能否成為真正的無產階級戰士的決定性標準。[105]

革命文學理論的倡導具有歷史的必然性，因為在階級鬥爭空前激烈的社會現實面前，五四時期的啟蒙主義話語已經顯得蒼白無力，不能回應時代的需要。後期創造社成員高度肯定理論批評對於革命文學的指引和推動作用。李初梨歸國伊始就打出「理論鬥爭」的旗幟[106]，在答覆錢杏邨公開信的公開信中，引用列寧「沒有革命的理論，就沒有革命的行動」的名言，強調在革命文藝陣營的內部，「『理論鬥爭』，是刻不容緩的一件急務」。[107]成仿吾要求進行「意識形態的全面的批判」，「將布爾喬亞意德沃羅基（Ideologie）（意識型態的音譯——引者）與舊的表現形式奧伏赫變（德語 aufheben 的譯音，即揚棄——引者），從而獲得革命的意識，促成文藝方向的轉換。[108]在革命文學的提倡和論爭的初期，後期創造社的理論的建設大致包括了以下幾個主要的方面：要求作家具有無產階級的世界觀和正確的階級立場，要求文藝在階級鬥爭中充分發揮它的意識形態功能，肯定革命文學的合法性與合理性，探索與革命文學合拍的文學形態，批判以個人主義為基礎的新文學傳統。批評家們很少涉及革命文學的表現對象問題，這表明他們對此問題感到陌生。而太陽社成員在這個問題上的主張更為明確。郭沫若在《文學革命之回顧》中坦率地承認：「古人說『文以載道』，在文學革命的當時雖曾盡力的加以抨擊，其實這個公式倒是一點也不錯的。道就是時代的社會意識。」文

---

[105] 麥克昂（郭沫若）：《文學革命之回顧》，《文藝講座》第一冊，上海神州出版社 1930 年 4 月版。

[106] 李初梨：《怎樣地建設革命文學》，1928 年 2 月《文化批判》2 號。

[107] 李初梨：《一封公開信的回答》，1928 年 3 月《文化批判》3 號。

[108] 成仿吾：《全部批判之必要——如何才能轉換方向的考察》，1928 年 3 月《創造月刊》1 卷 10 期。

學革命的倡導者雖然也持工具論的文學觀，在文學精神上仍與「文以載道」相通，但他們的思想至少有一點與「文以載道」截然不同：文學革命的倡導者們所要表現的「道」要經過個人自主的選擇，是個人主義式的，不是既定的。到了革命文學，「文以載道」實現了現代的復歸。

革命文學理論是一種文藝的工具論。成仿吾贊同蘇俄把文藝當作不同於外交、經濟戰線的第三戰線的主力，說：「這第三戰線的戰略與目標是與第一第二戰線上的完全不同的。我們這種征戰的目的不僅在擊破而在於獲得，我們要獲得人類一顆顆的赤心。這是我們這種文藝戰的特色，也是他所以能有如此偉大的勢力的緣故。」[109]他在《從文學革命到革命文學》宣稱，世界已分成了「資本主義的餘毒法西斯蒂的孤城」和「農工大眾的聯合戰線」兩個戰壘，「各個細胞在為戰鬥的目標組織起來，文藝工人應當擔任一個分野。」他並且要求：「誰也不許站在中間。你到這邊來，或者到那邊去。」[110]他這時又痛罵「為藝術而藝術」：「為文藝的文藝是布爾喬亞的麻醉藥，在十字街頭豎起象牙之塔的人是有產者社會的走狗。」[111]郭沫若：「文藝是階級的勇猛的鬥士之一員，而且是先鋒。」[112]馮乃超說：「藝術是人類意識發達，社會構成的變革的手段。」[113]又說：「一切的藝術，不把它高級化——不把它從社會生活游離化的時候，它是社會生活（感情、情緒、意欲等）的最良好的組織機關。」[114]李初梨對什麼

---

[109] 仿吾：《文藝戰的認識》，1927 年 3 月 1 日《洪水》半月刊 3 卷 28 期。

[110] 成仿吾：《從文學革命到革命文學》，1928 年 2 月《創造月刊》1 卷 9 期。

[111] 成仿吾：《全部的批判之必要——如何才能轉換方向的考察》，1928 年 3 月《創造月刊》1 卷 10 期。

[112] 麥克昂（郭沫若）：《桌子的跳舞》，1928 年 5 月《創造月刊》1 卷 11 期。

[113] 馮乃超：《藝術與社會生活》，1928 年 1 月《文化批判》1 號。

[114] 馮乃超：《中國戲劇運動的苦悶》，1928 年 9 月《創造月刊》2 卷 2 期。

是文學提出以下幾個命題:「文學,是生活意志的表現。」「文學,有它的社會根據——階級的背景。」「文學,有它的組織機能——一個階級的武器。」這些文學命題像絕大多數革命文學中提出的命題一樣並沒有得到認真的論證。在這幾個命題的基礎上,他試圖表述革命文學的內涵:「革命文學……應當而且必然是無產階級文學」。「無產階級文學是:為完成他主體階級的歷史的使命,不是以觀照的——表現的態度,而以無產階級的階級意識,產生出來的一種的鬥爭的文學。」所以,他明確提出革命文學的任務——

> 我們知道,社會構造的上層建築,與下層建築是互相為用的,挖牆腳是我們的進攻,揭屋頂也是我們的辦法。有產者既利用一切藝術為他的支配工具,那麼文學當然為無產者的重要的戰野。所以
> 我們的作家,是
> 「為革命而文學」,不是
> 「為文學而革命」,
> 我們的作品,是
> 「由藝術的武器到武器的藝術。」[115]

其他的創造社成員也這樣直接表明了要求革命文學成為「武器的藝術」的訴求。[116]

---

[115] 李初梨:《怎樣地建設革命文學》,1928 年 2 月《文化批判》2 號。

[116] 參閱成仿吾:《全部批判之必要——如何才能轉換方向的考察》;彭康:《「除掉」魯迅的「除掉」!》,1928 年 4 月《文化批判》4 號;忻啟介:《無產階級藝術論》,1928 年 5 月《流沙》半月刊 4 期;乃超:《怎樣地克服藝術的危機》,1928 年 9 月《創造月刊》2 卷 2 期。

　　革命文學家所要求的即充分發揮文學的意識形態功能，對此論述得最明白的要數學哲學出身的彭康。他的《革命文藝與大眾文藝》批判了郁達夫提出的「大眾文藝」，說它企圖抹殺文藝的階級性。他引用盧那察爾斯基（Lunatscharsky）的話：「文藝是生產關係上的一定的社會構造；文藝對於經濟的基礎為上部構造是有兩方面的關係：第一它是產業即生產底一部，第二它是意識形態（Ideologie）。」他闡發了文藝作為一種意識形態的特殊性。一般的意識形態具有「社會生活組織化」的功能。處於同樣生產關係的人們在同樣的生活樣式的上面引發同樣的思想、感情及趣味，而一定的意識形態則將它們體系化、理論化，並鞏固起來，使同樣生活的人們因同樣的生產關係更能成為一個有意識的階級。所謂生活的組織化大體上都是思想的組織化。思想的組織化是對於現實社會的認識。「文藝為意識形態的一部門，當然也是思想的組織化，但它為特殊的一部門，同時也是感情的組織化。文藝不僅是現實社會底反映，但以與內容相適合的音調，色彩，形態，言語表現出來，格外使得文藝是感情的，強有力的。文藝是思想的組織化，同時又是感情的組織化。文藝不僅是現實社會底熱烈的直接的認識機關，還是文藝家對於現實社會的一定的見解及最期望的態度之宣傳機關。」以上所言是文藝的實踐性，它同時還有其階級性：「一個人的生活雖然很複雜，可以與別個階級發生關係，但它底根本基調是屬於他的階級的。文藝家實感著這樣的生活情調，更容易帶有階級的意味」。於是革命文藝的任務是：「在階級立場及階級意識之下，思想的組織化使讀者得到舊社會的認識及新社會的預圖，感情的組織化使讀者引起對敵人的厭惡，

對於同志的團結，激發鬥爭的意志，提起努力的精神，這是革命文藝的根本精神，也是它的根本任務。」[117]彭康、李初梨與其他革命文學鼓吹者一樣，從蘇聯「無產階級文化派」的代表人物波格丹諾夫的「組織生活」論出發，解說「文藝是宣傳」的教條，抹殺了作家創作、文藝表現生活的特點和複雜過程。他們站在庸俗社會學的立場上來看文學，來要求文學，用辨證唯物論和歷史唯物論的觀點來套文學，更多的是把文學等同於一般的意識形態。這是造成革命文學創作中的公式化、概念化的直接原因之一。

　　1928 年興起的革命文學運動事實上是國共兩黨之間的戰爭在文學上的延續，是戰爭的一翼。據鄭伯奇回憶，當創造社提出革命文學之後，很快受到中共的重視和關心。黨曾派專人到創造社進行指導，並組織一部分人學習。經過政治理論和實際鬥爭的鍛煉，彭康、馮乃超、李初梨和朱鏡我先後參加了黨組織。之後，共產黨就通過他們更直接、更有力地指導了創造社的活動。[118]這說明在當時的戰爭環境下，不論是創造社還是中共黨組織都有把革命文學運動當作戰爭的一翼的自覺。戰爭的雙方對壘分明，戰爭的邏輯是你死我活，這形成了革命文學家非此即彼的思維方式。在他們對文藝性質的表述中，有關戰爭的比喻和辭彙比比皆是。

　　那麼，「為革命而文學」的合法性與合理性是什麼呢？李初梨在《怎樣地建設革命文學》一文中引用了美國作家辛克萊（Upton Sinclair）《拜金藝術》中的話：「一切的藝術，都是宣傳。普遍地，而且不可逃避地是宣傳；有時無意識地，然而常時故意地是宣傳。」

---

[117]　彭康：《革命文藝與大眾文藝》，1928 年 11 月《創造月刊》2 卷 4 期。

[118]　鄭伯奇：《創造社後期的革命文學活動》，《創造社資料》（下），饒鴻兢等編，福建人民出版社 1985 年 1 月版。

文學是藝術的一種，理所當然的是宣傳了。李正是在辛克萊的命題的基礎上提出自己的文學觀點的。後者的命題儘管用的是判斷句，但並不是藝術的本體論，而是藝術的功用觀。這個命題在革命文學家中被廣泛地接受。郁達夫頂多只是革命文學的同路人。他不願拋棄自己的個性和自由，改變自己已經定型化的全部生活。在郭沫若、成仿吾等其他創造社成員看來，他是一個落伍者。然而，就連他也接受了「文學是宣傳」的命題，並口氣堅決地說：「這一句話（指『文學是宣傳』──引者），是無論把文學狹義的或廣義的解釋起來，都可以說得通的。」[119]這個命題正是有意混淆了文學所具有的廣義的宣傳和狹義的宣傳作用的不同，兩者之間的區別應該說是常識性的。另外，我們還記得上文引用過的郭沫若的話：「有產者既利用一切藝術為他的支配工具，那麼文學當然為無產者的重要的戰野。」既然文學本來是宣傳，而且剝削階級已經這樣做了，那麼無產階級用文學來宣傳自己的意識形態也就名正言順了。

上面說的是「為革命而文學」的合法性。所謂「合理性」，我指的是革命文學出現的必然性和用它來承受革命任務的可能性。李初梨的《怎樣地建設革命文學》從社會存在決定社會意識的馬克思主義原理出發，指出：「中國一般無產大眾的激增，與乎中間階級的貧困化，遂馴致智識階級的自然增長的革命要求。這是革命文學發生的社會根據。」所以新興的革命文學作為歷史運動的出現具有「必然性」：「革命文學，不要誰的主張，更不是誰的獨斷，由歷史的內在的發展──連絡，它應當而且必然地是無產階級文學。」成仿吾的《全部的批判之必要──如何才能轉換方向的考察》一文著重從

---

[119] 郁達夫：《文學漫談》，《郁達夫全集》6 卷，浙江文藝出版社 1992 年 12 月版。

意識形態和上層建築的關係上，說明經濟基礎的變動決定了作為一種意識形態的文學的必然變革。關於文藝承擔革命任務的可能性，彭康等人在論述革命文學的功用時已經談到。郭沫若在《文藝家的覺悟》、《革命與文學》中提出「文學是革命的前驅」，文學何以能如此？郭氏是從心理學上來解釋的。他說神經質的人感受性很銳敏，能比別的氣質的人更早感覺到階級的壓迫，叫喊出革命的需要，而這樣的人多半傾向於文藝。他舉的例子有 1789 年法國大革命前的伏爾泰、盧梭和 1917 年俄國革命前的文豪們，只是這些例子僅僅被泛泛地點到，不能令人信服。

　　創造社的革命文學的提倡者們還對革命文學所應具備的形態進行了探討。他們開始告別浪漫主義，走向新的現實主義。郭沫若在《文藝家的覺悟》、《革命與文學》兩篇文章裏即明確提出革命的文藝在形式上應該是寫實主義的。差不多同時，穆木天發表《寫實文學論》[120]，提倡現實主義。他對寫實文學的理解很寬泛，他所謂「寫實」就是要求寫出人生的實感，即經過作家深刻體驗過的「人間味」。他的觀點與郭沫若以及下面我就要談到的李初梨的觀點的差距甚大，如認為寫實文學是「自我表現的一種形式」，是「個人主義的發展」，這是郭、李二氏肯定不會同意的。李初梨說：「現在我們讀者的要求，……不僅是空疏的幾聲叫喊，而是問題的證明。我們如果要滿足他們這種要求，我們只有採取寫實的形式。」為了與其他的寫實主義相區別，他把站在無產階級立場上的寫實主義稱為「普羅

---

[120] 1926 年 6 月《創造月刊》1 卷 4 期。王獨清在《創造社——我和它的始終與它的總帳》（1930 年 12 月 20 日《展開》1 卷 3 期）中說：「穆木天一面寫《寫實主義文學論》的論文，一面卻做著 Samain 與 Gourmont 式的象徵詩歌」。這說明創造社成員對現實主義的提倡是從理性認識開始的。

列塔利亞寫實主義」。[121] 以上幾人對現實主義的提倡不是來自於對新文學的現實主義傳統的繼承，而是來自於國際無產階級運動的影響。郭沫若在《革命與文學》中有云：「在歐洲今日的新興文藝，在精神上是徹底表同情於無產階級的社會主義的文藝，在形式上是徹底反對浪漫主義的寫實主義的文藝。這種文藝，在我們現代要算是最新最進步的革命文學了。」他說中國的要求也是如此。李初梨直接受到發表於 1928 年 7 月《太陽月刊》第七期的藏原惟人的《到新寫實主義之路》的影響。藏原惟人把近代的寫實主義分為三種：布爾喬亞寫實主義、小布爾喬亞寫實主義、普羅列塔利亞寫實主義。為了充分發揮文學發動民眾的宣傳效果，形式上的通俗化是當然的選擇。成仿吾說得十分明白：「普羅列塔利亞文學的作品必須得民眾理解和歡迎。為這個緣故，用語的通俗化是絕對必要的。」[122] 在稍早的《從文學革命到革命文學》中他就強調：「我們要使我們的媒質接近農工大眾的用語，我們要以農工大眾為我們的對象。」成仿吾較早地提出了通俗化的問題，不過他的提倡還基本停留在語言上。太陽社成員林伯修明確地提出普羅文學的大眾化問題：「普羅文學，它是普羅底一種武器。它要完成它作為武器的使命，必得要使大眾理解。……這是普羅文學底實踐性底必然的要求；同時，也是普羅文學底大眾化問題底理論的根據。」[123]

　　革命文學產生的關鍵在於作家個人，前提是他具有無產階級世界觀和正確的階級立場。成仿吾在《從文學革命到革命文學》中說，革

---

[121] 李初梨：《對於所謂「小資產階級革命文學」底抬頭，普羅列塔利亞文學應該怎樣防衛自己？——文學運動的新階段》，1929 年 1 月《創造月刊》2 卷 6 期。

[122] 成仿吾：《革命文學的展望》，《成仿吾文集》。

[123] 林伯修：《1929 年急待解決的幾個關於文藝的問題》，《「革命文學」論爭資料選編》（下），人民文學出版社 1981 年 1 月版。

命文學作家「要努力獲得階級意識」。李初梨把「普羅列塔利亞寫實主義」限定為「站在無產階級立場上的寫實」。他在《怎樣地建設革命文學》中指出：「無產階級文學是……以無產階級的階級意識，產生出來的一種的鬥爭的文學。」一個作家不論他出身於哪個階級，都可以參加到無產階級文學運動中去；不過先要審察他的動機，看他是「為文學而革命」，還是「為革命而文學」。「假若他真是『為革命而文學』的一個，他就應該乾乾淨淨地把從來他所有的一切布爾喬亞意德沃羅基完全地克服，牢牢地把握著無產階級的世界觀——戰鬥的唯物論，唯物的辯證法。」那麼，為什麼無產階級的世界觀對於文學是重要的呢？李初梨說，這是因為它在實現文學的真實性上具有優越性：

> 普通藝術家觀察現實，藝術地表現它的時候，是常從一定的階級立場，或作為一定的階級的代表，去觀察表現他的階級的性質所能達到的範圍內的東西。所以問題是，在現今的社會裏面，那一個階級才是真正的批判的，從那一個階級的觀點，才能真正接近於客觀的真實？

> 這我們可以引一句烈烈維奇（現通譯列列維奇——引者）的話來說：「以在那時代為歷史地進步的階級的眼光來觀察世界底藝術家，才能最大限地接近於客觀的真實。因為在這樣時候，主觀（前衛的階級 Ideology 的主觀）是一致於客觀（社會關係）的發展的。……因此歷史地抬頭著的階級底藝術家，比較更能接近於客觀的真實，反之，歷史地漸次滅亡的階級底詩人，是不適宜於提示相應於客觀現實底情景。……」[124]

---

[124] 李初梨：《對於所謂「小資產階級革命文學」底抬頭，普羅列塔利亞文學應該怎

我之所以引出這一大段話，是因為這是以後主流文學強調世界觀的意義的最根本的一條理由。從下一章我們可以看得很清楚。列列維奇是「莫普」（莫斯科無產階級作家聯合會）和「拉普」（俄羅斯無產階級作家聯合會）的核心人物之一。然而這段話並不是列列維奇個人的觀點，而是歷史唯物主義的一個基本原理。早在寫於 1845 年的《德意志意識形態》中，馬克思、恩格斯就從生產力和生產關係的關係的角度來解釋人類歷史的發展，指出在資本主義階段，無產階級的經濟地位決定了它是最革命、最先進的階級。1848 年問世的《共產黨宣言》則更集中、完整地闡述了這一新的世界觀。

　　一個小資產階級作家要實現革命文學轉向最根本的是克服個人主義的世界觀，走向無產階級的集體主義。創造社成員正是從這一點出發，告別自己的過去，並批判五四新文學傳統。早在《〈文藝論集〉序》裏，郭沫若就說在大多數人失掉自由和個性的時代，有少數人要來主張個性和自由，總不免有幾分僭妄；希望少數先覺者能犧牲個人的自由與個性來為民請命。在《孤鴻》中，他自稱：「我把我從前深帶個人主義色彩的想念全盤改變了。」到了 1926 年 5 月發表的《革命與文學》，他對個人主義採取了嚴厲的態度：「我們要要求從經濟的壓迫之下解放，我們要要求人類的生存權，我們要要求分配的均等，所以我們對於個人主義的自由主義要根本剷除，我們對於浪漫主義的文藝也要取一種反抗的態度。」他在《英雄樹》[125]和《留聲機器的回音──文藝青年應取的態度的考察》[126]中教導文藝青年「當一個留聲機器」，目的就是要克服個人主義，實現方向的真

---

樣防衛自己？──文學運動的新階段》。
[125] 1928 年 1 月《創造月刊》1 卷 8 期。
[126] 1928 年 3 月《文化批判》3 期。

正轉換。前一篇文章裏有這樣的話：「個人主義的文藝老早過去了，然而最醜猥的個人主義者，最醜猥的個人主義的呻吟，依然還是在文藝市場上跋扈。」他把實現革命文學的轉向看得十分簡單：「不怕他昨天還是資產階級，只要他今天受了無產者精神的洗禮，那他所做的作品也就是普羅列塔利亞的文藝。」[127]這個過於浪漫的觀點與後來的革命意識形態的權威話語相左。何畏（何思敬）在與郭沫若的《革命與文學》同時發表於《創造月刊》一卷三期的《個人主義藝術的滅亡》中，攻擊了個人主義的藝術，宣稱文藝復興以來的個人主義藝術到現代派那裏已走向滅亡。他排斥象徵主義、表現主義、未來主義、達達主義的藝術，原因在於它們被他視為「極端個人主義的表現」。中國現代主流觀念開始與西方現代主義文學思潮斷絕關係，這給以後主流文學的發展帶來了極大的局限。馮乃超則從階級論出發，對新文學作了全面的批判。他除了對郭沫若略有肯定外，批判了葉聖陶、魯迅、郁達夫、張資平等幾個有代表性的作家。馮認為，他們都是「沒有真正的革命認識」，「只是自己所屬的階級的代言人」的「小資產階級的文學家」。[128]成仿吾說：「據我考察，創造社是代表著小資產階級（Petitbourgeois）的革命的『印貼利更追亞』（智識階級——引者）。浪漫主義與感傷主義都是小資產階級特有的根性，但是在對於資產階級（bourgeois）的意義上，這種根性仍不失為革命的。」但如果要成為革命的「印貼利更追亞」，他們還得再把自己否定一遍（否定的否定）。

顯然，成仿吾等人承認早期創造社乃至中期創造社的成員同樣是小資產階級的，他們的世界觀同樣是個人主義的。極端的個人主

---

[127] 《桌子的跳舞》。
[128] 馮乃超：《藝術與社會生活》，1928年1月《文化批判》1期。

義是浪漫主義的思想基礎。勃蘭兌斯說：「浪漫主義者願意在匱乏的基礎上，也就是在憧憬的基礎上，建立一種人生觀和一種文學，——這種文學的根據正是關於個人無限重要性的觀念。」[129]郭沫若曾對創造社的浪漫主義主張進行過總結：「他們主張個性，要有內在的要求，他們蔑視傳統，要有自由的組織。這內在的要求，自由的組織……無形之間便是他們的兩個標語。這用一句話歸總，便是極端的個人主義的表現。」[130]後期的創造社的成員批判個人主義，浪漫主義文藝思想也就自然被摧毀。

　　然而，浪漫主義並沒有因為革命文學的倡導從此就退向邊緣了。浪漫主義至少在整個 1920 年代都保持著強勁的勢頭，其主流部分因為左傾，要求介入社會革命，經由理論上的論爭、清算，創作上的「革命＋戀愛」、「革命的浪漫蒂克」的磨合，最後在 1930 年代融入現實主義的主流。以後幾十年的革命文學也始終沒有脫去浪漫的性格，因為革命時代本身就是一個充滿革命想像和激情的時代，只是浪漫的主體不再是個人，而是一個充滿革命想像和激情的群體。

## 四、階級性、人性與審美性

　　1928 年以後，中國的文化中心南移，各種傾向的文化人風雲際會於上海。創造社和太陽社分別以《文化批判》、《創造月刊》和《太陽月刊》為依託，不遺餘力地倡導革命文學，給文壇帶來了革命文學的風暴。革命文學運動是在第一次國共合作失敗後，國內的階級

---

[129]　《十九世紀文學主流》第二分冊，233 頁。
[130]　《文學革命之回顧》。

鬥爭空前尖銳的歷史語境中展開的，創造社和太陽社的不少成員都參加過革命的實際工作，這在很大的程度上決定了他們對文藝的理解和理解的方式。以革命文學傳令官自居的創造社和太陽社成員，作為革命文學論爭一方的魯迅和茅盾，信奉自由主義的新月社成員，代表著 1920 年代末文壇的幾種主要力量。他們之間有聯合，有競爭，有猜忌，有反動，顯示了各自對文藝性質和功用的不同理解，階級性與審美性、階級性與人性是論戰的焦點問題。

太陽社是 1920 年代末中國文藝論爭的主角之一，下面我先評介一下它的理論背景，這樣我們可以更好地認識各派主張的異同。

太陽社的主帥蔣光慈於 1924 年從蘇聯留學歸來，帶著蘇聯無產階級文化、文學的啟示，自覺地呼喚革命文學的到來。1925 年 1 月，他發表《現代中國社會與革命文學》一文，寫道：「文學是社會生活的反映，一個文學家在消極方面表現社會生活，在積極方面可以鼓動，提高，奮興社會的情緒。」他抱怨中國現代沒有產生幾個「反抗的，偉大的，革命的文學家」。他雖然也像茅盾一樣認為寫實主義可以救中國文學內容空虛的毛病，但對五四寫實主義文學不滿，認為它缺乏遠見，不夠積極。[131] 對五四的寫實主義文學表示不滿，事實上已包含了對一種新的寫實主義的訴求。

從理論基礎上來看，太陽社主要成員的文學批評以 1928 年 7 月為界，明顯可以分為前後兩個階段。在前一個階段，他們是從「文學是社會生活的表現」的文學命題出發，要求文學的時代性，並由此提出革命文學的主張，與茅盾要求時代性、提倡「無產階級藝術」的理路一致，同後期創造社所言「文學是生活意志的表現」不同。[132]

---

131 光赤：《現代中國社會與革命文學》，1925 年 1 月 1 日《民國日報‧覺悟》。
132 當蔣光慈在《現代中國文學與社會生活》中，從其「文學是社會生活的的表現」

正是從上述理路出發，蔣光慈批評新文學：「倘若承認文學是社會生活的表現，那我們現在的文學，與我們現在的社會生活比較起來，實在是太落後了。」[133]太陽社的主要批評家錢杏邨也據此指責孫夢雷的長篇小說《英蘭的一生》：「作者在取材方面卻仍舊迷戀過去的骸骨」，沒有表現出時代精神；甚至還進一步認為這種錯誤不獨在《英蘭的一生》的作者，十年來的中國新文藝作家大都是如此。[134]他還宣判魯迅的創作沒有現代的意味，不能代表現代，其大部分創作的時代早已遠去了。[135]蔣和錢對時代性的要求比茅盾更急進。當談到蔣光慈提出的現代中國文學落後於社會生活的問題時，茅盾補充一解：「文藝創造者與時代創造者沒有極親密的關係」。[136]而蔣光慈則主張：「文藝的創造者應該同時做時代的創造者」，其「使命是與一般革命黨人所負的使命一樣」，應該因此而獲得「時代生活的實感」。[137]

1928 年 7 月，林伯修翻譯日本左翼文藝理論家藏原惟人的論文《到新寫實主義之路》發表在《太陽月刊》上，藏原的「新寫實主義」從而成為太陽社文學批評的理論基礎。作者註明文章所提倡的新寫實主義即為 Proletarier Realism（無產階級寫實主義）。他用階級的觀點簡單地解釋文藝思潮，說浪漫主義是漸次沒落的地主階級的

---

的命題出發，感歎作家追趕不上革命的步驟時，李初梨則從其「文學是生活意志的表現」命題的立場，誤解地批評蔣「把文學僅作為一種表現的──觀照的東西，而不認識它的實踐的意義。」見李初梨：《怎樣地建設革命文學》。

[133] 蔣光慈：《現代中國文學與社會生活》，1928 年 1 月《太陽月刊》創刊號。

[134] 錢杏邨：《〈英蘭的一生〉》，1928 年 1 月《太陽月刊》創刊號。

[135] 錢杏邨：《死去了的阿 Q 時代》，1928 年 3 月《太陽月刊》3 月號。

[136] 方璧（茅盾）：《歡迎〈太陽〉！》，1928 年 1 月《文學周報》5 卷 23 期。

[137] 華希理（蔣光慈）：《論新舊作家與革命文學──讀了〈文學周報〉的〈歡迎太陽〉以後》，1928 年 4 月《太陽月刊》4 月號。

文學，而自然主義、寫實主義文學完全和當時新興資產階級的意識形態一致。但由於資產階級的歷史局限性，寫實主義不能整體地描寫社會。新寫實主義則不同。它有兩個要義：「第一，『用著』普羅列塔利亞前衛的『眼光』去觀察世界；第二，用著嚴正的寫實主義者的態度去描寫它」。前者是蘇聯「拉普」提出的著名口號，後者要求嚴格的客觀寫實。為什麼兩者能夠統一呢？這來自一個高度意識形態化的理論預設：階級的觀點是現實唯一客觀的觀點。他要求作家首先要獲得明確的階級觀點，「從這現實中舍去對於普羅列搭利亞特的解放無用的偶然的東西，而採取其必要的，必然的東西。」重要的不是寫什麼題材，而是是否以明確的階級觀點去寫。[138]在同期的雜誌上，錢杏邨發表書評《動搖》，就提出「新寫實主義」口號。1929年初，林伯修發表《1929年急待解決的幾個關於文藝的問題》，同樣根據藏原的理論，提倡「普羅列搭利亞寫實主義」。

　　儘管太陽社與創造社對文藝本體的理解不同，理論背景不同，彼此之間在一些問題上也有爭執，但其文藝觀的基本傾向是一致的。它們都把文藝視為宣傳，錢杏邨在給李初梨的公開信中說：「我們是和你一樣的承認 All arts is propaganda（Mammonart, p.9），而承認文學有階級的背景的喲！」[139]它們一樣強調階級立場和世界觀，反對個人主義文學。蔣光慈宣稱：「革命文學應當是反個人主義的文學，它的主人翁應當是群眾，而不是個人；它的傾向應當是集體主義，而不是個人主義。」[140]受藏原惟人的「新寫實主義」理論的影響，1928年7月以後，太陽社更明確地要求站在新興階級的立場上

---

[138] 藏原惟人著、林伯修譯：《到新寫實主義之路》，《太陽月刊》1928年7月號。
[139] 錢杏邨：《關於〈現代中國文學〉》，1928年3月《太陽月刊》3月號。
[140] 蔣光慈：《關於革命文學》，1928年2月《太陽月刊》2月號。

考察。錢杏邨特別強調無產階級世界觀的指引:「這是必然的事,一個普羅列塔利亞作家要想在一切方面都堅強起來,他一定要能夠把握得普羅列塔利亞的人生觀與世界觀。他應該懂得普羅列塔利亞的唯物辯證法,他應該應用這種方法去觀察,去取材,去分析,去描寫。普羅列塔利亞作家必然的要有堅強的意識,然後才會有良好的創作產生出來。」[141]進步的傾向性當然要通過合適的題材來表現,關於這個問題,儘管創造社成員如成仿吾也提出過「以真摯的熱誠描寫在戰場所聞見的,農工大眾的激烈的悲憤,英勇的行為與勝利的歡喜」[142],但只是泛泛而談,沒有明確、具體的要求。而太陽社更強調世界觀的決定作用,要求表現出進步的階級傾向。蔣光慈在《現代中國文學與社會生活》中指責:「我們的時代是黑暗與光明鬥爭極熱烈的時代。現代中國的文學,照理講,應當把這種鬥爭的生活表現出來。可是我們把現代中國文壇的數一數,有幾部是表現這種鬥爭生活的著作?有幾個是努力表現這種鬥爭生活的作家?我們只覺得這些作家是瞎子,是聾子,心靈的喪失者」。[143]怎麼樣改變這種情況呢?在他看來關鍵是文藝的創造者應該如同革命黨人一樣同時做時代的創造者,從而獲得「對於時代生活的實感」。茅盾《從牯嶺到東京》、《讀〈倪煥之〉》、《寫在〈野薔薇〉的後面》三篇文章,都談到了描寫「現實」的問題,錢採用藏原惟人的「普羅列塔利亞寫實主義」理論,指出:「普羅列塔利亞作家所應描寫的『現實』,毫無疑義的是普羅列塔利亞寫實主義綱領下的『現實』,是一種推動社會向前的『現實』。」這種「現實」,「決不是像那舊的寫實主義,

---

[141] 錢杏邨:《中國新興文學中的幾個具體的問題》,1930 年 1 月《拓荒者》創刊號。
[142] 成仿吾:《從文學革命到革命文學》。
[143] 蔣光慈:《現代中國文學與社會生活》,1928 年 1 月《太陽月刊》創刊號。

像茅盾所主張的，僅止是『描寫』現實，『暴露』黑暗與醜惡；而是要把『現實』揚棄一下，把那動的、力學的、向前的『現實』提取出來，作為描寫的題材。」而這就需要無產階級世界觀的指引。[144]正如艾曉明所言：「在這裏，藏原惟人新寫實主義的另一命題──拋棄一切主觀構成，從現象出發去描寫現實──完全被去掉了。」[145]

後期創造社和太陽社的作家以新潮的馬克思主義理論，帶著出人頭地的宗派情緒，對五四作家進行審查和清算。[146]他們根本的尺度就是階級和階級鬥爭的觀念，思維方式是非此即彼的。魯迅作為五四文學的代表，被視為時代的落伍者，和革命文學必須跨越的障礙，因而受到創造社和太陽社成員的圍攻，受到了一系列惡評。茅盾也因為寫了《蝕》三部曲和《從牯嶺到東京》、《讀〈倪煥之〉》等論文，被評為小資產階級的典型代表，受到創造社、太陽社的嚴厲批判。以創造社、太陽社為一方，魯迅、茅盾為另一方，這場革命文學論爭的焦點主要有兩個：一是作家自身的階級立場和世界觀。

---

[144] 錢杏邨：《中國新興文學中的幾個具體的問題》。
[145] 艾曉明：《中國左翼文學思潮探源》，150頁。
[146] 據艾曉明的研究成果，後期創造社的幾個新成員從日本留學歸來，受到1920年代中後期日本社會主義運動中左傾思潮福本主義的影響，將馬克思主義與西方民主主義，革命文學與五四文學對立起來，審查作家意識，造成作家隊伍的分裂。他們大多在1927年底離開日本，而當時日共黨內政治路線的轉向正在醞釀，不久即在全國範圍內批判福本主義。創造社留日學生恰恰錯過了這一歷史時機，他們把福本主義的東西作為經驗帶回了中國。太陽社的情況與創造社不同，其成員與日本革命文學理論發生關係是在中國革命文學論爭發生以後。這時，日本文壇已開始批判福本主義，進入「納普」（全日本無產者藝術聯盟）時期。作為這一時期理論成果的藏原惟人的「新寫實主義」是太陽社成員的重要理論根據。在日本，新寫實主義針對著福本主義在文學上的影響，還有著客觀寫實這一合理內核。但在太陽社針對茅盾進行的論爭中，新寫實主義的觀念論命題上升到了主導的、支配的地位，這一理論的內部矛盾和缺陷充分地暴露了出來，它實質上畸變為一種反現實主義的創作理論。參閱艾曉明《中國左翼文學思潮探源》（湖南文藝出版社1991年7月版）第二章、第三章。

對這個問題的過分強調勢必導致新文學作家的分裂，造成革命文學倡導者自我感覺上的高高在上。二是階級性與審美性的關係。革命「一切的藝術都是宣傳」成為革命文學陣營中流行的文學命題，並且被進一步階級鬥爭化。「留聲機器」論、「武器的藝術」論，這些對文藝功用的簡單、粗暴的理解造成了革命文學的標語口號化傾向，把階級性和審美性撕裂開來。

茅盾寫作《從牯嶺到東京》予以還擊，在談到其小說《追求》的悲觀時，他嘲諷道：「說這是我的思想落伍了吧，我就不懂為什麼像蒼蠅那樣向窗玻璃片盲撞便算是不落伍？說我只是消極，不給人家一條出路麼，我也承認的；我就不能自信做了留聲機吆喝著：『這是出路，往這邊來！』是有什麼價值並且良心上的自安的。」針對1928 年上半年的革命文學創作，他指出，就連許多誠意地贊成革命文藝的人也搖頭，「因為『新作品』終於自己暴露了不能擺脫『標語口號文學』的拘囿」。「我們的『新作品』即使不是有意的走入了『標語口號』的絕路，至少也是無意的撞了上去了。有革命熱情而忽略於文藝的本質，或把文藝也視為宣傳工具——狹義的——或雖無此忽略與成見而缺乏了文藝素養的人們，是會不知不覺走上了這條路的。」[147]

錢杏邨發表《幻滅動搖的時代推動論》，在「標語口號」、「文藝宣傳」、「留聲機器」三個問題上與茅盾辯論。關於「標語口號」問題，他提出以下辯護意見：一是表現現代革命青年苦悶的需要。正如托洛斯基所說，標語口號在普羅文學初期是不可避免的毛病。「因為我們現在所提的口號，都是我們所要求的解放自己的口號，這些

---

[147]　茅盾：《從牯嶺到東京》，1928 年 10 月《小說月報》19 卷 10 期。

口號就足以象徵現代革命青年的苦悶。所以詩歌的標語口號化，是必然的事實，必得經過的一個階段。」二，標語口號雖被許多人所詬病，但要做好並非易事。其三，標語口號具有「豐富的煽動力量」：「在革命的現階段，標語口號文學，（注意：我不是說標語口號）在事實上還不是沒有作用的，這種文學對於革命的前途是比任何種類的文藝更具有力量的。」其四，從技巧上看，標語口號傾向是無產階級文藝運動初期必然要經過的階段：「在無產階級文藝運動的初期，作家由於技巧修養的缺乏，只把核心的意義寫了出來，只把要求的籠統具體的寫了出來，多少免不了帶著濃重的口號標語彩色的技巧幼稚的作品」。關於文藝與宣傳的關係，他引用辛克萊的「一切的藝術都是宣傳」來辯護。對於茅盾「有革命熱情而忽略於文藝的本質」和「把文藝也視為狹義的宣傳工具」二語，他反駁道：第一，無產階級作家誰都沒有忽略文藝的本質，其作品有時陷於「標語口號集合體的形式」，只是因為他們技巧修養工夫的缺乏。第二，狹義的宣傳工具一點，根本不能成立。「假使要說文藝不能為某一個階級去宣傳，那麼，茅盾先生大可以去提倡羅曼羅蘭（Roeland）民治主義的民眾藝術去，做各階級聯合的訴苦運動好了，何必專門去替人資產階級訴苦呢？——難道這不是狹義的宣傳麼？」顯然，錢誤解了茅盾所說的「狹義的宣傳工具」，茅盾的意思是革命文學作家忽視文藝的審美性，把它等同於一般的宣傳品。關於「留聲機器」問題，錢贊成郭沫若和克興的解釋。[148]當郭沫若在《英雄樹》中號召文藝青年「當一個留聲機器」，在革命作家的內部引起過爭議，作者自己曾作解釋：「文藝青年應該做一個留聲機器——就是說，應該克服自

---

[148] 錢杏邨：《幻滅動搖的時代推動論》，1929 年 4 月 21 日《海風周報》14、15 期合刊。

己舊有的個人主義,而來參加集體的社會運動。」「『留聲機器』不消說是一個警語,這裏所含的意義用在現在就是『辯證法的唯物論』。」[149]克興在與茅盾論爭時也這樣替郭辯解:「這句話即是講:革命文藝家應該用辯證法的唯物論的眼光,來分析客觀的現實,把這客觀的顯示再現於他的作品。」[150]

後來,錢杏邨引日本人片上伸、青野季吉的話以為奧援,說明 1928 年革命文學運動開始期創作幼稚的原因。又引蘇聯文藝家柯根(Cogdn)的觀點,指責革命文學形式的非正當性:「普羅列塔利亞文藝批評家在初期所注意的,是作品的內容,而不是形式,是要從作品裏面去觀察『社會意識的特殊的表現形式』。這才是對初生的普羅列塔利亞文學的正確的批評態度。」他還指責茅盾把內容與形式分開,而且是與普羅列塔利亞的見解對立起來──他從作品的技術、形式上決定作品的價值,而忽略了其真實的內容。[151]

魯迅是在廣義上同意文藝是宣傳的,他說:「一切文藝,是宣傳,只要你一給人看。即使個人主義的作品,一寫出,就有宣傳的可能,除非你不作文,不開口。那麼,用於革命,作為工具的一種,自然也可以的。」但他同時又指出:「我以為一切文藝固是宣傳,而一切宣傳卻並非全是文藝,這正如一切花皆有色(我將白也算作色),而凡顏色未必都是花一樣。革命之所以於口號,標語,布告,電報,教科書……之外,要用文藝者,就因為它是文藝。」[152]關於文藝的

---

[149] 麥克昂(郭沫若):《留聲機器的回音──文藝青年應取的態度的考察》,1928 年 3 月《文化批判》3 號。

[150] 克興:《小資產階級文藝理論之謬誤──評茅盾君底〈從牯嶺到東京〉》,1928 年 12 月《創造月刊》2 卷 5 期。

[151] 錢杏邨:《中國新興文學中的幾個具體的問題》。

[152] 魯迅:《文藝與革命》,《魯迅全集》4 卷,人民文學出版社 1981 年版。

功用，他在《〈藝術論〉譯本序》中評述普列漢諾夫的審美功用觀時說：「功用由理性而被認識，但美則憑直感的能力而被認識。享樂著美的時候，雖然幾乎並不想到功用，但可由科學的分析而被發見。所以美底享樂的特殊性，即在那直接性，然而美底愉樂的根柢裏，倘不伏著功用，那事物也就不見得美了。」[153]魯迅是帶著讚賞的口吻評述普列漢諾夫的觀點的，我想他是同意的。這種功利主義是很溫和的。在創造社、太陽社鼓吹文學的階級性，誇大其宣傳作用，而貶低文藝的審美性的時候，他翻譯普列漢諾夫和盧那察爾斯基的美學論著，強調文藝的審美特徵，本身就是一種抵制。魯迅和茅盾一樣經歷了動亂中國的複雜人生，又有實際的創作經驗，因此他們看社會、看文學的觀點更切合實際。

　　無產階級文學運動真正的敵人是屬於自由主義者的新月社成員。當創造社、太陽社與魯迅、茅盾爭辯階級性與審美性的時候，問題的關鍵不是存在不存在文學的階級性，要不要革命文學，而是在表達階級性訴求時應該把審美性放在一個什麼樣的位置上；而創造社和魯迅轉而聯合與梁實秋論爭時，雙方的焦點則是階級性與人性問題，關係到革命文學存在的合法性與合理性。顯然，後者具有互不相容的敵對性質。

　　由徐志摩執筆的《新月》發刊詞，把思想界比作嘈雜的市場，而他們則是手持「健康」、「尊嚴」尺規的檢查者。他們聲稱不附和「唯美」與「頹廢」，也不歸附「功利」和「訓世」，並反對「熱狂」、「偏激」、「標語與主義」等。顯然革命文學的理論與實踐是其主要攻擊的對象。[154]彭康發表《什麼是「健康」與「尊嚴」》予以反擊，

---

[153]　魯迅：《〈藝術論〉譯本序》，《魯迅全集》4 卷，人民文學出版社 1981 年版。
[154]　《〈新月〉的態度》，1928 年 3 月《新月》創刊號。

罵《新月》中人為統治階級的走狗、小丑。在談到「功利」問題時，他表示：「思想要有實踐的根據和實踐的證明，他要給革命階級一個鬥爭的武器。」關於「訓世」，他說：「從社會的客觀的根據而構成的思想，要用來注入於革命的民眾，他們也要受制於階級利益上發生的『標準』，『紀律』，『規範』。他們要受教導。」[155]

　　新月社的主要批評家梁實秋站出來與革命文學的倡導者過招。其文學觀的理論支點是白璧德強調理性節制的新人文主義的人性論，不僅與革命文學的階級論相對立，就是與作為五四新文學思想基礎的自然人性論也格格不入。他在《文學的紀律》中表明自己對文學性質的理解：「文學的目的是在藉著宇宙自然人生之種種現象來表現出普遍固定之人性」，「文學發於人性，基於人性，亦止於人性。」他批評西洋文學史上的浪漫主義者打破了標準、秩序、理性、節制的精神，呼喚「文學的紀律」。這「紀律」的要求是：「文學態度之嚴重，情感想像之理性的制裁，這全是文學最根本的紀律，而這種紀律又全是在精神一方面的。但是形式與內質是不能分開的，能有守紀律的精神。文學的形式方面也自然的有相當的顧慮。進一步說，有紀律的形式，正是守紀律的精神之最具體的表現。」他把功利主義視為文學態度不「嚴重」的表現：「求急功近利的創作家，也便隨著走上不嚴重的路。」他強調以理性駕馭情感：「情感不是一定該被詛咒的，偉大的文學者所該致力的是怎樣把情感放在理性的韁繩之下。文學的效用不在激發讀者的熱狂，而在引起讀者的情緒之後，予以和平的寧靜的沉思的一種舒適的感覺。亞里士多德於悲劇定義中所謂之『katharsis』（滌淨之意），可以施用在一切文學作品。」他

---

[155]　彭康：《什麼是「健康」與「尊嚴」》，1928 年 7 月《創造月刊》1 卷 12 期。

說感情主義是浪漫主義的精髓,「近代的所謂『未來派的戲劇』以及戰後新興的各國奇奇怪怪的新藝術,無一不是過度的情感的產物。」在他眼裏,革命文學自然也在此列。[156]梁雖然反對急近功利,但仍然是功利的。他說:「凡是健全的文學家沒有不把人生與藝術聯絡在一起的,只有墮落派的頹廢文人才創出那『為藝術而藝術』的謬說!」[157]他反覆強調對文學的態度的「嚴重」,要求文學指導人生,有益於人性的完美。革命文學作家是他的對手,前者要通過文學喚起行動,而他則消弭行動。在一系列問題上,他都站在革命文學的對立面。

當革命文學的聲勢越來越浩大的時候,梁實秋發表《文學與革命》、《文學是有階級性的嗎?》等文章,從其人性表現的文學觀出發,從根本上否定文學的階級性和無產階級文學存在的可能性。他認為無產階級的文學在理論上不能成立,在實際上也並未成功。無產階級文學理論,「錯誤在把階級的束縛加在文學上面。錯誤在把文學當做階級鬥爭的工具而否認其本身的價值。」他不承認文學的階級性:「文學的國土是最寬泛的,在根本上和在理論上沒有國界,更沒有階級的界限。一個資本家和一個勞動者,他們的不同的地方是有的,遺傳不同,教育不同,經濟的環境的不同,因之生活狀態也不同,但是他們還有同的地方。他們的人性並沒有兩樣,他們都感到生老病死的無常,他們都有愛的要求,他們都有憐憫以及恐怖的情緒,他們都有倫常的觀念,他們都企求身心的愉快。文學就是表現這最基本的人性的藝術。」他反對革命文學的題材論:「我以為把文學的題材限於一個階級的生活現象的範圍之內,實在是把文學看的他膚淺太狹隘了。」他甚至不承認革命文學的文學資格:「我們不

---

[156] 梁實秋:《文學的紀律》,1928 年 3 月《新月》創刊號。
[157] 梁實秋:《文學的嚴重性》,《偏見集》,正中書局 1934 年版。

反對任何人利用文學來達到另外的目的，這與文學本身無害的，但是我們不能承認宣傳式的文字便是文學。」[158]

馮乃超指摘梁氏「文學是人性的表現」的命題與說黑人的皮膚是黑色的一樣，同是無聊的問題。以「全人類的公同的人性」來否定革命文學，犯了在抽象的過程中空想「人性」的過失。「人間依然生活著階級的社會生活的時候，他的生活感覺，美意識，又是人性的傾向，都受階級的制約。『吟風弄月』，這是有閑階級的文學。『剝除資本主義的假面，卻又向農民大眾說忍耐』。這是小資產階級的文學，讚美資本家是雄獅，貶謫民眾是分食餘饜的群小獸類的文學，這是反革命的文學。這不是無端地加人身上的『罪名』，而是根據作品的內容的思想在階級社會中所演的任務，引導出來的結論。」他申明了革命文學的必然性和文學「生活組織」的功能。[159]

魯迅用更形象的方式來說明文學表現階級性的必然性：「文學不借人，也無以表示『性』，一用人而且還在階級社會裏，即斷不能免掉所屬的階級性，無需加以『束縛』，實乃出於必然。自然，『喜怒哀樂，人之情也』，然而窮人決無開交易所折本的懊惱，煤油大王那會知道北京撿煤渣老婆子身受的酸辛，饑區的災民，大約總不去種蘭花，像闊人的老太爺一樣，賈府上的焦大，也不愛林妹妹的。」從作家方面來看，「文學有階級性，在階級社會中，文學家雖以為『自由』，自以為超於階級，而無意識底地，也終受本階級的階級意識所支配，那些創作，並非別階級的文化罷了。」關於文藝與宣傳問題，他說：「他（指梁實秋──引者）『不反對任何人利用文學來達到另

---

[158] 梁實秋：《文學是有階級性的嗎？》，1929 年 9 月《新月》2 卷 6、7 期合刊。

[159] 馮乃超：《冷靜的頭腦──評駁梁實秋〈文學與革命〉》，1928 年 8 月《創造月刊》2 卷 1 期。

外的目的』，但『不能承認宣傳式的文字便是文學』。我以為這是自擾之談。據我所看過的那些理論，都不過說凡文藝必有所宣傳，並沒有誰主張只要宣傳式的文字便是文學。」[160]魯迅是在廣義上同意文學是宣傳的命題的。

　　1929 年 10 月，中共中央下達指示，要求創造社和太陽社中的黨員停止同魯迅論爭，從而結束了歷時一年有餘的革命文學論爭。[161]革命文學論爭以及與梁實秋的論爭，擴大了革命文學的影響；後來通過 1930 年代初在「左聯」領導下了一系列文藝運動和文藝鬥爭，特別是與「自由人」、「第三種人」、周作人、林語堂、京派作家等自由主義文人的論爭，作為左翼文學中堅的革命文學進一步確立了在中國文壇上的主導地位。之所以這樣說，是因為革命文學有著廣大的輻射面，對革命文學以外的左翼作家、民主主義作家產生了廣泛的影響，並對自由主義和其他傾向的作家形成了衝擊；同時革命文學引領乃至決定著以後相當長一個歷史時期內中國文學的方向、面貌和性質。列寧在《關於民族問題的批評意見》一文中有一句名言，剝削階級的文化是占統治地位的文化。然而由於中國現代複雜的社會形態，1930 年代政治、經濟、軍事與思想文化存在著突出的不平衡現象：「儘管掌握著政權的國民黨在政治、經濟、軍事上佔有絕對優勢，但在思想文藝領域卻未能形成具有影響力與號召力的獨立力量。」[162]為國民黨政府所扶持的「民族主義文藝運動」走馬燈似的歸於沉寂就是一個明顯的例證。其實，無論是在北洋政府時期，還

---

[160]　魯迅：《「硬譯」與「文學的階級性」》，《魯迅全集》4 卷，人民文學出版社 1981 年版。原載 1930 年 3 月《萌芽月刊》1 卷 3 期。
[161]　李計謀、唐純良：《李立三與左聯》，《北方論叢》1985 年 6 期。
[162]　錢理群、溫儒敏、吳福輝：《中國現代文學三十年》，北京大學出版社 1998 年 7 月版，192 頁。

是在國民黨統治時期，新文學始終保持著對現存的政治、經濟、文化秩序的質疑、批判和抗議的姿態，疏離社會的主流文化。

隨著自身地位的變化，革命文學自身存在的弊端也就更加彰顯。創造社、太陽社成員在 1920 年代末文學論爭中表現出的「左」的思維方式、文學觀念並沒有得到認真的清理，而是以新的話語方式在以後的革命文學運動中盛行。

後期創造社、太陽社成員發動文化批判，倡導無產階級文學，目的在於密切文學與社會變革的關係，使無產文學成為無產階級解放事業的一部分[163]，從而把五四新文學推向一個新的歷史階段。通過 1920 年代末的文藝論爭，為這種對文學的訴求提供理論基礎，並對 20 世紀中國文學具有深刻影響的無產階級現實主義（或稱革命現實主義、社會主義現實主義）的主流文學理論已初步形成。儘管理論觀點紛紜複雜，但其基本的理論框架已清晰可辨。這種理論的中心任務是為了滿足政治功利主義的訴求。真實性、傾向性和時代性可以說是主流文學觀念結構的三個主要的支點，從它們各自的功能和相互關係中，我們可以發現這種功利主義文學觀運作的內部機制。正因為如此我在第五章中說，茅盾在文學研究會時期的現實主義文論標誌著中國現代主流文學觀念範型的確立。在 1920 年末的左翼文藝運動和文藝鬥爭中還凸現出兩個地位逐漸顯赫的關鍵字：世界觀和題材。「世界觀」可以看作「傾向性」這個概念的延伸，因為「傾向性」的決定性因素在於創作主體，在於創作主體的對現實、

---

[163] 魯迅在《對於左翼作家聯盟的意見》（原載 1930 年 4 月《萌芽月刊》1 卷 4 期，收入人民文學出版社 1981 年版《魯迅全集》4 卷）中說：「無產文學，是無產階級解放鬥爭底一翼」。相同的觀點參閱林伯修：《1929 年急待解決的幾個關於文藝的問題》；馮乃超：《階級社會的藝術》，1930 年 2 月《拓荒者》1 卷 2 期。

對人生的基本觀點和態度。魯迅在 1927 年 10 月發表的《革命文學》把這個道理說得十分清楚:「我以為根本問題是在作者可是一個『革命人』,倘是的,則無論寫的是什麼事件,用的是什麼材料,即都是『革命文學』。從噴泉裏出來的都是水,從血管裏出來的都是血。」[164]主流觀念中的「題材」屬於時代性這個範疇。時代性是一個難以準確定義的範疇。在文學社會學的先驅泰納那裏,「時代」就是一個游移不定的概念,它有時指時代精神,有時指某種支配觀念盛行的時期,有時又與「環境」的外延相交叉。其外延大致有時代生活、時代精神與時代氛圍幾個方面,主要是前兩者。時代精神是可以包括在真實性特別是傾向性裏面的。既然時代精神可以被真實性和傾向性所包括,那麼代表時代生活的題材問題就顯得很重要了,代表傾向性的主題也要通過適當的題材才能得到充分的表現。皮之不存,毛將焉附?對傾向性特別是世界觀和題材問題的強調是為了對傳統的現實主義理論進行限制和改造,因為傳統的現實主義文學帶有科學主義的傾向,無法直接運用於具體的革命實踐,為政治的目的服務。可以說,撇開這兩個關鍵字同樣難以說明主流文學觀念;甚至可以說,對這兩個詞的強調成為了主流文學觀念的最突出的特點。

　　然而,1920 年代末以降的主流文學的批評家們違背了五四文學革命的寶貴傳統,忽視文學自身的審美特性,在文學觀念上以新的面目復活了一個古老的幽靈——文以載道。把文藝視為政治的工具,要求作家放棄自己的個性去表現既定的政治觀念,這種文學觀其實與傳統的「文以載道」已經相差無幾。郭沫若倒很坦率:「古人說『文以載道』,在文學革命的當時雖盡力的加以抨擊,其實這個公

---

[164] 魯迅:《革命文學》,《魯迅全集》3 卷,人民文學出版社 1981 年版。

式倒是一點也不錯的。道就是時代的社會意識。」他說文學革命時期的文學就是載資產階級自由、平等的新道。[165]郭沫若的說法並不符合實際，五四文學革命的觀念雖然是工具論的，但文學革命的倡導者們受到了現代知識制度上的純文學觀念的影響，注意到文學的獨立性問題；更重要的是，他們時刻不忘自己的個性，載的是自己之道。個人主義原則在很大的程度上制約了功利主義的膨脹。而且，在文學革命時期，功利主義還沒有借助於集體或體制構成一種壓制性的力量。不過革命文學與文學革命之間是有著直接的繼承關係的，它們都把文學看作解決社會問題的工具。如果像革命宣傳所說的，革命和政治能夠更好地為人生，那麼自然就有權力來要求文學為革命和政治服務了。[166]有意思的不是郭氏的說法是否符合言說對象的實際，而是流露出他自己內心中對傳統「文以載道」的認同。茅盾曾經總結說中國文學不能健全發展的根本原因，除了「迷古非今」外，就是「沒有明確的文學觀與文學之不獨立」，長期「蒙在『載道』與『小技』兩個錯誤的觀念下」，並且「始終沒有一個時代曾明確地認識文學須表現人生，須有作者的個性」。[167]視文學為「小技」固然是文學不能發達的重要原因，相反誇大文學的作用，使文學不堪重負，並招致對文學的橫加干涉，又何嘗不是文學的厄運。魯迅曾批評創造社片面誇大「文藝的旋乾轉坤的力量」[168]，認為這是「踏了『文學是宣傳』的梯子而爬到唯心的城堡裏去了」[169]。載道主義

---

[165] 郭沫若：《文學革命之回顧》，《文藝論集續集》，1931 年 9 月上海光華書局版。
[166] 參閱本書第五章第五節。
[167] 雁冰：《中國文學不能健全發展之原因》，1926 年 11 月 21 日《文學周報》4 卷 1 期。
[168] 魯迅：《文藝與革命》，《魯迅全集》4 卷。
[169] 魯迅：《壁下譯叢·小引》，《魯迅全集》10 卷，人民文學出版社 1981 年版。

壓制作家的個性，忽視文學的審美特徵，既是中國傳統文學不能健全發展的原因，也給以後的主流文學帶來了像公式化、概念化這樣難以祛除的痼疾，造成了中國現代文學現代性的不成熟狀態。

# 結　語

　　在 20 世紀 1920 年代末革命文學的倡導、論爭和 1930 年代初的左翼文學運動中，一大批五四文學批評的概念被替換和重塑，革命現實主義文學理論開始形成，並且取得了文壇上的主導地位。文學與社會現實的關係也隨之發生了深刻的變化。但與梁啟超、「五四」「人生派」作家的文學觀念相比，基本的價值取向、思維方式並未改變，它們之間有著十分清晰的歷史的、邏輯的聯繫。梁啟超從改良主義的政治立場大力提倡文學，左翼作家又從階級鬥爭的立場來要求文學，文學從啟蒙的工具進一步變成了革命的工具。從中國文學觀念現代轉型的歷史進程中，我們可以看到，推動中國文學觀念現代化的基本衝動是一種功利的衝動，而不是人文的衝動。以後這種衝動又進一步為戰爭功利主義所強化。在整個 20 世紀裏，各種文學理論和文學批評的名詞、概念、話語層出不窮，你方唱罷我登場，但功利主義卻始終君臨天下。

　　功利主義文學觀是一種在功利主義的社會、倫理總原則支配下的文學工具論。它認定某種唯一值得追求的社會目的，而只把文學視為達到這一目的的手段。功利主義文學觀對 20 世紀的中國文學產生了極為深刻的影響。這種影響的一個突出表現是往往理論提倡在先，文學創作隨後，迥異於西方近、現代文學的情況。以功利主義為顯著特徵的 20 世紀中國文學，深深地介入了中國人求民族解放、求社會解放、求現代化的歷史進程。談到本時期中國文學的成就與

輝煌，我們首先要提到它的感時憂國的精神和「為人生」的傳統，提到它與啟蒙、救亡、革命這些本世紀重大歷史事件的難捨難分的關係。這些在文學史的著作中已經受到了許多高度的評價。在充分肯定成就的同時，也應清醒地看到，文學也是當代諸多社會悲劇的參加者。典型的如在「大躍進」、文化大革命中，文學都扮演了眾所周知的不光彩的角色。在通常的文學史的敘述中，這些往往被當作偶然的、意外的、與主流文學無關的現象，把文學敘述成極左觀念的無辜的受害者或犧牲品；但似乎不願承認這些文學現象正是主流文學的延續，不願去想正是主流文學的觀念、思維方式、傳統為極左觀念的進入開了方便之門；而且文學是以整體的陣容參與這些由極左路線造成的社會悲劇的。

　　從 20 世紀 1930 年代以後主流文學的流變，可以十分清楚地看到功利主義的文學觀給文學自身帶來的幾個主要的弊端：其一，由於片面強調文學的功用，把文學看作是特定的集體事業的一部分，使作家的自我受到壓抑，作品的個性色彩淡化。其二，在主流文學中，理性佔據著霸主的地位，君臨、壓抑非理性。根據一個學者的研究，中文「非理性」一詞實際上包括了兩個方面有區別的含義：「外於理性的」和「反理性的」。前者在西文中另有一詞 Arational，指不屬於理性範圍但也不排斥理性的意識內容，包括感性、情感、直覺、靈感等。後者「反理性的」（Irrational）指的是與理性不相容的排斥性心理內容，包括潛意識、幻覺、夢境等。[1]在我看來，「非理性」除了包括上述兩個主觀意識方面的含義外，還應有第三方面的含義，即不符合邏輯思維特點的生活內容，如偶然性、荒謬性、不可理解

---

[1]　徐亮：《當代文藝學中「理性——非理性」問題的討論及概念清理》，《文藝理論研究》1999 年 2 期。

性等等。而這恰恰被薩特視為個人生存的實際狀態。如果從廣義的立場來看，文學作品的存在狀態和文學活動方式當然是非理性的。在主流文學觀念和文學作品中，第二、三方面的內容被堅決排斥，第一方面的內容則受到了壓抑、削弱、貶低。政治理性佔據了主流文化的統治地位。其三，在內容與形式的關係上，主流文學觀念強調內容的支配地位和題材的重要性，輕視形式、藝術手段和語言，把它們視作依附於內容的工具。另外，主流文學由於急近功利，在精神內涵上缺少哲理的境界，缺少形而上的追尋。作家趨附時尚，少有超越現實的精神。很多作品成了應景之作，事過境遷，難以吸引新的讀者。其實上述種種弊端並不只是在 1930 年代以後才出現，梁啟超、胡適的文學創作和五四作家的「問題小說」中就明顯存在概念化的問題，只是這樣的毛病還沒有成為普遍的頑症。這都是功利主義的文學觀念所導致的後果。在 20 世紀的絕大部分時間裏，中國文學的現代性都處於一種不成熟的狀態。

　　然而，文學並不是非功利的。我不知道文學的哪個環節能與功利性因素真正脫鉤。一個作家突然間得到的一個靈感、形成的一個意象（即藝術直覺）看似最無功利性的，其實正如朱光潛所說：「稍縱即逝的直覺嵌在繁複的人生中，好比沙漠中的湖澤，看來雖似無頭無尾，實在伏源深廣。一頃刻的美感經驗往往有幾千萬年的遺傳性和畢生的經驗做背景。道德觀念也是這許多繁複因素中一個重要節目。」[2]在文學功用觀上，我是一個多元論者。就純文學而言，在文學的功用系統中，從長時段的文學史來看，「不用之用」處在一個中心的位置上。在「不用」的一側是「為藝術而藝術」，像組成「世紀

---

2　《朱光潛全集》1 卷，安徽教育出版社 1987 年 8 月版，320 頁。

末」思潮的唯美主義、象徵主義、頹廢主義都持這種文學功用觀，這裏有文學，除非誰能證明王爾德、波特萊爾的作品不是文學。在「用」的一側是功利主義。功利主義有各種不同的類型，中國現代主流文學觀念的功利主義主要是政治功利主義。功利主義一側不僅有文學，而且有傑出的文學。我甚至不反對文學上的功利主義的存在，只要這種功利主義不以集團的或政治的勢力去強求別人。但是我們要注意，功利主義——特別是政治功利主義——再往前一步就是實用主義了。

　　文學當然需要介入社會現實生活，把自己視為社會進步事業的一部分，關鍵是作家要通過自己的方式，符合文學自身的特點。胡適曾經指出，發展國民的個性需要兩個條件：「第一，須使個人有自由意志。第二，須使個人擔干系，負責任。」這樣方能造出獨立的人格。獨立的人格與社會國家的關係是這樣的：「社會國家沒有自己的人格，如同酒裏少了酒麴，麵包裏少了酵，人身上少了腦筋：那種社會國家決沒有改良進步的希望。」[3]套用一下，我們也可以這樣說文學與作家人格的關係：文學沒有自己的人格，如同酒裏少了酒麴，麵包裏少了酵，人身上少了腦筋：那種文學決沒有改良進步的希望。周作人曾經修正他對「言志」與「載道」的分別道：「言他人之志即是載道，載自己的道亦是言志。」[4]「載自己的道」，是一句頗得要領的話，其重要意義在於超越了「功利」與「非功利」的簡單對立，把「功利」與「功利主義」區別開來。不管是多麼偉大、精妙的「道」，都一定需要作家的體認。魯迅和托爾斯泰在文學觀念上

---

[3]　胡適：《易卜生主義》，《胡適文存》，亞東圖書館 1925 年 11 月 8 版。
[4]　周作人：《〈中國新文學大系・散文一集〉導言》，《中國新文學大系・散文一集》，上海良友圖書印刷公司 1935 年 8 月版。

都是功利主義者，但他們在創作上都是「載自己的道」；並且沒有急近功利，而是通過文學自身的方式去實現意圖。

朱光潛說，從周秦一直到現代西方文藝思想的輸入，中國都高度重視文學的政治、道德的作用，這是國民性的表現。[5]這種聯繫著國民性的對文學的功利主義的要求在 20 世紀是延續下來了，並且由於民族的危難、階級的矛盾和作為一個現代化後發民族國家的危機感而被進一步強化。這裏我又想到了波拉尼的理論：一個人在思考問題的時候，雖然在想他的意識中集中要想的東西，而實際上，後面根據的是他過去在成長過程中所受教育的潛移默化的影響，即受了「支援意識」（subsidiary awareness）的重要影響。[6]儒家傳統中的借思想文化來解決社會政治問題的思路和「文以載道」的文學觀念，在中國文學的現代進程中仍然發揮了它們的深層的制約作用。就我們的近代以來的世界文學史知識來看，像現代中國這樣把文學的功用抬得如此之高的現象實屬罕見。

佛克馬、易布思指出：「在中國，文學常常被看作各種宣傳工作的一個部分，事實上，中國所有的宣傳品都旨在傳播這樣的信念：語詞與概念是一體的，而語詞只要經常反覆，說多了，它們所指稱的東西就肯定存在於現實之中了。」[7]他們沒有深說，支撐這種信念的是一種殘留著原始巫術信仰的民族心理。胡適在 1928 年作的《名教》一文中就指出：「『名教』便是崇拜寫的文字的宗教；便是信仰寫的字有神力，有魔力的宗教。」[8]他指出中國人的這種信仰源於一

---

[5]　《朱光潛全集》1 卷，294 頁。
[6]　參閱本書第一章第二節。
[7]　[荷]佛克馬、易布思：《二十世紀文學理論》，林書武等譯，三聯書店 1988 年 1 月版，123 頁。
[8]　胡適：《名教》，《胡適文存三集》，亞東圖書館 1934 年 3 月 4 版。

種古老的迷信。日本的中國文化學者森三樹三郎作過進一步的闡明:「原始思維的特點之一,是認為『經常接近的兩者之間有著必然的內在聯繫』。物和它的名總是如影隨形,因此,兩者之間有著必然的聯繫。不是『名表現體』,而是『名即體』。」[9]記得小時候,就有長輩告誡我們,夜裏要是有人喊自己的名字,是不應該隨便答應的,以免魂魄被鬼魅勾去。這是相信名稱與實體存在神秘聯繫的例子。「文革」期間,那些退化到苔蘚類植物程度的文藝形式《語錄》歌,被稱為詩的押韻的標語、口號,既是宣傳文學的末路,又集中地體現了上述原始的巫術信仰的殘留。

　　決定對文學的功利主義要求的更重要的民族心理是實用理性。實用理性導致了各種各樣的功利主義──很多時候是實用主義,並表現在社會生活的各個方面。誠如王元化所指出的那樣,西方雖然在世俗生活中重功利、重物質,可在世俗生活以外還有宗教生活,可以使人在這個領域內吸取精神的資源,以濟世俗生活的偏枯。中國的情況不同,沒有超越的領域。一旦受到功利主義的侵襲,整個人生都陷於不能自拔的境地。[10]

　　晚清以降,一些關心中國文化、學術命脈的人對功利主義進行了批判,對功利主義的教訓進行了總結。王國維於 1905 年作《論哲學家與美術家之天職》、《論近年之學術界》[11]兩文,前者批判了中國「哲學家美術家自忘其神聖之位置與獨立之價值」,以哲學、藝術為「道德政治之手段」;後者攻擊了晚清文化中普遍存在的工具論傾

---

9　[日]森三樹三郎:《名與恥的文化》,喬繼堂譯,甘肅人民出版社 1989 年 12 月版,56 頁。

10　王元化:《功利主義之爭》,《思辨隨筆》,上海文藝出版社 1994 年 10 月。

11　均收入周錫山編校:《王國維文學美學論著集》,北嶽文藝出版社 1987 年 4 月版。

向，倡導學術的獨立性：「故欲學術之發達，必視學術為目的，而不視為手段而後可。」梁啟超在《清代學術概論》中分析清學在光、宣之交衰落的原因時指出：「一切所謂『新學家』者，其所以失敗，更有一種根原，曰不以學問為目的而以為手段。……殊不知凡學問之為物，實應離『致用』之意味而獨立生存，真所謂『正其誼不謀其利，明其道不計其功』。質言之，則有『書呆子』，然後有學問也。」[12]這是對清學教訓的總結，其中是包含著他自己的真誠的反省的。錢智修在他引起陳獨秀質問的《功利主義與學術》中，列舉了當時學術界與功利主義有關的幾種現象，指出：「功利主義之最害學術者，則以應用為學術之目的，而不以學術為學術之目的是也。」[13]王國維針對的是中國傳統文化和晚清文化中的功利主義，梁啟超的話來自他所親歷的清學衰亡的教訓的總結，錢智修針對的是五四新文化運動時期的妨礙學術健康發展的現象。余英時從學術思想界的責任的角度分析了導致這些狀況的原因：「問題並不完全在於政治社會情況的不安定，以致學術工作無從循序漸進。更重要的是多數文化運動的領導人物仍然擺脫不了『學而優則仕』的傳統觀念的拘束，因此不能嚴守學術崗位。在他們的潛意識裏，政治是第一義的，學術思想則是第二義的；學術思想本身無獨立自足的意義，而是為政治服務的事物。」[14]學術思想和文學藝術較之政治是更具基本性質的人類活動，如果把它們當作政治的附庸，無疑於給一雙腳穿上比它

[12]　《清代學術概論》之二十九，《飲冰室合集・專集》9 冊，中華書局 1936 年版。
[13]　錢智修：《功利主義與學術》，1918 年 4 月《東方雜誌》15 卷 4 號。陳獨秀的文章見：《質問〈東方雜誌〉記者》，1918 年 9 月《新青年》5 卷 3 號；《再質問〈東方雜誌〉記者》，1919 年 2 月《新青年》6 卷 2 號。
[14]　余英時：《試論中國文化的重建問題》，《中國思想傳統的現代詮釋》，江蘇人民出版社 1989 年 6 月版。

們的尺寸小的鞋子，結果只能是既走不好路，又會影響腳的健康。1980 年代的思想解放運動雖然反了「左」，功利主義的社會倫理原則得到了一定的調整，文化的發展有了更多的自主和自由，但結果是雨打地皮濕，功利主義的社會意識依然根深蒂固，問題並沒有真正地解決。

檢討功利主義並非意味著要抹殺它全部的現代價值，也遠不等於在實踐和現實生活中對功利主義的拒斥。可以說，功利主義是中國社會和文化現代化的必然選擇和主要動力，促成了中國人的開放心態，發揮了巨大的歷史進步作用。功利主義倫理學又是最符合人們常識的倫理學，所以能夠廣為流行。然而，這些並不代表它在理論上正確，也不代表其價值取向正確。在中國現代，功利主義意識形態造成了諸多眾所周知的社會悲劇和社會問題，造成了中國文化現代性的嚴重缺失；其弊端中還有特別容易被忽視的一點──它對人心的影響，當下國人驚實利而輕道義，道德底線大幅度滑落，功利主義的倫理對此難辭其咎。我們還必須正視由享樂主義衍生的消費主義和發展主義意識形態而導致的新的問題，協調經濟與政治和文化、集體與個人、局部與全體、當前利益與長遠發展、人與自然等方面的關係。功利主義由於過分追求實用和效果，把人的理性僅僅局限在解決人生和社會實際問題的層面上，難以擔當前述重任，於是也就不可能真正解決長遠的社會發展、文化進步和人生福祉的問題。

我在就本課題研究向師友問學的過程中，也受到過質疑。有人問，在 1990 年代以來文學邊緣化的時代，討論現代文學觀念的功利主義問題的意義何在？

　　1990 年代以來的文學邊緣化有著多重的社會、歷史因緣，像人們生活方式的改變，文學在不同時期所擔負的意識形態功能不同等，都是其中重要原因；同時，與主流文學中的功利主義傳統也關係甚大。一些作家是帶著對狹隘的功利主義的不滿而疏遠現實的。有些作家具有參與現實的熱情，但難以通過自己的方式參與，並且面臨著把自己的精神勞動產品成果化和成果化以後帶來的種種麻煩，於是也就變得冷漠了。這本身即是功利主義造成的後果。注重文學政治、教化作用的功利主義依然散佈在我們的文化空氣中，成為我們建設面向新世紀的中國文化、中國文學甚至是社會進步所必須正視的深層次的問題。這種功利主義不僅表現為意識形態部門的干涉，體制化的出版社、報刊的選擇和過濾，還常常表現為公眾貌似合理的指責。文學應該參與現實，促進社會的進步，這沒有問題，但應該在承認多元合理性的前提下，重建文學參與現實的方式。文學積極參與社會現實的必要條件是自由和寬容，而我認為這恰恰是我們的社會、文化所缺少的一個美德。其病根就在於作為社會、倫理總原則的功利主義，這是功利主義文學觀念產生的土壤。美國哲學家羅爾斯指出：「通過合成所有欲望體系，功利主義把適合於個人的選擇原則應用於社會。……它是這樣的一種合成，依據這種合成的原則使正義所保障的權利受制於社會利益的計算。」所以，從這個意義上講，功利主義並不是個人主義的。他認為：「如果我們承認調節任何事物的正確原則都依賴於那一事物的性質，承認存在著目標互異的眾多個人是人類社會的一個基本特徵，我們就不會期望社會選擇的原則會是功利主義的。」[15]也就是說，功利主義往往導致對

---

15　[美]約翰·羅爾斯：《正義論》，何懷宏等譯，中國社會科學出版社 1988 年 3 月版，26-27 頁。

個人自由的干涉，帶來社會的不寬容。中國現代的功利主義因為有著傳統集體意識的因緣，又有內憂外患的境遇，所以比西方的功利主義表現出了更突出的強調集體、輕視個體的品性。如果不對功利主義的原則進行審視和制約，那麼功利主義就會以社會的某種更大利益的藉口橫加干涉，使得自主的積極參與變得不可能。

1990 年代以來文學在社會生活中的邊緣化傾向，引起了文學研究者們的關注。學術界引進文化研究作為思想和學術資源。文化研究的產生與英國新左派的形成有著密切的關係，其旨趣在於思想批判和政治介入，從事文化研究的知識份子力圖從象牙之塔式的學院系科中回到公眾領域，從而解決社會組織與政治方向中的根本問題。文化研究既符合時尚，又似乎是救治中國文學在現實面前顯得疲軟的對症之藥。有人用文化研究的理論來檢討 1980 年代的「文學審美論」，把它視為造成文學與社會現實脫節的原因。

曾經在思想解放運動中發揮重要作用的現代文學研究界的知識份子不甘沉寂，表現出了對現代文學研究與當代現實生活聯繫的弱化和面臨體制化危機的焦慮。作為這種研究心態的一個集中體現是，2001 年 8 月中國社會科學院文學研究所現代室與中國現代文學館聯合舉辦了「左翼文學與現代中國」學術討論會，《中國現代文學研究叢刊》2002 年第一期以這次發言為基礎，刊出了一組筆談。顯然，會議的舉辦者和筆談的編者都有著鮮明的意圖，筆談的作者也表示了一種意向、一種情懷、一種姿態。我不否認我們仍然可以從左翼文學那裏汲取諸如理想主義、批判精神和戰鬥性之類的精神資源，問題的複雜性在於這些精神資源是和左翼文學的弊端相伴而生的。不存在「妖魔」的左翼，也不存在「理想」的左翼。誠然從總體來看，1930 年代的左翼文學所顯示的批判與抗議姿態仍然未失自

發性與個人性，但很多作為左翼文學中堅的革命文學作家已經開始放棄主體性，更多的作家的文學活動已經受到來自集團霸權話語和行為的掣肘。我們也無法否認左翼文學在觀念、話語方式、思維方式等方面與 1940 年代特別是 1950 年代以後高度政治化的文學理論話語的一脈相承的關係，左翼文學自身就包含了它後來被消解的裂隙。正是由於左翼文學實際的歷史狀態，使得我們試圖抽取一種為當今所需的意願、情懷和姿態變得困難，也難以令人信服。我們要提倡左翼文學的精神，也不能不顧及一個基本的事實，那些曾經在主流文學史上地位顯赫的左翼文學作家漸漸淡出普通讀者的視野，備受青睞的倒是那些與社會現實距離較遠的沈從文、張愛玲、錢鍾書等作家。趙樹理堅持為農民寫作，他想讓農民識字的愛讀，不識字的愛聽，從而教育人民，打擊敵人，可到底有幾個農民去讀趙氏的小說呢？動機和效果之間錯了位。如果體現一種文學精神的作品已無人問津，那麼這種文學精神又如何能證明自己的價值呢？

　　功利主義是一個在 1980 年代未來得及充分省思，而今又被種種新的理論話語所遮蔽的問題。我們當下生活的文化和精神氛圍中仍然有諸多不利於文藝、學術、思想發達的因素，功利主義的社會倫理原則和社會行為是其中一個關鍵的制約因素，所以對功利主義的審視無法迴避，是我們當前社會進步事業的一部分。這是中國自己的問題，與任何的時髦理論無關。問題的實質主要不在於功利主義本身，而在於對功利主義的社會意識和社會行為始終缺乏有效的質疑和限制。在當下市場經濟的社會條件下，種種新的功利主義形式又幸逢其盛，改變著文化、學術和文學的正常的生長方式。這樣說並不意味著去苛求前人或責難歷史，也不是要驅逐功利，而是要更

好地從歷史那裏獲取教益，以進一步解放文學、文化生產力，促進新世紀中國文學、文化和社會的全面而健康的發展。

　　我不敢對這篇學位論文有什麼奢望，但堅信問題的重要。

# 參考書目

龔群：《當代西方道義論與功利主義研究》，中國人民大學，2002 年 3 月。

盧風：《啟蒙之後——近代以來西方人文價值追求的得與失》，湖南大學，1986 年 12 月。
　　2003 年 9 月。

王元化：《思辨隨筆》，上海文藝，1994 年 10 月。

劉小楓：《現代性社會理論緒論——現代性與現代中國》，上海三聯書店，
　　1998 年 1 月。

蘇國勳：《理性化及其限制：韋伯思想引論》，上海人民 1988 年 3 月。

徐賁：《走向後現代與後殖民》，中國社會科學，1996 年 7 月。

朱光潛：《西方美學史》上、下卷，人民文學，1979 年 2 版。

朱光潛：《朱光潛全集》第 1 卷，安徽教育，1987 年 8 月。

柳鳴九主編：《自然主義》，中國社會科學，1988 年 8 月。

柳鳴九主編：《二十世紀現實主義》，中國社會科學，1992 年 2 月。

徐京安編：《唯美主義》，中國人民大學，1988 年 8 月。

伍蠡甫、胡經之主編：《西方文藝理論名著選編》（上、中、下），北京
　　大學，1985-1987 年。

敏澤、黨聖元：《文學價值論》，社會科學文獻，1997 年 1 月。

蘇雪林：《蠹魚集》，商務印書館，1938 年 7 月。

張少康、劉三富：《中國文學理論批評發展史》（上、下卷），北京大學，
　　1995 年 6 月。

余英時：《中國思想傳統的現代詮釋》，江蘇人民，1989 年 6 月。

林毓生：《中國意識的危機》，貴州人民，1986 年 12 月。

林毓生：《中國傳統的創造性轉化》，三聯書店，1988 年 12 月。

羅鋼：《歷史匯流中的抉擇——中國現代文藝思想家與西方文學理論》，中
　　國社會科學，1993 年 9 月。

艾曉明：《中國左翼文學思潮探源》，湖南文藝，1991 年 7 月。

溫儒敏：《新文學現實主義的流變》，北京大學，1988 年 6 月。

溫儒敏：《中國現代文學批評史》，北京大學，1993 年 10 月。

許道明：《中國現代文學批評史》，江蘇文藝，1995 年 9 月。

李慶本：《20 世紀中國浪漫主義美學》，現代，1999 年 1 月。

朱寨主編：《中國當代文學思潮史》，人民文學，1987 年 5 月。

杜衛：《走出審美城——新時期文學審美論的批判性解讀》，東方，1999
　　年 12 月。

賈植芳主編：《中國現代文學的主潮》，復旦大學，1990 年 2 月。

陳萬雄：《五四新文化的源流》，三聯書店，1997 年 1 月。

郭延禮：《中國近代文學發展史》（3 卷），山東教育出版社 1990-1993 年。

袁進：《中國文學觀念的近代變革》，上海社會科學院，1996 年 10 月。

袁進：《中國小說的近代變革》，中國社會科學，1992 年 6 月。

阿英：《晚清小說史》，東方，1996 年 3 月。

錢基博：《現代中國文學史》，嶽麓書社，1986 年 5 月。

陳平原：《二十世紀中國小說史》1 卷，北京大學，1989 年 12 月。

何德功：《中日啟蒙文學論》，東方，1995 年 1 月。

夏曉虹：《覺世與傳世——梁啟超的文學道路》，上海人民，1991 年 8 月。

葉嘉瑩：《王國維及其文學批評》，河北教育，1997 年 7 月。

夏中義：《世紀初的苦魂》，上海文藝，1995 年 6 月。

鄭師渠：《晚清國粹派——文化思想研究》，北京師範大學，1997 年 11 月 2 版。

黃開發：《人在旅途——周作人的思想和文體》，人民文學，1999 年 7 月。

[德]叔本華：《作為意志和表象的世界》，石沖白譯，商務印書館 1982 年
　　11 月。

[法]路易・阿爾都塞：《保衛馬克思》，顧良譯，商務印書館，1984 年 10 月。

[美]約翰・羅爾斯：《正義論》，何懷宏等譯，中國社會科學，1988 年 3 月。

[美]傑姆遜：《後現代主義文化與理論》，唐小兵譯，北京大學，1997 年 1 月。

[英]赫胥黎：《進化論與倫理學》，科學，1971 年 7 月。

[德]康德：《判斷力批判》上卷，宗白華譯，商務印書館，1964 年 1 月。

[法]丹納：《藝術哲學》，傅雷譯，人民文學，1963 年 1 月。

[丹麥]勃蘭兌斯：《十九世紀文學主流》（1-6 冊），張道真等譯，人民文學，1997 年 10 月。

[丹麥]勃蘭兌斯：《十九世紀波蘭浪漫主義文學》，成時譯，人民文學，1980 年 4 月。

[美]雷納‧韋勒克：《近代文學批評史》（1-4 卷），楊豈深、楊自伍譯，上海譯文，1997 年 7 月。

[美]R. 韋勒克：《文學思潮和文學運動的概念》，劉象愚選編，中國社會科學，1989 年 12 月。

[美]M. H. 艾布拉姆斯：《鏡與燈——浪漫主義文論及批評傳統》，酈稚牛等譯，北京大學，1989 年 12 月。

[荷]佛克馬、易布斯：《二十世紀文學理論》，林書武等譯，三聯書店，1988 年 1 月。

[美]馬泰‧卡林內斯庫：《現代性的五副面孔》，顧愛彬、李瑞華譯，商務印書館，2002 年 5 月。

[日]廚川白村：《近代文學十講》，上海學術研究會叢書部，1921 年 8 月。

[俄]克魯泡特金：《俄國文學史》，郭安仁譯，重慶書店，1931 年 4 月。

[俄]列夫‧托爾斯泰：《藝術論》，豐陳寶譯，人民文學，1958 年 5 月。

[美]Theodore W. Hunt（漢特）：《文學概論》，傅東華譯，商務，1935 年 12 月。

[斯洛伐克]瑪利安‧高利克：《中國現代文學批評發生史（1917-1930）》，陳聖生等譯，社會科學文獻，1997 年 11 月。

[美]約瑟夫‧阿‧勒文森：《梁啟超與中國近代思想》，劉偉等譯，四川人民，1986 年 6 月。

[美]張灝：《梁啟超與中國思想的過渡（1890-1907 年）》，崔志海、葛夫平譯，江蘇人民，1997 年 1 月。

註：本書目不包括作為研究對象的書籍。

# 附　錄

## 真實性・傾向性・時代性

## ——社會主義現實主義文學批評話語中的

## 幾個關鍵字

　　1928 年革命文學論爭以後，現實主義文學逐漸成為浩蕩的主流。此前，新文學中的現實主義與浪漫主義基本上是軒輊難分的。從表面上看，革命現實主義與五四文學中的現實主義沒有直接的承繼關係，其理論格局或結構的相同是在相近的現實態度和價值取向引導下形成的，它們都包含著社會革命的基本訴求。儘管如此，新文學現實主義傳統的力量仍不容忽視。胡適、陳獨秀等文學革命先驅倡導現實主義文學，茅盾等文學研究會成員又把這種傾向發揚光大，通過他們的理論建設和大力提倡，推動了「人生派」作家的文學創作，壯大了現實主義的聲勢，從而為革命現實主義的流行準備了堅實的群眾基礎。

　　20 世紀中國持續時間最長、影響最大的主流文學觀念無疑是革命現實主義或者說社會主義現實主義的。這種現實主義的文學觀念是以工具論為根本特徵的，「為革命」與「為政治」的文學功用觀為

其最主要的標誌。其文學功用觀和思維方式顯然與五四新文學中「為人生」的觀念有著歷史的和邏輯的聯繫。

　　梁啓超曾從改良主義的政治立場大力提倡文學，現在左翼文學家又從階級鬥爭的立場來要求文學，中國文學的現代進程與政治總是糾結在一起，剪不斷理還亂。過去我們一直把現代文學主流的觀念、創作方法等敘述為一個黑格爾式的合理性不斷增加，不斷走向自我完善的歷史發展過程，聽起來像是一個有頭有尾的大團圓故事，然而真實的歷史過程遵從的卻是功用的邏輯。這是一個通過多種的話語控制使文學越來越直接地為特定的政黨、階級服務，越來越封閉的過程。

一

　　為了敘述的方便，我把 1930 年代以降到 1950 年代的主流文學觀念分為以下三個時期：一是「左聯」時期──主流文學觀念的形成期，二是《在延安文藝座談會上的講話》發表以後的 40 年代──主流文學觀念的定型期，三是 1950 年代──主流文學觀念政權意識形態化時期。這個時間下限有時還會被延伸，目的是想相對完整地勾勒出一些問題的輪廓。另外，我還將談到新時期的內容，因為這關乎本書的主題。我認為，主流文學觀念的現實運動和邏輯發展大致可以通過真實性、傾向性（理想性）和時代性三個關鍵詞的變化來說明。我之所以堅持從真實性、傾向性和時代性三個關鍵詞形成的結構關係中來考察主流文學觀念，甚至略過了民族化、大眾化等熱點問題，是基於以下幾個方面的理由：一是因為以認識論──更

準確地說是反映論——為哲學基礎的主流文學觀念，把文學與客觀現實的關係放在首位，堅持客觀現實對於文學的第一性原則，真實性、傾向性、時代性是體現這種關係結構中的三個核心範疇；其二，主流文學觀念主要從社會學的視點來看文學，堅持內容與形式可以分開的觀點，其中內容是第一位的、決定性的。創作主體先由認識活動在頭腦中形成所要描寫的內容，然後才轉入下一個階段——藝術表現。所以，藝術表現與藝術形式只是創作中傳達階段的問題，因而處於從屬地位。內容好比是最高決策層所作的決議，而藝術表現、藝術形式則是具體職能部門的工作；其三，我相信通過它們能夠揭示這種功利主義文學觀運作的內部機制。真實性、傾向性和時代性可以說是主流文學觀念結構的三個主要的支點，正因為如此我在第四章中說，茅盾在文學研究會時期的現實主義文論標誌著中國現代主流文學觀念範型的確立。我還會討論以下兩個關鍵字：世界觀和題材。「世界觀」可以看作「傾向性」這個概念的延伸，因為「傾向性」的決定性因素在於創作主體，在於創作主體的對現實、對人生的基本觀點和態度。魯迅在 1927 年 10 月發表的《革命文學》把這個道理說得十分清楚：「我以為根本問題是在作者可是一個『革命人』，倘是的，則無論寫的是什麼事件，用的是什麼材料，即都是『革命文學』。從噴泉裏出來的都是水，從血管裏出來的都是血。」[1]主流觀念中的「題材」屬於時代性這個範疇。時代性是一個難以準確定義的範疇。在文學社會學的先驅泰納那裏，「時代」就是一個游移不定的概念，它有時指時代精神，有時指某種支配觀念盛行的時期，有時又與「環境」的外延相交叉。其外延大致有時代生活、時代精

---

[1]　魯迅：《革命文學》，《魯迅全集》3 卷，人民文學出版社 1981 年版。

神與時代氛圍幾個方面，主要是前兩者。時代精神是可以包括在真實性特別是傾向性裏面的。既然時代精神可以被真實性和傾向性所包括，那麼代表時代生活的題材問題就顯得很重要了，代表傾向性的主題也要通過適當的題材才能得到充分的表現。皮之不存，毛將焉附？對傾向性特別是世界觀和題材問題的強調是為了對傳統的現實主義理論進行限制和改造，因為傳統的現實主義文學帶有科學主義的傾向，無法直接運用於具體的革命實踐，為政治的目的服務。可以說，撇開這兩個關鍵字同樣難以說明主流文學觀念；甚至可以說，對這兩個詞的強調成為了主流文學觀念的最突出的特點。

對傾向性的強調構成了革命文學所提倡的現實主義與過去的現實主義的最主要的區別，早期革命文學倡導者在提倡現實主義的文學時已凸出地加入了功利性的要求，因此「無產階級現實主義」、「革命的現實主義」之類的主張呼之欲出。受「拉普」的「唯物辯證法的創作方法」的影響，革命文學的倡導者把新的現實主義與過去的現實主義的區別定位在世界觀上。1928 年 7 月《太陽月刊》停刊號發表林伯修（杜國庠）譯藏原惟人的論文《到新寫實主義之路》，介紹了藏原惟人的「新寫實主義」（原文為「無產階級的寫實主義」）——普羅列搭利亞特的寫實主義。作者指出新寫實主義有兩個新的特質：其一，「普羅列搭利亞作家，不可不首先獲得明確的階級的觀點。所謂獲得明確的階級的觀點者，畢竟不外是站在戰鬥的普羅列搭利亞的立場。」這顯然接受了「拉普」用無產階級的眼光觀察世界的觀點。其二，主題上，表現「普羅列搭利亞特的階級鬥爭」。李初梨受藏原惟人的影響，提出「普羅列塔利亞寫實主義」的口號，他也把「普羅列塔利亞寫實主義」限定為「站在無產階級立場上的

寫實」。[2]杜國庠在 1929 年指出：「普羅文學的立場，應該是普羅列塔利亞寫實主義的立場。就是應該用著無產階級的前衛的『眼光』去觀察世界，與用著嚴正的寫實主義者的態度去描寫它。」[3]1930 年 11 月，國際革命作家聯盟在蘇聯召開代表大會，正式承認「拉普」提出的「唯物辯證法創作方法」。1931 年 11 月由馮雪峰起草的題為《中國無產階級革命文學的新任務》的「左聯」執行委員會的決議中認可了「拉普」的主張：「在方法上，作家必須從無產階級的觀點，從無產階級的世界觀，來觀察，來描寫。作家必須成為一個唯物的辨證論者。」[4]這種主張勢必會引起左翼作家對世界觀問題的關注。事實上，世界觀問題從革命文學的論爭開始，一直是主流文學理論和批評所關注的一個焦點。

　　強調世界觀的目的是為了強化文學的政治作用。左翼作家通過集團的勢力來擴張自己的要求時，受到了來自右翼文人和自由主義作家的抵制。「左聯」時期經歷時間最長、規模最大的論爭是與「自由人」、「第三種人」的論爭。「自由人」、「第三種人」是熟悉左翼的文學理論和槍法的，他們要求文學的自由，攻擊左翼文學的主張，直接威脅著革命文學的合法性和合理性，即傾向性進入文藝和對作家提出世界觀的要求的合法性和合理性。胡秋原反對把文學當作宣傳的工具，反對主張只准一種文藝存在而排斥其他藝術。瞿秋白指責胡秋原的理論是「變相的藝術至上論」，「最重要的是他要文學脫離無產階級而自由，脫離廣大的群眾而自由。而事實上，著作家和

---

[2]　李初梨：《對於所謂「小資產階級革命文學」底抬頭，普羅列塔利亞文學應該怎樣防衛自己？——文學運動的新階段》，1929 年 1 月《創造月刊》2 卷 6 期。

[3]　林伯修（杜國庠）：《一九二九年急待解決的幾個關於文藝的問題》，《中國新文學大系 1927-1937·文學理論集一》，上海文藝出版社 1984 年 12 月版。

[4]　《中國無產階級革命文學的新任務》，1931 年 11 月《文學導報》1 卷 8 期。

批評家，有意的無意的反映著某一階級的生活，因此，也就贊助著某一階級的鬥爭。有階級的社會裏，沒有真正的實在的自由。當無產階級公開的要求文藝的鬥爭工具的時候，誰要出來大叫『勿侵略文藝』，誰就無意之中做了偽善的資產階級的藝術至上派的『留聲機』。」[5]蘇汶發表《關於『文新』與胡秋原的文藝論辯》、《論文學上的干涉主義》[6]等文章主要從文學的真實性的角度向左翼文壇發難。前一篇文章寫道：「我們單說左翼文壇是馬克斯主義者似乎還是不適當；我們應當說他們是『馬克斯列寧主義者』。這其間的分別就是在他們現在沒工夫來討論什麼真理不真理，他們只看目前的需要。是一種目前主義。」在後一篇文章裏他指出，政治家與藝術家對待真實的態度不同，前者出於策略和目前的需要會有意地掩飾或表彰一些東西，於是「真實」也就不可避免地被修改；而藝術家是寧願為著真實而犧牲正確的。總之，他是從擔心「階級」、「黨派」、「政治」這些東西會損害文學的真實性的角度來反對政治干涉文學的。

　　周揚針對蘇汶的觀點而作《文學的真實性》，認為蘇汶把文學的真實性和文學的階級性分開是蘇汶一切錯誤的根源。因為文學的反映「並不如鏡子式的純客觀地照取，而是要經過認識主體的改造。」「作為認識主體的人，不但不是像鏡子一樣地不變的，固定的東西，而且也不單是生物學的存在，而是社會的，階級的存在。」所以，文學的「真實」問題，「根本上是與作家自身的階級立場有著重大關係的問題」。「只有站在歷史發展的最前線的階級，才能最大限度地發揮文學的真實性。」「在現在，能夠最真實地反映現實，把握客觀

---

5　　易嘉（瞿秋白）：《文藝的自由和文學家的不自由》，《文藝自由論辯集》，蘇汶編，現代書局 1933 年 3 月版。

6　　均可見《文藝自由論辯集》。

真理的，就只有無產階級。」他甚至說：「愈是貫徹著無產階級的階級性，黨派性的文學，就愈是有客觀的真實性的文學。」[7]他在這次論爭中的另外兩篇文章《到底是誰不要真理，不要文藝？》、《自由人文學理論檢討》，也同樣從無產階級的利益與歷史發展的方向一致這個歷史唯物主義的基本原理出發來論證世界觀和立場對於認識真實的積極意義。馮雪峰也指出：「只有無產階級的世界觀——辯證法的唯物論，才能夠最接近客觀的真理」[8]。本書第六章第三節談到過李初梨曾引述過這一條原理。主流文論關於真實性的討論的最大特點是，從與政治傾向性的關係的意義上來談論。而無產階級的利益與歷史發展的方向一致的原理是以後所有論證政治傾向性的合理性的最重要的理論前提。周揚不僅認為文學和科學、哲學一樣反映客觀現實，甚至不願承認文藝反映的真實性與「政治的真理」的不同。他堅決捍衛政治對文學的統治地位：「文學的真理和政治的真理是一個，其差別，只是前者是通過形象去反映真理的。所以，政治的正確就是文學的正確。不能代表政治的正確的作品，也就不會有完全的文學的真實。在廣泛的意義上講，文學自身就是政治的一定的形式，關於政治和文學的二元論的看法是不能夠存在的。我們要在無產階級的階級鬥爭的實踐中看出文學和政治之辯證法的統一，並在這統一中看出差別，和現階段的政治的指導的地位。」他是怎樣說明文學應從屬於政治的呢？恩格斯在《德國農民戰爭》中指出了無產階級的階級鬥爭的三種形態——經濟的、政治的、理論的形態。

---

[7]　周揚：《文學的真實性》，《周揚文集》1卷，人民文學出版社1984年12月版。
[8]　何丹仁（馮雪峰）：《關於「第三種文學」的傾向與理論》，1933年1月《現代》1卷3期。

而政治鬥爭是三種形態的軸心，所以周認為作為理論鬥爭之一種的文學鬥爭就應該服從於政治鬥爭的任務。

瞿秋白在《馬克斯、恩格斯和文學上的現實主義》中評介了馬克思、恩格斯通過因巴爾扎克和哈克奈斯的作品而發表的現實主義觀點，從中推導出這樣的結論：「無產作家應當採取巴爾扎克等等資產階級的偉大的現實主義藝術家的創作方法的『精神』，但是，主要的還要能夠超越這種資產階級現實主義，而把握住辨證唯物論的方法。」之所以要超越「資產階級現實主義」，是因為以巴爾扎克的作品為代表的「資產階級現實主義」文學能夠暴露資產階級和資本主義發展的內部矛盾，卻「不能夠描寫真正的工人階級的鬥爭」。質言之，「資產階級現實主義」由於缺乏進步的世界觀的指導，未能描寫出體現階級需要的傾向性，而這被認為是更重要的。恩格斯稱讚巴爾扎克不能夠不違背自己的階級同情和政治成見，把他所心愛的貴族描寫成不配有更好命運的人。這明明是說巴爾扎克的世界觀與現實主義創作的矛盾，而瞿秋白卻說：「馬克斯和恩格斯對於巴爾扎克的宇宙觀和藝術創作的估量是整個的，一貫的，這在方法論上有極重要的意義，這正是辯證法唯物論的一元主義的方法，而不是多元主義的折衷論。他們並沒有把思想家的巴爾扎克和藝術家的巴爾扎克對立起來，並沒有把藝術家的主觀的宇宙觀和他的描寫的客觀性對立起來」。[9]這是為了強調世界觀和現實主義創作的一致性，對恩格斯的意見曲解。

革命文學論爭以來的主流文學觀念受「拉普」的影響很大。1932年 10 月至 11 月間在莫斯科舉行的全蘇聯作家同盟組織委員會第一

---

9　靜華（瞿秋白）：《馬克斯、恩格斯和文學上的現實主義》，1933 年 4 月《現代》2 卷 6 期。

次大會清算「拉普」，批判了「唯物辯證法的創作方法」，提出了「社會主義現實主義」這個新的口號來代替它。社會主義現實主義的傳入對中國現代主流文學觀念的塑造作用很大，我們著力考察的幾個關鍵字也因此有了或多或少的變化。

1933 年 11 月周揚在《現代》第四卷第一期上發表《關於「社會主義的現實主義與革命的浪漫主義」──「唯物辯證法的創作方法」之否定》一文，率先系統地介紹社會主義現實主義，他根據的是蘇聯理論家吉爾波丁的社會主義現實主義理論。社會主義現實主義的口號的提出及其提出的背景使他首先意識到了世界觀與文學創作之間的複雜關係，他說：「雖然藝術的創造是和作家的世界觀不能分開，但假如忽視了藝術的特殊性，把藝術對於政治，對於意識形態的複雜而曲折的依存關係看成直線的，單純的，換句話說，就是把創作方法的問題直線地還原為全部世界觀的問題，卻是一個決定的錯誤。『唯物辯證法的創作方法』就是這樣一個錯誤的口號。」這也包含著他對於自己過去左傾機械論的理論的檢討。他依然高度重視世界觀的問題。恩格斯肯定巴爾扎克的現實主義的深刻克服了他世界觀的局限，周揚和吉爾波丁一樣一方面承認這種現象的存在，一方面卻強調這種作家的世界觀和其藝術創作結果的背馳常常破壞作品的藝術組織，影響作家達到對現實的真實、全面的反映。

正像一個研究者所說的，周揚的這篇文章是根據吉爾波丁的一篇文章寫的，材料來源少，對於社會主義現實主義口號提出時蘇聯文藝界的各種不同意見，特別是對「寫真實」問題的討論缺乏全面的瞭解。[10]周揚雖然說「真實性──是一切大藝術作品所不能缺少的前

---

[10]　參閱溫儒敏：《新文學現實主義的流變》，北京大學出版社 1988 年 6 月版，138 頁。

提」，表示重視「寫真實」，但他著重是從傾向性的角度來解釋真實性的，也就是說更強調傾向性：「只有不在表面的瑣事（Details）中，而在本質的，典型的姿態中，去描寫客觀的現實，一面描寫出種種否定的肯定的要素，一面闡明其中一貫的社會主義革命的勝利的本質，把為人類的更好的將來而鬥爭的精神，灌輸給讀者，這才是社會主義的現實主義的道路。」既表示要「寫真實」，同時又對「真實」進行諸多限定。世界觀問題在他那裏得到了最凸出的強調，與此相關的內容佔據了他的另一篇文章《現實主義試論》（1936 年）的主要篇幅。他指出 19 世紀的現實主義的最大缺陷是世界觀的缺陷，這帶來了兩方面的問題：一、「高爾基非常正當地指出了 19 世紀的現實主義是『批判現實主義』。它的最大功績就在批判地照明了市民層的生活習慣，傳統和行為，但是由於作家的世界觀的桎梏和缺陷，它並沒有達到生活的真實之全面的反映。」二、即便是在那些現實主義大家那裏，世界觀的分裂「在作品中留下了痕跡，撕裂了藝術的經緯，引到了現實主義的矛盾」。他舉了巴爾扎克滲透了對於貴族的同情的小說和果戈理《死魂靈》第二部的例子，不過只是點到為止，沒有詳加說明。於是，他得出結論：「新的現實主義方法必須以現代正確的世界觀為基礎。正確的世界觀可以保證對於社會發展法則的真正認識，和人類心理與觀念的認識，把藝術創作的思想的力量大大地提高。」[11]

　　無產階級的世界觀從革命文學論爭開始以來一直被看作新的現實主義區別於舊的現實主義的最大特徵，得到了最高度的肯定，對這一點的理解離不開當時特定的戰爭的歷史語境。與 1920 年代和

---

[11]　周揚：《現實主義試論》，《周揚文集》1 卷。

1930 年代的蘇聯不同，蘇聯已進入政權穩定的和平建設時期，文學不需要擔負急迫的現實鬥爭的任務；而中國正值國共兩黨對陣的戰爭狀態，革命文學的興起是在國共兩黨合作失敗後走向戰爭的情況下興起的，革命文學作家自覺把文學鬥爭視為無產階級革命戰爭的一部分。「左聯」的理論綱領和行動綱領都明確規定左翼文學為無產階級解放鬥爭的一翼。魯迅在《對於左翼作家聯盟的意見》中也說：「無產文學，是無產階級解放鬥爭底一翼。」[12]戰爭的一方要想取得勝利，就必須同仇敵愾，眾志成城，需要思想認識上的高度一致。所以，世界觀問題就凸顯出來了。周揚的《現實主義試論》中有一段話說得十分明白：「中國目前的現實正呈現出動盪和混亂的姿態。知識份子由於他們游離的根性和敏感，在這大時代中經歷了未曾有的動搖，苦悶，和摸索。民族的災難卻使大家只剩下了一條共同的出路。正確的世界觀就是照耀他們前進的明燈。批評家應當把世界觀放在第一等重要的位置上。」

　　高度強調世界觀是為了加強傾向性，從而堅定地為無產階級的政治服務。社會主義現實主義的傳入還導致了對浪漫主義的重新評價，下面我們會看到「浪漫主義」是作為理想性的因素而被肯定的。並且，這以後一直是浪漫主義在主流文學觀念中的命運。1931 年 11 月通過的「左聯」執委會決議《中國無產階級革命文學的新任務》是把浪漫主義和觀念論（唯心主義）放在一起，作為「唯物辯證法的創作方法」的對立面加以否定的。蘇聯理論家古浪斯基、吉爾波丁在倡導社會主義現實主義的同時，又提出「革命的浪漫主義」的口號。正是在引進社會主義現實主義理論的背景下，周揚在《關於

---

[12]　魯迅《對於左翼作家聯盟的意見》,《魯迅全集》4 卷，人民文學出版社 1981 年版。

「社會主義的現實主義與革命的浪漫主義」──「唯物辯證法的創作方法」之否定》、《現實的與浪漫的》、《現實主義試論》等文中重新接納了浪漫主義。他指出，將現實主義看成是文學上的唯物論，浪漫主義看成是文學上的觀念論這種分法是獨斷的，因為文學上的現實主義和浪漫主義並不是與哲學上的唯物論和觀念論一致的。根據古浪斯基、吉爾波丁的精神，周揚說道：「『革命的浪漫主義』不是和『社會主義的現實主義』對立的，也不是和『社會主義的現實主義』並立的，而是一個可以包括在『社會主義的現實主義』裏面的，使『社會主義的現實主義』更加豐富和發展的正當的，必要的要素」[13]。從《現實的與浪漫的》我們可以知道，他之所以看重浪漫主義，看重幻想，是想借重幻想來表現理想，從而充實和照耀現實。周揚所宣傳的社會主義現實主義理論吸納浪漫主義看重的是其理想性，而拋棄了個性、感性等對浪漫主義來說更本質的特徵。社會主義現實主義的理想性則服從於集體的政治理性的目的。

　　關於真實性也有不同的聲音，這不同的聲音來自胡風，他似乎從一開始就是革命陣營中的反對派。他與周揚一樣，從「文藝是生活的反映」的認識論命題出發來看文學。他相信「作品底價值應該是用它所反映的生活真實底強弱來決定的」[14]。他對真實的理解與瞿秋白[15]、周揚一樣，認為真實的作品不僅要有生活現象意義上的真實，還要能夠表現出社會生活中進步的趨勢。[16]胡風對真實性的認識

---

[13] 《關於「社會主義的現實主義與革命的浪漫主義」》。

[14] 胡風：《文學與生活》（1936）第五章，《胡風評論集》（上），人民文學出版社1984年3月版。

[15] 瞿秋白在《高爾基論文選集・寫在前面》（見《海上述林》）中認為，現實主義必須在真實地「描寫」、「表現」社會關係時，顯示歷史的發展方向。

[16] 胡風：《文學與生活》第三章。

又與瞿、周二人迥然有別。他相信階級地位對認識真實的意義，但沒有把這種階級在認識真實上的優越性進一步引申到世界觀的高度。他說：「因為進步勢力本身在現實生活下面是被壓迫者，被殘害者，因為進步勢力本身要廓清一切黑暗的不合理的東西，所以能夠無情地看清現實生活是什麼一回事，能夠真正生出對於光明的東西的愛著和對於不合理的東西的憎惡。這樣的作家才能夠把生活底真實反映到他底作品裏面。」[17]他強調真實性來自活生生的現實，「不從活生生的生活內容來抽出有色彩有血液的真實，只是演繹抽象的觀念，那結果只有把生活弄成死板的模型，乾燥的圖案。不能把握活的人生，那當然不會創造生活的文藝作品了。」[18]胡風還把「真實」與創作主體的個人體驗緊密地結合起來：「一個誠實的作家所愛的是活的人生真實，他所追求的也正是這個。用他自己的五官和思考認真地體識了的，成了他自己的東西的東西，才能夠使作家在描寫過程上和他的對象融合，才能夠使作家所表現的是他用自己的肉體和心靈把握到了的真實。」從中可以看到胡風 1940 年代所提出的「主觀戰鬥精神」的雛形。果能如胡風所言，也就從根本上堵住了公式化、概念化的來路。顯然，他不像瞿秋白、周揚那樣從與傾向性、世界觀的關係的角度來認識真實性，真實性在胡風那裏具有獨立的品格。

　　文學理論中的時代性是一個體現對當下社會現實強烈關注和參與的概念，要求文學的社會功用，時代性這個概念所體現出的價值是不言而喻的。然而這個概念由於外延較大，在具體的文學批評中不易操作。上文說過，在主流文學觀念中，這個概念中「時代精神」的內涵可以表現在真實性特別是傾向性之中，而反映「時代生活」

---

17　《文藝與生活》第三章。
18　同上。

的要求則由「題材」來承擔。反映正確世界觀的無產階級觀點有了，再加上符合政治需要的重要題材，那麼文學作品就自然會表現出正確的傾向性了，革命的功利性也就能順利實現。《中國無產階級革命文學的新任務》即明確規定；「作家必須注意中國現實社會生活中廣大的題材，尤其是那些最能完成目前新任務的題材。」文章列舉了一系列反帝、反國民黨政權的題材。要求拋棄那些「身邊瑣事」的、小資產階級知識份子式的「革命的興奮和幻滅」、「戀愛和革命的衝突」之類的題材。周揚高度重視題材，說：「作家之所以成其偉大，也並不在於他『把全般社會現象來描寫』，而是在於他描寫了含有積極的或進步的 moment（重大的──引者）的題材。如果是一個無產階級作家的話，則他就非選擇和無產階級及其革命的必要有關的題材不可。這就是無產階級文學的主題的積極性。」[19]他在《典型與個性》中認為中國社會急遽猛烈的發展，目前最重要的是要克服文學落在現實的後面，所以他提倡能及時反映民族解放運動事實的「小形式」的文學作品。早在 1928 年年初，蔣光慈就在《現代中國文學與社會生活》[20]中抱怨中國文學落後於社會現實生活，以後不斷有人重彈此調。題材的要求在文學批評中得到了顯著的體現。茅盾的《女作家丁玲》、馮雪峰的《關於新的小說的誕生》都讚揚了丁玲的小說在題材上的拓新。也正主要是從這個意義上，馮雪峰稱它是「從浪漫諦克走到現實主義，從舊的寫實主義走到新的寫實主義的一個路標。」[21]陽翰笙的長篇小說《地泉》因為描寫「革命的浪漫諦克」的

---

19  周揚：《文學的真實性》。
20  1928 年 1 月《太陽月刊》創刊號。
21  馮雪峰：《關於新的小說的誕生》，《論文集》（上），人民文學出版社 1981 年 6 月版。

題材受到幾個權威的左翼批評家的尖銳批評。左翼批評界對題材和時代性的重視顯然產生了廣泛的影響。青年作家沙汀和艾蕪各有自己專長的題材領域，一個善寫離時代大潮較遠的下層人物，一個善寫小資產階級青年，這與他們所抱對於時代有所助力和貢獻的意志產生了矛盾。為此，他們寫信向魯迅請教。[22]自由主義作家梁實秋意識到了題材問題的要害，堅決反對左翼作家要求文學以階級鬥爭為題材，說：「文學裏面最專橫無理的事，便是題材的限制。」[23]

　　毛澤東《在延安文藝座談會上的講話》的問世是 20 世紀中國文學史上的重大事件。從鄧中夏、惲代英等早期共產黨人，到瞿秋白，再到毛澤東，他們談論文學的根本出發點就是促使文藝直接為中國革命的實踐服務。看得出來，《講話》的命題、概念與基本思路與 1930 年代瞿秋白、周揚的文論有直接的繼承關係。[24]但他根據時局的需要，把它們整合成了系統、完整的理論。

　　理解《講話》，我們必須記住它是一個在戰爭的歷史語境中形成的文本。《講話》產生在戰爭的環境，是為了戰爭的目的作出的，用了大量與戰爭有關的辭彙，在對不少問題的談論中貫穿了在戰爭的條件下形成的矛盾對立的思維方式；不僅如此，它之所以能被廣泛的接受也與戰爭密切相關。胡喬木也說：「文藝座談會講話的背景，就是戰爭的環境，農村環境，如果離開這樣的環境看問題，把講話絕對化，那是非歷史的態度。」[25]

---

[22]　魯迅：《關於小說題材的通信》，《魯迅全集》4 卷，人民文學出版社 1981 年版。
[23]　梁實秋：《所謂「題材的積極性」》，《偏見集》，正中書局 1934 年 7 月版。
[24]　關於《講話》形成文本的過程，時任毛澤東秘書、與《講話》的形成有密切關係的胡喬木在晚年的回憶錄中說：「至於講話怎麼樣形成文字的，沒必要多說。」參閱《胡喬木回憶毛澤東》，人民出版社 1994 年 9 月版，57 頁。
[25]　《胡喬木回憶毛澤東》，61 頁。

　　1941 年、1942 年正是抗戰形勢最為嚴峻的時候,正面戰場沉寂,
延安等根據地物質匱乏,國共兩黨之間不時發生摩擦。在這樣一個
嚴峻的形勢下,革命隊伍內部出現了被認為是不適合戰爭需要的情
況。抗戰以後,大量的文藝工作者來到延安與其他抗日根據地,但
他們沒有能使自己更快地融合到革命運動中去,甚至對延安的生活
不習慣,對延安提出種種批評。[26]這些文藝工作者被認為是沒有處理
好文藝與一般革命工作的正確關係。關於《講話》的目的,毛澤東
在 1942 年 5 月 28 日召開的整風高級學習組的會議上講得很明白:
召開文藝座談會的目的,就是要解決一個「結合」問題,「文學家、
藝術家、文藝工作者和我們黨的結合問題,與工人農民結合、與軍
隊結合的問題」。而為實現這幾個「結合」,又必須「解決思想上的
問題」,即「要把資產階級思想、小資產階級思想加以破壞,轉變為
無產階級思想」,這是「結合的基礎」。[27]就是說,開會的目的是要通
過世界觀的改造解決文藝工作者的「結合」問題。《講話》[28]也說:「今
天邀集大家來開座談會,目的是要和大家交換意見,研究文藝工作
和一般革命工作中間的正確關係,求得革命文藝的正確發展,求得
革命文藝對於其他革命工作的更好協助,藉以打倒我們的民族敵
人,完成民族解放的任務。」毛澤東說:「今天中國政治的第一個根

---

[26] 關於延安文藝界暴露出的問題,《講話》也多有涉及。一些當事人認為《關於延
　　安對文化人的工作的經驗的介紹》(1943 年 4 月 22 日黨務廣播,《陝甘寧邊區抗
　　日民主根據地》文獻卷,下,中共黨史資料出版社 1990 年版)對當時情況的概
　　括較全面。參閱《胡喬木回憶毛澤東》與黎辛(時任《解放日報》的編輯)《關
　　於「延安文藝座談會」的召開、〈講話〉的寫作、發表和參加會議的人》(《新文
　　學史料》1995 年 2 期)。

[27] 轉引自《胡喬木回憶毛澤東》,261 頁。

[28] 原載 1943 年 10 月 19 日《解放日報》,收入《中國新文學大系 1937-1949・文學
　　理論卷一》,上海文藝出版社 1990 年 12 月版。本文以下引文均出自此版本的《講
　　話》。這與收入通行版《毛澤東選集》裏的《講話》有一定的出入。

本問題是抗日」，即在抗日的條件下，民族政治是最高的政治；但這個民族政治是滲透著階級政治的內容的，這從他在講話裏對資產階級和小資產階級的敵視中可以看得很清楚。

　　毛澤東把政治傾向性提到了空前的高度。《講話》的要旨用一句話來概括就是：文藝工作者必須「站在無產階級的立場上」來為工農兵服務，使文藝成為無產階級政治的「齒輪和螺絲釘」。文藝的社會功用當然是要通過讀者而發生的，人民大眾是革命的主力軍，所以文藝要為政治服務就首先要為他們服務。毛澤東說：「為什麼人的問題，是一個根本的問題，原則的問題。」「什麼是人民大眾呢？最廣大的人民，占全人口百分之九十以上的人民，是工人、農民、兵士與小資產階級。」「在這四種人裏面，工農兵又是主要的……所以我們的文藝，第一是為著工農兵，第二才是為著小資產階級。」這就確立了主流文學的工農兵方向。在如何為工農兵問題上，需要處理好普及與提高的關係。然而，如何確保文藝為工農兵服務呢？這是更根本的問題。

　　《講話》最強調的就是立場和世界觀的問題。站好階級立場也首先需要正確的世界觀。何其芳說：「毛澤東同志對於無產階級的藝術理論的最大的發展與最大的貢獻乃在於那樣明確地，系統地提出了藝術群眾化的新方向，與從根本上建立藝術工作者的新的人生觀。」[29]由於文藝工作者大都是小資產階級知識份子，所以要建立新的世界觀，就必須進行思想改造。之所以要對小資產階級進行思想進行改造，是基於一種對他們的社會性格的認定。瞿秋白在 1930 年代初就指出小資產階級知識份子動搖的性格：「可以轉變過來又轉變

---

[29]　何其芳：《關於現實主義》(1946)，《中國新文學大系 1937-1949·文學理論卷二》，上海文藝出版社 1990 年 12 月版。

過去」；如果「沒有群眾的鍛煉，沒有普羅的領導，這種路數的『人物』，會突然間墮落，絕望……叛變」。[30]1945 年 4 月由中共中央全會通過的《關於若干歷史問題的決議》[31]認為，小資產階級思想的主要表現是思想方法上的「主觀性和片面性」，政治傾向上的「左右搖擺」，組織生活上的「個人主義和宗派主義」。還特別指出思想改造的極端重要性：「任何沒有無產階級化的小資產階級分子的革命性，在本質上和無產階級革命性不相同，而且這種差別往往可能發展成為對抗狀態。」那麼，如何通過思想改造從而樹立無產階級的世界觀呢？《講話》說，一方面是要學習馬列主義，「學習馬列主義……是要我們用辨證唯物論和歷史唯物論的觀點去觀察世界，觀察社會，觀察文學藝術」；一方面，也是更重要的，就是要對思想感情進行改造。這是比 30 年代討論世界觀問題更深入具體的地方。他在談到「大眾化」問題時說：「什麼叫做大眾化呢？就是我們的文藝工作者自己的思想情緒應與工農兵大眾的思想情緒打成一片。」「我們知識份子出身的文藝工作者，要使自己的作品為群眾所歡迎，就得把自己的思想感情來一個變化，來一番改造。」毛澤東說，不論是精神還是身體，工人農民都比未經改造的知識份子乾淨，儘管他們手是黑的，腳上有牛屎。這種道德理想明顯帶有民粹主義色彩；然而這樣的對比與其說是出於一種道德觀，不如說更出於功利的考慮：他是想通過貶低小資產階級知識份子的自我意識，使他們產生原罪感和自卑感，從而更完全地融入到集體中去。

---

[30] 分別見瞿秋白的文章：《談談〈三人行〉》、《滿洲的「毀滅」》，《瞿秋白文集》文學編 1 卷，人民文學出版社 1985 年版。
[31] 《毛澤東選集》3 卷，人民出版社 1953 年 2 月版。

　　題材問題也受到了格外的關注，目的是要通過題材的限定確保文藝為革命的事業服務，這是毛澤東文論的又一個鮮明的特色。我甚至覺得，在文藝為政治服務這一基本原則之下，世界觀和題材是《講話》所談的兩個最具有實質性的問題。佛克馬的話不錯：「題材在《講話》中也是毛澤東關心的主要問題之一。毛澤東文學理論的一個顯著的特點是：題材問題完全可以與其表現形式分開來，單獨地加以考慮。從歷史的角度解釋，毛澤東的這種批評方法是繼承了以儒家為主的古代文學傳統，此外，他的《講話》是對『右派』作家（丁玲、蕭軍等人）的道德批評所作的『載道主義』反應」。[32]毛澤東的文藝觀是典型的反映論的，他堅持生活對文藝的第一性的原則，所以他特別強調革命的文藝家深入到工農兵的火熱的鬥爭生活中去汲取題材。他號召：「中國的革命的文學家藝術家，有出息的文學家藝術家，必須到群眾中去，必須長期地無條件地全身心地到工農兵群眾中去，到火熱的鬥爭中去，到唯一的最廣大最豐富的源泉中去，觀察、體驗、研究、分析一切人，一切階級，一切群眾，一切生動的生活形式和鬥爭形式，一切自然形態的文學和藝術，然後才有可能進入加工過程即創作過程，這樣地把原料和生產，把研究過程與創作過程統一起來。」他在談論人性論、寫光明與寫黑暗等問題時還對題材問題作了進一步的限制。

　　毛澤東在強調生活第一性，文藝是生活的反映的同時，又這樣肯定文藝的價值：「加工後的文藝卻比自然形態上的文藝更有組織性，更有集中性，更典型，更理想，因此就更有普遍性。……例如一方面是人們受饑餓受壓迫，一方面是人剝削人，壓迫人，這個事

---

[32]　[荷]佛克馬、易布思：《二十世紀文學理論》，林書武等譯，三聯書店 1988 年 1 月版，121 頁。

實到處存在著，人們也看得很平淡，文藝就把這種日常的現象組織起來，集中起來，典型化，造成文學作品或藝術作品，就能使人民群眾驚醒起來，感憤起來，推動人民群眾走向團結和鬥爭，實行改造自己的環境。」這段話通常被認為是闡述生活真實與藝術真實的關係，其實他說的是生活真實與藝術的真實性、傾向性的關係。他要求的是真實性和傾向性的高度統一。

毛澤東把文藝的功利性強調到了空前的高度。他也毫不諱言自己是功利主義者。不過他聲稱：「我們是無產階級的革命的功利主義者，我們是以占全人口百分之九十以上的最廣大群眾的目前利益與將來利益的統一為出發點的，所以我們是以最廣與最遠為目標的革命的功利主義者，而不是只看到局部與目前的行會主義的功利主義者。例如某種作品，只為自己以及幾個朋友或少數人的集團所偏愛，而為多數人所不需要，甚至對多數人有害，硬要拿來上市，拿來向群眾宣傳，以求其個人的或狹隘集團的功利，還要責備群眾的功利主義，這就不但侮辱群眾，也太無自知之明了。任何一種東西，必須能在較多的人們中發生較大的益處，才是較好的東西。」毛澤東的功利主義原則讓我想到了功利主義經典作家邊沁、密爾所謂的最大多數人的最大幸福原理。不同的是，毛澤東追求的是以階級的利益代替個人的利益，並且強調外在的社會價值，輕視人內在的精神價值；而邊沁把其最大幸福原理看成個人利益的簡單相加，密爾雖然清楚地意識到兩者之間的區別，也肯定了個人為了公共幸福或最大幸福而自我犧牲的合理性，但更強調個人幸福與社會幸福由於德性而內在地一致。值得注意的是，功利主義從一開始就與社會主義的思想與實踐有著直接的關係。19 世紀初，在邊沁主張最大幸福原

則的功利主義影響下，英國出現了以歐文的空想社會主義及其實踐為代表的社會主義和空想社會主義思潮。[33]

　　《講話》所表明的方法論同樣獨樹一幟：「我們討論問題，應當從實際出發，不是從定義出發。如果我們按照教科書，找到什麼是文學、什麼是藝術的定義，然後按照它們來規定今天文藝運動的方針，來評判今天所發生的各種見解和爭論，這種方法是不正確的。」毛澤東沒有從學術的規範來談論文學，很少運用文學的專門術語，甚至「現實主義」這個主流文學理論最關鍵的詞語在文本中只出現過兩次。他的文學觀，談論文學的方式，之所以能夠得到認同和肯定，這與戰爭的歷史語境密切相關。舉其要者，其一，大多數的延安的文藝家因為戰爭都走過了從城市到農村根據地，從文學到革命的道路，現代都市文明所提供的相對獨立的文化活動空間已不復存在，他們第一認同的或者不得不認同的是革命者，其次才是文藝家，——更準確地說是從事文藝工作的革命者。這樣，他們首先要遵守的是政治的規則，而不是文藝的規則。其二，戰爭決定了人們對文學的功利主義的價值取向。在一個民族的生存受到威脅的情況下，救亡圖存是壓倒一切的政治任務，動用一切可能的力量為戰爭服務，具有了無可爭辯的正當性。抗戰之初，周揚就說：「為了救國，應該利用一切可能的手段。文藝是許多手段中的一種，文藝家首先應該使用自己最長於使用的工具……凡是一個普通國民所應做的工作，文藝家都沒有權利把自己除外。」[34]夏衍談過抗戰對文藝價值觀的影響：「抗戰以來，『文藝』的定義和觀感都改變了，文藝再不是

---

[33]　參閱龔群：《當代西方道義論與功利主義研究》，中國人民大學出版社 2002 年 3 月版，324 頁。

[34]　周揚：《抗戰時期的文學》，《周揚文集》1 卷。

少數人和文化人自賞的東西,而變成了組織和教育大眾的工具。同意這新的定義的人正在有效地發揚這工具的功能,不同意這定義的『藝術至上主義者』在大眾眼中也判定了是漢奸的一種了。」[35]動機無可厚非,只是事情遠不像想像得那麼簡單。

1930 年代以來,革命知識份子與自由主義知識份子已屬隔教,他們之間存在著深刻的話語隔閡。真正與毛澤東的《講話》構成對話關係的是胡風的現實主義文論,因此對胡風 1940 年代現實主義理論與《講話》關係的考察有助於立體地勾勒主流文學觀念的面貌。胡風的文論是針對 1930 年代的文學現實開始生長起來的,一開始就與直接代表黨的路線的理論家周揚等發生了衝突。當代表黨的路線的文論發展到毛澤東階段時,胡風的理論則直接構成了與《講話》的衝突。1940 年代關於主觀和現實主義問題的論爭,實際上是胡風的現實主義理論與毛澤東文藝思想之間的論爭。

胡風當然是堅持文學為革命的立場的,但他的理論的最重要的一個生長點是來自對主流文學觀念弊端的認識。他的現實主義理論就是要捍衛文學的獨立品格:作家投身於革命和作品服務於實際鬥爭的獨立品格。從新文學傳統的意義上來說,他就是要捍衛「五四」以來以魯迅為代表的「人生派」作家的直面人生、干預現實的獨立精神,並把它作為自己現實主義理論的主幹。他後來把這種精神稱為「主觀戰鬥精神」。這種精神從現實的角度來看,來自具有以天下為己任為傳統的中國知識份子對中國社會現代化的焦慮,即在西方現代文明參照下對中國社會落後的認識。在知識份子獻身革命的虔誠中,這種獨立的精神逐漸減弱,給文學帶來了根深蒂固的弊端。

---

[35] 郭沫若等:《抗戰以來文藝的展望》,1938 年 5 月 10 日《自由中國》2 號。

胡風的現實主義理論高揚作家的主體性，也許可以稱之為「主體性的現實主義」。這個理論大體上可以放在「主觀戰鬥精神」與「公式主義」、「客觀主義」的對立的框架中來認識，這幾個概念都是胡風自己的。胡風在抗戰之前就批評左翼文學中的「公式主義」和「客觀主義」傾向，後來認為在抗戰的形勢下這兩種傾向表現得愈加突出。他早在《文學與生活》第三章中就批評「公式主義」：「公式主義是一種態度，一種看法。這態度和看法是從一個固定的抽象的觀念引申出來的，不顧實際生活底千變萬化的情形，無論在什麼場合都把這個固定的看法套將上去。」而抗戰以來，由於政治任務過於急迫，也由於作家自己的過於興奮，於是「公式主義」延續且更加滋長了。[36]「客觀主義」是隨著戰爭進入相持階段後戰爭日常生活化而泛濫的。「有些作家是，生活隨遇而安了，熱情衰落了，因此對待生活的是被動的精神，從事創作的是冷淡的職業心境。」[37]這兩種凸出的傾向是「主觀戰鬥精神」衰落的明顯症狀，「主觀戰鬥精神底衰落同時也就是對於客觀現實的把捉力、擁抱力、突擊力底衰落。」他說，克服這種創作傾向最主要的是要提高「文藝家底人格力量，文藝家的戰鬥要求」。[38]那麼，「文藝家底人格力量，文藝家的戰鬥要求」指的就是「主觀戰鬥精神」。他對現實主義的理解是：「『為人生』，一方面須得有『為』人生的真誠的心願，另一方面須得有被『為』的人生的深入的認識。……這種主觀精神和客觀真理的結合或融合，就產生了新文藝底戰鬥的生命，我們把那叫做現實主義。」這

---

[36]　胡風：《民族革命戰爭與文藝》，《胡風評論集》（中），人民文學出版社 1984 年 5 月版。

[37]　胡風：《關於創作的二三感想》，《在混亂裏面》，作家書屋 1949 年 9 月 2 版。

[38]　胡風：《文藝工作底發展及其努力方向》，《胡風評論集》（下），人民文學出版社 1985 年 3 月版。

裏所說的「主觀精神」是「主觀戰鬥精神」的一個別名。他認為新
文藝為民族解放和社會解放的精神是由於「作家底獻身的意志，仁
愛的胸懷，由於作家底對現實人生的真知灼見，不存一絲一毫自欺
欺人的虛偽。」[39]顯然這幾項都應是「主觀戰鬥精神」所包括的內容。
作家通過自己的「主觀戰鬥精神」「對於血肉的現實人生的搏鬥」，
從而達到符合歷史要求的真實性。對此胡風還有詳細的描述。[40]

　　胡風的主體性的現實主義理論與主流文學理論內部的主導觀念
差別甚大，並且具有強烈的批判性。比如世界觀問題在其理論中就
沒有占到什麼位置，甚至是他批評「公式主義」的矛頭所向。左翼
文論片面誇大了進步的世界觀對創作的指導作用，把現成的政治觀
念作為文學表現的對象，這樣就不可避免地帶來「公式主義」的傾
向。胡風提倡作家的主體性，正是為了從創作主體入手給文學創作
鬆綁。毛澤東強調知識份子與人民群眾相結合和思想改造，胡風的
看法也大異其趣。他對知識份子的革命性的估計就與毛澤東不同。
他在《論現實主義的路》中具體分析了在幾十年的激巨變化的社會
環境裏中國知識份子革命性的物質根源，說「知識份子也是人民」。
而且，先進的知識份子是革命思想的接受者和傳播者，是聯繫先進
思想和人民之間的橋梁。由此可見，「革命知識份子是人民底先進
的」。再者，革命思想和中國社會的血肉結合，吸引、教育了知識份
子，也拓展、加深了知識份子革命化的社會基礎。[41]胡風並不反對知
識份子作家與人民相結合和進行思想改造，而是對問題有著自己的
理解。他在另一篇文章裏說，作家應該去深入或結合的人民並不是

---

39　胡風：《現實主義在今天》，《在混亂裏面》。
40　胡風：《置身在為民主的鬥爭裏面》，《胡風評論集》（下）。
41　胡風：《論現實主義的路》，《胡風評論集》（下）。

抽象的概念，而是活生生的感性的存在。要不被這種感性存在的海洋所淹沒，作家需要有與他們的生活內容搏鬥的「批判的力量」。他寫道：「他們（指人民——引者）底精神要求雖然伸向著解放，但隨時隨地都潛伏著或擴展著幾千年的精神奴役的創傷。」[42]他強調在與人民結合過程中不能放棄「五四」啟蒙主義的立場。他認為知識份子有進行思想改造的必要，這是因為「知識份子的游離性，即所謂知識份子底二重人格」：不必說那些依附舊社會的知識份子，就說有革命性或革命要求的知識份子，雖然和人民有著聯繫，雖然接近或參加了實際鬥爭，但由於殘留的所謂「優越感」和較易得到的生存空隙，不容易做到決然地拋棄幻想。「這種游離性使得他們底思想立場停留在概念裏面或飄浮在現實表面，不容易變成深入實踐過程的戰鬥要求，通過這去和人民底內容深刻地結合，把握它，把它變成自己的東西，同時使思想要求和人民底內容對立而又統一地形成血肉的『感性的活動』。」[43]在他看來，這種二重人格也是造成「公式主義」和「客觀主義」的思想根源。

胡風的觀點受到了何其芳、邵荃麟等已熟悉了政治規則的文人的攻擊。毛澤東在《講話》中現身說法親述了他自己思想改造的經歷，邵荃麟質問道：「現在一些狂熱的小資產階級知識份子，憑著自己一些熱情，一些幻想，就狂妄地自誇為『一開始就和人民血肉聯繫著』，讀一讀毛澤東這話，他們不會覺得臉紅嗎？」[44]喬冠華強調，作家要進行改造，必須向人民學習，但這還不夠，作家有進行自我

---

[42]　《置身在為民主的鬥爭裏面》。

[43]　《論現實主義的路》。

[44]　荃麟：《論主觀問題》，《中國新文學大系 1937-1949・文學理論卷二》，上海文藝出版社 1990 年 12 月版。

鬥爭——「作家自己在靈魂內進行的階級鬥爭」——的必要。毛澤東在《講話》中說許多文藝工作者的「靈魂深處還是一個小資產階級王國」，喬的觀點顯然是由此發揮而來。這樣的話總給人以不祥的預感。

在胡風的現實主義文論裏，創作主體是自主、自律的。他當然重視選材的自由。他指出，就社會一方面說，應該認識而且尊重作家的人格力量或戰鬥要求，「不應出題作文，干涉他底題材選擇，也不應廣懸禁律，堵塞他底心靈。」[45]他針對關於題材的清規戒律說道：「哪裏有人民，哪裏就有歷史。哪裏有生活，哪裏就有鬥爭，有生活有鬥爭的地方，就應該有詩。」[46]這個觀點後來被廣泛地批判。關於現實主義的論爭的另一方的何其芳則把政治第一性的要求貫徹到具體的主題和題材問題上去。他舉了一個實例：假如從生活中得到了一個主題，又是熟悉和感動得不夠，然而這是與當前廣大群眾有關的問題和要求。同時又有另外一個主題，那是作家很熟悉和很感動的，然而卻與廣大群眾沒有什麼關係。何氏問：我們到底應寫哪一個，前者還是後者？據他介紹，林默涵在一篇短文裏說應該寫前者，並作了一個補充：假如還不夠熟悉，你就去熟悉它。徐遲不同意，問道：哪一個偉大的作家是為題材而生活？誰僅僅為了題材的緣故，而熟悉僅僅與題材有關的生活的？何氏站到了林氏的一邊，並為之辯護。[47]如果要胡風回答這個問題，他會毫不猶豫地站到何、林二氏的對立面。

---

45　《文藝工作底發展及其努力方向》。
46　胡風：《給為人民而歌的歌手們》，《胡風評論集》（下）。
47　何其芳：《關於現實主義》。

## 二

　　1949 年 7 月召開的全國文學藝術工作者第一次代表大會，確認了毛澤東所指出的體現文藝為政治服務的工農兵方向為新中國文藝的方向，而沒有對在戰爭環境下形成的文藝思想和文藝政策作必要的調整。

　　為了建立並強化新的政權意識形態，1950 年代前期興起了三次大的文化批判運動。除此之外，其他規模小一些的文化批判屢見不鮮。對於三次大的文化批判，毛澤東都親自出馬，直接決定了問題的性質和採取的方式。作為中國革命的領袖和意識形態話語的主要締造者，他顯然有一種危機感。在他看來，新的國家機器雖然建立了，但必須要有與之相適應的政權意識形態作為基礎；他並且要求政權意識形態的絕對統治地位和相當的純潔性。我們應該看到，在新的生產關係剛剛建立，甚至還比較脆弱的情況下，要求承擔著生產關係再生產任務的意識形態國家機器強化其職能具有歷史的合理性。阿爾都塞說過：「任何一個階級如果不在掌握政權的同時把意識形態國家機器置於自己的控制之下並在其中行使自己的霸權的話，那麼它的統治就不會持久。」[48]福科也曾指出過話語與社會權力之間的密切關係：「在我們這樣的社會以及其他社會中，有多樣的權力關係滲透到社會的機體中去，構成社會機體的特徵，如果沒有話語的生產、積累、流通和發揮功能的話，這些權力關係自身就不能建立起來和得到鞏固。」[49]

---

[48]　[法]路易‧阿爾都塞：《意識形態和意識形態國家機器》，李訊譯，《當代電影》1987 年 3、4 期。

[49]　[法]福科：《權力的眼睛——福科訪談錄》，嚴鋒譯，上海人民出版社 1997 年 1 月版，228 頁。

　　對電影《武訓傳》的批判是要肅清資產階級唯心史觀對文藝工作者的影響，確立歷史唯物主義（就《武訓傳》來說，涉及到農民革命的合理性和必然性的問題）在解釋歷史上的權威性。編劇、導演孫瑜主觀上也試圖為人民服務，但作品的客觀效果被認為適得其反，這從反面證明了作家、藝術家世界觀改造的必要性。對《紅樓夢》研究的批判運動意在清算「五四」以來以胡適為代表的資產階級的文化學術思想。對胡風文藝思想的批判，則為了清除馬克思主義文藝思想內部的不同聲音。在這三次文化批判運動中，真正構成與政權意識形態在一定意義上對壘的是胡風文藝思想，因此它不能見容於主流而被判為異端，胡風本人也被打成了以他的名字命名的「反革命集團」的首要成員。從胡風的《關於建國以來的文藝實踐情況的報告》和人民出版社 1955 年 6 月出版的《關於胡風反革命集團的材料》，我們可以看到胡風文藝思想與《講話》對立的劍拔弩張的情形。

　　在 1950 年代的大部分時間裏，毛澤東的文藝思想是被安置在社會主義現實主義的框架中的。《講話》在收入 1953 年 2 月版的《毛澤東選集》第三卷時，原文中的「我們是主張無產階級現實主義的」改成了「我們是主張社會主義現實主義的」。1953 年 9 月召開的第二次文代會把社會主義現實主義確定為文藝創作和批評的最高準則。這一年的四月至六月，全國文學創作委員會組織在京的文藝工作者學習和討論社會主義現實主義的理論。

　　由於傾向性不斷要求擴張自己的霸權，傾向性與真實性處在一種緊張的關係中。周揚在為蘇聯文學雜誌《旗幟》而寫的《社會主義現實主義——中國文學前進的道路》提出：「判斷一個作品是否社會主義現實主義的，主要不在它所描寫的內容是否社會主義的現實生活，而是在於以社會主義的觀點、立場來表現革命發展中的生活

的真實。」作家要想「在現實的革命發展中真實地去表現現實」，就應當深刻地去揭露生活中新舊力量的矛盾和鬥爭，就必須著重表現代表新的力量的人物的真實面貌。[50]這樣就提出了寫英雄人物的要求。建國初期，特別是 1953 年第二次文代會召開前後，出現了關於寫英雄人物問題的討論。周揚在大會的報告《為創造更多的優秀的文學藝術作品而奮鬥》[51]中進一步要求寫新的人物和新的思想。以後，寫英雄人物成為文壇的熱點問題。寫英雄人物從社會主義現實主義理論上講體現了真實性和傾向性的共同要求，但其實是加強了傾向性的要求。

在社會主義現實主義理論中，代表傾向性的概念是黨性和人民性。黨性當然是更純粹的人民性或者說是最高的人民性。後者往往用來評價歷史上的進步作家。關於黨性，《講話》中的一句話被視為權威的規定：「站在無產階級的和人民大眾的立場，共產黨員還要站在黨的立場，站在黨性和黨的政策的立場。」馮雪峰說：「黨性是一個科學的原則，是從實際生活鬥爭中規定出來的。對於文藝，它不僅在對生活的認識上是一個指導原則，同時在現實主義美學上也是一個指導原則。我們已經知道，黨性不但和真實性是完全統一的，而且它總是指導我們去達到最高的真實性；最高的黨性也只有通過最高的真實性（也就是通過最高的典型性，通過最能反映尖銳的矛盾鬥爭的藝術形象）才能表現出來。」[52]茅盾警告說：「不要無產階級黨性的擁護現實主義的作家們面前有個暗坑：自然主義。」[53]

---

[50]　周揚：《社會主義現實主義──中國文學前進的道路》，1953 年 1 月 11 日《人民日報》。

[51]　《周揚文集》2 卷，人民文學出版社 1985 年 10 月版。

[52]　馮雪峰：《關於創作和批評》，《論文集》（下），人民文學出版社 1981 年 6 月版。

[53]　茅盾：《夜讀偶記──關於社會主義現實主義及其它》，《茅盾全集》25 卷，人民

　　當然，堅強的黨性對世界觀提出了更高的要求。林默涵、何其芳 1953 年分別在《胡風的反馬克思主義的文藝思想》、《現實主義的路，還是反現實主義的路》中批判胡風時，就認為胡風的理論等於否定了世界觀和對知識份子進行思想改造的必要性。林默涵說：「對於社會主義的現實主義者，根本問題也不是有沒有抽象的『主觀戰鬥精神』，而是首先要具有工人階級的立場和共產主義的世界觀；沒有這種立場和世界觀，那就不管你的『主觀戰鬥精神』怎樣強烈，也不可能正確地充分地反映今天的現實。」[54]世界觀依然被看成社會主義現實主義區別於過去的現實主義的根本所在。有人從「真實性」立論來探討社會主義現實主義，認為社會主義現實主義的作家因為有馬克思列寧主義的世界觀的指導，所以能夠看清現實生活的本質，並且能夠從發展的觀點來描寫現實。而這些是過去的現實主義者所望塵莫及的。[55]

　　受 1954 年蘇聯第二次作家代表大會修改社會主義現實主義定義的影響，同時由於 1956 年 5 月「雙百」方針提出以後文化環境的相對寬鬆，社會主義現實主義在中國也受到過質疑。秦兆陽發表《現實主義──廣闊的道路》，認為文學創作上帶普遍性的公式主義傾向跟文藝思想上帶普遍性的教條主義傾向關係密切，所以他提倡「嚴格地忠實於現實，藝術地真實地反映現實」的現實主義。「現實主義必須首先有一個標準，那就是當它反映客觀現實的時候，它所達到的藝術性和真實性、以及在此基礎上所表現的思想性的高度。」他

---

文學出版社 1996 年版，159 頁。

[54] 林默涵：《胡風的反馬克思主義的文藝思想》，《文藝報》1953 年 2 期。

[55] 蔣孔陽：《關於社會主義現實主義》，《社會主義現實主義論文集》第一集，新文藝出版社 1958 年 6 月版。

引了西蒙諾夫在蘇聯第二次作家代表大會上的報告中對社會主義現實主義定義的批評，說它「不夠科學」，他還提出進一步的質疑。他說，「我們也許可以稱當前的現實主義為社會主義時代的現實主義。」[56] 周勃的《論現實主義及其在社會主義時代的發展》，從「真實性」的角度提出了自己對現實主義的看法：「現實主義藝術創作的特殊性、先進性就在於如果藝術家是忠實於生活，在自己的創作中追求著現實主義的真實性，那麼，他的藝術態度上的唯物主義就必然要戰勝其世界觀中的唯心主義。」他否認社會主義現實主義存在的合理性：「由於現實主義創作方法，乃是一種藝術創作豐富的經驗積累的結晶，因而無論發展到怎樣的高度，它的創作條件怎樣變化，但從藝術創作方法本身來說，是不應該有什麼改變，從這個意義上講，前社會主義時代的現實主義與社會主義時代的現實主義在創作方法上，是沒有、也不可能有什麼區別的。」[57]他同樣攻擊了社會主義現實主義的定義。

　　收錄了從 1956 年 12 月到 1958 年 10 月在報刊上發表的文章的兩大厚本《社會主義現實主義論文集》，批判的主要靶子就是秦兆陽與周勃的文章。被批判的主要觀點是「寫真實」和世界觀問題，被定性為修正主義的觀點。「寫真實」的罪狀是把真實性和思想性割裂開來甚至對立起來，不要社會主義現實主義中的社會主義精神，反對文學批評中的黨性原則。

　　批判了「寫真實」，當然相應地就要找高傾向性。1958 年在「大躍進」的高潮中，「兩結合」的口號又登場了。1958 年 3 月，毛澤東

---

56　何直（秦兆陽）：《現實主義——廣闊的道路》，《人民文學》1956 年 9 期。
57　周勃：《論現實主義及其在社會主義時代的發展》，見《社會主義現實主義論文集》第一集附錄，原載《長江文藝》1956 年 12 月號。

在於成都召開的中央工作會議上發表關於新詩發展的意見，指出新詩的「內容應是現實主義和浪漫主義對立的統一」。據此，周揚正式提出並闡釋了「兩結合」的創作方法：「毛澤東同志提倡我們的文學應當是革命的現實主義和革命的浪漫主義的結合，這是對全部文學歷史的經驗的科學概括，是根據當前時代的特點和需要而提出來的一項十分正確的主張，應當成為我們全體文藝工作者共同奮鬥的方向，……人民群眾在革命和建設的鬥爭中，就是把實踐的精神和遠大的理想結合在一起的。沒有高度的浪漫主義精神就不足於表現我們的時代，我們的人民，我們工人階級的、共產主義的風格。人們過去常常把現實主義和浪漫主義當作兩個互相排斥的傾向；我們卻把它們看成是對立的而有統一的。沒有浪漫主義，現實主義就會容易流於鼠目寸光的自然主義……當然，浪漫主義不和現實主義相結合，也會容易變成虛張聲勢的革命空喊或知識份子式的想入非非。」[58]「兩結合」並沒有比社會主義現實主義多提供什麼，只是空前地抬高了所謂革命理想，顯然提倡者認為在社會主義現實主義的理論框架中所提的傾向性已經不適合「大躍進」時代的需要。周恩來解釋「兩結合」：「既要浪漫主義，又要現實主義。即革命的現實主義與革命的浪漫主義的結合。就是說，既要有理想，又要結合現實。……主導方面是理想，是浪漫主義。」[59]對「兩結合」的解釋，五花八門，多有穿鑿附會。如郭沫若說：文藝是現實生活的反映，所以本質上就是現實主義的；但文藝又需要「形象思維」，允許想像和誇大，所

---

58　周揚：《新民歌開拓了詩歌的新道路》，《紅旗》1958 年第 1 期（創刊號）。

59　周恩來：《關於文學藝術工作兩條腿走路的問題》（1959 年 5 月 3 日），《周恩來論文藝》，人民文學出版社 1979 年 2 月版。

以本質上也應該是浪漫主義的。[60]為了趨附時尚，非要從所有作家作品中尋找「兩結合」的根據，就只好連常識也不顧了。1960 年召開的第三次文代會認定「兩結合」是「最好的創作方法」，於是就用它取代了原先的社會主義現實主義。

　　原產於蘇聯的社會主義現實主義的概念，是在真實性和傾向性的張力關係中來界定的。在中國，自從毛澤東的《講話》發表以後，特別是到了 1950 年代，傾向性就占了上風。這種情況從周揚當初對社會主義現實主義的引進和闡釋中已見端倪。自「兩結合」提出以後，思想性君臨一切，「真實性」在很大程度上已經成為傀儡，甚至成了極左觀念粉墨登場的面具。1960 年代初，隨著「以階級鬥爭為綱」方針的出臺，文藝又被放到了階級鬥爭的工具的位置上，這就為文藝在「文革」期間直接為極左路線效力開了方便之門。「文革」期間就連「形象思維」論都受到了批判，傾向性也就被推到了極地。社會主義現實主義在建國後的命運，就是其真實性的內涵被傾向性一步步掏空，以至於懸空起來，最後沉沉地摔到了地上。新時期文學的現實主義就是這樣被沉沉地摔到地上摔出來的現實主義。

　　時代性和題材問題受到了高度的重視。那些能夠表現意識形態信條，緊密配合現實政治與現行政策的作品，在文學批評中往往謂之有時代性的作品。茅盾在一次創作座談會上作了題為《目前創作上的一些問題》的講話，雖然認為「與其犧牲了政治任務，毋寧在藝術上差一些」的觀點「是不太科學的」，但依然要求作家以「趕任務」為榮，「因為既然有任務要交給我們去趕，就表示我們文藝工作者對革命事業有用，對服務人民有長。」[61]邵荃麟的話更直截了當：

---

60　郭沫若：《浪漫主義和現實主義》，《紅旗》1958 年 3 期。
61　茅盾：《目前創作上的一些問題》，1950 年《文藝報》1 卷 9 期。

「創作與政策相結合，不僅僅是由於政治的要求，而且是由於創作本身上的現實主義的要求。」[62]他們兩人對文藝與政治的意見是可以看作是對時代性的理解的，因為當時「時代性」一詞是在與政治的關係中使用的。「史詩」性是對一種高度的時代性的肯定。馮雪峰在《論〈保衛延安〉》中正是從這一角度肯定對象：「這部作品……是夠得上稱為它所描寫的這一次具有偉大歷史意義的有名的英雄史詩的。」從文章中可以看到他所說的「史詩」有兩方面的因素構成：一是描寫了重大題材──一次具有「偉大歷史意義的有名的英雄戰爭」，一是反映了時代精神──「黨中央和毛主席的英明領導和指揮以及人民解放軍和革命人民群眾的艱苦卓絕的革命英雄主義精神」。[63]基於相似的理由，《紅旗譜》、《創業史》等長篇小說也都被譽為「史詩」性作品。60 年代初，中共對文藝政策作了一定的調整。周恩來在《對在京的話劇、歌劇、兒童劇作家的講話》中表示：「所謂時代精神，不等於把黨的決議搬上舞台。不能把時代精神完全解釋為黨的政策，黨的決議。時代精神也只能通過時代的一個側面表現出來。只要按照歷史唯物主義，合乎那個時代的就行。……不能被時代精神拘束了，對時代精神要作廣義的瞭解。」[64]周恩來針對的主要是 1950 年代的情況，他的話說明把時代精神解釋為黨的政策、黨的決議是一種普遍的現象；他至少也把黨的政策、黨的決議看作時代精神的組成部分。

題材在本期受到了更嚴格的限定，要求寫重大題材，要求寫工農兵題材。題材問題首先被看作是一個立場問題。胡風的題材觀顯

---

[62] 荃麟：《論文藝創作與政治和任務相結合》，1950 年 10 月《文藝報》3 卷 1 期。
[63] 馮雪峰：《論〈保衛延安〉》，《論文集》（下），人民文學出版社 1981 年 6 月版。
[64] 周恩來：《對在京的話劇、歌劇、兒童劇作家的講話》，《周恩來論文藝》。

然不合時宜，何其芳曾加以批判：「文學歷史上的偉大作品總是以它那個時代的重要生活或重要問題為題材。而且作家對於題材的選擇正常常和他的立場有關。否認題材的差別的重要，其邏輯的結果就是否認生活的差別的重要。」[65]何氏認為胡風的觀點等於否定了革命作家到人民群眾中去並改造思想的必要性。1949 年下半年，在《文匯報》上進行過「可不可以寫小資產階級」的論爭。「寫小資產階級」成為了問題，這充分說明了嚴格的題材限制的存在。在題材問題上有一個無法迴避的矛盾現象：對題材提出種種要求和進行種種限制的本意是為了最大限度地發揮文藝作為工具的效能，可是等到文藝連選材的自由都失去了時候，又不可能真正地發揮預期的效能。於是在對文藝的題材限制了一段時間後，又須在題材上為文藝鬆綁。1956 年 6 月時任中共中央宣傳部部長的陸定一宣稱：「……題材問題，黨從未加以限制，只許寫工農兵題材，只許寫新人物等等，這種限制是不對的。」[66]正因為替題材鬆了綁，所以「雙百」方針提出後，出現了充滿新鮮氣息的干預現實和描寫婚姻愛情的文學作品。但是，很快又到了「反右派」運動，題材的限制又被加強了。接踵而至的「大躍進」時期又風行起「寫中心、畫中心、唱中心」的創作口號。在 1960 年代的文藝政策調整中，1961 年第三期的《文藝報》發表專論《題材問題》，提出：「我們提倡描寫重大題材，同時提倡題材的多樣化。」提倡題材多樣化後來被歪曲成反「題材決定」論，與「寫真實」論一起被打成「黑八論」之一。

　　伴隨著思想解放運動的展開，第四次文代會於 1979 年 10 月 30 日召開了。鄧小平所作的《祝詞》在文藝與政治的關係上為文藝鬆

---

[65] 何其芳：《現實主義的路，還是反現實主義的路》，《文藝報》1953 年 3 期。

[66] 陸定一：《百花齊放，百家爭鳴》，1956 年 6 月 3 日《人民日報》。

了綁，這標誌著主流文學觀念開始告別「文藝為政治服務」的工具
論。本世紀以來長期被拒之門外的西方文學和文學理論紛至沓來，
衝擊著封閉已久的中國文壇。多元的文論和文學批評方法令人眼花
繚亂，從不同的角度揭示了文學屬性的不同方面，帶來了文學理論
和文學批評的體系、價值觀念、思維方式、話語方式等的諸多變化。
新時期文學觀念變革的背景是工具論的文學觀的長期統治，這種重
內容而輕形式的文學觀給文學自身帶來了災難性後果，所以把文學
作品的形式作為獨立自足的體系的形式主義、結構主義、新批評等
對新時期文壇的衝擊最大。這促動了新時期文學批評和文學研究的
「向內轉」。1985 年年初，劉再復在評述文學研究的新動向時，所舉
的第一項即是：「由外到內，即由著重考察文學的外部規律向深入研
究文學的內在規律轉移。」[67]繼 1985 年的文學「方法年」之後，緊
隨其後的是 1986 年的文學「觀念年」，其最凸出的特點是強調文藝
自身的審美價值。由於主流文學理論的慣性，也由於上述專注於文
學形式的文論在西方已經被超越，所以新時期很少有人把文學當作
封閉、自足的體系加以研究的企圖。通常的情況是既強調文學的審
美特徵，又注重文學的社會文化價值。馬克思主義文論並沒有就此
退向邊緣，各派的馬克思主義文論都在不同程度上汲取了西方的理
論成果，不約而同地把實踐作為自己的邏輯起點，視文藝為一種實
踐活動，認為實踐活動是文藝的主體性、認識性、價值性等本質屬
性的基礎。雖然尚有不少人並未掙脫機械反映論的桎梏，但至少都
表現出了與之告別，從而致力於使文藝話語向人的整個存在敞開
的企圖。

---

[67]　劉再復：《文學研究思維空間的拓展》，《讀書》1985 年 2 期。

　　杜衛在他的富有啟示性的《走出審美城》一書中，把新時期出現的種種強調文學審美特徵的文論統稱為「文學審美論」，他評價說：「這就是文學審美論的尷尬之處：在建立了文學獨立自足、超越性的封閉體系之後，文學與現實的社會的關係很難再建立起來。」[68]我不同意作者的這個評價。他所說的「文學審美論」就其主導傾向來看，並不是要建立一個與世隔絕的烏托邦式的審美城，而是要在學理上建立符合文學自身特點的聯繫外面的世界的獨特方式。如有人把文學定義為「審美意識形態」，「審美」只是定語，中心詞「意識形態」就意味著現實社會的內容和由此帶來的不可避免的功利性。「審美反映」論這個範疇的本身就意味著對傳統反映論的遺產的批判性繼承。心中只有審美的情況僅存在於極少數的新潮批評家和先鋒文學作家那裏。因此，用「文學審美論」來指稱所研究的對象不免給人以削足適履之感。它在很大程度上來自作者預先的「情節設置」；並且這個帶有普遍主義傾向的指稱也掩蓋了對象之間的種種差異。作者用西方最新的在文化研究或文化批評的大視野中研究文學的理論來研究新時期文學理論，這裏面存在著語境的錯位。因為這種西方的文論面對的是長期以來占主導地位的把文學視為封閉、自足體系的理論，而中國的情況恰恰相反。類似的語境的錯位在當下的中國思想界和學術界似乎已經司空見慣。

---

[68]　杜衛：《走出審美城——新時期文學審美論的批判性解讀》，東方出版社 1999 年 12 月版，205 頁。

三

　　文學對真實性的興趣根源於人類活動的本身，人類要生存，就須臾不能離開對自然和社會的實際情況的的判斷。文學既以人類的生存活動為描寫對象，那麼它對真實的關注和表現是自然而然的。西方文學史上，從古希臘的「摹仿說」，到文藝復興以後的「鏡子說」，到 19 世紀的「再現說」，這一條綿延不斷的線索就能說明這一點。柏拉圖把文藝視為現實的摹仿，而現實又是他所謂的理念的摹仿，所以文藝與真理相隔遙遠。他是否定文藝的，然而卻以它與真實的關係作為估定其價值的的主要標準之一。亞里斯多德則肯定了摹仿現實的藝術的真實性，認為詩能夠從個別人物的事蹟中見出必然性與普遍性。他對文藝真實性的認識已具近代現實主義的「再現說」的雛形。他一開始就把文藝問題限定在認識論的範圍內。

　　作為 20 世紀中國主流文學觀念的現實主義其哲學基礎是認識論，更準確地說，是反映論的認識論。這種理論把文藝界定為一種特殊的認識活動。毛澤東《在延安文藝座談會上的講話》中的一段話典型地說明了這一點：「無論那一等級的作為觀念形態的文藝作品，都是人民生活在人類頭腦中的反映和加工的結果，革命的文藝，則是人民生活在革命作家頭腦中的反映和加工的結果。人民生活中本來存在著文學藝術的礦藏，這是自然形態的東西，是粗糙的東西，但也是最生動、最豐富、最基本的東西，它們使一切加工形態的文學藝術相形見絀，它們是一切加工形態的文學藝術的取之不盡、用之不竭的唯一的源泉。」毛澤東對生活第一性的強調讓人很容易想到車爾尼雪夫斯基「美是生活」的命題，但後者常常片面地強調生

活而過分貶低藝術的價值，甚至把藝術看作生活的代用品，[69]而毛澤東則又高度肯定了文藝對生活的反作用。

　　把文藝看作一種特殊的認識方式的傳統在西方源遠流長，從亞里斯多德到黑格爾和別林斯基都是這樣。早期的摹仿概念還只是比較籠統地強調文學描寫與現實生活的一致性，到了 19 世紀，隨著科學的發展，實證主義哲學的流行，文藝越來越被看作具有與科學一樣認識功能的認識方式，文學的摹仿和再現範疇越來越明確地具有了追求精密科學那樣絕對客觀的內涵。泰納認為藝術的功用在於它和科學一起是人區別於動物求生活動的更高一個階段生活的表徵，「到了這個階段，人類才開始一種高級的生活，靜觀默想的生活，關心人所依賴的永久與基本的原因，關心那些控制萬物，連最小的地方都留有痕跡的，控制一切的主要特徵。」[70]顯然他所強調的是藝術與科學一樣的認識功能，只是它們各自採取的方式不同。在 19 世紀的現實主義大師那裏，摹仿和再現的概念被作了新的規定與陳述，諸如逼真、真實、可信、冷靜觀察、不動情、中立性、非個人化（非人格化）、精確性等等。[71]

　　馬克思、恩格斯根據無產階級革命鬥爭的需要，總結 19 世紀現實主義文學的創作經驗，提出了馬克思主義的現實主義理論，這個理論的凸出特點是強調了傾向性，特別是強調了對歷史和現實的階級關係、階級鬥爭的正確描寫。在蘇聯和中國的無產階級革命和社會主義建設中，文學被要求成為現實鬥爭和現實政治的一部分，於

---

69　參閱周揚：《關於車爾尼雪夫斯基和他的美學》，見《藝術與現實的審美關係》，人民文學出版社 1979 年 6 月 2 版。

70　[法]丹納（泰納）：《藝術哲學》，傅雷譯，人民文學出版社 1963 年 1 月版，31 頁。

71　參閱周憲：《二十世紀的現實主義：從哲學和心理學看》，《二十世紀現實主義》，柳鳴九主編，中國社會科學出版社 1992 年 2 月版。

是傾向性被進一步地強調，社會主義現實主義應運而生。蘇聯的社會主義現實主義是在真實性和傾向性的張力關係中來界定的，毛澤東則顯然突破了定義的框架，偏向了傾向性一邊。這種定位從周揚最初對社會主義現實主義的引進和闡釋中已可見端倪。新中國成立後，傾向性更是唯我獨尊。

「真實性」是一個複雜的理論問題，不同的文學思潮和不同時期的作家的觀點往往迥然有別。我這裏所探討的是主流文學語境中的真實性問題，也大致是中國的社會主義現實主義理論中的真實性問題。因而得從最初的蘇聯的定義開始。1934 年 9 月第一次蘇聯作家代表大會把社會主義現實主義的要求寫進了《蘇聯作家協會章程》：「社會主義的現實主義，作為蘇聯文學與蘇聯文學批評的基本方法，要求藝術家從現實的革命發展中真實地、歷史地和具體地描寫現實。同時藝術描寫的真實性和歷史具體性必須與用社會主義精神從思想上改造和教育勞動人民的任務結合起來。」[72]這個定義正是把恩格斯在《致敏·考茨基》中所說的「具有社會主義傾向的小說」與「對顯示的關係的真實描寫」的現實主義結合起來，從而使真實性與傾向性處於一種張力關係中。社會主義現實主義的定義一方面強調藝術家反映現實生活的真實性和歷史具體性，一方面又要求把這一點與以社會主義精神從思想上改造和教育勞動人民的任務結合起來，即做到真實性與傾向性的統一。這個理論的前提是真實性與無產階級的利益的一致性；而又提出把前者與後者結合起來，就等於承認了二者之間存在著不一致的情況。存在著矛盾式的關係。「社會主義現實主義」這個概念的本身就顯示了這種關係。其要旨在於

---

[72]　《蘇聯作家協會章程》，《馬克思主義與文藝》，周揚編，作家出版社 1984 年 9 月版。

用傾向性去框定、修正、指導「真實性」，使之服從於階級的政治。
那麼，為什麼還要重視「真實性」呢？因為它是基礎和依託，失去
它傾向性就成了無本之木、無源之水。早在 1954 年 12 月召開的第
二次全蘇作家代表大會上，西蒙諾夫即批評了社會主義現實主義定
義的後半部分：「這個本意是想明確規定的第二句是不確切的，甚至
反而容許有歪曲原意的可能。它可能被瞭解為一種附帶條件：是的，
社會主義現實主義要求藝術家真實地描寫現實，但是『同時』這種
描寫必須與用社會主義精神從思想上改造人民的任務結合起來；那
就是說，好像真實性和歷史具體性能夠與這個任務結合，也能夠不
結合；換句話說，並不是任何的真實性和任何的歷史具體性都能夠
為這個目標服務的。」[73]這次大會刪去了定義的後面的一句話：「同
時藝術描寫的真實性和歷史具體性必須與用社會主義精神從思想上
改造和教育勞動人民的任務結合起來。」西蒙諾夫並不是出於理論
興趣提出修改定義的，他在大會的報告中歷數了蘇聯文藝界「無衝
突論」和粉飾現實的氾濫與定義本身的直接關係，為蘇聯文壇清除
這些弊端才是他的現實動機所在。西蒙諾夫的話鼓舞了中國的秦兆
陽、周勃等人對社會主義現實主義的定義和理論提出更多的批評，
同樣他們也是帶著對這一理論給文學帶來的弊端的深切體會而發言
的。秦兆陽進一步追問，如果認為「藝術描寫的真實性和歷史具體
性」裏沒有「社會主義精神」，因而起不到教育人民的作用，所以必
須要另外去「結合」，那麼，所謂「社會主義精神」到底是什麼呢？
「它一定是不存在於生活的真實和藝術的真實之中，而只是作家腦
子裏的一種抽象的概念式的東西，是必須硬加到作品裏去的某種抽

---

[73]　西蒙諾夫：《蘇聯散文發展的幾個問題──在第二次全蘇作家代表大會上的補充
　　　報告》，《蘇聯人民的文學》上冊，人民文學出版社 1955 年 5 月版。

象的觀念。」這樣的結果，很容易導致以政治傾向性代替真實性、以世界觀代替現實主義創作方法的傾向。[74]

　　主流文論主要是從與政治傾向性的關係的意義上來談論「真實性」的，這是主流文論關於「真實性」理論的一個本質特徵。正像有人指出的那樣，「社會主義現實主義」與其說是一個文學概念，還不如說是一個政治概念。真實性與政治傾向性的關係主要體現在它與權威的意識形態信條之間的關係上。「十七年」文學從總體上是在一種政治化的語境的規約下把意識形態信條轉化為文學話語的努力，「現實」被框定、分割、修飾，幾乎每一部重要作品都能找到其所依存的意識形態信條。一部作品之所以成為名作，得到社會的廣泛承認，往往是因為它把某一個意識形態信條演繹的最生動，最充分。於是，它就被譽為具有典型意義，深刻地反映了中國革命和建設歷史的真實的作品。典型的批評話語的句式是這一作品「真實地反映／再現了……」。像《青春之歌》、《紅旗譜》、《創業史》等等都是某種意識形態信條的講述者，它們不會使讀者產生看待現實的新態度、新思維，只是強化一種現成的對一類現實、歷史現象的認識或觀念。它們都被認為是具有高度真實性的。文學批評恪盡職守，嚴格按照意識形態信條的標準來監督文學生產。權威的意識形態話語具有了最高的「真實」，被廣泛地當作判定文學作品真實與否的根本標準。有人否定《青春之歌》，茅盾不同意，認為這是一部優秀作品。如何證明呢？他說：「要判斷《青春之歌》是不是一部好作品，首先要看它是符合毛主席對那個時期的學生運動的論斷呢，還是離開了毛主席的論斷？我以為《青春之歌》的整個思想內容基本上是符

---

[74] 《現實主義──廣闊的道路》。

合毛主席的論斷的。」[75]周而復的《上海的早晨》在「文革」期間受到過批判，作者在寫於新時期的《後記》[76]中主要是以自己的描寫符合毛澤東的言論來證明他的小說是符合歷史真實的，一篇《後記》直接引證毛澤東的話就有十幾處。

判斷文藝作品「真實」與否的標準是政權意識形態，一些不符合政權意識形態需要的作品如電影《武訓傳》很快就會遭到批判，但由於意識形態國家機器的嚴格限制，也由於作家越來越認同政權意識形態，成為意識形態化了的主體，總體上不符合政權意識形態需要的作品倒不多，更多的作者是受到語境的壓力，在作品發表後再根據意識形態標準加以修改。從這些作品的修改中，我們可以十分清晰地看到主流文學所要求的真實性與政權意識形態之間的同謀關係。下面我就以兩部在文學史上產生過重要影響的作品——《白毛女》和《青春之歌》——為例。《白毛女》被認為是深刻地反映了半殖民地半封建社會農村的農民和地主階級的矛盾，因而是具有高度真實性的。可在最初的劇本中，喜兒還較多地保留了舊思想的痕跡。當她被黃世仁姦污並懷孕時，曾一度對黃世仁存有幻想。後來在演出過程中，劇作者採納了群眾意見，刪去了喜兒思想上的雜質。[77]喜兒一開始較多地保留了舊思想的痕跡，在舊中國具有相當大的普遍性，因而是有真實性的，但這顯然不符合政權意識形態所認定的真實，有損於階級鬥爭的純潔性，於是「本質的真實」就取代了本來多元的真實。另外，黃世仁最初也沒有被槍斃，1945 年 5 月，

---

[75]　茅盾：《怎樣評價〈青春之歌〉？》，《中國青年》1959 年 4 期。

[76]　周而復：《上海的早晨》（第四部），人民文學出版社 1980 年 12 月版。

[77]　參閱唐弢、嚴家炎主編：《中國現代文學史》（三），人民文學出版社 1980 年 12 月版，227-228 頁。

《白毛女》在延安公演後，中央辦公廳傳達了觀看此劇後的毛澤東、
周恩來等中央領導人的意見，認為黃世仁應該被槍斃。[78]黃世仁為什
麼會被槍斃呢？在抗戰時，地主階級是聯合抗日的對象，這大概是
劇作者一開始沒有讓黃被槍斃的原因。可是，抗戰行將結束，階級
鬥爭勢必會尖銳起來，無產階級、農民階級對資產階級、地主階級
的矛盾將成為主要矛盾，這樣黃就是鎮壓的對象。政權意識形態的
功利性塑造了最後的「真實」。

　　我們再來看1958年出版的努力正確反映革命知識份子所走的道
路的長篇小說《青春之歌》。小說出版後，《中國青年》、《文藝報》
組織過討論。據作者介紹，討論的意見集中起來大致有以下幾個方
面：一是主人公林道靜的小資產階級感情問題；二是林道靜與工農
結合問題；三是林道靜入黨後的作用問題──也就是「一二九」學
生運動展示得不夠宏闊有力的問題。在1961年出版的修改本中，作
者把這些問題逐條加以解決。[79]一、三兩項涉及一個知識份子出身的
共產黨員應該有一個什麼形象問題，也就是說在政權意識形態中是
有一個共產黨員的理想化的標準形象的，所有的共產黨員形象都要
與這個意識形態形象相符。共產黨員應該是一個高大完美的形象，
而在小說的初版中林道靜入黨以後還有小資產階級思想感情的流
露。所以這一點受到了批評。對此，楊沫解釋說，她是按照生活本
身的邏輯，按照像主人公這樣一個小資產階級知識份子的女性在當
時走向革命後會有的發展變化過程來描寫的，而不是從一個成熟的

---

78　參閱張庚：《歷史就是見證──憶歌劇〈白毛女〉的創作，深揭狠批「四人幫」》，
　　1977 年 3 月 13 日《人民日報》。
79　楊沫：《〈青春之歌〉再版後記》，人民文學出版社 1961 年 3 月 2 版《青春之歌》，
　　1977 年 5 月 14 次印刷。

共產黨員的概念出發的；另外，她說，「我沒有把林道靜寫成高大完美的英雄人物，也還有這樣一個原因：我開始構思這部小說時，原打算以敵後抗日游擊戰爭的生活為背景，寫林道靜到了革命根據地與工農兵真正結合後，才更加成長、完美起來。」[80]寫林道靜勢必要寫她的成長道路，結果倒敘太多，於是就把倒敘分割出來，單獨成了這個多卷本的長篇小說的第一部。這樣《青春之歌》中的主人公的形象就不盡符合共產黨員的意識形態的標準形象，於是受到了批評。作者作了修改，主要是刪去林道靜入黨以後的小資產階級感情的描寫，讓她比作者的預期更快地完美起來。修改本中變動最大的是增加了林道靜在農村的七章。這是因為有人批評林道靜自始至終沒有認真地實行與工農群眾相結合[81]。作者解釋說：「關於和工農結合問題，在『一二九』運動前，知識份子和工農結合雖然還沒有充分的條件，但是既然已經寫了林道靜到了農村，既然黨在那時的華北農村又有不小的力量，並且不斷地領導農民向豪紳地主進行著各種鬥爭，那麼，為什麼不可以把林道靜放到這種革命洪流中去鍛煉一下呢？……這還說不上是她和工農的結合，但是，我覺得她這種鍛煉和考驗的機會，還是有用的。」[82]與工農群眾相結合這個意識形態信條像是知識份子皈依革命的一道必須的儀式，為了遷就這個信條，作者不惜損害作品的藝術性[83]，不惜去製造不符合歷史條件的「真

---

[80]　楊沫：《談談林道靜的形象》，《文藝論叢》1978 年 2 期。

[81]　郭開：《略談對林道靜的描寫中的缺點》，《中國青年》1959 年 2 期。

[82]　《〈青春之歌〉再版後記》。

[83]　茅盾在《怎樣評價〈青春之歌〉？》一文中正確地指出：「如果作者的確企圖通過學生運動來寫林道靜的思想改造，而且以寫學生運動為本書的目的，那麼，作者把林道靜佈置在定縣農村的一段故事是否必要就值得研究了。因為這一端使得全書結構鬆散。」茅盾針對的是初版本。但為了遷就意識形態信條，在修改本中這個傾向反而被大大加強了。

實」。從《青春之歌》的修改過程中，我們可以看到與其說它反映了「真實」，不如說它根據意識形態的標準製造了「真實」。

　　主流意識形態一直要求自身的純潔性，主流文學觀念的真實觀也具有排他性，它只承認一種「真實」，即符合政權意識形態的所謂「本質真實」。其哲學根據是毛澤東《矛盾論》中對本質問題的論述：事物的性質主要是由取得支配地位的矛盾主要方面所決定的。這個原理被運用到文學理論和文學批評中，就變成了事物的性質即矛盾的主要方面。這樣以來，一種題材領域常常只能表現一個主題。這種真實論要求反映整體和發展趨勢，而整體的性質和發展趨勢是由政權意識形態規定的，具有不容懷疑性；同時，整體的性質和發展趨勢又具有不可證偽性，因為不管你舉出什麼樣的現象和傾向，也不管它們在多大程度上是真實的，我都可以說它們是局部的，不符合發展趨勢的，因而不具有本質的真實性。

　　這種本質論的真實觀在典型問題中表現突出。按照主流的現實主義理論，典型化是文學達到真實的藝術方式。1956 年、1957 年學術界對典型問題進行了討論。主要的觀點有兩種：一種是「本質論」，如認為典型是「一定社會力量的本質」，是「時代和階級的代表」等。另一種是「共性與個性的統一」。[84]後一種觀點與恩格斯在《致敏‧考茨基》中關於典型的話相符，又比較能接近文學形象，所以被廣泛接受。1957 年出版的幾本《文學概論》就採取了這一觀點。儘管它強調了個性，但對共性的認識與第一種觀點相差無幾。往往是一類人物只有一個具有排他性的本質特徵；就是個性也不是豐富多彩的，而是有一定的標準和規範的。這種典型觀在 1930 年代中期周揚

---

[84]　參閱朱寨主編：《中國當代文學思潮史》，人民文學出版社 1987 年 5 月版，281 頁。

的文學理論中就可以見到。由於對真實性認識的差異，當時周揚和胡風圍繞著典型問題發生過一次論爭。胡風強調從特殊到一般[85]，而周揚則更強調從一般到特殊，他在《現實主義試論》中寫道：「典型的創造是由某一社會群裏面抽出最性格的特徵，習慣，趣味，欲望，行動，語言等，將這些抽出來的體現在一個人物身上，使這個人物並不喪失獨有的性格。所以典型具有某一特定的時代，某一特定的社會群所共有的特性，同時又具有異於他所代表的社會群的個別的風貌。」周揚的強調典型要體現某一社會群體裏「最性格的特徵」很容易導致一個階級只有一個典型的結果。建國以後，很多作品因為其塑造的人物沒有反映出他所屬群體的「最性格的特徵」而遭受批評乃至批判。如蕭也牧發表於 1949 年的《我們夫婦之間》。這個短篇小說講述了一個知識份子出身的丈夫向一個工農出身的妻子懺悔的故事，妻子性格堅強、正直，可是行為不雅，言語粗魯，丈夫回到城市後對城市固有的生活方式備感親切，漸漸地有些看不慣土裏土氣的妻子，但最後還是迷途知返。批判這篇小說的一個最重要的意見就是認為作者歪曲和醜化了工農幹部形象，也歪曲和醜化了知識份子出身的革命幹部形象。

從《白毛女》和《青春之歌》的修改過程中流露出的「症狀」，我們可以看到主流文學中的「真實」是等同於政治、哲學等其他意識形態形式的觀念的。這也是主流文學發揮其政治的工具的功用的一個必要條件。在文藝理論和文學批評中，別林斯基的話常被引用來證明這種「等同」的理論基礎：「哲學家用三段論法，詩人則用形

---

[85]　胡風的觀點可見：《什麼是「典型」和「類型」》、《現實主義底一「修正」》，胡風評論集》（上），人民文學出版社 1984 年 3 月版。

象和圖畫說話，然而他們說的都是同一件事。」[86]把其他意識形態形
式的觀念當作文學所要反映的「真實」，正是主流文學公式化、概念
化的源泉，正因為如此，從 1920 年代末到新時期之前公式化、概念
化始終是主流文學無法擺脫的困境。殊不知，文學不僅不能圖解別
的意識形態形式的觀念，就是活生生的、豐富多彩的生活，也不能
無差別地作為所有作家的藝術加工的對象，只有那些作家所深刻地
感動、體驗過的東西才適宜成為文學的題材，而主題是從其中自然
生長出來的。這種「等同」也深深地影響了文學研究。像對魯迅小
說的評價，魯迅研究史經歷過很長的一個把《吶喊》、《彷徨》當作
政治革命的一面鏡子的研究階段。很多研究者把魯迅的小說與毛澤
東《五四運動》等文章相比附，於是帶有鮮明啟蒙主義傾向的《藥》、
《阿 Q 正傳》等小說的主題，變成了對辛亥革命不徹底性的揭示，
與毛澤東文章的內容相同。所不同的只是揭示的方式不同，魯迅用
的是形象的方式，而毛澤東用的是邏輯的方式。

　　上文中考察了主流話語對「真實性」的運用，我們看到了「真
實性」與政權意識形態之間的微妙的關係；那麼，到底什麼是文學
的真實性？它與意識形態之間的關係如何呢？我覺得阿爾都塞的意
識形態理論有助於我們認識問題。他的意識形態的定義是：「意識形
態表現了個體與其實際生存狀況的想像關係。」[87]想像性是阿爾都塞
從拉康的精神分析理論中借取的概念，指個體的欲望對象必然伴隨
著想像的變形。既然意識形態的基本機制是想像，那麼意識形態所

---

[86] ［俄］別林斯基：《一八四七年俄國文學一瞥》，《西方文藝理論名著選編》（中卷），
　　伍蠡甫、胡經之主編，北京大學出版社 1986 年 8 月版。
[87] 阿爾都塞：《意識形態與意識形態國家機器》。

反映的對象也就不可避免地伴隨著想像的變形。因而，意識形態對人的認識構成了的根本限制，阿爾都塞說：

> 好像發生在意識形態之外（準確講，發生在街上）的事（指意識形態分析——引者），實際上是發生於意識形態之內。而確實發生於意識形態之內的事又好像發生在它的外部。因此，意識形態中的人們總是憑定義相信自己是處在意識形態的外部：意識形態效果之一就是利用意識形態在實踐意義上否定意識形態的意識形態特性：意識形態決不說「我是意識形態的」。要使自己處於科學知識之中，就須使自己處於意識形態之外，要能夠說：我現在是（作為一個例外情況）在意識形態之內，或者說（在一般情況下）我過去曾在意識形態之內。[88]

說話人告訴我們，人不可能超脫自身所處的意識形態，站在超然、客觀的立場上來作出「科學的分析」。意識形態分析者需要認識到自己的意識形態處境，認識到自己知識的不可避免的局限性，這樣才能實現阿爾都塞所說的「科學性」。因此，意識形態的分析、批判才是一個沒有終點的行程，它可以向「真實」或者說「真理」逼近，但卻永遠不可能真正抵達那裏。[89]

　　阿爾都塞的意識形態理論對我們認識真實性問題富有啟示。它告訴我們在文學作品和社會現實之間並不存在簡單的鏡式反映關係，——阿爾都塞甚至認為文藝作品就是以意識形態為描寫對象的。當主流批評聲稱某一作品獲得毋庸置疑的真實性的時候，恰恰是有

---

[88]　同上。
[89]　參閱徐賁：《走向後現代與後殖民》，中國社會科學出版社 1996 年 7 月，104-105 頁。

意無意地忽略了作品與社會現實之間的其他關係，這忽略恰恰是表露其強烈意識形態性的「症狀」。關於真實性，我們也許可以得出這樣的看法：曾經被許多人堅定地捍衛過的「真實」在很大程度上不過是浮現在意識形態中的鏡像。不是說不存在非敘述性的、非再現的本然的真實，而是說很難真正抵達那裏，並形成對真實的完整的表述。憑藉各種權力要求不受檢查地承認的種種所謂「真實」，不過是關於真實的表述，一種意識形態表象。

# 後　記

　　本書是在我博士論文的基礎上修改而成的。論文於 2000 年 6 月中旬通過答辯，從那時到現在又經過了三四年斷斷續續的修改。對部分章節進行了較大的調整，還增加了第三章和原本存目的第四章。

　　書即將付梓了，我有一種如釋重負的感覺。之所以這麼說，是因為它的寫作聯繫著一段陰暗的精神生活。大約從 1999 年的深秋，我開始失眠，神經衰弱持續了半年時間，一直到論文答辯。在那段緊張、艱難的日子裏，我常常托著發木的腦袋，下午或傍晚的時候去學校附近的西土城散步。從學校到那裏，步行不到十分鐘。那是元大都城垣的北端，明初北牆南移時遺落城外，俗稱土城。明清之際就只是以「京師八景」之一虛名相傳的「薊門煙樹」即指此處。土城兩邊的坡上長滿了荊棘。空氣清明的時候，站在臺子上，西山淺褐色的諸峰宛在眼前，惹人親近。那時候，旁邊還沒有高架路，來人稀少，儘管下面的路上車來人往，川流不息。感受著這現代化的古都少有的荒野、蒼涼，心理的空間也似乎變得遼遠起來。冬天的一場小雪過後，荊棘的枝椏處，殘留的枯葉上，積存、沾掛著星星點點的雪球，忽如一夜春風過後綻開的繁密的白梅。我感動得想哭。答辯的時候，正值槐花飄香，坡上的荊條開滿一小串一小串粉紫的碎花，散發出混合著青澀味道的淡香，看起來像輕紗，像纖雲薄霧。這種花平平凡凡，遠看近無，只有置身其中，才會感到它的美和蓬勃。

　　當初選擇這個題目來做博士論文，是有一些基本的考慮的。我碩士論文寫的是一個著名作家──周作人，博士論文我就想選擇一個宏觀的題目，以鍛煉自己的綜合概括和理論思維能力。起初我沒有怎麼在意兩篇學位論文內容之間的聯繫。王富仁先生在我的博士論文答辯會上發言說，他是從魯迅走向現代文學研究的，而我則由周作人出發。王先生待學生很寬厚、謙和，他是魯迅研究和現代文學研究的大家，我所做的一些工作是不能同他相比的。幾年間，因為在王先生身邊學習和工作之便，向他求教，閱讀他的著作和文章──特別是他的魯迅研究成果，獲得的教益頗多。王先生的話引起了我對自己博士論文與周作人關係的審視。此前很長一段時間裏，有時別人介紹我，說我是搞周作人研究的，我一笑置之：那是過去，現在已經金盆洗手，搞別的了。我以為自己和周作人沒有什麼瓜葛了，可認真想起來，這篇論文仍然與他有著剪不斷的聯繫。最早引起我對本論題注意的，即是周作人 1920 年發表的演講《新文學的要求》。在這篇文章裏，他率先表示了對新文學功利主義文學觀念的警惕，並且因此與新文學的主流分道揚鑣。我的基本思路和價值取向未嘗不可以看作是對周作人的某種意義上的放大，只是調整了姿態，態度更積極、更包容而已。

　　自新時期以來，現代文學研究的疆域不斷拓展，而我卻想研究一些現代文學的基本問題。我希望自己的研究成果對別人理解和研究現代文學能有直接的幫助。這種自覺受到了物理學家楊振寧先生的啓示。《文匯報》上曾經報道楊振寧談他的成功經驗：「除機遇和環境的因素之外，主要的是應該面對原始的物理學問題，不要被淹沒在文獻的海洋裏。」他不反對閱讀文獻，但認為老是讀文獻就容易被人牽著鼻子走。而一旦忽視物理學的原始問題，許多創造性就

會被窒息。面對原始的科學問題，去研究，去創新，乃是創造性科學研究的關鍵。1999 年 5 月底，我這個向來很少聽報告和演講的人有幸在師大的英東學術會堂親耳聆聽了楊先生的一次演講。那次演講的題目叫《科學技術與大學》。當問及他成功的因素時，他除了談到問題、打下的基礎外，還提到品位（taste）。關於品位，他解釋說，能讓人清楚哪些問題重要，哪些問題不重要。這境界對我來說雖然未必能至，但至少可以心向往之的。

選擇文學觀念中的功利主義問題作為關注的焦點，緣於我的研究心得與對當下文化現實感受的契合。我深感到，功利主義依然散佈在我們當下社會、文化的空氣裏，是進一步解放文化和文藝生產力必須正視的問題。然而，隨著 1990 年代中期以來學術界引入文化研究等新理論，有人用文化研究的理論來診斷中國文學的邊緣化問題，檢討 1980 年代所謂的「文學審美論」。我覺得這有可能造成對中國自己的問題的遮蔽，因為功利主義對文學和文化的束縛不僅普遍地存在，而且根深蒂固，成為中國文化、文學發展的「瓶頸」，遠比什麼「文學審美論」帶來的問題要多、要嚴重。不是說不能借鑒這些理論，而是強調要有本土語境的問題意識，應該採取複雜的態度。我想尋找出中國現代功利主義文學觀念的譜系，分析和總結其特點和影響，並因此參與現實的文化對話。在學術風向已經轉變的情況下，選擇這樣的問題顯然已經不時新，甚至是逆潮流而動，我也因此承受了自我懷疑和種種壓力。

我對研究對象採取了審視的態度，包括對五四文學革命的先驅們。這並不意味著要否定「五四」，相反我認同「五四」。不管「五四」存在著多少不足，我們也只能在「五四」所開闢的道路上前進；不管承認不承認，我們其實都是「五四」事業的繼承者。福科曾在

《什麼是啟蒙？》一文中談到他們與啟蒙運動之間的關係：「我一直試圖強調，可以連接我們與啟蒙的線索不是忠實於某些教條，而是一種態度的永恒的復活──這種態度是一種哲學的氣質，它可以被描述為對我們的歷史時代的永恒批判。」受他的啟發，同樣可以說，連接我們和「五四」啟蒙思想家的也不是忠實於某些教條，而是一種建立在獨立的個性基礎上的敢於懷疑、敢於批判、敢於獨異的精神氣質。這是一個現代知識份子應具有的社會性格，在我們這個具有長期封建專制傳統的國度裏猶可寶貴。

我又有些懷念那幾年的讀書生活。參考書目中的絕大多數都是認真通讀過的──晦澀難懂的如《判斷力批判》，大部頭的如六卷本《十九世紀文學主流》。現在很難再有那麼從容的時間和平穩的心態來看書。有各種各樣的雜事，牽牽絆絆地圍繞著你。學校對教師的學術評估要的是數量，在是核心期刊上發表多少多少篇論文。認為一切價值都可以量化，正是功利主義的理性化制度的一個重要表徵。下一步我想轉入 20 世紀漢語散文研究，可未敢再像寫作博士論文那樣投入時間和精力。

本文得到了業師朱金順先生的悉心指導。從讀碩士到讀博士，我在「朱門」讀書六年，先生的教育之恩，終生難忘。博士畢業後留校工作，和先生住前後樓，於是也就有了更多的交往和問學的機會。朱先生在新文學資料學上卓有建樹，學生由於自身條件所限，未能繼承他的此項學問；不過我想從先生學習而來的資料學功夫是體現在本書中了。我要特別感謝劉勇師兄和李今師姐多年來在生活、工作和學業上對我的關心、幫助和提攜。1998 年初，李今師姐主動借錢給我買了電腦，我用這台電腦寫的第一篇東西就是本論文的開題報告。感謝論文答辯委員會童慶炳（主席）、張恩和、藍棣之、

王保生、王富仁、劉勇諸位先生，他們在本文有內容空缺和論證尚不嚴密的情況下給予了鼓勵，表現了寬容，他們的批評意見對本文的修改也是重要的。我不會忘記與陳玲玲、曹雷雨、孫曉婭、廖四平等同學和朋友們的交往，他們的友誼讓我在那個寒冷的冬天裏感到了溫暖。與許多同年級同學三年的相處和共同學習成為了那也許是平生最後一段學生生活的美好記憶，如果一一列出他們的名字，會出現一個很長的名單。論文在寫作和出版的過程中得到過舒蕪先生、鄒紅女士、倪友葵先生的關心。本書大部分內容已在《中國現代文學研究叢刊》、《魯迅研究月刊》、《江淮論壇》、《中國文學研究》等刊物上發表，有幾篇文章即將發表於《文學評論》、《海南師範學院學報》、《江蘇行政學院學報》，感謝這些刊物的編者所給予的厚愛。

　　本書也是送給我的妻子劉紅女士的一個小小的禮物，自從她姍姍來遲地走進我的生活，這本書上就寄託了兩個人的期望。

2004 年 6 月 29 日於北師大麗澤 7 樓

國家圖書館出版品預行編目

文學之用：從啟蒙到革命 / 黃開發著. --
　一版. -- 臺北市：秀威資訊科技，2007.11
　面；　　公分. -- (語言文學類；CG0013)
　參考書目：面
　ISBN 978-986-6732-34-8 (平裝)


1.中國當代文學　2.文學評論

820.908　　　　　　　　　　　　　96021567

 語言文學類　CG0013

# 文學之用
## ——從啟蒙到革命

作　　者 / 黃開發
發 行 人 / 宋政坤
主　　編 / 宋如珊
執行編輯 / 黃姣潔
圖文排版 / 黃莉珊
封面設計 / 林世峰
數位轉譯 / 徐真玉　沈裕閔
圖書銷售 / 林怡君
法律顧問 / 毛國樑　律師
出版印製 / 秀威資訊科技股份有限公司
　　　　　　台北市內湖區瑞光路 583 巷 25 號 1 樓
　　　　　　電話：02-2657-9211　　　傳真：02-2657-9106
　　　　　　E-mail：service@showwe.com.tw
經 銷 商 / 紅螞蟻圖書有限公司
　　　　　　台北市內湖區舊宗路二段 121 巷 28、32 號 4 樓
　　　　　　電話：02-2795-3656　　　傳真：02-2795-4100
　　　　　　http://www.e-redant.com
2007 年 11 月 BOD 一版
定價：440 元

# 讀 者 回 函 卡

感謝您購買本書,為提升服務品質,煩請填寫以下問卷,收到您的寶貴意
見後,我們會仔細收藏記錄並回贈紀念品,謝謝!

1. 您購買的書名:＿＿＿＿＿＿＿＿＿＿＿＿＿＿＿

2. 您從何得知本書的消息?

  □網路書店　□部落格　□資料庫搜尋　□書訊　□電子報　□書店

  □平面媒體　□ 朋友推薦　□網站推薦 □其他＿＿＿＿＿

3. 您對本書的評價:(請填代號　1.非常滿意 2.滿意 3.尚可 4.再改進)

  封面設計＿＿＿　版面編排＿＿＿　內容＿＿＿　文/譯筆＿＿＿　價格＿＿＿

4. 讀完書後您覺得:

  □很有收獲　□有收獲　□收獲不多　□沒收獲

5. 您會推薦本書給朋友嗎?

  □會　□不會,為什麼?＿＿＿＿＿＿＿＿＿＿＿＿＿

6. 其他寶貴的意見:＿＿＿＿＿＿＿＿＿＿＿＿＿＿＿

＿＿＿＿＿＿＿＿＿＿＿＿＿＿＿＿＿＿＿＿＿＿＿＿＿

＿＿＿＿＿＿＿＿＿＿＿＿＿＿＿＿＿＿＿＿＿＿＿＿＿

＿＿＿＿＿＿＿＿＿＿＿＿＿＿＿＿＿＿＿＿＿＿＿＿＿


## 讀者基本資料

姓名:＿＿＿＿＿＿＿＿＿　年齡:＿＿＿＿　性別:□女 □男

聯絡電話:＿＿＿＿＿＿＿　E-mail:＿＿＿＿＿＿＿

地址:＿＿＿＿＿＿＿＿＿＿＿＿＿＿＿＿＿＿＿＿

學歷:□高中(含)以下　　□高中　　□專科學校　　□大學

　　　□研究所(含)以上 □其他＿＿＿＿＿＿＿

職業:□製造業 □金融業 □資訊業 □軍警 □傳播業 □自由業

　　　□服務業 □公務員 □教職　□學生 □其他＿＿＿＿＿

## 秀威與 BOD

BOD（Books On Demand）是數位出版的大趨勢，秀威資訊率先運用 POD 數位印刷設備來生產書籍，並提供作者全程數位出版服務，致使書籍產銷零庫存，知識傳承不絕版，目前已開闢以下書系：

一、BOD 學術著作—專業論述的閱讀延伸
二、BOD 個人著作—分享生命的心路歷程
三、BOD 旅遊著作—個人深度旅遊文學創作
四、BOD 大陸學者—大陸專業學者學術出版
五、POD 獨家經銷—數位產製的代發行書籍

BOD 秀威網路書店：www.showwe.com.tw
政府出版品網路書店：www.govbooks.com.tw

永不絕版的故事・自己寫・永不休止的音符・自己唱